SUSANNE LIEDER

Ostseewind und Sanddornküsse

Roman

Ullstein

Besuchen Sie uns im Internet:
www.ullstein-taschenbuch.de

MIX
Papier aus verantwortungsvollen Quellen
FSC® C083411

Originalausgabe im Ullstein Taschenbuch
1. Auflage Februar 2015
3. Auflage 2015

Umschlaggestaltung: ZERO Werbeagentur, München
Titelabbildung: © Eunice Harris / getty images
(Möwe); © Fred Froese / getty images
(Strand); © FinePic®, München (Himmel);
© Roland Schneider / plainpicture (Haus)
Satz: Pinkuin Satz und Datentechnik, Berlin
Gesetzt aus der Dante MT Pro Regular
Papier: Pamo Super von Arctic Paper Mochenwangen GmbH
Druck und Bindearbeiten: CPI books GmbH, Leck
Printed in Germany
ISBN 978-3-548-28621-1

1.

Mit grossen, fast energischen Schritten marschierte Harriet Bohnekamp den Bremer Osterdeich entlang.

Vor wenigen Minuten hatte es angefangen zu nieseln, und sie hatte weder einen Schirm noch eine Kapuze oder sonst irgendetwas, das sie sich auf den Kopf stülpen konnte.

Der Nieselregen würde ihr krauses Haar innerhalb kürzester Zeit in einen Korkenzieherhaselnusshain verwandeln.

Harriet stopfte die Hände in die Jackentaschen und kniff die Augen zusammen.

Sie hatte mehr aus einer Laune heraus beschlossen, zu Fuß zu gehen. Jetzt wünschte sie, sie hätte doch das Auto genommen. Ein Hund hatte etwas auf dem Gehweg hinterlassen, und sie machte einen Ausfallschritt nach links, um nicht hineinzutreten.

Dabei rutschte sie seitlich weg und blieb kurz ein bisschen atemlos stehen.

Ein schneller Blick auf ihr Handy.

Himmel, schon so spät. Vermutlich war heute der erste Tag seit fast zwanzig Jahren, an dem sie zu spät zur Arbeit kommen würde.

Harriet verdrehte die Augen.

Und wenn schon.

Eigentlich war sie ein Ausbund an Pünktlichkeit, und

zuverlässig war sie obendrein. Ihre Kollegen schätzten sie, hoffentlich nicht nur wegen ihrer Tugenden.

Sie legte noch einen Schritt zu. Jetzt sah es wahrscheinlich so aus, als würde sie walken und hätte nur ihre Stöcke vergessen.

Egal.

Mit weit ausladendem Schritt stapfte sie in Richtung Wall und überquerte die Straße. Sie wäre zu gern stehen geblieben, um ein wenig zu Atem zu kommen, aber dazu blieb jetzt keine Zeit.

Als sie die Bankfiliale sah, in der sie seit zwanzig Jahren arbeitete, holte sie tief Luft.

Ein erneuter Blick auf ihr Handy. Gut, das waren gerade mal vier Minuten. Daraus würde niemand einen Staatsakt machen.

Ihre Kollegin Sylvia Wagner, im siebten Monat und damit unübersehbar schwanger, hielt ihr die Tür auf.

»Morgen, Harriet. Siehst gut aus.« Sie zeigte auf Harriets Korkenzieherlockenkopf.

Harriet verzog das Gesicht. »Oh, wärmsten Dank auch, Sylvia. Ich kann mir gut vorstellen, wie ich gerade aussehe.«

»Wie ich bereits sagte: Gut.«

Harriet seufzte leise. »Tut mir leid, ich bin ein bisschen spät dran heute. Mein Rad hatte einen Platten, und ich … sollte mehr Sport machen.«

Sylvia Wagner lachte. »Ja, ich auch.« Sie zeigte auf ihren runden Bauch. »Aber erst mal bringen wir das hier zu Ende.«

Harriet musste ebenfalls lachen. »Wie lange dauert es noch?«

»Zu lange, Harriet, viel zu lange. Von mir aus könnte es gleich heute losgehen.«

Etwas verstohlen betrachtete Harriet ihre schwangere Kollegin. Oft hatte sie darüber nachgedacht, wie es wäre, wenn sie selbst Mutter geworden wäre, ein Kind in ihrem Bauch getragen und großgezogen hätte.

Aber wie, ohne den passenden Vater dazu?

Den Zeitpunkt zu heiraten hatte sie irgendwie verpasst, vor allem, weil es nie einen ernstzunehmenden Kandidaten gegeben hatte.

Und jetzt, mit neunundvierzig, musste sie sich darüber weiß Gott keinen Kopf mehr machen. Wer in dem Alter sein Leben noch nicht unter Dach und Fach hatte, der konnte eigentlich gleich einpacken oder wenigstens so vernünftig sein und sich eingestehen, dass er einem Phantom nachjagte.

Der Zug war abgefahren, wie man so schön sagte. Harriet befand sich auf direktem Weg in die Menopause, ihre Wechseljahre standen vor der Tür, hatten bereits auf den Klingelknopf gedrückt, nur hatte Harriet sich noch nicht getraut, aufzumachen und den ungebetenen Besuch ins Haus zu lassen. Gut, vielleicht hatte sie noch ein paar Jahre Zeit, wer wusste schon, wann genau die berüchtigten Hormonumstellungen ihr das Leben zur Hölle machen würden.

Andererseits, wer konnte schon mit Bestimmtheit sagen, ob die Wechseljahre ein Höllentrip würden? Vielleicht war Harriet eine der Frauen, die irgendwann morgens erwachten und feststellten, dass sie sich nun in der zweiten Lebenshälfte befanden. Meine Güte, mit fünfzig fing das Leben doch erst an. Sagten nicht viele Menschen, dass die Zeit nach dem fünfzigsten Lebensjahr die schönste ihres Lebens gewesen war?

Harriet ging ins Bad, um sich die Hände zu waschen.

Dabei warf sie einen Blick in den Spiegel und schluckte.

Wirklich überrascht war sie nicht. Natürlich sah sie aus wie Medusa. Nur dass sich bei ihr die Schlangen um den Kopf bewegten, Harriets Lockenkranz rührte sich keinen Millimeter.

»Gott noch mal, wie dämlich ich wieder aussehe.«

Sie überlegte kurz, ob ihre Kollegin nur nett hatte sein wollen oder ob sie womöglich wirklich eine Verfechterin und Liebhaberin der Naturkrause war.

Vielleicht sollte Harriet sie bei Gelegenheit danach fragen.

Friederike Steding, die neue Auszubildende, saß am Tisch, vor sich eine Mappe, aus der unzählige beschriftete Zettel hervorlugten.

»Hallo, Friederike. Alles gut bei Ihnen?«

Die junge Frau stöhnte auf. »Fragen Sie lieber nicht.«

Harriet zeigte auf die lose Zettelwirtschaft vor Friederike. »Was tun Sie da?«

»Berufsschule«, erwiderte die Auszubildende nur.

»Aha.« Harriet nickte. Mehr musste sie nicht wissen.

Sie hatte keine Hemmungen zuzugeben, dass auch sie die Berufsschule gehasst hatte.

Sie ging zum Schalterraum und tippte ihrem Kollegen Rainer Mensching auf die Schulter. »Morgen, Rainer. Alles in Ordnung?«

Er wirbelte herum. »Da bist du ja. Na, zu spät gekommen? Wäre das erste Mal, soweit ich mich erinnern kann. Macht ja nix. Ja, alles in bester Ordnung. Und selbst?«

Sie hatte seinen Redeschwall einigermaßen geduldig abgewartet. Sie kannte ihren Kollegen inzwischen so gut, dass sie ihn niemals unterbrach, weil er dann die Angewohnheit hatte, den Faden zu verlieren, und von neuem ansetzte, um seinen Monolog zu wiederholen.

»Bei mir auch, danke. Hab ich die Unterlagen von Meierdierks schon auf dem Tisch?«

»Was dachtest du denn?«

Harriet schenkte ihm ein reizendes Lächeln und wandte sich ab. Sie wusste, dass sie einen ganzen Tag am Schreibtisch vor sich hatte, Kreditverträge unterschreiben und Verhandlungen mit Großkunden erledigen musste. Das war ihr Job seit mehr als zehn Jahren. Sie saß in der Kreditabteilung dieser Bank, etwas, das sie eigentlich nie hatte tun wollen.

Sie war mehr oder weniger hineingerutscht, hatte sich im Laufe der Jahre aber gefügt und versucht, wenigstens etwas Spaß daran zu entwickeln, größeren Firmen gewisse Kreditrahmen einzuräumen und mit nervösen, sehr häufig auch entsprechend gereizten Menschen stundenlang zu telefonieren.

Es war ein Job, nichts weiter.

Manche Menschen standen mitten in der Nacht auf, um anderen frische Brötchen zu backen, wieder andere standen Tag für Tag vor einer Schar Halbwüchsiger und versuchten, ihnen Wissen mit auf den Weg zu geben.

Und noch andere standen sich die Beine in den Bauch, um ihre Mitmenschen zu frisieren, die Füße zu massieren, die Fingernägel zu feilen oder ihr Gesicht mit einer Algenmaske zu bestreichen.

Harriet saß sich ihren ursprünglich einmal ziemlich wohlgeformten Hintern platt, um mit schlechtgelaunten Managern oder denen, die sich dafür hielten, darüber zu diskutieren, warum ihr Kreditrahmen seit langem ausgeschöpft war. Manchmal musste sie sich gar beschimpfen lassen, auch das war schon vorgekommen. Und immer hatte sie die Contenance bewahrt und gute Manieren bewiesen.

Dabei hätte sie liebend gern einige Tiernamen durchs Telefon gebrüllt oder den Hörer einfach auf die Gabel gepfeffert. Aber sie beschränkte sich stets auf ein nachsichtiges Lächeln, streckte ihrem unsichtbaren Telefonpartner den Mittelfinger entgegen und atmete in ihren Bauch.

Ommm …

Meistens half das sogar.

Harriet machte pünktlich Feierabend, gönnte sich Tacos auf die Hand, wobei ihr die Hälfte aus der Aluverpackung flutschte und auf der Straße landete.

Halbwegs gesättigt, kam sie nach Hause.

Ihre buntgescheckte Katze Klementine erwartete sie bereits an der Haustür und schmiegte sich an ihre Beine.

»Na, meine Dicke?« Harriet beugte sich herunter, um sie hinter den Ohren zu kraulen, so wie Klementine es liebte.

»Hattest du einen schönen Tag, Klementinchen?«

Die Katze trollte sich und lief in Richtung Küche. Sie blieb vor dem Schrank mit den Thunfisch-in-Gelee-Dosen sitzen und warf Harriet einen vielsagenden Blick zu.

»Ja, der Dosenöffner ist wieder da.« Harriet nahm eine der Dosen und gab einen Teil des Inhalts in den Fressnapf.

Immerhin hatte Klementine so viel Anstand, abzuwarten und sich nicht gleich auf ihr Fressen zu stürzen. Stattdessen demonstrierte sie Langeweile und betrachtete Harriet mit zusammengekniffenen Augen.

»Mahlzeit«, sagte Harriet, und das war das Stichwort.

Heißhungrig stürzte sich die Katze auf ihr Fressen und schmatzte ungeniert.

Harriet nahm sich ein Glas Weißwein und setzte sich damit an ihren Laptop.

Seit gut zwei Wochen chattete sie mit einer sehr sympathischen Frau. Johanna und sie hatten sich eher zufällig im Netz kennengelernt, und seitdem chatteten sie Abend für Abend ausgesprochen interessant und anregend.

Sie schaltete das Gerät ein und wartete, bis das bekannte Brummen ertönte. Dann loggte sie sich ein.

Johanna war offenbar bereits online.

Harriet schrieb: *Ein weiterer langweiliger Tag geht zu Ende.*

Endlich Feierabend. Und wie war Dein Tag?

Es dauerte keine Minute, da kam Johannas Antwort:

Schön, dass Du da bist. Mein Tag war auch nicht unbedingt ein einziges Highlight.

Harriet schmunzelte, als sie das las.

So ist das Leben. Ich arbeite, um zu leben, nicht umgekehrt.

Johanna schrieb: *Genauso sehe ich das auch.*

Wie sieht Dein Wochenende aus?, wollte Harriet wissen.

Johannas Antwort: *Wenn ich das wüsste. Wahrscheinlich werde ich die Beine hochlegen, die Fernbedienung auf meinem Knie, die Keksdose in Reichweite, und mir einen Liebesfilm ansehen.*

Ein Liebesfilm, soso, schrieb Harriet zurück. *Du bist also eine Romantikerin. Glaub mir, man will uns nur vorgaukeln, dass es noch echte, romantische Liebe gibt, die ein Leben lang hält. Ich persönlich glaube nicht an so einen Unsinn.*

Du findest also Liebe, die ein Leben lang hält, unsinnig?

Nein, das meinte ich nicht. Ich glaube nur nicht daran. Du etwa?

Johanna antwortete: *Ich schon! Unbedingt! Und das lasse ich mir auch nicht nehmen.*

Ich wäre die Letzte, die Dir das nehmen würde, schrieb Harriet zurück und setzte einen Smiley hinzu.

Sie nippte an ihrem Wein und kraulte Klementines Kopf,

die sich gerade herangeschlichen hatte und auf ihren Schoß gesprungen war.

Sie schrieben ganze zwei Stunden lang, erst über Hollywood-Klassiker, dann über aktuelle Kinofilme und schließlich landeten sie bei thailändischen Kochrezepten.

Todmüde fiel Harriet ins Bett, ihre Katze hatte sich in ihre Kniekehle geschmiegt.

Sie träumte von einem riesigen Haus, einer Art Villa, mit unzähligen Zimmern. Die Tür zu jedem einzelnen Zimmer war fest verschlossen, und Harriet fand sich davor wieder, grübelnd, ob sie einfach hineingehen sollte. Bei zwei, drei Türen tat sie es, öffnete sie vorsichtig und spähte hinein.

Die Zimmer waren geräumig, mit dunkelroten schweren Samtvorhängen vor den Fenstern. Warum nur hatte man die Fenster verhängt?

Man hätte doch wunderbar nach draußen blicken können.

Statt die Vorhänge beiseitezuschieben, war sie wieder aus dem Raum gegangen und hatte das Haus schließlich mit wehmütigem Herzen verlassen.

Sie schreckte aus dem Tiefschlaf hoch, als ihr Handy klingelte. Mit einer Hand angelte sie danach, erwischte die Nachttischlampe und riss sie vom Nachtschrank.

»Himmelherrgott noch mal!«, fluchte sie.

Klementine war ebenfalls wach und blickte sie träge und einigermaßen schockiert an.

»Ich kann nichts dafür«, murmelte Harriet.

Endlich hatte sie ihr Handy gefunden und blickte aufs Display.

Susanne ruft an.

Susanne war Harriets beste Freundin, sie kannten sich seit über zwanzig Jahren.

Seit drei Monaten war Susanne jetzt beruflich in Wellington/Neuseeland. Sie war Cellistin in einem großen Orchester und würde noch einige Wochen auf der anderen Seite der Erde bleiben.

Harriet meldete sich schlaftrunken.

»Hallo, Susanne, wie geht's dir?«

»Prima. Entschuldige, dass ich dich aus dem Bett klingele.« Im Hintergrund lief ein Radio oder Fernseher.

Harriet gähnte herzhaft und kraulte mit der freien Hand Klementine, die offenbar überlegte, sich aus dem ungemütlich gewordenen Bett zu verziehen.

»Ich hab jemanden kennengelernt.«

Harriet blinzelte verdattert. »Sag das noch mal.«

»Ich hab da jemanden kennengelernt.«

»Und wer ist dieser ›jemand‹?«

»Ein total sympathischer Mann. Ende vierzig, gut aussehend, himmelblaue Augen, graue Schläfen …«

»George Clooney?«

»Der ist älter.«

»Wer? Georgie?«

»Ich bin ganz durcheinander, Jette, deshalb musste ich dich einfach anrufen. Bist du sauer?«

»Sauer? Nein. Nur müde.« Harriet gähnte erneut.

»Du siehst mich zerknirscht.«

»Leider nicht.«

Einen Moment blieb es still in der Leitung.

»Wie? Leider nicht?«

Harriet musste lachen. »Ich sehe dich leider nicht, meinte ich damit. Du bist am anderen Ende der Welt, Susanne.«

»Er ist Neuseeländer, Jette.«

Jetzt schwieg Harriet ein wenig verblüfft.

Schließlich sagte sie: »Bild dir bloß nicht ein, dass du einfach dableiben kannst. Denk nicht mal drüber nach.«

»Und wenn er mein Traummann ist?«

Harriet verkniff sich ein Grinsen, auch wenn ihre Freundin das nicht gesehen hätte. »Dein Traummann? Der Wievielte wäre das?«

Jetzt musste Susanne lachen. »Ja, du hast ja recht. Trotzdem. Er gefällt mir, Jette. Er gefällt mir sogar sehr. Und er ist irgendwie …«

»Anders?«

»Anders, ja.« Susanne lachte wieder.

Das wäre auch nicht der erste Kerl, der anders wäre, dachte Harriet und unterdrückte ein Seufzen.

Susanne war seit Jahren auf der Suche nach dem einzig wahren Mann, ihrer großen Liebe, ihrem Traumprinzen, was auch immer. Sie war genau wie Harriet unverheiratet und kinderlos. Nur, dass Susanne es immer gestört und belastet hatte, Singlefrau zu sein. Im Gegensatz zu Harriet.

»Seid ihr schon miteinander ausgegangen?«

»Nein, noch nicht. Aber wir waren miteinander im Bett.«

Harriet blinzelte verdattert. »Nicht dein Ernst!«

»Doch. Und er ist der beste Liebhaber, den ich je hatte.«

»Auch das noch.«

»Ja, auch das noch.«

»Und sonst?«, fragte Harriet.

»Und sonst ist es wunderbar hier. Du müsstest hier sein, Jette, es ist großartig. Warum kommst du nicht einfach und besuchst mich für ein paar Tage?«

»Weil ich Flugangst habe?«, gab Harriet trocken zurück.

Bei ihrer Neigung zu Missgeschicken und Unfällen wäre ein Flugzeugabsturz das Wahrscheinlichste.

»Und ich bin keine besonders gute Schwimmerin, wie du weißt. Ich käme gerade mal bis zum Mittelmeer.«

Susanne kicherte. »Ach, es ist jammerschade, Jette. Wie gerne würde ich dir hier alles zeigen.«

Damit sie ihre Katze weiterkraulen konnte und weil sie das Handy nicht unters Kinn klemmen wollte, hatte Harriet mit dem linken Fuß ihren kleinen Notizblock herangezogen, der immer auf ihrem Nachtschrank lag. Den dazugehörigen Bleistift versuchte sie, mit dem großen Zeh zu angeln.

Einige Male rutschte er weg, dann aber klappte es. Sie fing an, kleine Männchen zu zeichnen.

Schließlich wurde aus einem unbestimmten Kringel ein Tier. Aber was für eins?

Harriet musterte es eingehend und musste lachen.

»Was ist so lustig?«, wollte ihre Freundin wissen.

»Ich hab ein Tier gemalt, und ich hab keine Ahnung, was für eins.«

»Ich weiß, ich wiederhole mich, aber ich finde, du solltest mehr aus deinem Talent machen, Jette. Du zeichnest so wunderbar.«

»Ach, das sind doch nur Kritzeleien.«

Susanne stieß einen empörten Ton aus. »Siehst du, genau das meinte ich! Du weißt gar nicht, wie talentiert du bist.«

Harriet gähnte und presste dabei die Zähne aufeinander.

Klementine hatte sich lang ausgestreckt, den Kopf auf den Vorderpfoten.

»Ich war gestern wieder im Botanischen Garten«, erzählte Susanne gerade. »Und als wir zurückfuhren, hatten wir eine riesige Schafherde vor uns. Wir waren zum Grillen bei einer Kollegin eingeladen, und die Viecher haben dafür gesorgt, dass wir fast eine Stunde zu spät dran waren.«

Harriet hörte zu und zeichnete dabei.

Aus ihrem kugelrunden Tiergeschöpf war inzwischen ein Schaf geworden. Ja, es war eindeutig ein Schaf.

Sie verpasste ihm ein lustiges Karohemd und eine Latzhose, was dem Tier ausgesprochen gut stand, wie sie fand.

Sie lachte leise. »Willst du wissen, was ich gerade gezeichnet habe?«

»Unbedingt!«

»Erst war's ein Kringel, aber jetzt ist ein Schaf daraus geworden. Wahrscheinlich, weil du eben von der Schafherde erzählt hast.«

Sie überlegte, ob sie gleich aufstehen und dem niedlichen Wollknäuel etwas Farbe verpassen sollte. Sie hatte erst kürzlich neue Pastellstifte gekauft.

»Soll ich dir sein Konterfei faxen?«

»Ich bestehe darauf. So, und nun bestehe ich auch darauf, dass du dich wieder hinlegst und schläfst, Jette. Tut mir wirklich leid, aber ich musste dir einfach erzählen, dass ich mich …« Sie schien zu stutzen. »Ja, was eigentlich? Ob ich mich verliebt habe, Jette?«

»Verliebt? In deinem Alter?« Harriet blinzelte erschrocken. »Entschuldige, in *unserem* Alter.«

Susanne fand das urkomisch, sie lachte lauthals. »Meine Güte, warum denn nicht? Man kann sich auch noch mit siebzig verlieben.«

»Man schon, ich garantiert nicht.« Wenn Harriet ehrlich zu sich selbst war, dann musste sie sich eingestehen, dass sie erst ein einziges Mal ernsthaft verliebt gewesen war. Und dieses eine Mal lag eine Ewigkeit zurück. Sie überlegte, wie alt sie damals gewesen war? Dreiundzwanzig, vierundzwanzig?

»Ich schon.« Susanne wünschte eine gute restliche Nacht und legte auf.

Und Harriet betrachtete nachdenklich ihr Schaf. »Du wirst Gunnar heißen.« Genau wie der Mann, in den sie damals verliebt gewesen war.

2.

Die Einladung zum Klassentreffen hatte sie schon beinahe wieder vergessen.

Meine Güte, warum hatte sie die Karte nicht einfach verbrannt? Oder gleich weggeworfen?

Stattdessen prangte sie am Küchenschrank wie eine Art Mahnmal.

Und das seit nunmehr vier Wochen. Mittlerweile hatte Harriet sich daran gewöhnt, dass sie dort hing.

Sie hatte in einem Anflug von geistiger Verwirrung zugesagt.

Sie hatte in der Mail sogar geschrieben, dass »sie sich freue, alle mal wiederzusehen«.

Dabei freute sie sich kein bisschen.

Gott, ging es noch heuchlerischer?

Sie donnerte die Küchenschranktür zu, als ob er die Einladung angezettelt hatte.

Klementine, die auf dem Küchenstuhl lag und sich putzte, fuhr zusammen und sah sie empört an.

Klementine konnte sogar arrogant gucken.

Harriet seufzte herzzerreißend und überlegte zähneknirschend, was sie am Abend anziehen sollte.

Etwas Todschickes vielleicht? Das kleine Schwarze?

Oder um ihrer eigentlichen Abscheu Ausdruck zu verleihen, zerrissene Jeans und Schlabbershirt?

Ja, Lust hatte sie genau dazu, doch sie wusste, dass sie es ja doch nicht fertigbringen würde.

Sie lief nach oben ins Bad, duschte und cremte sich ausgiebig ein. Danach stand sie ewig vor dem Kleiderschrank und zog ein Kleidungsstück nach dem nächsten heraus.

Nagelneue weiße Jeans, ein knielanger, enger Rock, ein luftiges Sommerkleid mit einem gebauschten Rock und sogar ein Kostüm einer deutschen Designerin, das sie sich in einem Anflug von Geldverschwendung gekauft hatte.

Sie ließ sich aufs Bett fallen und streckte beide Beine weit von sich. Dabei betrachtete sie ihre unlackierten Fußnägel.

Sie musste an Miriam denken, eine Bekannte, die sich für ihre beste Freundin hielt. Miriam würde niemals mit unlackierten Fußnägeln aus dem Haus gehen, nicht einmal im Winter.

Die beiden hatten sich vor knapp zwei Jahren auf der Geburtstagsparty eines gemeinsamen Bekannten kennengelernt.

Miriam hatte Harriet auf die Kette angesprochen, die sie getragen hatte, und so waren sie ins Gespräch gekommen. Wobei Miriam eindeutig diejenige gewesen war, die das Gespräch in Gang gehalten hatte. Harriet wäre nie auf den Gedanken gekommen, sich nach der Party bei Miriam zu melden. Doch das Schicksal war manchmal unbarmherzig; nur wenige Tage später waren die beiden sich im Viertel über den Weg gelaufen. Seitdem klebte Miriam mit einer besonderen Art von Anhänglich- und Beharrlichkeit an Harriet, und Harriet wiederum war schlicht nicht der Mensch, der jemandem mit der Holzhammermethode deutlich machte, dass er ihr auf die Nerven ging.

Sie hatte Miriam seit Wochen nicht gesehen. Meistens tauchte die einfach irgendwann auf, lud sich auf einen Tee oder Kaffee, gern auch zum Essen ein und blieb bis Mitternacht, um Harriet mit ihren nervtötenden Monologen zu quälen.

Dirk macht dies, Dirk macht das. Dirk ist fürchterlich, Dirk ist der Größte. Dirk hat meinen Geburtstag vergessen, dafür hat er an den seiner Sekretärin gedacht. Dirk war Miriams Ehemann und weiß Gott nicht zu beneiden.

Harriet entschied sich spontan für die weißen Jeans.

Sie suchte ihre hellgrüne Bluse und überlegte, ob sie die Miriam geliehen hatte. Dabei war die alles andere als darauf angewiesen, sich Klamotten von Freundinnen und Bekannten zu schnorren. Dirk war vielleicht fürchterlich und vergesslich, doch er war überaus großzügig.

Harriet stöhnte leise und schüttelte den Kopf.

Nie mehr würde sie Miriam auch nur ein Tuch leihen.

Sie nahm eine dunkelrote weite Bluse, eine Art Tunika, aus dem Schrank und streifte sie über. Sie hatte sie ewig nicht getragen. Warum eigentlich nicht?

Die Tunika war bildschön, saß wie angegossen und schmeichelte fast jeder Figur. Obwohl bei Harriet schmeicheln absolut nicht notwendig war, denn sie war schlank wie eh und je.

Sie drehte sich vor dem Spiegel. Doch, sie konnte sich durchaus sehen lassen.

Sie nahm eine auffällige Kette aus der Schublade, frisierte ihre Naturpracht, legte sich ein wenig Make-up auf und tupfte sich Parfum ins Dekolleté.

Dann nahm sie ihre Jacke und verließ die Wohnung.

Sämtliche Parkplätze vor dem Lokal waren natürlich besetzt.

Harriet wunderte sich nicht, sie war einfach zu spät losgefahren, das hatte sie nun davon.

Vielleicht hatte Gerd mehr Glück gehabt und einen Parkplatz erwischt. Sie hatten sich vor dem Lokal verabredet.

Harriet reckte den Hals, um zu sehen, ob er bereits da war. Offenbar war das aber nicht der Fall. Gerd war eigentlich die Pünktlichkeit in Person, irgendetwas musste ihm dazwischengekommen sein. Gut, dann würde sie in zweiter Reihe stehen bleiben und im Wagen auf ihn warten.

Gerd Biedermann und sie kannten sich seit der Schulzeit, genauer gesagt seit der siebten Klasse. In der Oberstufe hatten sie sich dann angefreundet. Gerd war ein As in Physik und Chemie, Fächer, die ihr immer Probleme gemacht hatten. Nach dem Abitur hatte Gerd Maschinenbau in Braunschweig studiert, während Harriet ihre Ausbildung zur Bankkauffrau begonnen hatte. Danach hatte sie Betriebswirtschaft studiert, ebenfalls in Bremen. Der Kontakt zu Gerd war eher unregelmäßig gewesen, aber nie ganz abgebrochen.

Seit etwa zehn Jahren lebte er wieder in Bremen.

Die beiden kochten gemeinsam, gingen ins Kino oder auch mal ins Theater. Sie waren gute Freunde, nicht mehr und nicht weniger. Gerd war ein zuverlässiger, bodenständiger Mensch, etwas, das Harriet sehr schätzte. Außerdem hatte er es nie darauf angelegt, mehr aus ihrer Freundschaft machen zu wollen. Er selbst war lange in einer Beziehung gewesen und seit zwei Jahren wieder Single.

Sie sah sein dunkles Auto um die Ecke kommen und sehr langsam weiterfahren. Sie stieg aus dem Wagen und gab ihm ein Handzeichen, obwohl sie nicht mit einem Parkplatz dienen konnte.

Er ließ das Fenster herunter. »Sieht aus, als wären Parkplätze Mangelware.«

Sie nickte seufzend.

Er zeigte hinter sich. »Ich versuch's da drüben.«

Sie stieg wieder in den Wagen, um ihm zu folgen.

Etwas weiter abseits fanden sie tatsächlich zwei Parkplätze.

Harriet hakte sich bei Gerd unter. »Soll ich ehrlich sein? Ich hab überhaupt keine Lust auf dieses blöde Klassentreffen.«

Er sah sie überrascht an. »Ich dachte, du wärst ganz wild darauf.«

Sie betrachtete ihn von der Seite. Er sah wirklich gut aus heute Abend. Er trug ein helles Hemd, dazu dunkle Jeans, und er war nicht glatt rasiert, was ihr an einem Mann ausgesprochen gut gefiel.

»Du siehst gut aus«, sagten beide fast gleichzeitig.

Gerd grinste, und auch sie musste lachen. »Komm, bringen wir's hinter uns.«

Als sie in den Saal kamen, standen einzelne Grüppchen herum und musterten sie neugierig.

Gerd blickte sofort auf das Büfett, das auf der Längsseite aufgebaut war. »Oh, das sieht aber gut aus.«

Eine zierliche Frau mit einem hellblonden Pagenkopf kam auf sie zu und streckte die Arme aus. »Harriet und Gerd. Wie schön, dass ihr gekommen seid.« Sie drückte erst Harriet, dann Gerd an sich.

»Simone.« Harriet lächelte. »Du siehst toll aus.« Was auch stimmte.

Simone war eine der Frauen, die im Laufe der Jahre immer attraktiver werden, während sie in der Schulzeit eher unscheinbar ausgesehen hatte. »Die Haarfarbe steht dir großartig.«

Simone strahlte. »Danke für die Blumen, Jette.«

Gerd blickte sich um, und Harriet stieß ihm sacht den Ellbogen in die Seite. »Du wirst dich noch ein bisschen gedulden müssen.«

»Ich glaube, ich habe eben Martin gesehen.«

Sie schmunzelte. »Ich glaube, du hast eben das Büfett gesehen.«

Er ließ sie mit Simone allein und schlenderte zu einer anderen Gruppe hinüber.

»Komm, du wirst staunen, wer alles gekommen ist. Und ich wette, du wirst Andreas nicht wiedererkennen.« Simone ging voran, und Harriet folgte ihr.

Johannes Köhler, Geschichte Leistungskurs, stand hinter Gerd und wartete darauf, dass es endlich weiterging.

Die beiden waren die Ersten, die das Büfett gestürmt hatten.

Harriet hatte Johannes nicht gleich wiedererkannt, wie sie zugeben musste. Er hatte sich zu einem attraktiven, durchtrainierten Mann entwickelt. Früher war er einer der Unsportlichsten der ganzen Klasse gewesen, immer blass und eher kränklich aussehend.

Harriet stand mit Simone und ein paar anderen aus ihrem früheren Mathe-Leistungskurs zusammen. Sie hatten sich wirklich nett unterhalten. Simone hatte zwei Jahre in Argentinien gelebt, war inzwischen mit einem Argentinier verheiratet und erzählte von diesem aufregenden Land.

Harriet bewunderte es immer sehr, wenn jemand etwas von der Welt gesehen hatte und davon erzählen konnte. Sie selbst war nie wirklich aus Norddeutschland herausgekommen.

»Ich glaube, ich reihe mich mal in die Schlange ein«, verkündete sie.

Sie nahm sich einen Teller und begutachtete das Essen. Es sah nicht mal übel aus, das eine oder andere war sicherlich durchaus genießbar. Es roch nach gebratenem Fleisch und Fisch und diversen Kräutern. Harriet sog die Luft durch die Nasenlöcher ein, und prompt meldete sich ihr Magen. Sie war wirklich hungrig.

Gerd marschierte an ihr vorbei, den vollen Teller geschickt ausbalancierend. Er zwinkerte ihr zu. »Du weißt ja, wer zu spät kommt …« Er hob vielsagend die Augenbrauen.

Sie lachte. »Mach dir um mich mal keine Sorgen.«

Wenig später, als sie mit der geräucherten Forelle auf ihrem Teller kämpfte, pirschte sich ein gut aussehender dunkelhaariger Kerl an sie heran. Hier und da hatte er einzelne graue Strähnen, sah aber ansonsten erstaunlich jugendlich für sein Alter aus.

Seinen Namen hatte sie gerade nicht parat, doch sie wühlte eifrig in ihrem Gedächtnis. Michael, Matthias … Verflixt noch mal, eins von beidem …

»Harriet?« Er verbeugte sich lächelnd und schnappte sich ihre Hand, um einen Handkuss anzudeuten.

Sie blinzelte verdattert. Sie erinnerte sich nicht, dass ein Mann sie schon mal derart begrüßt hatte. Sollte sie das nun anziehend oder eher abschreckend finden? Darüber würde sie später nachdenken.

»Michael«, sagte sie etwas zaghaft.

Er nickte lächelnd. »Du siehst wirklich gut aus, Jette. Hast dich eigentlich kaum verändert.«

Sie winkte ab. »Du bist ein Schmeichler.«

»Sag das mal meiner Frau. Sie sagt immer, ich wäre viel zu ehrlich.« Er setzte sich neben sie, sein Weinglas in der Hand. »Was machst du so? Arbeitest du noch als Bankerin?«

Sie nickte. »Und du?« Leider erinnerte sie sich auch nicht an seinen Beruf. Vielleicht wurde sie doch vergesslich.

»Ich bin Journalist. Erst bei einem kleinen Käseblatt, aber seit einigen Jahren bei einer größeren Zeitung in Hamburg.«

Sie hob die Augenbrauen. »Journalist, ja richtig. Und du bist verheiratet.« Sie lächelte ihn an.

»Seit dreizehn Jahren.«

»Hast du … habt ihr Kinder?«

»Drei.«

Plötzlich hatte sie das Bild des dreizehn-, vierzehnjährigen Michael Paulsen vor Augen, der regelmäßig vor die Klassentür geschickt worden war, weil er unverschämte Zwischenrufe hinausposaunt und seine Tischnachbarin mit einem Radiergummi beworfen hatte. Und dieser Michael war nun Vater von drei Kindern.

»Zwölf, elf und neun Jahre alt, falls es dich interessiert.« Er lächelte. »Sie sind das Beste, was mir je passiert ist. Und das Beste, was ich jemals hingekriegt habe.«

Sie sah ihn nachdenklich an. »Das klingt wirklich schön.«

Er nickte langsam. »Und du? Bist du verheiratet?«

»Nein. Es hat irgendwie nie … gepasst.« Mehr würde sie nicht sagen, o nein!

Ein dunkelblonder Mann steuerte sie an, und sie konnte sich ein leises Stöhnen nicht rechtzeitig verkneifen. Zum einen, weil sie ihn gleich erkannt hatte und keine besonders guten Erinnerungen mit ihm verband, und zum anderen, weil er nicht mehr ganz nüchtern war. Stefan Meier ging ziemlich breitbeinig, ein untrügliches Zeichen dafür, dass er bereits ordentlich einen sitzen hatte.

»Da iss sie ja, die Heike.« Er ergriff ihre Hände und quetschte sie etwas.

Sie entzog sie ihm blitzschnell. »Hallo, Steffen.«

»Stefan«, verbesserte er und winkte gleichzeitig ab. »Egal.« Er versuchte, sich einen Stuhl heranzuziehen, was ihm sichtlich Schwierigkeiten bereitete.

Michael Paulsen, der noch immer neben Harriet saß, biss sich auf die Unterlippe, um ein Grinsen zu vermeiden.

Sie wandte den Kopf in seine Richtung und verdrehte die Augen.

»Hallo, Micha, alte Socke.« Stefan Meier schlug seinem alten Klassenkameraden kräftig auf die Schulter, wobei er ein bisschen ins Straucheln geriet. Dann hatte er offenbar wieder vergessen, weshalb er eigentlich hergekommen war. Er lehnte sich zurück, verschränkte die Arme und streckte die Beine aus.

Harriet stellte ihren leeren Teller auf den Tisch und sah einigermaßen erschrocken, dass einige auf die Tanzfläche gingen. Uli, ihr damaliger und auch diesjähriger DJ, legte »Born to be alive« von Patrick Hernandez auf und klatschte wie ein Ferienclub-Animateur in die Hände.

Harriet unterdrückte ein Stöhnen. Hoffentlich würde sie um einen Tanz herumkommen. Sie hatte leider zwei linke Füße, immer schon gehabt, und das hatte sich im Laufe der Jahre eher noch verschlimmert. Dabei liebte sie Musik, und sie sah anderen Menschen ausgesprochen gern beim Tanzen zu. Nur sie selbst benahm sich auf der Tanzfläche wie ein Braunbär, den man im Kreis an einem Nasenring herumführte.

»Würdest du gerne tanzen?« Michael hatte sich zu ihr gebeugt.

Sie errötete etwas. »Nein, ehrlich gesagt nicht.« Sie verzog das Gesicht zu einem entschuldigenden Lächeln.

Er stand auf. »Macht nichts, Jette. Ich gehe an die Bar,

wenn du Lust hast …« Was sie dann tun könne, ließ er offen, sie wusste aber auch so, was er gemeint hatte.

Sie nickte ihm zu und beschloss, Gerd zu suchen.

Sie ließ Stefan Meier einfach sitzen, er sah auch nicht so aus, als würde er noch sonderlich viel vom Treiben um ihn herum mitbekommen.

Sie steuerte zunächst die Bar an, dort war Gerd aber nicht. Dafür traf sie Jürgen Dittmann und Werner Polle, mit denen sie sich eine ganze Weile über Mülltrennung und anschließend über den Schuldenerlass der Dritten Welt unterhielt. Danach verabschiedete sie sich, um etliche Erkenntnisse hinsichtlich Umweltverschmutzung bereichert, und spazierte weiter durch den Saal. Hier und da standen kleinere und größere Grüppchen zusammen und plauderten. Harriet blieb immer mal wieder stehen, hörte zu, trug etwas dazu bei und schlenderte weiter.

Wo war Gerd?

Schließlich tippte sie Simone an, die sie im Vorbeigehen wiedertraf. »Hast du Gerd gesehen?«

Simone nickte. »Draußen vor der Tür.«

Gerd war Nichtraucher, hatte sich also kaum vor die Tür verzogen, um zu rauchen. Vielleicht brauchte er einfach nur etwas frische Luft.

Harriet fand ihn, Thomas Ellermeier und Sigrid Weiß in ein lautstarkes Gespräch über die Rodung des bolivianischen Regenwaldes verstrickt.

»Schuld sind ganz klar die Fast-Food-Ketten«, fand Sigrid und zog an ihrer Zigarette.

Thomas zündete sich gerade eine neue an, als Harriet dazukam. »Hallo, Jette.« Er hielt ihr seine offene Zigarettenpackung hin.

»Nein danke.«

»Sag bloß, du rauchst immer noch nicht?«, fragte Sigrid verwundert.

Harriet hätte gern gesagt: Warum sollte ich?, verkniff es sich aber. Trotz Zigarettenqualm, der ihr nach wie vor etwas Kopfweh bereitete, war die Luft hier draußen wunderbar.

Es war bereits dunkel, und einige Sterne funkelten über ihnen.

Harriet legte den Kopf in den Nacken.

»Schön, nicht?« Gerd stand plötzlich neben ihr und blickte sie lächelnd an.

Sie nickte. So einen wunderschönen Sternenhimmel hatte sie schon ewig nicht mehr bewundern können. In der Stadt hatte man selten das Vergnügen dazu.

Aus dem Augenwinkel bemerkte sie, dass Gerd sie ansah. Und dieser Blick war seltsam, fand sie. Sonst sah er sie nie so an.

»Lass uns reingehen«, sagte er sehr leise und so, dass nur sie es hörte.

Als sie nebeneinander hergingen, fragte er: »Hast du Lust zu tanzen?«

Jetzt musste sie lachen. »Gerd, wie lange kennen wir uns jetzt? Sag nicht, du wüsstest also nicht, was für eine grauenhafte Tänzerin ich bin.«

»Und wenn schon. Wir treten uns gegenseitig auf die Füße, wo also ist das Problem?«

Er hatte sie dabei direkt auf die Tanzfläche geschoben und zuckte grinsend mit den Schultern, so als wollte er ihr damit demonstrieren, dass sie nun keine andere Wahl mehr hätte.

Harriet machte gute Miene zum geschickt eingefädelten Spiel. DJ Uli hatte einen Klassiker von den *Eagles* aufgelegt, zu dem man eigentlich nur auf der Stelle treten und sich ansonsten eher reglos verhalten konnte.

Harriet kam sich unglaublich dämlich vor, aber sie wollte Gerd nicht den Spaß verderben.

Der legte einen Arm um sie und zog sie an sich. »Das komische Rumgehopse ist nicht meins«, murmelte er und zeigte verstohlen auf die anderen Tänzer.

Harriet legte kurz den Kopf an seine Schulter. Eigentlich war es gar nicht so übel, mit ihm zu tanzen. Außerdem roch er wirklich gut. Sie schnupperte vorsichtig an seinem Hemdkragen.

»Stimmt was nicht?«, fragte er leise. »Sag nicht, mein Deo hat versagt.«

Sie kicherte. »Nein, nein. Keine Sorge.«

Plötzlich lagen zwei Hände auf ihrer Schulter, und sie wurde herumgewirbelt. Gleichzeitig stieß Gerd ein ärgerliches Zischen aus.

Harriet stand Auge in Auge mit Stefan Meier. Offensichtlich hatte der sich aufgerappelt und in den Kopf gesetzt, die Tanzfläche zu stürmen. »Lass uns tanzen, Heike.«

Sie seufzte ergeben, weil sie keine Lust auf eine Diskussion mit einem Betrunkenen hatte. Außerdem wollte sie keinen Ärger heraufbeschwören. Das wäre ihr unangenehm gewesen.

Gerd hob die Augenbrauen und sah sie fragend und sichtlich enttäuscht an. Sie erwiderte den Blick und schenkte ihm ein breites Lächeln.

Stefan Meier reckte beide Arme und hopste hin und her.

Harriet tat ihr Bestes, sich nicht allzu lächerlich zu machen.

Ihr Tanzpartner griff nach ihrer Hand und zog sie an sich. »Verheiratet? Kinder?«

»Nein, ich …«

»Verstehe. Bin auch geschieden. Zweimal sogar schon. Meine beiden Exfrauen haben mich ganz schön arm gemacht.« Er lachte leise.

Uli legte ein Stück von den Stones auf.

Stefan schwenkte sie hin und her.

»Hab gerade einen Tangokurs hinter mir«, murmelte er ihr ins Ohr.

Sie nickte nur.

»Tanzt du auch Tango?«

»Nein, ich tanze eigentlich sehr selten.«

»Merkt man gar nicht.«

Er zog sie an sich, schob sie dann wieder von sich und riss seinen linken und damit ihren rechten Arm in die Höhe. Dann wirbelte er sie herum, wobei sie eine eher unfreiwillige Drehung machte und unter seinem geöffneten Arm hindurchtauchte. Dabei stieß sie sich den Kopf an seinem Ellbogen und zuckte leicht zusammen.

»So richtig haben wir den Dreh noch nicht raus«, meinte er kichernd.

Sie biss sich auf die Unterlippe. Vielleicht sollte sie sich noch ein bisschen plumper anstellen, dann würde er sich eine neue Tanzpartnerin suchen.

Das Lied war zu Ende, und ihr Tanzpartner klatschte begeistert und stampfte mit den Füßen. Dann warf er beide Arme in die Luft und drehte sich um die eigene Achse.

Das war die Gelegenheit.

»Ich müsste mal schnell …«, sagte sie. »Ich hab eine frische Knie-OP hinter mir und …« Warum sagte sie nicht einfach, dass sie keine Lust aufs Tanzen hatte und viel lieber an die Bar gehen und sich betrinken würde? Meine Güte, sie war eine erwachsene Frau, fast fünfzig, da sollte man doch meinen, dass man Tacheles reden könnte. Das war wieder typisch für sie.

Stefan Meier drehte ein, zwei kleine Pirouetten und beachtete sie nicht weiter. Vermutlich hatte er sie längst vergessen.

Harriet bahnte sich den Weg zur Toilette.

Dort sah sie in den Spiegel, und das, was sie entdeckte, gefiel ihr überhaupt nicht.

Eine Truthenne blickte sie an. Ihr Gesicht hatte rote Flecken, vor allem auf Wangen und Kinn. Vielleicht sollte sie eine dieser neuen Tagescremes für die reife Frau ausprobieren?

Eine der Kabinentüren ging auf, und ein Mann kam heraus, die Hand noch am Reißverschluss. Roland. Roland Schmitt mit zwei T.

Harriet starrte ihn entsetzt an. »Das hier ist die Damentoilette!«

Er winkte unbekümmert ab. »Und wenn schon. Drüben ist's immer so voll.«

Sie beobachtete einigermaßen fassungslos, wie zwei ausgestreckte Arme nach ihr griffen. Arme mit ungewaschenen Händen.

»Harriet.« Er lächelte sie breit an. »Witzig, dass wir uns erst hier auf dem Klo treffen. Hab dich drüben gar nicht gesehen.«

Sie lächelte zurück. »Es sind so viele da.«

Er nickte. »Stimmt. Was machst du beruflich?« Er schaute in den Spiegel und drückte auf den Seifenspender.

»Ich arbeite bei einer Bank.«

Er grinste sie im Spiegel an. »Wolltest du nicht früher mal Ärztin werden?«

Sie war überrascht, dass er sich daran erinnerte. Sie nickte schmunzelnd. »Stimmt. Ich wollte mal Tierärztin werden. Nach dem dreiwöchigen Praktikum in einer Tierarztpraxis hab ich meine Meinung dann geändert.«

Er lachte.

»Und du? Was machst du?«, fragte sie ihn.

»Ich bin Arzt. Internist.«

»Internist?« Sie musste an den unbeholfenen Roland denken, der knallrot geworden war, wann immer man ihn angesprochen hatte.

Einige ihrer Mitschüler hatten wirklich etwas aus ihrem Leben gemacht, und nicht wenige hatten sich unglaublich zu ihrem Vorteil verändert.

Roland trocknete sich die Hände und ging zur Tür. »Wir, also vier, fünf Leute aus der alten Clique, treffen uns unregelmäßig und gehen irgendwo nett essen. Wenn du also Lust hast …« Er lächelte, und sie stellte fest, wie sehr sie dieses Lächeln verwirrte. Fehlte nur, dass sie nun rot wurde.

»Gern. Danke, Roland.« Blödsinn, natürlich würde sie nicht zu einem dieser Treffen gehen. Warum auch? Außerdem hatte sie nie zur »alten Clique« gehört.

Noch immer etwas durcheinander, blickte sie in den Spiegel. Sie bekam Krähenfüße. Gleich Montag würde sie sich eine dieser Tagescremes besorgen, speziell für die reife Frau jenseits der vierzig.

Sie ging zurück in den Saal und fand Gerd mutterseelenallein am Tisch sitzend, vor sich ein Glas Mineralwasser.

»Alles gut überstanden?«, fragte er schmunzelnd, als sie sich neben ihn setzte.

Sie nickte. »Ich hab Roland auf der Damentoilette getroffen.«

Gerd lachte. »Wir haben uns vorhin unterhalten. Hättest

du gedacht, dass aus dem unsicheren Burschen mal so ein gestandenes Mannsbild wird?«

Sie gluckste. »Nein. Wirklich nicht.«

Simone kam und setzte sich ihnen gegenüber.

»Schön, dass ich euch zwei noch mal allein erwische.«

Sie plauderten über vergangene Zeiten – schöne und weniger schöne. Von denen alle drei beide Varianten bereits erlebt hatten.

Simone schmunzelte irgendwann und sah Harriet an. »Du warst immer ein wenig tollpatschig, Jette. Erinnerst du dich noch daran, wie du über Michaels Füße gestolpert bist, als du zur Tafel musstest?«

Harriet winkte ab. »So was vergisst man leider nie.«

Sie verkniff es sich zu sagen, dass sie leider auch heute noch ziemlich ungeschickt war und zu kleineren Unfällen neigte.

Sie stolperte häufig, schlug sich den Kopf oder das Knie an und rempelte mit dem Ellbogen gegen Türrahmen oder Möbelstücke. Auch blieb sie manchmal mit dem Ärmel an Türgriffen hängen und zerriss sich ihre Sachen. Oder ihr rutschte Geschirr aus der Hand – einfach so, als hätte sie ihre Hände in Seifenlauge gebadet. Weil sie dauernd wildfremde Menschen anrempelte, hatte sie einen Horror davor, Bus oder Bahn zu benutzen. Irgendwem blieb sie immer etwas schuldig.

Liebend gern hätte sie zahlreiche Hobbys wie Inlineskaten oder Rennradfahren, Bergsteigen, Drachenfliegen und und und. Doch sie beließ es vorsichtshalber bei gemächlichem Fahrradfahren und Spazierengehen.

Bei der Handarbeit hatte sie sich tatsächlich bereits mit einer Stricknadel oder einer Schere ernstlich verletzt.

Sogar ihre Katze hatte sie schon diverse Male in die Bredouille gebracht, indem ihr etwas aus der Hand und auf Klementines Kopf gefallen war. Erst vor kurzem hatte sie die Katze beinahe umgebracht, als ihr die Besteckschublade herausgefallen und diese direkt neben Klementine aufgeprallt war.

Gerd gähnte herzzerreißend und blickte die beiden Frauen entschuldigend an. »Ich bin todmüde, musste in den letzten Tagen jeden Morgen um fünf raus.«

»Das würde ich gar nicht hinbekommen«, meinte Simone.

Harriet gähnte ebenfalls, ob nun aus Solidarität oder ebenfalls vor Müdigkeit hätte sie selbst nicht sagen können. Gerd sah sie an, und wieder stahl sich ein eigenartiges Lächeln auf sein Gesicht, das sie ein wenig verwirrte.

Trotzdem lächelte sie zurück, und wie auf Kommando erhoben sich beide. Sie verstanden sich manchmal tatsächlich ohne Worte.

»Sagt nicht, ihr geht schon?«, fragte Simone überrascht. Sie umarmte erst Harriet, dann Gerd. »Die alte Clique trifft sich unregelmäßig zum Essen beim Italiener. Wenn ihr mal Lust habt …«

Harriet schmunzelte. »Roland hat mich bereits eingeladen.«

Vielleicht hatte Gerd ja Lust, auch wenn sie sich nicht daran erinnerte, dass er zur alten Clique gehört hatte.

Draußen auf dem Parkplatz nahm er ihre Hand und drückte sie kurz. »War doch eigentlich ganz nett, oder?«

Er hielt ihr die Autotür auf. »Wir telefonieren, ja?«

Sie umarmte ihn. »Klar.«

3.

Wieder hatte Harriet von einer Villa, einem riesigen Haus mit unzähligen Zimmern, geträumt. Manche dieser Zimmer hatte sie tatsächlich betreten, bei einigen war die Tür ganz von allein aufgesprungen, und Harriet hatte einen Blick hineinwerfen können. Alle Fenster waren noch immer mit dunkelroten Samtvorhängen verhängt. Harriet war langsam näher gekommen und hatte überlegt, ob sie nicht wenigstens einen der Vorhänge zur Seite ziehen sollte. Der Stoff hatte sich herrlich angefühlt; weich und samtig und sehr schwer.

Sie hatte ihn zwischen Daumen und Zeigefinger gerieben, sich dann umgedreht und war aus dem Zimmer gegangen.

Da war ein sehr eigenartiges Gefühl in ihrer Brust, eine Art Beklemmung und eine gewisse Wehmut.

Nachdem sie geduscht hatte und angezogen war, machte sie einen ausgiebigen Spaziergang. Dann kam ihr der Gedanke, sich ein Buch über Traumdeutung zu besorgen, und sie spazierte geradewegs in die Innenstadt. Sie war kaum um die Ecke, als ihr einfiel, dass ja Sonntag war. Nun, dann würde sie eben einen kleinen Spaziergang machen.

Sie kaufte sich einen kleinen Mittagssnack und schlenderte damit durch die Wallanlagen und gleich weiter in Richtung Ostertor.

Das Wetter hätte schlechter sein können, sogar die Sonne ließ sich kurzfristig blicken, um sich dann direkt wieder hinter dunklen Wolken zu verstecken.

Die Füße taten ihr weh, und ihr Magen grummelte. Fast Food war sie einfach nicht gewöhnt, und vermutlich würde sie sich auch nie daran gewöhnen. Wenn sie ehrlich war, dann wollte sie das auch gar nicht.

Ihr wurde klar, dass das nun bereits das zweite Mal in wenigen Tagen war, dass sie Fast Food aß.

Schluss damit, irgendwann wirst du in deinen Klamotten stecken wie die Wurst in der Pelle.

Sie kehrte nach Hause zurück und kochte sich eine Kanne Tee, mit der sie sich in ihren alten, etwas speckigen Ohrensessel setzte.

Auf dem kleinen Tisch gleich neben ihr lag die Zeichnung von ihrem Schaf im Karohemd. Gunnar. Sie schmunzelte vor sich hin.

Sie nahm die Zeichnung und suchte ihre neuen Stifte.

Dann setzte sie sich an ihren Schreibtisch und verpasste dem momentan namenlosen Schaf einen farbigen Anstrich.

Danach hielt sie das Papier hoch und betrachtete es.

Es war wirklich gut gelungen, keine Frage. Es sah tatsächlich aus wie ein Schaf im Karohemd. Es grinste gutmütig und schaute irgendwie verwegen drein. Ja, es hatte einen drolligen Gesichtsausdruck.

Harriet begann, weitere Schafe zu zeichnen. Allesamt mit lustiger Bekleidung wie Jeanslatzhosen und karierten Hemden.

»Deine Freunde, Gunnar«, murmelte sie leise. Meine Güte, wie lange hatte sie nicht mehr an ihn gedacht? Es war eine Ewigkeit her, dass sie gemeinsame Pläne gemacht hatten. Nein, eigentlich hatte er Pläne gemacht, von einer gemeinsamen Zukunft gesprochen, einer Ehe, Kindern. Harriet hatte es mit der Angst zu tun bekommen, je ernster es zu werden schien. Gunnar war ein freundlicher, sehr angenehmer Mensch gewesen, zuverlässig und verantwortungsbewusst. Das hatte ihr gefallen, es hatte ihr eine Art Sicherheit gegeben, die sie genossen hatte. Genau bis zu dem Moment, wo er Nägel mit Köpfen machen wollte. Sie war verliebt gewesen, ja, doch plötzlich hatte sie das Gefühl gehabt, dass das nicht reichen würde. Nicht für eine Ehe, eine gemeinsame Zukunft. Bis dass der Tod euch scheidet …

Sie hatte versucht, es ihm zu erklären. Er hatte es nicht verstanden und sie angesehen, als würde sie ihm ein Messer ganz langsam ins Herz stoßen und dann wieder herausziehen.

Und sie war sich selten schäbiger vorgekommen. Es hatte lange gedauert, bis sie sich davon erholt hatte. Ob Gunnar sich davon erholt hatte, wollte sie vielleicht gar nicht wissen. War sie womöglich nicht fähig, wirklich und tief zu lieben? Brauchte sie immer die berühmte Hintertür, die offen blieb? Aber sie hatte nie aufgehört, sich nach Liebe, nach jemandem zu sehnen, der zu ihr gehörte, zu ihr passte. Sie war gerade dabei, ein weibliches Schaf zu entwerfen, als es an der Haustür klingelte.

»Es ist Sonntag, wer immer an der Tür ist, ich bin nicht da.«

Ein erneutes Klingeln. Sie stieß einen zischenden Laut aus und stapfte zur Tür.

Dabei riss sie im Flur mit dem Ärmel die Holzschale von der Kommode, auf der immer ihr Schlüssel lag. Polternd kullerte sie unter die Kommode, der Schlüssel gleich mit.

Harriet zischte erneut und öffnete die Tür.

Miriam stand vor ihr. »Hallo. Kann ich reinkommen?«

Nein.

Harriet verkniff sich ein Seufzen und ließ sie herein.

»Was war das denn für ein Geräusch eben?«

»Mir ist die Holzschale unter die Kommode gefallen. Ich heb sie später auf.«

Harriet ging voran in die Küche, wo Miriam sich sogleich auf einen Stuhl fallen ließ und die Beine anzog.

»Und? Wie geht's dir so?«

»Danke. Und dir?« Harriet nahm eine Flasche Orangensaft und holte zwei Gläser aus dem Schrank.

»Sag mal, kannst du mir deinen dunkelroten Nagellack leihen?«

Harriet hob die Augenbrauen. Leihen? Miriam verfügte über so viel Geld, dass sie sich jeden Tag ein Fläschchen kaufen könnte. »Ähm, ja, warum nicht?« Und sofort ärgerte sie sich. Warum sagte sie nicht einfach mal, was sie dachte?

»Ich hätte mir natürlich auch ein Fläschchen kaufen können«, erwiderte Miriam hastig. »Aber heute ist Sonntag.«

»Du könntest bis morgen warten«, gab Harriet zurück.

»Ich brauche ihn dringend heute.«

Miriam hüpfte vom Stuhl und rannte aus der Küche.

»Wohin läufst du?«

»Ins Bad. Ich weiß ja, wo er steht.« Harriet trank ihren Saft in einem einzigen Zug aus. Danach bekam sie einen Schluckauf.

Miriam erschien mit einem kleinen Fläschchen in der Hand. Damit wedelte sie vor Harriets Nase herum. »Ich mach's gleich hier.«

Während sie sich die Fußnägel lackierte, erzählte sie von ihrem letzten Ehestreit.

»Dirk ist so ein Idiot. Kannst du mir mal sagen, was ich jemals an diesem Mann gefunden habe?«

Mit Liebe mochte Harriet ihr gar nicht erst kommen, das wäre dann doch zu abwegig. Also schwieg sie.

»Er geht mir auf die Nerven, Harriet. Täglich geht er mir auf die Nerven.« Miriam spreizte ihre Zehen, um den frischen Lack besser trocknen zu lassen.

»Wenn er dir so auf die Nerven geht, solltest du mal mit ihm reden«, schlug Harriet achselzuckend vor.

Miriam sah sie an, als hätte sie ihr gerade gesagt, dass sie am liebsten nackt durch die Fußgängerzone laufen würde.

»Reden?«

Harriet nickte einigermaßen irritiert.

»Was soll ich mit ihm reden?« Miriam stieß die Luft durch die Nasenlöcher aus.

Harriet verkniff sich eine weitere Äußerung. Sie würde doch nur wieder ins Fettnäpfchen treten.

»Hast du schon gegessen?«, fragte Miriam hoffnungsvoll und betrachtete eingehend ihre rotlackierten Fußnägel.

»Ja.« Mehr sagte Harriet nicht.

»Ach so, schade.« Miriam blickte auf. »Schon aufgeregt wegen deines Geburtstags?«

Jetzt spürte Harriet, wie ihr jegliche Farbe aus dem Gesicht wich. »Warum sollte ich?«, sagte sie tapfer und mit fester Stimme. »Es ist ein Tag wie jeder andere.«

Miriam kicherte. »Natürlich.« Sie klopfte sich auf die Schenkel.

Klementine kam um die Ecke, aber als sie Miriam sah, machte sie gleich wieder kehrt.

Harriet unterdrückte ein Glucksen und bemühte sich um ein ernstes Gesicht. Klementine hatte ein untrügliches Gespür für Menschen, wie vermutlich die meisten Katzen. Wen sie nicht leiden konnte oder wer ihr gar unheimlich war, den mied sie hartnäckig.

Miriam hatte sie ebenfalls entdeckt und lockte sie mit süßen Worten. »Komm, komm, meine Süße. Komm zu Miriam, und lass dich kraulen. Na, wo ist sie denn, meine süße Kleine?«

Vermutlich hatte sich die Katze unter dem Bett verkrochen oder war gleich, um ganz sicherzugehen, in Harriets Kleiderschrank geklettert. Sie schaffte es, ihn mit einer Pfote aufzudrücken, genauso, wie sie es heraushatte, manche Türen mit der Pfote zu öffnen. Wie genau sie das anstellte, wusste Harriet nicht. Sie hatte es nie beobachten können.

»Dirk hat mir doch diesen Gutschein für das neue Fitnessstudio geschenkt.« Miriam verzog das Gesicht. »Ich war dort und hab mich massieren lassen, eine Stunde lang. Es war himmlisch. Dirk war sauer, weil ich nur eine Massage genommen und mich nicht an die Geräte gewagt habe.« Sie hob eine Schulter. »Sein Pech. Gutschein ist Gutschein. Ist doch so, oder?«

Harriet antwortete nicht.

»Hast du Wein da?«

»Nein, leider nicht. Hab vergessen, welchen einzukaufen.«

Sie wurde nicht mal rot.

Miriam seufzte. »Gibt's sonst irgendwas Neues?«

»Nein, leider nicht«, wiederholte Harriet und unterdrückte ein Stöhnen. Vielleicht sollte sie demonstrativ gähnen. Aber sie fürchtete, dass auch das nicht fruchten würde.

»Freitag wollten wir ins Theater«, plapperte Miriam weiter, während sie an ihrem Saft nippte. »Ich hatte schon die Karten besorgt. Aber dann ruft der Herr an und behauptet, er habe eine wichtige Konferenz. *Oh Schätzchen, das Theater hab ich ja völlig vergessen!*« Den Tonfall ihres Mannes hatte sie verdammt gut drauf.

»Du wirst ihm verzeihen. Wie jedes Mal.« Mehr sagte Harriet nicht.

»Ach, glaubst du, ja? Ich sag dir was, Harriet. Irgendwann werde ich diesen Kerl eigenhändig …« Sie hielt inne und dachte nach. »Irgendwas wird mir schon einfallen.«

»Du wirst ihm verzeihen.«

Miriam schnaubte. »Nein, diesmal nicht.«

»Doch, wirst du.« *Spätestens wenn er mit Rosen kommt oder mit einer Flasche Champagner, die er im Bett serviert. Oder mit einem Kurztrip nach Paris oder Rom. Oder mit einem Gutschein für die hübsche, kleine, sauteure Boutique in der Passage.*

Miriam kniff die Lippen zusammen. »Wenn du dich da mal nicht täuschst.«

Harriet war es im Grunde ziemlich egal, ob sie sich täuschte oder nicht. Sie wollte nur, dass Miriam endlich verschwand. »Hast du eigentlich meine lindgrüne Bluse?« *Herrgott noch mal, warum frage ich das überhaupt?*

»Nö.«

»Bist du sicher?«

»Ganz sicher. Mir steht kein Lindgrün.«

»Mir schon«, erwiderte Harriet etwas giftig.

Miriam sah sie verwundert an. »Komm schon, du denkst doch nicht wirklich, dass ich deine Bluse habe?«

Harriet winkte ab. »Schon gut.«

»Du, ich hab neulich ganz tolle Gartenleuchten gesehen. Die wären doch was für deine Geburtstagsparty.«

Harriet blieb die Spucke weg. Und die Luft gleich mit.

»Bitte?«

»Die werden in die Erde gesteckt und leuchten ganz irre. Sind gar nicht teuer.«

»Warum sollte ich mich für Gartenleuchten interessieren? Ich hab gar nicht vor, eine Party zu feiern.«

Miriam beugte sich über den Tisch. »Komm schon, Harriet. Du wirst fünfzig, da muss man einfach feiern.«

»Ich nicht.«

»Ich könnte alles arrangieren.«

»Untersteh dich«, knurrte Harriet.

»Du müsstest dich praktisch um rein gar nichts kümmern.« Miriam fand den Vorschlag großartig, das sah man ihr an. »Ich lade ein paar Leute …« Als sie Harriets entsetztes Gesicht sah, meinte sie: »Du könntest mir einfach eine Gästeliste geben, und ich …«

»Es wird keine Party geben, Miriam.«

»Eine klitzekleine.«

»Gar keine.«

»Komm schon, du wirst immerhin fünfzig. Mit fünfzig …«

Harriet schlug mit der flachen Hand auf den Tisch und schreckte selbst ein wenig zusammen. »Ich möchte keine Feier, Miriam. Keine Party, keine Gäste, keine Partyleuchten …«

»Gartenleuchten«, verbesserte Miriam sie etwas verdattert.

»Von mir aus auch das. Hör zu, Miriam, ich werde fünfzig, ja. Das lässt sich nicht leugnen. Ich werde diesen denkwürdigen Tag damit begehen, mich mit einem spannenden Buch irgendwohin zurückzuziehen und …«

»Nicht dein Ernst.« Miriam blinzelte entgeistert. »Du hast wirklich vor, hier ganz allein …«

»Wie auch immer, es wird keine Party geben. Und keine Partyleuchten.«

»Gartenleuchten«, erwiderte Miriam fassungslos.

»Gartenleuchten. Und jetzt würde ich gerne weiterzeichnen.«

Harriet war selbst ganz verblüfft, dass sie das gesagt hatte.

Nicht weniger ihre selbsternannte Busenfreundin. Die stand langsam auf, schlüpfte in ihre Schuhe und trippelte zur Haustür.

Harriet folgte ihr. Auch wenn sie Miriam gerade ehrlich und aufrichtig ihre Meinung gesagt hatte, wollte sie doch aufmerksam und höflich bleiben. Sie hielt Miriam mit einem breiten Lächeln die Tür auf. »Nichts für ungut, Miriam.«

»Nein, nein, schon gut. Alles klar.« Sie lief aus der Tür und blieb im Treppenhaus stehen. »Falls du es dir anders überlegst …«

»Tschüs.« Harriet donnerte die Tür zu und lehnte sich dagegen.

Den Rest des Sonntags saß sie an ihrem Schreibtisch und zeichnete Schafe. Mit Hut, ohne Hut, mit rotkariertem Hemd, mit grünkariertem Hemd, mit Turnschuhen, ohne Turnschuhe. Es machte einen Höllenspaß. Anschließend faxte sie Susanne einige Bilder zu.

Deren Antwort kam prompt.

»Großartig, Jette! Ich bin hin und weg! Gunnar ist klasse! Die Kinder würden ihn lieben!«

Harriet legte den Kopf schief und stellte sich vor, wie tatsächlich Kinder »ihr Schaf« ansehen und es »Gunnar« nennen würden. Ein schöner Gedanke.

Schön, aber vollkommen absurd. Genauso absurd wie die Vorstellung, dass ihr Schaf eines Tages in einem Kinderbuch erscheinen würde.

Nein, Gunnar würde dort landen, wo all ihre Figuren bisher gelandet waren: in einer großen Schublade im Schreibtisch.

Am nächsten Morgen suchte sie nach ihrem Schlüssel. Wo zum Teufel hatte sie ihn nur wieder hingelegt?

Als sie in ihre Jacke schlüpfte, stellte sie verwundert fest, dass die Holzschale auf der Kommode ebenfalls verschwunden war. Manche Dinge auf dieser Erde gingen ausgesprochen mysteriös zu. Sachen verschwanden, tauchten irgendwann wieder auf, meistens dort, wo man sie gar nicht vermutet hätte.

Andere Dinge blieben auf Nimmerwiedersehen verschwunden.

Harriet ging auf alle viere, um unter den Schränken nachzusehen.

Dann entdeckte sie unter der Flurkommode die Holzschale, und ihr fiel ein, dass sie sie heruntergefegt hatte, als Miriam geklingelt hatte. Wie hatte sie das vergessen können?

Der Schlüssel lag gleich daneben.

Na schön, sie wurde vergesslich, großartig. Hatte sie ihre lindgrüne Bluse womöglich verlegt und beschuldigte Miriam nun zu Unrecht?

Lag das an den beginnenden Wechseljahren?

Und kam sie überhaupt schon in die Wechseljahre?

Sie rannte ein wenig kopflos ins Bad und baute sich vor dem Spiegel auf. Ihr Gesicht glänzte etwas, und sie nahm ein Kleenex und wischte sich damit über Stirn und Wangen.

Dann ging sie sehr nah an den Spiegel heran und blickte sich tief in die Augen.

Die Krähenfüße hatte sie neulich bereits entdeckt, die würden ihr heute keine Angst einjagen, o nein. Aber die Ringe unter den Augen und die Falten neben ihren Mundwinkeln versetzten ihr einen Stich.

Sie musste an ihre Freundin Susanne denken, die mit ihren fast zweiundfünfzig Jahren eine noch immer straffe, geradezu strahlende Haut hatte. Die kornblumenblauen Augen der Freundin blitzten, und ihr blondes Haar war dicht und seidig wie immer. Der Zahn der Zeit war irgendwie an Susanne vorübergegangen, hatte sie links liegen lassen und so getan, als wäre sie zehn Jahre jünger.

Harriet kannte keinen Neid, keine Missgunst, aber sie wünschte, sie hätte ebenfalls etwas »bessere« Gene erwischt.

Sie wusste, dass sie nicht halb so hübsch war wie Susanne, das Schicksal hatte es einfach nicht übermäßig gut mit ihr gemeint. Ihre Augen standen ein wenig zu weit auseinander, ihre Lippen waren zu schmal, und sie hatte paradoxerweise ein »gebärfreudiges« Becken, wie ihre Mutter einmal gesagt hatte.

Ihr Haar war zu kraus, ihre Nase zu groß.

Nur ihre Zähne konnten sich sehen lassen. Harriet hatte wunderschöne, ebenmäßige und strahlend weiße Zähne. Und sie hatte ein ansteckendes, sehr einnehmendes Lachen. Sie zupfte eher gelangweilt an ihrem rechten Augenlid, kniff sich in die Wange und verließ keine zehn Minuten später halbwegs gut gelaunt das Haus.

Am Abend chattete sie mit Johanna. Sie berichtete von ihrem Schaf Gunnar und dass sie sich einen winzigen Moment der Vorstellung hingegeben hatte, dass Kinder ihr Schaf betrachten und es vielleicht sogar lieben würden.

Warum versuchst Du es nicht einfach mal?, schrieb Johanna.

Was soll ich versuchen?

Du könntest einen Verlag anschreiben …

Ausgeschlossen! Die würden sich totlachen über meine Kritzeleien!

Glaubst Du wirklich?, fragte Johanna. *Wo bleibt Dein Selbstvertrauen?*

Harriet musste darüber nachdenken. *Ich glaube einfach, dass ich nicht gut genug bin.*

Das käme auf einen Versuch an.

Nein, lieber nicht.

Wer außer Deiner Freundin hat Deine Zeichnungen jemals gesehen?, wollte Johanna wissen.

Niemand.

Niemand?

Doch, warte. Ich habe sie mal einem guten Freund gezeigt. Gerd. Wir kennen uns seit der Schulzeit. Während unseres Studiums hatten wir uns aus den Augen verloren, und dann sind wir uns irgendwann wieder über den Weg gelaufen.

Und wie findet er Deine Zeichnungen?

Hübsch. Harriets Gesichtszüge gefroren ein wenig. Ja, Gerd hatte sie damals wirklich »hübsch« genannt. So wie man »nett« zu jemandem sagt, von dem man nicht weiß, was man von ihm halten soll.

Er hat sie »hübsch« genannt?

Harriet nickte vor sich hin. *Ja. Ich bin nicht gut genug, sag ich ja.*

Unsinn. Nur weil Dein Freund sie »hübsch« findet, muss das nicht heißen, dass Du nicht gut genug bist. Hat er Kinder?

Sie musste lachen. *Warum fragst Du?*

Wenn er Kinder hätte, könnte er sie ihnen zeigen.

Er hat keine. Er ist nicht mal verheiratet.

Schick sie einem Verlag, und Du weißt, ob Du gut genug bist.

Das würde ich mich niemals trauen!

Dann schick sie mir, und ich verspreche Dir, dass Du eine ehrliche Antwort bekommst.

Lass mich darüber nachdenken, ja?

In Ordnung.

Harriet verabschiedete sich, klappte ihren Laptop zu und kletterte ins Bett.

Sie konnte nicht einschlafen, weil sie darüber nachdenken musste, was Johanna geschrieben hatte. Ja, vielleicht sollte sie ihr wirklich ihre Zeichnungen schicken.

Was hatte sie zu verlieren?

Johanna war Fotografin und besaß vermutlich ein untrügliches Auge für diese Dinge. Sie würde eine misslungene Zeichnung erkennen, und sie würde Harriet die Wahrheit sagen. Ja, dieses Risiko konnte sie eingehen. Sie vertraute Johanna.

Mit diesem Gedanken schlief sie ein.

Der folgende Arbeitstag war wie jeder andere; der Vormittag verging relativ schnell, und der Nachmittag zog sich elend dahin.

Harriet wunderte sich über die merkwürdigen Blicke, die ihre Kollegen ihr ab und an zuwarfen. Sie überlegte, ob sie etwas an sich hatte, etwas falsch gemacht oder gesagt hatte.

Sylvia Wagner und Rainer Mensching standen kurz vor Feierabend zusammen und tuschelten miteinander.

Harriet hatte es allmählich satt, den ganzen Tag ging das nun schon so. Es reichte!

Sie ging schnurstracks zu den Kollegen, und sofort verstummten die beiden.

»Damit hab ich gerechnet. Seid so nett, und erklärt mir, was ich angestellt habe.«

Sylvia Wagner, eine Hand auf ihrem runden Bauch, lächelte sie verschmitzt an. »Wir dürfen noch nicht drüber reden. Aber wir haben da etwas läuten hören.«

Ihr Kollege nickte eifrig. »Tut mir leid, Harriet, wir dürfen nicht vorgreifen.«

»Wem oder was vorgreifen?« Sie blinzelte irritiert.

Was ging hier vor?

Sylvia Wagner blickte ihren Kollegen verschwörerisch an.

»Wollen wir ihr nicht einen Tipp geben? Nur einen klitzekleinen?«

»Wenn du meinst.« Mensching hob beide Hände. »Ich hab nichts gehört oder gesehen.«

Harriet sah von einem zum anderen.

Ihre Kollegin beugte sich vertraulich zu ihr. »Es geht um die Stelle als Filialleiterin. Mehr sag ich aber nicht.« Damit wirbelte sie herum und verschwand in der Teeküche.

Harriet blieb mit verdattertem Gesicht zurück. »Was meint sie damit?«

Ihr Kollege zuckte mit den Schultern. »Tja, wenn du das nicht weißt …«

»Du meinst, ich …« Harriet starrte ihn fassungslos an. »Ich soll … nie im Leben!«

Er nickte belustigt. »Doch, sieht ganz so aus. Aber von mir hast du das nicht.«

»Warum werde ich nicht gefragt?«

»Wirst du ja. Bald.«

»Und wieso wisst ihr es schon und ich noch nicht?«

Wieder zuckte er mit den Schultern. »Die Spatzen haben es von den Dächern gepfiffen, Harriet. Du hättest nur hinhören müssen.«

War sie wirklich so dämlich, dass sie nicht mitbekam, wenn man sie als Filialleiterin im Auge hatte?

Kopfschüttelnd ging sie nach hinten und holte ihre Jacke.

Immer noch verwirrt, stieg sie kurz darauf in ihren Wagen. Mit Blick auf die Anzeige stellte sie fest, dass sie dringend tanken musste. Also steuerte sie die nächste Tankstelle an.

Ihre Gedanken kreisten noch um das Gespräch zwischen ihren Kollegen und ihr, und als sie bezahlt hatte und den Motor starten wollte, gab der ein eigenartiges Geräusch von sich.

Er sprang mit einem eher gequälten Laut, einer Art heiserem Husten an, rollte ein paar Meter und blieb dann stehen.

Einfach so.

Sie versuchte es erneut. Nichts, nur ein seltsames Röcheln.

Aus der Motorhaube qualmte es ein wenig, und das machte ihr Angst. Qualm bedeutete nichts Gutes, irgendetwas war da mehr als faul.

»Warum tust du das?«, stöhnte sie entnervt und klopfte aufs Lenkrad. »Komm schon, lass mich nicht hängen.«

Schließlich stieg sie aus und lief zurück zur Kasse, wo eine junge Frau stand und sie verblüfft ansah.

»Stimmt was nicht?«

»Mein Wagen springt nicht mehr an. Erst hat er komisch gehustet, dann ist er ein paar Meter gerollt, und jetzt sagt er keinen Piep mehr. Und es qualmt aus der Motorhaube.«

Die junge Frau runzelte die Stirn, dann zuckte sie mit den Schultern. »Dann müssen Sie die Werkstatt oder den ADAC anrufen.«

»Ist hier niemand, der sich das mal ansehen könnte?«

Die junge Frau schüttelte den Kopf. »Nein, tut mir leid. Hier bin nur ich.«

»Klasse. Großartig.« Harriet marschierte wieder nach draußen, ging zu ihrem Auto zurück und rief den ADAC an.

Der Mann in gelber Latzhose steckte den Kopf tief unter die Motorhaube, tauchte dann wieder auf und erkundigte sich, was sie gerade getankt hatte.

»Benzin«, antwortete sie etwas spitz.

Dachte er Apfelsaft? Limo? Vielleicht Speiseöl direkt aus der Literflasche?

»Sicher?«

Sie räusperte sich empört. »Natürlich bin ich mir sicher.«

Er grinste und ruckte seinen Kopf nach hinten. »Würden Sie mir zeigen, was genau Sie gerade getankt haben?«

Das war schlicht eine Frechheit, eine bodenlose Unverschämtheit. Sie sollte jetzt und sofort aus dem ADAC austreten. Das musste sie sich wirklich nicht bieten lassen.

An ihrem Gesicht hatte er offenbar erkannt, wie wütend sie war. Er hob beide Hände und schenkte ihr ein breites, entwaffnendes Lächeln. »Nichts für ungut, junge Frau. Aber es kommt schon mal vor, dass man das Falsche tankt.«

Na schön, das »junge Frau« versöhnte sie beinahe wieder. Und sein Lächeln war tatsächlich ausgesprochen charmant.

»Kommen Sie.« Sie marschierte zur Zapfsäule, an der sie vor etwa einer halben Stunde getankt hatte, und tippte darauf.

»Hier.«

Er kratzte sich am Kopf. »Sind Sie sicher, dass Sie nicht den Hahn daneben erwischt haben?«

Sie schnappte nach Luft und ließ sie mit einem Zischen entweichen. »Hören Sie …« Sie drehte sich um die eigene Achse und betrachtete die Zapfsäule einen Moment.

Nein, sicher war sie sich gerade gar nicht mehr. War es vielleicht doch der Hahn daneben gewesen?

»Aber das ist ja Diesel, und ich tanke immer Benzin«, murmelte sie vor sich hin.

»Möglicherweise haben Sie Diesel statt Benzin getankt, junge Frau.«

Einmal »junge Frau« saugte sie durchaus einigermaßen gierig auf, doch beim zweiten Mal wurde sie misstrauisch. Jetzt trug er ein wenig zu dick auf.

»Gott noch mal, hab ich wirklich Diesel getankt?«

Der Mann sah sie lächelnd an. Er fand das offensichtlich lustig, Harriet überhaupt nicht.

»Und jetzt?«

»Müssen wir abpumpen. Wie viel haben Sie getankt?«

Harriet hatte nur »abpumpen« gehört, und das reichte ihr vollkommen. »Abpumpen? Sie wollen das ganze Zeugs aus dem Tank pumpen?«

»Das, oder Sie fahren in Zukunft mit der Bahn.«

Prompt kam eine Straßenbahn vorbei, voll bis auf den letzten Platz, und beide drehten den Kopf und blickten ihr nach.

»Schön, dann also abpumpen.«

Zwei Stunden später war sie zu Hause, verschwitzt, wütend und hungrig.

Der Mann vom Pannendienst hatte ihr noch mit auf den Weg gegeben, in der Werkstatt eine Motorwäsche machen zu lassen.

»Was für ein Tag!«, schimpfte sie, als sie in die Küche lief, um sich eine Flasche Mineralwasser zu holen.

Klementine kam herein und stellte mit einem kurzen Blick auf ihren Fressnapf fest, dass der noch genauso gähnend leer war wie zuvor.

»Lass mich kurz verschnaufen, Klementinchen. Du hast ja keine Ahnung, was ich hinter mir habe.«

Die Katzendame interessierte sich herzlich wenig für Harriets Autopanne. Kein Fressen, kein Zuhören, basta.

Harriet erbarmte sich und füllte ihren Napf.

Dann trank sie ein großes Glas Wasser und überlegte, was sie aus den wenigen Zutaten zaubern konnte, die sie noch im Kühlschrank hatte.

»Ich lauf schnell zum Supermarkt«, erzählte sie ihrer Katze, die ihre Nase tief in den Napf getaucht hatte und hörbar fraß.

Harriet schlüpfte in die Schuhe, die sie am schnellsten finden konnte: knallrote Leinenschuhe, ein bisschen ausgelatscht, aber urbequem. Man spürte zwar jeden Stein, auf den man trat, aber sie hatte ja zwei Augen im Kopf, um aufzupassen.

Anstatt auf einen Stein zu treten, knickte sie auf dem Rückweg um. Ihr Knöchel brannte und schmerzte höllisch. Sie kam kaum die Treppe hinauf.

Klementine hatte sich ins Wohnzimmer zurückgezogen, wo sie der Körperpflege nachging und dabei Harriets Lieblingssessel besetzt hatte.

Harriet schob eine Tiefkühllasagne in den Ofen und gönnte sich ein kleines Glas Merlot. Das musste heute Abend einfach sein.

Sie zog die Knie an und rieb ihren schmerzenden Knöchel.

Zur Abwechslung ging sie früh schlafen und fühlte sich ziemlich frisch und erholt, als sie am nächsten Morgen zu ihrem Wagen lief.

Sie drehte den Zündschlüssel und angelte mit der anderen Hand nach dem Gurt. Der Motor gab keinen Piep von sich.

Sie schüttelte verdattert den Kopf und probierte es erneut. Wieder nichts.

»Was soll das? Bist du sauer auf mich, weil ich dich gestern beschimpft habe? Komm schon, war nicht böse gemeint.« Sie tätschelte das Armaturenbrett und versuchte ein weiteres Mal, den Motor zu starten.

Nichts. Nicht mal ein Husten, Röcheln, irgendetwas, was sie daran erinnerte, in einem Auto zu sitzen.

»Wenn du mich jetzt hängenlässt, wirst du es bereuen.«

Eine Viertelstunde später saß sie in der Straßenbahn, ihre Jacke samt Handtasche auf den Knien, neben sich eine junge Frau mit Kopfhörern.

Harriet verstand einzelne Musikfetzen und wünschte sich selbst ebenfalls Kopfhörer.

Ihr Fuß tat noch immer ziemlich weh, obwohl sie eine Salbe aufgetragen und eine elastische Binde um den Knöchel gewickelt hatte.

»Warum gehst du so komisch?«, fragte Sylvia Wagner gleich, als sie zur Tür hereinkam.

»Ich bin gestern Abend umgeknickt.«

»Warst du beim Arzt?«

»Ich gehe doch nicht zum Arzt, bloß weil ich umgeknickt bin.« Harriet schnaubte und marschierte in die Teeküche.

Dort stand die Auszubildende Friederike Steding und kochte Kaffee. »Was ist mit Ihrem Fuß?«

»Ich bin umgeknickt.«

»Aua! Auch einen Kaffee?«

»Furchtbar gern.« Sie setzte sich an den Tisch und rieb sich den Knöchel.

Zum Arzt! Wegen eines verstauchten Knöchels!

Rainer Mensching kam herein und sah sie verwundert an. Dann blickte er auf seine Uhr. »Nanu, sonst kommst du doch immer um Viertel vor.«

»Ich musste die Bahn nehmen«, erklärte sie.

Er nickte. »Ach so. Was ist mit deinem Auto?«

»Ist nicht angesprungen. Ich muss gleich die Werkstatt anrufen.« Dass sie gestern Abend Diesel statt Benzin getankt hatte, erzählte sie besser nicht.

»Lass dich bloß nicht übern Tisch ziehen, Harriet«, riet er mit vielsagendem Blick.

»Wieso?«

»Weil du eine Frau bist.«

Sie blinzelte erstaunt. »Weil ich eine Frau bin?«

»Die Kerle verkaufen dir eine neue Lichtmaschine, obwohl nur eine Sicherung kaputt ist.« Er beugte sich über den Tisch, wobei seine Krawatte beinahe im Kaffee baumelte, den Friederike Steding ihr soeben hingestellt hatte.

»Danke, Friederike. Du meinst, die würden mich dreist …?«

»Verscheißern, genau.«

Harriet schnaubte. Sie nahm ihr Handy und hielt inne.

»Was glaubst du, woran kann es liegen, dass er nicht anspringt?«

»Batterie?«

»Die ist ganz neu.« Sie winkte ab und wählte die Nummer der Werkstatt ihres Vertrauens. Hoffentlich.

Sie erzählte von der Autopanne und sagte, dass sie jemanden mit ihrem Autoschlüssel vorbeischicken würde.

Als sie aufgelegt hatte, bat sie Friederike, das zu übernehmen, wenn sie nachher einige Botengänge zu erledigen hatte.

Am späten Nachmittag rief ein junger Mann aus der Werkstatt an und berichtete, dass er ihren Wagen abgeschleppt hatte.

»Könnte die Lichtmaschine sein«, meinte er.

Bei Harriet schrillten sämtliche Alarmglocken.

»Die Lichtmaschine, ja?«

»Wie alt ist der Wagen?«

»Acht Jahre.«

»Aha.« Dieses »Aha« konnte alles bedeuten.

Sie hatte die Worte ihres wohlmeinenden Kollegen im Ohr:

Lass dich bloß nicht übern Tisch ziehen, Harriet … Weil du eine Frau bist …

Sie holte tief Luft. »Ähm … ich fürchte, da muss auch eine Motorwäsche gemacht werden.«

»Warum das?«

»Ich, ähm, hab aus Versehen Diesel statt Benzin getankt.«

Sie hörte ihn seufzen. »Dann müssen wir wahrscheinlich auch den Kraftstofffilter ersetzen.«

Harriet hob die Augenbrauen. »Ach ja?«

»Vermutlich ist das auch der Grund, warum Ihr Wagen heute früh nicht wollte.«

»Nett ausgedrückt«, sagte sie. »Was glauben Sie, wie lange wird das dauern?«

»Hmm.« Sie hörte ihn mit Papier rascheln. »Frühestens morgen Vormittag. Wir rufen Sie an.«

»Ja, tun Sie das. Mein Lebensgefährte kommt dann vorbei und holt den Wagen ab.« Grinsend legte sie auf. Sollte der Kerl bloß nicht denken, dass sie sich veräppeln lassen würde.

Nach Feierabend schmerzte ihr Knöchel mehr denn je, vermutlich, weil sie deutlich mehr gestanden hatte als sonst.

Wenig elegant humpelte sie auf die andere Straßenseite und hielt ein Taxi an, das gerade vorbeikam. Manchmal schien sie doch Glück zu haben.

Der Taxifahrer, ein junger Mann mit wilder Wuschelfrisur, grinste sie im Rückspiegel an. »Wolln Sie nich vorn einsteigen?«

»Nein danke. Ich bin stocksauer, und da sitze ich lieber hinten.« Als sie sein verdutztes Gesicht sah, winkte sie mit einer Hand ab. »'tschuldigung, mit Ihnen hat das überhaupt nichts zu tun. Ich hatte einen bescheuerten Tag, und mein Auto ist nicht angesprungen.«

Er nickte. »Kenn ich.«

Sie lehnte den Kopf an die Kopfstütze und sah aus dem Fenster.

Im Taxi stank es nach kaltem Rauch und etwas anderem, Undefinierbarem. Sie kämpfte mit sich, das Fenster nicht ganz herunterzulassen.

Zum Abendbrot würde sie eine Pizza aus dem Tiefkühlfach nehmen und sich dazu ein Glas Merlot gönnen. Oder auch zwei.

Sie atmete tief durch.

Im Radio lief ein Stück von den *Talking Heads*, das sie noch von früher kannte, und der junge Mann drehte die Lautstärke auf. Er warf einen kurzen Blick in den Rückspiegel.

»Es stört Sie doch nicht, wenn ich lauter mache?«

Harriet schüttelte müde den Kopf.

Es stört dich ja auch nicht, dass du riechst …

»We're on *the road to nowhere* …«, trällerte er und fuhr dann etwas schuldbewusst zusammen. Zumindest sah es für sie so aus. »'tschuldigung. Ich kann's mir einfach nicht verkneifen. Dauernd muss ich singen. Egal, wo ich bin.«

»Kein Grund, sich zu entschuldigen«, meinte sie achselzuckend. »Sie singen nicht mal schlecht.«

»Danke. Finden Sie? Ich studiere Musik. Viertes Semester. Ist genau mein Ding.«

»Egal, was man macht, Hauptsache, es ist das, was man machen will. Ist es nicht so?« Sie seufzte leise. O Gott, sie fing an zu philosophieren.

Der Taxifahrer nickte leidenschaftlich. »Genau so ist es. Mein Vater wollte, dass ich Jura studiere, und meine Mutter wollte einen Banker.« Er lachte schallend. »Stellen Sie sich das mal vor, ich und Banker!«

Harriet schmunzelte und biss sich auf die Unterlippe.

»Was machen Sie beruflich?«, wurde sie dann gefragt.

»Ich bin Bankerin.«

Der junge Mann hob die Augenbrauen. »Oh, Mist, tut mir echt leid, Mann. Ich meine, es tut mir nicht leid, dass Sie Bankerin sind, soll ja ein … interessanter Beruf sein.« Er seufzte leise.

Harriet konnte nicht anders, sie musste einfach lachen.

Als sie sich etwas beruhigt hatte, sagte sie: »Jedenfalls ist er garantiert nicht so aufregend wie Musiker.«

»Da haben Sie bestimmt recht. Wollten Sie immer Bankerin werden?«

Sie dachte nach. Es schien eine halbe Ewigkeit her zu sein, dass sie ihre Berufswahl getroffen hatte.

»Nein. Als kleines Mädchen wollte ich Archäologin werden, später dann Tierärztin. Nach einem kurzen Praktikum hab ich es mir dann aber anders überlegt. Kurz vor dem Abitur wollte ich ins Ausland. Aber meine Mutter wurde krank, und ich fühlte mich verpflichtet, bei ihr zu bleiben. Ich hab Betriebswirtschaft studiert, und so bin ich in der Bank gelandet, in der ich heute noch arbeite.«

Sie ließ sich ihre Worte auf der Zunge zergehen. Es hörte sich seltsam an, fand sie.

Der junge Mann grinste. »So wie Sie das sagen, klingt es fast, als hätten Sie keine andere Wahl gehabt.«

Sie winkte ab. »Ach, so würde ich das nicht sagen. Ich bin eigentlich ganz zufrieden mit meinem Job.« Schwamm drüber, auf diese kleine Flunkerei kam es nun auch nicht mehr an.

Er grinste wieder. Oder noch immer.

»Sehen Sie, das ist doch genau das, was Sie eben gesagt haben. Hauptsache, man ist zufrieden mit dem, was man macht. Ein Freund von mir ist Gärtner. Ich find's sterbenslangweilig, aber er liebt seinen Beruf. Pflanzen und so sind eben sein Ding.«

Harriet gab ein ordentliches Trinkgeld und stieg dann müde und ausgesprochen nachdenklich die Treppe zu ihrer Wohnung hoch.

4.

Mit einem Krimi war sie ins Bett geklettert und offenbar recht schnell eingedöst. Sie fuhr hoch, als es an der Tür klingelte.

Miriam!

Sie zog sich die Bettdecke über den Kopf und lauschte.

Es klingelte wieder.

Sie hatte überhaupt keine Lust, an die Tür zu gehen.

Eigentlich war es eine Frechheit, sie aus dem Bett zu klingeln. Zähneknirschend stand sie auf und warf einen Blick auf den Wecker neben ihrem Bett. Gerade mal halb zehn.

War sie so früh ins Bett gegangen?

Seufzend lief sie die Wendeltreppe hinunter, rutschte auf dem Flur aus und riss die Tür auf, wobei sie einen erstaunlichen Spagat hinlegte.

Gerd stand da und musterte sie überrascht.

»Donnerwetter, machst du Sport?«

»Nein, ich bin ausgerutscht. Hallo, Gerd.«

Sie tastete nach ihrem Knöchel, der sich gerade ein wenig beruhigt hatte und nun durch ihren unfreiwilligen Spagat erneut in Mitleidenschaft gezogen worden war.

Gerd war patschnass. Offenbar regnete es.

»Hallo, Jette. Da staunst du, was?«

Harriet staunte tatsächlich. Gerd hatte mal wieder ein Timing. Warum hatte er nicht angerufen? Dann hätte sie sich auf seinen Besuch vorbereitet und wäre nicht so früh schlafen gegangen.

Gerd lief über den Flur, direkt ins Wohnzimmer.

Dort blieb er stehen. »Ich wollte dich überraschen, Jette. Ist was passiert? Bist du krank?« Er betrachtete sie eingehend. »Du bist ja schon im Schlafanzug.«

Sah er das wirklich erst jetzt? Harriet musste sich fragen, ob sie tatsächlich immer so unscheinbar gekleidet war, dass ihrem Freund nicht mal auffiel, wenn sie im Pyjama war.

»Es ist schon fast zehn, Gerd.«

»Halb zehn, Jette. Ich wollte auch nur …«

Ja, was wollte er nur? Genau das fragte sich Harriet auch.

»Schon gut. Möchtest du etwas trinken?«

Er nickte. »Einen Kaffee vielleicht.«

Sie unterdrückte ein Stöhnen. Konnte Gerd nicht einfach ein Glas Wasser verlangen? Oder Orangensaft? Aber nein, er musste einen Kaffee haben. Mitten in der Nacht.

Na ja, am Abend.

»Mein Auto steht in der Werkstatt, frag bloß nicht, warum«, erzählte sie ihm, während sie darauf warteten, dass der Kaffee durchgelaufen war.

»Warum?«

Sie seufzte. »Weil ich dumme Nuss anstatt Benzin Diesel getankt hab.«

»Autsch, das kann teuer werden.«

»Ja, vielen Dank auch, du machst mir Mut.«

Schweigend lauschten sie dem Knattern und Tröpfeln der Kaffeemaschine.

Harriet wollte wieder ins Bett.

Gerd knetete seine Finger. Erst jetzt fiel ihr auf, dass er irgendwie nervös war. Das passte überhaupt nicht zu ihm. Gerhard Biedermann war stets ruhig und besonnen, man könnte es vielleicht auch so ausdrücken: Gerd hatte das Wort Contenance erfunden.

»Stimmt etwas nicht?«, fragte sie ihn.

»Nein, alles bestens.« Er rieb sich wieder die Hände.

Ausgerechnet jetzt bekam sie einen unanständigen Appetit auf ein Stück Käse. Und ein Glas Wein. Und ein paar Cracker.

Sie seufzte und stand auf. Sie musste sich bewegen.

Gerds Kaffee war gerade durchgelaufen, und so war sie eine Weile damit beschäftigt, eine Tasse zu holen, ihm einzuschenken und Milch aus dem Kühlschrank auf den Tisch zu stellen.

Gerd betrachtete sie lächelnd. »Wie lange kennen wir uns jetzt eigentlich?«

Sie nestelte an der Milchpackung und schob sie hin und her.

»Ewig. Warum fragst du?«

»Müssen fast vierzig Jahre sein, oder?« Er griff nach der Milch und hielt inne. »Was ist das denn für Milch?«

»Sojamilch. Ich hab aus Versehen die falsche gegriffen.«

Seinem Gesicht nach zu urteilen, hätte sie auch antworten können: Das ist mein Morgenurin.

»Ich finde sie eigentlich ganz lecker.«

Gerd nippte mit leicht angewidertem Gesicht an seinem Kaffee, stellte den Kaffeebecher dann zur Seite und sah Harriet einen Moment lang schweigend an.

Ob sie etwas angestellt hatte? Aber ihr fiel beim besten Willen nicht ein, was das gewesen sein könnte. Also tat sie das, was sie in solchen Fällen meistens machte: Sie plapperte drauflos.

»Habe ich dir eigentlich schon von Johanna erzählt? Wir haben uns vor ein paar Wochen im Internet kennengelernt, stell dir das vor. Ich in einem Chatroom, wo ich eigentlich nicht mal diesen blöden Laptop wollte. Und Susanne hat sich wieder mal verliebt.«

Gerd hatte wahrscheinlich gar nicht richtig zugehört, stattdessen griff er in seine Hosentasche und schien dort irgendetwas zu suchen.

»Wirklich? Das ist toll«, murmelte er vor sich hin.

Das hätte er vermutlich auch gesagt, wenn sie ihm mitgeteilt hätte, dass Susanne an Schuppenflechte oder Gürtelrose erkrankt sei.

Offenbar hatte er endlich gefunden, wonach er gekramt hatte. Er zog ein kleines viereckiges Päckchen aus seiner Hosentasche: Ein lilafarben eingewickeltes Paket mit weißer Schleife. Er stellte es vor Harriet hin und sah sie auffordernd an.

»Für mich? Ich hab doch noch gar nicht Geburtstag.«

Er grinste etwas verkrampft. »Mach auf.«

In der kleinen Schachtel lag ein hübscher Ring mit einem kleinen, sehr schön eingefassten dunkelblauen Stein.

Harriet betrachtete ihn eingehend. »Oh, der ist wirklich sehr hübsch, Gerd.«

Ohne groß darüber nachzudenken, steckte sie ihn an den Ringfinger der linken Hand. Sofort bereute sie es und zog ihn hastig wieder ab.

»Er ist wirklich sehr schön. Danke, Gerd.«

Er sprang vom Stuhl, warf sich auf die Knie und griff nach ihren Händen. »Jette ... Harriet Bohnekamp, willst du mich heiraten?«

Harriet war so baff, dass sie erst mal gar nicht reagierte.

Sie starrte Gerd an; ihren alten Schulfreund, den sie seit ihrem dreizehnten Lebensjahr kannte. Sie wünschte sich an einen anderen Ort. »Gerd, ich weiß nicht, ob ...«

»Ich möchte dich heiraten, Jette. Wir kennen uns nun schon so lange, und ich …«

Sie klappte den Mund auf. »Aber ich … du …« Sie klappte den Mund wieder zu.

Was sollte sie ihm sagen?

Ich mag dich, Gerd. Du bist ein netter Kerl. Am meisten mag ich dich, wenn du in deiner eigenen Wohnung bist?

Bist du vollkommen übergeschnappt, mir einen Heiratsantrag zu machen?

Sie schaffte ein sehr schiefes Lächeln und bekam prompt eine unangenehme Gänsehaut auf dem Kopf.

»Was sagst du, Jette?« Er strahlte sie an.

Sie knetete ihre Finger. »Was soll ich sagen, Gerd?«

»Ja.« Er fand das offenbar lustig. Er lachte.

Harriet errötete etwas. »Ich weiß nicht, Gerd …«

Sag ihm, dass er diesen dämlichen Ring wieder einpacken und einer Frau schenken soll, die verrückt nach ihm ist!

Sag ihm, sag ihm … Ja, was verdammt noch eins?

Dass du gerade total überfordert bist! So!

»Gerd, hör mal, wir …«

»Das kommt jetzt total überraschend, Jette, ich weiß. Aber ich hab lange darüber nachgedacht, und ich finde, wir passen wunderbar zusammen. Findest du nicht?«

Sie sah ihn etwas verdattert an. »Weil wir uns schon so lange kennen, meinst du?«

Er nickte eifrig. »Klar. Wie viele Leute heiraten, die sich gerade mal ein paar Monate kennen. Wir kennen uns in- und auswendig, Jette.«

Sie blinzelte etwas verwirrt. Meinte er das ernst? Er wollte sie heiraten, weil er nichts Besseres fand? Weil sie sich schon ewig und drei Tage kannten?

Sie stand auf und ging zum Kühlschrank. Sie hatte das

dringende Bedürfnis, sich zu bewegen, wenn ihr blöder Fuß nur nicht so weh tun würde. Am liebsten hätte sie jetzt einen langen Spaziergang gemacht.

Gerd war fast im selben Moment aufgesprungen.

»Sekt! Na klar! Warte, ich hab eine Flasche im Auto!« Er stürzte aus dem Zimmer.

Harriet stand da, den Griff der Kühlschranktür in der Hand.

Erst dann kam sie zu sich, rannte ihm nach und erwischte ihn an der Haustür. Dabei schlitterte sie, prallte erst gegen seinen Rücken und dann gegen die geöffnete Tür.

»Aua!«

»Hast du dir weh getan?«

»Kein Sekt, Gerd.«

Er sah sie verwundert an. »Warum nicht? Wir müssen doch anstoßen.«

»Ich ... ich muss darüber nachdenken.« *Du. Bist. So. Doof.*

Er blinzelte ein wenig irritiert, dann nickte er. »Klar. Verstehe. Natürlich möchtest du darüber nachdenken.« Er nahm ihr Gesicht in beide Hände und küsste sie erst auf die Nasenspitze, dann auf den Mund.

Danach ließ er sie los, zwinkerte ihr zu und sprang die Stufen hinunter. Kurz vor seinem Auto, das er auf der gegenüberliegenden Straßenseite geparkt hatte, drehte er sich zu ihr um und winkte.

Und Harriet Bohnekamp stand mit langem Gesicht da, käseweiß und mit einem Magengrummeln, das sich gewaschen hatte.

»Er hat was?«, fragte Susanne mit leicht hysterischer Stimme.

Harriet hatte sie sofort angerufen, weil sie unbedingt mit jemandem sprechen musste.

»Er muss verrückt sein, Susanne.«

»Torschlusspanik«, meinte ihre Freundin.

»Was?«

»Na, vielleicht hat er Torschlusspanik, weil er noch immer nicht verheiratet ist, Jette.«

»Meine Güte, Susanne, es soll Menschen geben, die bis an ihr Lebensende unverheiratet bleiben und ziemlich glücklich damit sind.«

»Ja, aber Gerd scheint nicht dazuzugehören.«

»Unsinn! Vielleicht war er betrunken?«, vermutete Susanne.

»Nein, er ist mit dem Auto gekommen. Gerd würde nie fahren, wenn er etwas getrunken hat.«

Ja, Gerd Biedermann war nicht nur ein Ausbund an Contenance, sondern auch an Korrektheit.

»Mist, dann liebt er dich wirklich, Jette.«

Harriet fiel beinahe der Hörer aus der Hand. »Das glaubst du doch selbst nicht!«

»Dann nenn mir einen vernünftigen Grund für diesen Heiratsantrag, Jette, nur einen.«

Harriet stöhnte. »Das ist es ja. Es gibt keinen. Und Gerd ist immer vernünftig.« *Viel zu vernünftig*, dachte sie.

Sie schlief miserabel.

Natürlich schlief sie miserabel. Wie konnte sie wie ein Baby schlummern, wenn ihr Freund aus Kindertagen ihr aus heiterem Himmel einen Heiratsantrag gemacht hatte?

Sie träumte sogar von ihm, und der Ring, den er ihr im Traum an den Finger stecken wollte, war so groß wie ein Taubenei.

Nassgeschwitzt erwachte sie und quälte sich aus dem Bett.

Sie duschte so kalt, wie sie es gerade ertragen konnte, und verzichtete auf ein Frühstück. Der Appetit war ihr gründlich vergangen.

Wie sollte sie jemals wieder unbefangen mit Gerd umgehen? Das würde für den Rest des Lebens zwischen ihnen stehen. Er und sein dösiger Heiratsantrag!

Warum suchte er sich nicht im Internet eine Frau, die zu ihm passte? Das machten doch heute alle. Und es war überhaupt nichts dabei, sich auf diese Art kennenzulernen.

Im Gegenteil, man konnte in Ruhe ausloten, ob man zueinander passte, konnte sich gründlich kennenlernen und erst dann ein Treffen arrangieren. Und dann sah man weiter.

Harriet stand auf der Straße, die Autoschlüssel in der Hand.

Wo hatte sie den blöden Wagen nur geparkt?

Erst jetzt fiel ihr ein, dass er ja in der Werkstatt stand.

Motorwäsche, irgendetwas mit einem Filter, was auch immer.

Und alles nur, weil sie zu doof war, vernünftig zu tanken!

Vernünftig!

Gerd Biedermann war vernünftig, immer und ausnahmslos. Sie hatte nie erlebt, dass er etwas Unvernünftiges, gar Verrücktes getan hatte. Nicht einmal, als sie jung gewesen waren.

Sie selbst hatte so manches Mal über die Stränge geschlagen, hatte sich nachts aus ihrem Zimmer geschlichen – war sogar aus dem Fenster geklettert! – und hatte bis zum frühen Morgen durchgetanzt. Damals war sie sechzehn oder siebzehn gewesen und hatte eine Ohrfeige von ihrem Vater kassiert, als er dahintergekommen war. Das heißt, dahintergekommen war ihre Mutter, das Bestrafen hatte die dann lieber Harriets Vater überlassen.

Harriet hatte die Ohrfeige sang- und klanglos hingenommen.

Eine Ohrfeige, na und? Dafür hatte sie einen wunderbaren Abend gehabt, und dafür hätte sie es jederzeit wieder getan. Dass sie sich beim Aus-dem-Fenster-Klettern verletzt hatte, weil sie im Efeu hängengeblieben war, hatten ihre Eltern nicht erfahren müssen.

Sie seufzte tief und stieg in die nächste Bahn.

Eigentlich hatte sie Gerd überreden wollen, ihr Auto aus der Werkstatt zu holen. Doch das kam jetzt nicht mehr in Frage.

Sie würde ihren Kollegen fragen.

Auch dieser Arbeitstag zog sich wie zähflüssiger Honig dahin. Und auch er hatte irgendwann ein Ende. Nämlich genau um Punkt achtzehn Uhr. Feierabend!

Harriet wartete nur noch auf ihren Kollegen Rainer Mensching. Er kam aus seinem Büro, sein Jackett überm Arm.

»Dann wollen wir mal. Bin gespannt, was die sich haben einfallen lassen«, sagte er, nachdem sie zu ihm in den Wagen geklettert war. »Ich regele das schon, mach dir keine Sorgen.«

Die machte sie sich auch gar nicht.

Sie machte sich viel mehr Gedanken um Gerd. Irgendwann würde sie ihm eine Antwort geben müssen. Eine Antwort, die ihn zufriedenstellen und davon abhalten würde, sie irgendwann erneut zu fragen.

Und genau das bereitete ihr Kopfzerbrechen. Wie sollte sie ihm klarmachen, dass sie ihn zwar mochte, sehr gern sogar, dass das aber niemals für eine Ehe ausreichen würde?

Im Geiste war sie das Gespräch bereits zehnmal durchgegangen. Und am Ende hatte sie immer einsehen müssen, dass sie ihm weh tun würde.

Und das wollte sie natürlich nicht.

Doch sie wollte auch kein Risiko eingehen, in ein paar Monaten erneut dazustehen und einen Ring auspacken zu müssen.

Andererseits, würde ein Mann überhaupt zweimal fragen?

»Sag mal, Rainer, wie war das damals, als du deiner Frau einen Heiratsantrag gemacht hast?«, hörte sie sich fragen.

Sofort bereute sie es. Manchmal quatschte sie wirklich drauflos, ohne nachzudenken.

Er drehte den Kopf und schmunzelte. »Ganz klassisch, wie es sich gehört. Essen gehen, rote Rosen auf dem Tisch, und in einer steckte der Ring. Sie hat gleich ja gesagt.«

»Aha.«

»Warum fragst du?«

»Nur so. Hab gerade ein Buch gelesen, und da hab ich mich gefragt, wie man das als Mann so … anstellt.«

Er lachte. »Bist du nie gefragt worden?« Er verzog das Gesicht. »Entschuldige, ist das zu privat?«

»Nein, nein, schon gut.« Sie sah aus dem Fenster.

»Und?«, fragte ihr Kollege.

»Was und?«

»Na, wie war's, als du gefragt wurdest?«

»Ach so.« Dummerweise wurde sie ein bisschen rot, und das ärgerte sie maßlos. »Er hat mich gefragt, aber ich wollte nicht. Eigentlich.«

Er lachte wieder. »Eigentlich?«

»Nein, nicht eigentlich.«

»Und du hast nein gesagt?«

»Ja. Ich meine, nein. Ich hab ein bisschen gebraucht, um nein zu sagen.« *Gott, wenn ich nur wirklich schon so weit wäre …*

»Aha.« Sein Kinn ruckte nach rechts. »Da ist es schon.«

Harriet stieg aus dem Wagen, obwohl sie kurzfristig überlegt hatte, ihn allein gehen zu lassen.

Ihr Kollege hielt ihr die Tür auf.

Zwei junge Männer in dunkelblauen Latzhosen standen am Tresen und unterhielten sich über das letzte Werder-Fußballspiel.

»Den sollten sie endlich sonst wohin schicken«, sagte einer der beiden gerade.

Harriet räusperte sich. »Ich möchte meinen Fiesta abholen.«

Die beiden Männer sahen sich nur für eine Sekunde an, doch sie hatte sofort das ungute Gefühl, dass sie sich über sie lustig machten. Nach dem Motto: Guck mal, das ist die Frau, die zu blöd zum Tanken ist.

Einer der beiden, ein junger Bursche mit Strubbelfrisur, seufzte lang anhaltend. »Motorwäsche, Kraftstofffilter ersetzt, und die Zündspule war im Eimer.« Er hielt ihr den Auftragszettel unter die Nase. »Bezahlen Sie gleich hier oder per Rechnung?«

Harriets Kollege war hinter sie getreten und spähte ihr über die Schulter. Sie hielt die Rechnung so, dass er sie sehen konnte. Ein fragender Blick in seine Richtung. Er nickte.

Sie seufzte verhalten. »Dann schicken Sie mir die Rechnung bitte.«

Sie gingen zu ihrem Wagen.

Harriet packte ihre Sachen auf den Beifahrersitz. »Danke fürs Fahren, Rainer, und für deine Hilfe. Und überhaupt.«

»Da nicht für, Harriet.«

Sie wollte gerade die Tür zuklappen, als ihr noch etwas einfiel. »Sag mal, angenommen, deine Frau hätte damals nein gesagt …«

Er sah sie etwas irritiert an. »Wobei?«

»Na, als du ihr den Antrag gemacht hast. Was hättest du getan?«

Er grinste, und Harriet fiel auf, wie jugendlich er mit einem Mal aussah. War ihr das vorher nie aufgefallen?

»Ich hätte weitergemacht. Sie so lange gefragt, bis sie ja sagt.«

Harriet schluckte. Dann nickte sie und verabschiedete sich.

Sie startete den Motor, beschimpfte ihren Fiesta sehr leise als Verräter und fuhr nachdenklich und geistesabwesend nach Hause.

Am nächsten Tag, es war beim Frühstück, grübelte sie darüber nach, was sie tun sollte. Sollte sie gleich mit Gerd sprechen, ihm klarmachen, dass sein Antrag viel zu überstürzt kam, dass …?

Ja, was eigentlich? Sie mochte Gerd, sehr sogar, er war einer der nettesten Menschen, die sie kannte. Er war ruhig und besonnen, das gefiel ihr, hatte ihr immer gefallen. Aber momentan fühlte sie sich einfach nicht in der Lage, eine klare Entscheidung zu treffen. Und ob da mehr für Gerd in ihr schlummerte, konnte sie beim besten Willen nicht sagen.

Manchmal, wenn er den Kopf zurücklegte und lauthals lachte, machte ihr Herz einen Hopser, ja. Aber hatte das etwas zu bedeuten? Hieß das zwangsläufig, dass sie mehr empfand als Freundschaft? Diese Freundschaft hatte sie immer genossen, und jetzt darüber nachzudenken, wie es in Zukunft mit ihnen weitergehen sollte, dazu fühlte sie sich komplett außerstande.

Ja, sie war hoffnungslos überfordert.

Aber sie wollte ihn auf keinen Fall vor den Kopf stoßen. Doch irgendetwas musste sie machen, sie konnte es schlecht aussitzen, so tun, als wäre nichts passiert. Sie stieß einen tiefen Seufzer aus, und Klementine, die neben ihr auf dem Stuhl lag, sah auf und musterte sie träge. Das, was sie bräuchte, wären ein paar Tage Urlaub. Sie könnte ein paar Tage verreisen, sich vielleicht eine hübsche Stadt ansehen, die Seele baumeln lassen. Danach würde sie klarer sehen.

Sylvia Wagner, heute in einem sehr schlichten, aber bildschönen kniekurzen Kleid, hielt ihr die Tür auf.

»Na, was macht dein Auto?«

»Es fährt«, knurrte Harriet und sah sie an. »Schickes Kleid, Sylvia, nein falsch: Es ist todschick. Für so ein Kleid würde ich vermutlich unangemessene Dinge tun.«

»Das müsstest du gar nicht. Schwanger werden genügt völlig.«

Harriet blieb stehen. Dann prustete sie vor Lachen. »Weißt du, was ich an dir mag?«

Ihre Kollegin betrachtete sie neugierig. »Nein, aber ich brenne darauf, es zu erfahren.«

»Ich mag deine Schlagfertigkeit. Mir geht das leider vollkommen ab. Mir fallen die beste Sprüche immer erst später ein.«

Sylvia Wagner kicherte. »Keine Ahnung, ob man das lernen kann.« Sie zuckte mit den Schultern.

»Wenn man das kann, melde ich mich noch heute für einen Kurs an.«

Sie lachten beide, und Harriet trottete in ihr Büro.

Ihr Knöchel schien besänftigt, er meldete sich nur noch bei einigen Bewegungen.

Während sie die Kreditunterlagen für eine größere Firma zusammenstellte, schoss ihr durch den Kopf, dass sie ja noch ein paar Tage Resturlaub haben müsste.

Beschwingt und gut gelaunt telefonierte sie mit einem eigentlich sehr patzigen Kunden, der ihr heute beinahe aus der Hand fraß. Woran auch immer das lag, möglicherweise an ihr selbst: Sie genoss es.

Die Arbeit ging ihr leicht von der Hand, und als ihre Auszubildende in ihr Büro kam und fragte, ob sie heute gar keine Pause machen würde, schaute sie verdattert auf ihre Uhr. Schon so spät?

Sie streckte sich schmunzelnd. »Es gibt so Tage, Friederike, da flutscht es geradezu.«

Kurz vor Feierabend ging sie zu dem großen Wandkalender, der in der Teeküche hing und auf dem jeder seine Urlaubstage eintrug. Sie sah nach, wie es um ihren Resturlaub bestellt war. Tatsächlich, sie hatte noch sage und schreibe sechs Tage.

Sylvia Wagner kam herein und fuhr leicht zusammen.

»Huch, hast du mich erschreckt.«

»Hast du deinen Urlaub für dieses Jahr genommen, Sylvia?«

Ihre Kollegin nickte. »Aber du nicht, so wie du gerade aussiehst.« Sie schmunzelte.

»Stimmt, ich habe noch sechs Tage.« Harriet hatte bereits den Stift in der Hand, um ihren Urlaub einzutragen.

Rainer Mensching kam ebenfalls herein, so als hätten sich alle auf ein kleines Pläuschchen verabredet. »Oh, wie ich sehe, geht's um die restlichen Urlaubstage.« Er grinste. »Ich bin dabei.«

»Du hast noch zwei Tage, Rainer«, erinnerte ihn Harriet.

»Was hältst du davon, wenn du die übernächste Woche nimmst?«

Er zuckte mit den Schultern. »Ich bin dabei«, sagte er wieder.

Harriet erzählte, dass sie soeben beschlossen hatte, ganz spontan ein paar Tage zu verreisen. Und während sie das sagte, wusste sie plötzlich, wohin.

»Wohin soll's denn gehen?«, fragte ihr Kollege.

»Ich werde eine Bekannte besuchen. Auf dem Darß.«

»Nie gehört.« Sylvia Wagner hob die Augenbrauen.

»Fischland, Darß«, erklärte ihr Kollege. »Eine sehr schöne Halbinsel westlich von Rügen. Ich war mal vor Jahren mit meiner Frau dort. Lohnt sich.«

Harriet lächelte versonnen vor sich hin.

Ja, es war feige, vielleicht sogar saudumm, sich einfach aus dem Staub zu machen.

Harriet wusste, dass sie als erwachsene Frau mit fast fünfzig eigentlich alles andere als genau das tun sollte.

Sie sollte Gerd anrufen, ihn um ein Gespräch bitten und ihm klipp und klar und vor allem sehr behutsam sagen, dass sie ihn nicht heiraten würde. Selbst dann nicht, wenn Bremen überschwemmt und er das einzig brauchbare Boot in der ganzen Umgebung besitzen würde.

Ich mag dich fürchterlich gern, Gerd, du bist ein richtig Netter. Immer verständnisvoll, aufrichtig und … vernünftig.

Nein, das würde sie natürlich nicht sagen.

Du könntest dich im Internet umsehen, könnte sie ihm vorschlagen. Den Gedanken verwarf sie aber gleich wieder.

Nein, lieber nicht. Das würde er falsch verstehen.

Gib doch eine Anzeige auf, Gerd, es gibt so viele einsame Frauen jenseits der vierzig, die gern heiraten würden.

Nein, das besser auch nicht. Sie wollte ihn ja nicht verkuppeln, sie wollte ihm nur klarmachen, dass sie nicht die geeignete Frau für ihn war.

Auch wenn sie ihn wirklich mochte, sehr sogar. Aber Liebe?

Sie seufzte ausgiebig. Lieber Himmel, das Leben konnte manchmal verflixt kompliziert sein.

Sie saß am Küchentisch, die Beine übereinandergeschlagen, die gepackte Reisetasche stand bereits im Flur.

Sie hatte am Abend zuvor mit Susanne telefoniert und ihr erzählt, dass sie ein paar Tage Ruhe brauche, um zu sich zu kommen.

»Du flüchtest, Jette«, hatte ihre Freundin gesagt.

»Nein. Doch, ja, vielleicht flüchte ich. Ich weiß nicht, was ich tun soll, Susanne. Ich würde ihm weh tun, er würde nicht verstehen, dass ich nicht heiraten möchte.«

»Du meinst, dass du *ihn* nicht heiraten möchtest.«

»Ja, oder so.«

Ihre Freundin hatte gelacht. »Und wo willst du hin? So spontan?«

»Ich werde Johanna besuchen. Ich hab dir von ihr erzählt. Sie wohnt auf dem Darß …«

»Bitte, wo?«

»In Mecklenburg-Vorpommern. Auf einer Halbinsel, rechts daneben liegt Rügen.«

»Aha.«

»Es soll sehr schön dort sein.«

»Aha.«

Harriet hatte geseufzt. »Du findest, ich kneife, oder?«

»Tust du das etwa nicht?«

»Doch«, hatte sie zerknirscht zugegeben.

»Irgendwann wirst du mit ihm reden müssen, Jette.«

»Irgendwann ja. Bis dahin hab ich mir vielleicht einen Plan zurechtgelegt.« Sehr logisch klang das nicht gerade. Komischerweise fühlte es sich für sie aber genau so an. Sie hatte das Gefühl, wenn sie zurückkäme, wäre sie einen Schritt weiter. Und bereit.

»Was ist mit deinem Geburtstag, Jette?«

Harriet hatte gelächelt.

O ja, ihr Geburtstag …

Der war in genau drei Tagen. Sie würde an diesem Tag nicht in der Bank sein und dort mit zu süßem Sekt und Schwarzwälder Kirschtorte »überrascht« werden, und sie müsste nicht mit Miriam anstoßen und so tun, als würde sie sich ein Loch in den Bauch freuen, dass sie endlich fünfzig wurde.

Sie erlaubte sich ein süffisantes Grinsen. Nannte man das nicht zwei Fliegen mit einer Klappe schlagen?

»Jette? Bist du noch da?«

»Ja, sicher. Es gibt keinen Grund, an meinem Geburtstag hier zu sein, Susanne.«

Ihre Freundin hatte gelacht. »Zwei Fliegen mit einer Klappe, was?«

»Du wirst lachen, genau das habe ich eben auch gedacht.«

»Weiß Johanna, dass du kommst?«

»Nein, ich will sie überraschen.«

»Weißt du, wer mich gerade am meisten überrascht? Du.«

Da war nur noch Klementine. Die musste gut untergebracht werden.

Und Harriet wusste auch schon, wo.

Sie klingelte bei ihrer Nachbarin zur Linken.

Stefanie Kaiser war eine freundliche, tatkräftige Frau,

und vor allem liebte sie Klementine fast genauso wie Harriet selbst.

Und Klementine akzeptierte Stefanie. Mehr konnte man von einer Katze nicht verlangen.

Harriet hatte sie bislang zwei-, dreimal bei Stefanie gelassen. Die Katzendame war zu Anfang zwar immer beleidigt gewesen und hatte ihr Fressen so lange verweigert, bis ihr Magen so leer war, dass sie selbst einen Topflappen angenagt hätte.

Dann aber hatte sie sich in ein umgängliches, schnurrendes Kätzchen verwandelt, war Stefanie um die Beine gestrichen und hatte so getan, als könne sie kein Wässerchen trüben.

Und Stefanie hatte ihr Fell gekrault, sie »meine Hübsche« genannt und alles getan, um es der Katzendame nett und gemütlich zu machen.

»Tag, Steffie, komm ich ungelegen?«

Stefanie, mit grasgrünem Frottiertuch auf dem Kopf, stand vor ihr in der Tür, das Handy in der Hand.

»Oh, Jette. Komm doch rein.« Sie nickte Harriet zu. »Einen Moment.« Dann sagte sie etwas in ihr Handy und ging vor ihr her in die Küche.

Harriet setzte sich auf den einzigen Stuhl, auf dem nichts herumlag. Stefanie war Journalistin, und in ihrer Wohnung lagen eigentlich überall Zeitungen herum; auf dem Couchtisch, unter dem Couchtisch, auf dem Sofa, dem dunkelgrauen Sessel und im Regal.

Und die Küche nutzte sie offenbar als Arbeitsplatz für ihre Recherchen, denn auf dem Tisch stapelten sich einige Bücher, und die Stühle waren voll mit Zetteln, Zeitungen und Haftnotizen.

»Setz dich irgendwo hin«, murmelte Stefanie und beendete ihr Telefongespräch mit einem: »Ich melde mich einfach wieder, Thilo.«

Als sie aufgelegt hatte, betrachtete sie Harriet einen Moment, und die blickte verstohlen an sich herab. Hatte sie einen Fleck auf dem Pulli, einen offenen Hosenstall, oder war ihr Mittelscheitel verrutscht?

»Du siehst gar nicht gut aus. Ist irgendwas?«

Harriet holte tief Luft. »Ja, es ist etwas passiert. Ich werde für ein paar Tage verreisen. Könntest du dich um Klementine kümmern?«

»Klar.« Mehr sagte Stefanie nicht, und dafür wäre Harriet ihr am liebsten um den Hals gefallen.

Sie war nicht nur die perfekte Nachbarin, eigentlich war sie auch die perfekte Freundin. Sie war immer da, wenn man sie brauchte, quetschte niemanden aus, der nichts preisgeben wollte, und konnte zuhören, wenn man etwas auf dem Herzen hatte. Dabei war sie Journalistin und es gewohnt, Menschen auf den Zahn zu fühlen, sie auszuhorchen, Informationen aufzunehmen. Offenbar war sie privat ganz anders.

Harriet hatte sie in den letzten zwei Jahren als einen Menschen kennengelernt, bei dem sie manchmal dachte, dass es schade war, dass sie sich nicht früher begegnet waren.

»Nett von dir, Steffie.«

Die winkte ab. »Ist doch selbstverständlich.«

»Klementine ist wahrscheinlich wieder sauer auf mich, kennst sie ja …«

Ihre Nachbarin lachte schallend. »Das kriege ich schon hin, kennst mich ja.«

Harriet musste lachen. »Ja, deswegen bringe ich sie ja auch zu dir und zu niemand anderem.«

Die beiden Frauen lächelten sich an.

»Ist es wegen deines Geburtstags?«

Harriet verdrehte die Augen. »Auch, ja.«

»Verstehe.«

»Es ist auch wegen Gerd. Du weißt schon, mein Freund, also ein guter Freund.«

Stefanie sah sie interessiert an. »Aha.« Sie schmunzelte.

»Stell dir vor, er hat mir einen Heiratsantrag gemacht.«

Jetzt war ihre Nachbarin so baff, dass sie sich einen Stuhl heranzog, mit einer einzigen Handbewegung sämtliche Notizzettel beiseitefegte und sich hinsetzte, ohne den Blick von Harriet zu nehmen. »Magst du erzählen?«

Auch das mochte sie sehr an ihrer Nachbarin.

»Er kommt und sagt, dass er mich gern heiraten würde. Einfach so.«

»Und du? Was hast du gesagt?«

»Gar nichts. Ich war viel zu verdattert.«

»Hat er gesagt, dass er dich liebt?«

Harriet schüttelte den Kopf. »Nein, so direkt nicht.«

»So direkt?« Stefanie schmunzelte. »Dann hat er indirekt gesagt, dass er dich liebt?«

Wieder schüttelte Harriet den Kopf. »Nein, auch nicht. Er hat nur gesagt: Jette, ich möchte dich heiraten. Willst du meine Frau werden?«

Stefanie lächelte vor sich hin. »Nach der großen Liebe klingt das nicht gerade. Es sei denn, es war irgendwie … romantisch.«

Jetzt musste Harriet lachen. »Romantisch? Nein, nicht wirklich. Hast du jemals einen Antrag gekriegt?«

»Einen? Um genau zu sein, hab ich vier Anträge gekriegt.« Sie verdrehte die Augen und lächelte geheimnisvoll. »Von drei Männern.«

Harriet stieß einen beeindruckten Laut aus. »Huh! Von drei Männern! Und du bist immer noch unverheiratet.«

Stefanie lachte. »Ja, weil ich glaube, dass ich nicht als verheiratete Frau tauge.« Sie sah Harriet an, als erwarte sie Widerspruch von ihr.

»Ob ich wohl als verheiratete Frau tauge?« Harriet zuckte langsam mit den Schultern. »Um ehrlich zu sein, ich weiß es nicht. Jede Frau, jedes junge Mädchen ist doch irgendwann in dem Alter, in dem sie von der großen, einzigen wahren Liebe träumt.«

»Der Prinz auf dem weißen Pferd.« Stefanie nickte schmunzelnd. »Damit bin ich lange durch.« Sie winkte ab. »Aber ich bin ja auch kein junges Mädchen mehr.«

Harriet verzog das Gesicht. »Als kleines Mädchen hab ich davon geträumt. Aber nach Gunnar …« Sie hielt inne und überlegte, ob sie Steffie jemals von ihm erzählt hatte. »Also nach einer Beziehung, in der es am Ende genau darum ging, hab ich nie wieder darüber nachgedacht. Mittlerweile glaube ich, dass jede Beziehung eine Art Arrangement, ein einziger großer Kompromiss ist, weil niemand auf Dauer gern allein sein möchte.«

»Du glaubst nicht mehr an die große Liebe?«

Harriet zuckte erneut mit den Schultern. »Nein, ehrlich gesagt, glaube ich nicht mehr daran.« Sie stand auf und streckte sich. »Ich bringe dir Klementine dann vorbei.«

Sie war kaum zurück in ihrer Wohnung, als Gerd anrief.

Für einen Moment überlegte sie ernsthaft, das Gespräch nicht anzunehmen. Sie war einfach zu durcheinander, und sie befürchtete, dass sie zu Erklärungsversuchen momentan nicht imstande war. Sie brauchte einfach noch ein wenig Zeit.

Sie seufzte und blickte auf das leuchtende Display.

Himmel noch mal …

»Hallo, Gerd.«

»Ich hab dich überfahren, Jette, tut mir ehrlich leid«, jammerte er. Das war aufrichtig gemeint, zumindest klang es in ihren Ohren so. Möglicherweise tat er sich auch selbst leid, das hätte sie ihm nicht mal verübeln können. Es war für sie beide eine ausgesprochen unangenehme Situation.

»Schon gut, wirklich.«

»Nein, ist es nicht.« Er schwieg einen Moment, dann räusperte er sich. »Du, das ist mir jetzt wirklich peinlich, aber meine Mutter …«

Sie war alarmiert. Wenn er von seiner Mutter sprach, war er entweder angetrunken oder depressiv.

»Was ist mit deiner Mutter?«

»Ich hab ihr gesagt, dass ich dir einen Antrag machen will, und sie …«

»Ja?« Harriet hielt unbewusst die Luft an. Sie hatte ein mehr als ungutes Gefühl.

Wieder räusperte er sich. »Jetzt bist du sicher richtig böse auf mich …«

»Gerd, bitte, was ist mit deiner Mutter?«

»Sie sitzt bereits im Zug.«

Harriet umklammerte ihr Handy, bis die Fingerknöchel weiß hervortraten. »Wie bitte?«

»Sie hat sich so gefreut, Jette. ›Oh, wie wunderbar‹, hat sie gesagt. ›Ich bin schon auf dem Weg, mein Junge. Ich will unbedingt deine zukünftige Frau kennenlernen.‹«

»Wie bitte?«, wiederholte sie.

Als er sich erneut räusperte, blaffte sie ihn an. »Du hast ihr hoffentlich gesagt, dass ich noch gar nicht ja gesagt habe, Gerd.« Sofort tat es ihr leid. Ihre Nerven lagen blank, das war alles.

Seine Stimme klang weinerlich. »Nicht so direkt. Ich

hab's versucht, Jette. Ich hab's wirklich versucht. Aber sie hat sich so gefreut. Was sollte ich denn machen?«

»Ihr die Wahrheit sagen?«

»Wo sie sich doch so gefreut hat. Ganz aus dem Häuschen war sie.«

Harriet musste sich dringend setzen. Sie tastete hinter sich, in der Hoffnung, ihren Sessel zu erwischen.

Dem war auch so, allerdings lag Klementine bereits darauf.

Was Harriet erst bemerkte, als es unter ihr fauchte.

Sie sprang auf. »Entschuldige, Klementine«, murmelte sie.

»Was?«, fragte Gerd.

»Nicht du, Klementine.«

»Ach so.«

»Was machen wir jetzt, Gerd?« Sie seufzte.

Er hüstelte. »Du, ich hab mir überlegt, dass wir zusammen essen gehen. Ich, du und meine Mutter.«

Sie stieß ein leises Zischen aus. Sie konnte ihm schlecht sagen, dass ihre Reisetasche bereits im Flur stand. Aber sie sollte ihm dringend sagen, dass sie ein gemeinsames Essen für keine gute Idee hielt.

»Du darfst auch was aussuchen, Jette.« Nun versuchte er es offenbar auf diese Tour.

Sie stöhnte verhalten. »Gerd, du musst deiner Mutter sagen, dass …«

»Ja, ja. Natürlich werde ich ihr das sagen«, erwiderte er beinahe fröhlich. »Ich sag's ihr beim Essen.«

»Du musst ihr sagen, dass du mir einen Antrag gemacht hast und dass ich …«

»Du hast nicht nein gesagt«, entgegnete er aufgeräumt.

Weil ich blöd bin. Blöd und feige.

»Du wirst sie mögen. Sie freut sich schon darauf, Brautkleider mit dir anzusehen.«

Harriet verschlug es komplett die Sprache.

»Bist du noch da?«

»Ja«, antwortete sie giftig.

»Ich erkläre ihr alles ganz in Ruhe. Versprochen.«

»Das hättest du längst tun müssen«, stöhnte sie.

»Du hast ja recht«, meinte er versöhnlich. Er räusperte sich wieder. »Du, würde es dir was ausmachen, sie vom Bahnhof abzuholen?«

Harriet schüttelte den Kopf. Sie war fassungslos. Sie sah ihren Spontanurlaub, den sie ungern Flucht nennen mochte, in weiter Ferne. So wie ein Ausflugsdampfer, der mit einem lauten Tuten übers Meer davonschipperte, und sie stand am Kai und konnte nur noch winken.

Sie straffte sich und atmete tief durch. »Gut, ich hole sie ab.«

»Du bist ein Schatz, Jette!«

»Wenn du mir versprichst, dass du mit ihr redest. Noch heute.«

»Versprochen«, sagte er feierlich.

Ich glaub nicht, was ich da gerade tue …

Sie legte einfach auf.

5.

BRUNHILDE BIEDERMANN, in einem sehr eleganten cremefarbenen Kostüm, erwartete Harriet bereits in der Bahnhofshalle.

Sie stand vor dem Blumengeschäft gleich am Eingang, in der Hand ein Sträußchen Biedermeierröschen in Rosa und Weiß.

»Du musst Harriet sein.« Sie presste ihre vermeintliche Schwiegertochter in spe an sich und drückte ihr fast die Luft ab.

Harriet war erstaunt, wie viel Kraft die alte Dame hatte.

»Freut mich, Sie kennenzulernen, Frau Biedermann.«

»Frau Biedermann!« Sie schnappte gespielt entrüstet nach Luft. »Du musst Brunhilde zu mir sagen. Ach, wie ich mich freue! Gerd hat viel von dir erzählt. Er hat richtig geschwärmt. Gott, wie ich mich freue!« Sie schob ihre Hand unter Harriets Arm. »Gerd sagt, ihr führt mich schick zum Essen aus?«

Harriet nickte und versuchte ein unverkrampftes Lächeln.

»Ich hoffe, Sie mögen Italienisch?«

»Du.« Brunhilde Biedermann strahlte sie an. »Ich esse fast alles außer Hausmannskost.«

»Ach, wirklich?«

Harriet öffnete die Beifahrertür und war der alten Dame

beim Einsteigen behilflich. Ihr winziges Köfferchen legte sie auf den Rücksitz.

Während Gerds Mutter erzählte, wie wunderbar die Zugfahrt gewesen war, fuhren Harriets Gedanken Karussell.

»Würdest du mir einen großen Gefallen tun, Kind?«

Harriet drehte den Kopf und nickte, ohne darüber nachzudenken, dass das eventuell ein Riesenfehler sein könnte.

Versprich nie etwas, bevor du eine Ahnung hast, worauf du dich einlässt …

»Wenn es mir möglich ist«, erwiderte sie immerhin.

Brunhilde lächelte. »Du würdest mich sehr glücklich machen, wenn wir beide ein Brautkleid für dich aussuchen würden.«

Harriets Fuß stand ganz von allein auf der Bremse.

Der Wagen hielt abrupt, hinter ihr wurde wütend auf die Hupe gedroschen, und der Fahrer des Wagens dahinter gestikulierte wild und schien sie wüst zu beschimpfen.

Sie gab Gas, und der Wagen ruckelte etwas.

»Ein Brautkleid?«, fragte sie, als hätte Gerds Mutter ihr mitgeteilt, dass sie am liebsten eingelegtes Katzenfleisch essen würde.

»Oder hast du schon eins?«

»Nein, ich …«

Die alte Dame klatschte in die Hände. »Wir suchen dir das schönste Kleid aus, das es in ganz Bremen zu kaufen gibt. Wirst sehen, Kind.«

»Am Wall«, genau auf der Straße, auf der sie sich gerade befanden, gab es ein Geschäft für Brautmoden.

Was Harriet wusste, Brunhilde jedoch nicht. Aber sie hatte gute Augen, und sie war verflixt aufmerksam.

Noch bevor Harriet rechts abbiegen konnte, hatte sie

ausgerufen: »Da vorn! Halt an, Kind! Lass uns gleich hier schauen!«

Harriet presste die Lippen aufeinander. »Eigentlich müsste ich …, also ich hab eigentlich gar keine …«

Gerds Mutter sah aus, als würde sie jeden Moment anfangen zu weinen. »Du wirst mir doch diesen Herzenswunsch nicht abschlagen, oder?«

Und Harriet tat das, was sie immer tat: Sie gab klein bei. Sie schluckte eine Erwiderung herunter, atmete in den Bauch und zwängte ihren Wagen in eine Parklücke. Die Hand auf Harriets Unterarm, enterte die alte Dame das Brautmodengeschäft.

»Wir suchen ein Brautkleid«, verkündete sie, als sie zwei Verkäuferinnen entdeckte.

Eine der Frauen, eine sehr junge, ausgesprochen hübsche Person, kam angesaust und strahlte sie an. »Herzlichen Glückwunsch.«

»Wozu?«, fragte Brunhilde verblüfft.

»Na, zu Ihrer Hochzeit.«

Brunhilde musterte die Frau von oben bis unten. »Ich hab nicht vor zu heiraten, junge Frau.« Sie legte einen Arm um Harriet und drückte sie an sich. »Meine Schwiegertochter wird heiraten. Also, sie wird natürlich erst dann meine Schwiegertochter sein.« Sie winkte ungeduldig ab. »Sie verstehen schon.«

Die Verkäuferin nickte. »Natürlich.«

Brunhilde schob sich an ihr vorbei. »Wir sehen uns erst einmal um, nicht Harriet?«

Sie umfasste Harriets Handgelenk und zog sie mit sich.

Dann baute sie sich vor einem Kleiderständer auf. Ihre Augen leuchteten. »Sieh dir das an, Kind. Ist das nicht herrlich?«

Genau wusste Harriet nicht, was sie meinte. Vermutlich alle Kleider. Ja, sie alle waren wahrscheinlich herrlich, und jede Frau, die vorhatte, ihren Traummann zu ehelichen, wäre sicherlich hin und weg und würde sich kaum sattsehen können an all der weißen Pracht.

»Ja, wirklich hübsch«, stimmte sie zu und betastete eher lustlos das erstbeste Kleid, das ihr in die Finger kam.

»Das doch nicht!« Die alte Dame schob ihre Hand weg. Und blitzschnell hatte sie ein anderes Kleid hervorgezogen. »Das ist dein Kleid, Kind! Das und kein anderes!«

Es war ein Kleid mit weißem Spitzenbesatz an Ärmel und Ausschnitt und einem langen, geraden Rock.

Harriet musterte es eingehend. »Ich weiß nicht …«

Die Verkäuferin kam angeschossen. »Welche Größe haben Sie?«

»Vierzig, schätze ich.«

Die junge Frau stürzte los und war gleich darauf mit einem Kleid zurück. Sie reichte es Harriet feierlich.

»Nun zieh es doch mal an, Kind.« Brunhilde strahlte sie an.

Bevor Harriet etwas erwidern konnte, wurde die alte Dame in einen hellblauen Plüschsessel gebeten und durfte sich einen Espresso oder einen Cappuccino bestellen.

»Haben Sie auch ganz normalen Kaffee?«, fragte sie.

»Aber sicher doch.« Die Verkäuferin nickte liebenswürdig und schwirrte wieder ab.

Harriet stand da, das Kleid in der Hand.

»Zieh es doch mal an«, wiederholte Brunhilde und nickte ihr begeistert zu.

Harriet müsste ihr dringend erklären, dass dieses Kleid in der Tat sehr hübsch war – für eine blutjunge Braut mit üppigem Dekolleté und Kleidergröße vierunddreißig.

Sie selbst war zwar schlank, aber eben nur schlank und nicht püppchenhaft zierlich.

Doch sie drehte sich um und verschwand in einer der Kabinen.

Mit Hilfe der Verkäuferin schlüpfte sie in das Kleid und stellte sich vor den riesigen Spiegel, und ihr blieb schlicht die Spucke weg. Um Himmels willen, sie sah … lächerlich aus. Dieses Kleid war ein wahrer Traum, nur leider nicht für die Frau, die gerade darin steckte.

»Brunhilde, nimm's mir nicht übel, aber dieses Kleid ist … es passt irgendwie nicht zu mir.«

Brunhilde war aufgesprungen, zupfte hier und da und runzelte die Stirn. »Am Ausschnitt könnte man noch was machen. Es gibt so nette BHs, die haben ein kleines Pölsterchen.«

»Ich hab nun mal nicht mehr Busen vorzuweisen«, seufzte Harriet und zog am Ausschnitt. »Dieses Kleid sieht einfach nur toll aus, wenn man hier oben etwas mehr hat.«

»Wir kaufen einen dieser Schummel-BHs …«

»Ich möchte ehrlich gesagt aber nicht so was tragen.«

»Nun probier doch erst mal einen an.« Brunhilde nestelte am Kleid und umkreiste Harriet zweimal. »Eigentlich seid ihr ja schon viel zu alt zum Heiraten,« murmelte sie dabei.

Harriet blinzelte. »Wie bitte?«

»Na, sieh mal, Gerd wird einundfünfzig, und du … Wie alt bist du eigentlich, Kind?«

»Neunundvierzig«, erwiderte Harriet sehr leise und fast ein bisschen schuldbewusst.

Brunhilde schnalzte mit der Zunge. »Neunundvierzig«, wiederholte sie. »Meine Güte, da war ich bereits fünfundzwanzig Jahre verheiratet.«

Harriet musterte sich im Spiegel und fand sich genauso schrecklich wie vorher.

»Hans-Werner und ich haben mit neunundvierzig Silberhochzeit gefeiert«, erzählte die alte Dame, während sie an dem Brautkleid herumzupfte.

Die Verkäuferin konnte es offenbar nicht mehr mit ansehen.

»Wir haben ein sehr hübsches Kleid. In Cremefarben.«

»Cremefarben? Meine Schwiegertochter heiratet. Und man heiratet doch immer in einem weißen Kleid«, entrüstete sich Brunhilde.

»Nicht immer.« Die junge Frau lächelte nachsichtig. »Viele Frauen bevorzugen cremefarbene Kleider. Besonders, wenn es nicht die erste Ehe ist.«

Brunhilde schnappte nach Luft. »Nicht die erste Ehe! Meine Schwiegertochter heiratet meinen Schwiegersohn. Ach was, meinen Sohn meinte ich natürlich. Und sie heiratet in Weiß, so wie es sich gehört.«

Harriet hatte sich sehr diskret ein paar Schritte in Richtung Umkleidekabine gewagt. »Ich hab noch einen wichtigen Termin, Brunhilde. Ich müsste jetzt wirklich …«

Brunhildes Unterlippe bebte. »Aber du tust mir noch einen Riesengefallen und schlüpfst in diese hübschen Schuhe, ja?«

Harriet musterte die weißen hochhackigen Pumps, die Brunhilde in der Hand hielt. »Ich weiß nicht …«

Brunhildes Gesichtsausdruck war flehend. Harriet brachte es einfach nicht übers Herz, und natürlich hatte sie auch wieder mal nicht den Mumm, einfach und geradeheraus zu sagen: Nein, Brunhilde, tut mir leid, aber ich habe weder vor, in diese Schuhe zu schlüpfen, noch ein anderes Kleid anzuprobieren. Ich hab ja nicht mal vor, deinen Sohn zu heiraten. Ihr war nicht zu helfen. Sie seufzte verhalten. »Na schön, ich probiere sie an. Aber dann …«

»Färbst du dein Haar eigentlich gar nicht?«, fragte Brunhilde.

»Ich mag diese eklige Pampe nicht auf meinem Kopf«, gab Harriet noch immer sehr freundlich zurück. Warum rechtfertigte sie sich überhaupt?

»Es gibt was, das kann man aufsprühen. Ganz praktisch.«

Sie warf einen Blick in einen der Schuhe. »Brunhilde, das hier ist Größe achtunddreißig.«

»Nicht deine Größe?«

»Ganz und gar nicht. Ich hab Größe einundvierzig.«

Die alte Dame murmelte etwas vor sich hin und verschwand. Und Harriet überlegte fieberhaft, ob sie die Gunst der Stunde nutzen und blitzschnell in ihre Klamotten schlüpfen sollte. Doch noch bevor sie im ersten Hosenbein war, erschien Brunhilde wieder.

»Einundvierzig ist nicht da. Aber diese hier sind auch herrlich.« Sie hielt Harriet ein anderes Paar Brautschuhe unter die Nase. »Und du brauchst noch was Blaues, was Geliehenes, was Altes …«

»Was? Wofür?«

»Das ist so, wenn man heiratet.«

Harriet atmete tief ein und aus. Sie war hoffnungslos überfordert. Mit ihrer vermeintlichen Schwiegermutter, den Brautschuhen, mit der ganzen absurden Situation. Sie straffte die Schultern. Selbst wenn sie Gerds Mutter jetzt vor den Kopf stoßen würde, sie musste endlich Tacheles reden.

Doch zunächst konnte sie etwas Zeit schinden, indem sie sich anzog. Wie sollte sie es Brunhilde beibringen? Schonend oder peng – knallhart und direkt ins Gesicht? Unsinn, knallhart und direkt war nicht ihre Art.

Brunhilde lugte durch den Vorhang. »Was machst du da?«

»Ich ziehe mich an. Nicht böse sein, Brunhilde, aber ich … ich kann das einfach nicht. Ich möchte …«

Die alte Dame nickte langsam, dann schmunzelte sie. »Ich verstehe. Ich habe dich überfahren. Das tut mir leid.« Sie streckte eine Hand aus und tätschelte versöhnlich Harriets Arm.

Sag's ihr endlich, Himmel noch mal! Am Ende stehst du noch mit Gerd vor dem Traualtar, nur weil du es wieder mal nicht geschafft hast zu sagen, was du wirklich willst. Und vor allem, was du nicht willst!

Sie fuhr sich durchs Haar und schluckte. Dann schoss ihr durch den Kopf, warum sie eigentlich diejenige sein sollte, die es Brunhilde beibringen sollte? Schließlich war es Gerds Mutter, sollte er sich doch darum kümmern. Sie trat aus der Kabine und schob ihre Hand unter Brunhildes Arm. Ihr Handy piepste, offenbar hatte sie gerade eine SMS bekommen. O ja, und sie war von Gerd, wie passend. Er hatte einen Tisch bei *»Christiano«* reserviert und wartete dort auf sie.

»Gerd wartet auf uns, Brunhilde.« Sie schob die alte Dame sacht in Richtung Tür. »Wenn ich ehrlich bin, ich hab einen Riesenhunger. Du wirst doch auch hungrig sein, oder nicht?« Sie hatte soeben beschlossen, Gerd zu überlassen, seiner Mutter zu erklären, dass sie auf dem falschen Dampfer war. Harriet hätte Brunhilde auch einfach bei *»Christiano«* absetzen können, aber sie wollte sichergehen, dass Gerd das Ganze aufklärte.

Anna-Maria, die bildhübsche Servicekraft, hatte soeben die Bestellung aufgenommen, als Christiano an den Tisch der

Herrschaften kam und sich nach ihrem Befinden erkundigte.

Harriet schenkte ihm ein strahlendes Lächeln. Sie mochte Christiano, und seit einer halben Ewigkeit war sie Stammgast in seinem Restaurant.

Genau wie Gerd. Der mochte Christiano allerdings nicht halb so sehr. Vermutlich war er mit dessen Herzlichkeit überfordert. Gerd war immer etwas zurückhaltend, oft regelrecht zugeknöpft, und der Italiener war das komplette Gegenteil: fröhlich und warmherzig, manchmal geradezu überschäumend. Und er sah verflixt gut aus.

Christiano war ein Bild von einem Mann und für einen Italiener ungewöhnlich groß. Er hatte längeres dunkelbraunes, leicht gewelltes Haar, mehr als offensichtlich sein ganzer Stolz. Er trug es zurückgekämmt und ab und an mit seiner Brille fixiert, damit es ihm nicht ins Gesicht fiel.

Gerd hatte immer beteuert, wie wenig es ihm ausmachte, dass er schon seit Jahren nichts mehr fixieren musste, doch Harriet wusste, dass das nicht ganz die Wahrheit war.

Gerd hatte früher volles, längeres Haar gehabt. Ab seinem fünfunddreißigsten Lebensjahr war es von Jahr zu Jahr dünner und spärlicher geworden. Und ergraute beinahe über Nacht.

Gerd hatte schon gemutmaßt, dass Christiano sich sein Haar färbte, beweisen ließ sich das allerdings nicht.

»Ciao, bella«, begrüßte Christiano sie grinsend und musterte Harriet unverhohlen. »Du siehst phantastisch aus.« Dabei spreizte er die Finger seiner rechten Hand und wedelte damit herum.

Gerd runzelte die Stirn. »Wir haben schon bestellt, Christiano.«

»Sí.« Der Italiener nickte. »Ich empfehle euch einen Wein. Was haltet ihr von einem Bardolino?«

»Klingt wunderbar, Christiano.« Harriet lächelte ihn erneut strahlend an, um Gerd ein bisschen zu ärgern. Eigentlich wollte sie ihn nur necken, so wie sie es oft und leidenschaftlich gern tat. Doch heute machte Gerd nicht den Eindruck, als würde er das sonderlich komisch finden.

Brunhilde erzählte begeistert, dass sie sich soeben ein Brautkleid mit ihrer Schwiegertochter angesehen hatte.

Christiano blinzelte erstaunt. »Oh, du willst heiraten, Bella? Wen?«

Gerd schob die kleine Blumenvase, die auf dem Tisch stand, so eifrig beiseite, dass sie fast umgekippt wäre. »Mich.«

Der Italiener sah erst ihn und dann Harriet an. Dann brüllte er vor Lachen. »Oh, ihr wollt mich verkohlen. So sagt man doch, sí?«

Gerd kniff die Lippen zusammen. Ein untrügliches Zeichen, dass er nicht wirklich amüsiert war.

Bevor er irgendetwas entgegnen konnte, kam Harriet ihm zuvor und warf ihm einen eindringlichen Blick zu. Das war die Höhe! Er tat doch wirklich so, als habe sie seinen Antrag angenommen.

Noch immer lachend, entfernte Christiano sich.

Brunhilde verschränkte die Finger ineinander. »Wann ist die Hochzeit? Ihr habt doch sicherlich schon einen Termin?«

Harriet schwieg eisern. Jetzt würde Gerd die Hosen herunterlassen müssen, und sie war mächtig gespannt, wie er das anstellen würde.

»Darüber reden wir noch, Mama«, sagte er leise.

»Ich schlage vor, ihr nehmt einen Termin, den ihr beide euch gut merken könnt.« Sie tätschelte Harriets Unterarm.

»Gerd merkt sich so was so schlecht, das weißt du bestimmt. Meinen Geburtstag hat er schon ein paarmal vergessen.«

»Das stimmt doch gar nicht, Mama!«

»Und ob das stimmt, Gerd.«

Christiano brachte den Bardolino und ließ Gerd kosten, der von Rotwein so viel verstand wie Harriet vom Drachenfliegen.

Bis dahin hatte Gerd offenbar sehr erfolgreich vorgetäuscht, dass er ein Weinkenner war, denn Christiano blickte ihn fragend an. »Gut?«

Gerd murmelte etwas und nickte.

Harriet schob Brunhildes Glas über den Tisch.

»Kind, aber nur ein halbes Gläschen«, sagte Brunhilde und kicherte. »Ich werde sehr lustig, wenn ich angetüdelt bin.«

»Das kann manchmal nicht schaden«, erwiderte Harriet trocken.

Christiano schwirrte wieder ab, und Brunhilde sagte: »Was würdet ihr vom zehnten Oktober halten? Der zehnte Zehnte.«

Sie sah ihren Sohn an. »Das könntest du dir doch wunderbar merken, nicht?«

Gerd betrachtete die Blumenvase und zerknüllte die Serviette in seiner Hand.

»Ich schlage vor, dass du deiner Mutter endlich erklärst, was los ist, Gerd.«

»Wir essen jetzt erst mal in Ruhe«, sagte er hastig.

Himmel, er war ja manchmal noch schlimmer als sie! Sie räusperte sich und versuchte, seinen Blick aufzufangen.

Brunhilde hatte Ossobuco mit gebratener Polenta bestellt, Gerd aß wie immer Saltimbocca, und Harriet hatte Lust auf Tortellini in Tomaten-Sahne-Sauce gehabt.

Als ihnen das Essen dampfend und köstlich duftend serviert wurde, entstand eine längere Pause in der Unterhaltung. Eine Pause, die aber durchaus nicht unangenehm war, da jeder mit seinem Essen beschäftigt war.

»Ihr habt recht, das Essen ist wunderbar«, schwärmte Brunhilde und seufzte genießerisch.

Harriet nippte an ihrem Bardolino. Die Tortellini wollten ihr heute so gar nicht schmecken, was ganz klar nur daran liegen konnte, dass ihre vermeintliche Schwiegermutter mit am Tisch saß und nicht die geringste Ahnung hatte, was sie gleich noch zu hören bekommen würde.

»Ihr habt ja noch gar nichts zu meinem Vorschlag gesagt«, bemerkte Gerds Mutter zwischen zwei Bissen.

Harriet blickte zu Gerd, doch er wich ihrem Blick hartnäckig aus. Sie rutschte auf ihrem Stuhl ein wenig nach vorn und trat ihm mit der Fußspitze leicht vors Schienbein.

Er fuhr zusammen und sah sie blinzelnd an.

Mach schon! Jetzt oder nie!

Brunhilde hatte nämlich aufgegessen und ihren Teller beiseitegeschoben.

»Nachtisch?«, fragte Gerd.

Harriet verdrehte die Augen. »Nein danke. Vielleicht solltest du jetzt endlich …« Sie atmete heftig aus. »Gerd möchte dir noch was sagen, Brunhilde«, ließ sie sich sehr laut und sehr deutlich vernehmen, so als würde sie es gern auch noch buchstabieren.

Er runzelte die Stirn und zuckte fast unmerklich mit den Schultern. Harriet trat ein weiteres Mal unterm Tisch gegen sein Schienbein, diesmal deutlich heftiger.

»Aua!« Er schob sein Weinglas hin und her.

»Was ist denn, Gerd? Hast du Bauchweh? Das kommt davon, wenn man zu schnell isst. Du wirst es dir nie abgewöhnen, Junge.«

Brunhilde griff über den Tisch nach seiner Hand und drückte sie.

Harriet hatte genug. Sie stand auf, wobei ihr Stuhl über den Fußboden schrammte und es so laut quietschte, dass alle am Tisch zusammenzuckten. »Ich möchte, dass du es ihr endlich sagst, Gerd.« Das Herz schlug ihr bis zum Hals, und ihr Magen zog sich zusammen. Sie schluckte mehrmals. Sie wünschte, sie wäre ein Mensch, der mit der Faust auf den Tisch hauen und einfach sagen würde, was sie störte. Ständig eierte sie herum, suchte nach Rechtfertigungen und Erklärungen. Und sie ließ viel zu viel mit sich machen. Meine Güte, sie war eine erwachsene Frau, bald fünfzig. Warum bloß fiel es ihr so schwer, Tacheles, Klartext zu reden? Konnte man so etwas noch lernen?

Gerd sah sie entgeistert an. Dann blickte er etwas betreten zu Boden. »Ich … also, es ist so, Mama … Harriet, also Jette und ich … Wir kennen uns ewig, das hab ich dir ja erzählt und wir …«

Brunhilde griff nach Harriets Hand, um sie auf Gerds zu legen. »Ihr seid ein schönes Paar, ihr beide.«

Harriet entzog ihm sanft, aber bestimmt ihre Hand. Je länger Gerd zögern würde, desto schlimmer machte er es für seine arme Mutter.

»Was ich dir sagen wollte, Mama … Harriet also Jette hat noch nicht ja gesagt. Also noch nicht so richtig.«

Brunhilde klappte den Mund zu und sah Harriet entgeistert an. »Kind, warum lässt du ihn denn zappeln? Gerade weil du nicht mehr die Jüngste bist, solltest du dich freuen, dass er dich heiraten will. In deinem Alter ist es doch wirklich …«

Mehr musste Harriet nun wirklich nicht hören.

Es reichte. Eigentlich reichte es schon lange. Sie war ja

selbst schuld. Wenn sie nicht mit Brunhilde in dieses blöde Brautmodengeschäft gegangen wäre, hätte sie sich und ihnen allen dieses Desaster hier erspart. Sie straffte sich und holte tief Luft. Sie würde jetzt einfach gehen. »Ich muss in die Bank. Es war schön, dich kennenzulernen, Brunhilde. Gerd wird dir alles in Ruhe erklären.« Sie sah ihm demonstrativ in die Augen. »Das wirst du doch, nicht wahr, Gerd?«

Sie blickte ihn noch einmal eindringlich, fast warnend an und ging dann zur Tür. Zu Christiano gewandt rief sie: »Die Rechnung übernimmt der Herr.«

6.

Sie hatte geschwindelt. Eine klitzekleine Notlüge.

Natürlich musste sie nicht in die Bank.

Dieser Tag war ihr erster Urlaubstag, und sie würde den Teufel tun, ihn noch weiter zu verplempern.

Schön, sie hatte Gerd den Gefallen getan und seine Mutter vom Bahnhof abgeholt. Sie hatte sogar ein Brautkleid anprobiert, mehr musste sie nun wirklich nicht tun.

Sie fuhr in ihre Wohnung und betrachtete einen Moment lang die Reisetasche im Flur.

Dann hörte sie den Anrufbeantworter ab.

»Hier ist Miriam, Süße. Du, noch mal wegen der Gartenleuchten …«

Harriet drückte die Löschtaste.

Die Route zum Darß hatte sie sich bereits ausgedruckt, jetzt suchte sie ihre restlichen Sachen zusammen, die sie brauchen würde, schnappte sich Klementine und lockte sie in den Transportkorb. Den die Katzendame überhaupt nicht schätzte.

Sie fauchte und gab eigenartige Grunzgeräusche von sich.

»Es muss sein, Klementine. Steffie kümmert sich um dich. Wirst sehen, ihr beide werdet ein paar nette Tage miteinander haben.«

Stefanie nahm die Katze lächelnd in Empfang.

»Sie ist wütend«, erklärte Harriet und seufzte. »Sie wird nichts fressen, aber das kennst du ja bereits.«

»Ich hab schon früher mit dir gerechnet, wolltest du nicht bereits unterwegs sein?«

Harriet seufzte wieder. »Ich musste erst mit meiner Schwiegermutter Brautkleider begutachten.«

Stefanie prustete ungeniert los. »Entschuldige, aber das klingt, als hättest du dich in dein Schicksal ergeben.«

»Nein, natürlich nicht. Aber ich hab's einfach nicht fertiggebracht. Ich bin halt so, was soll ich machen?«

»Du bist einfach zu gut für diese Welt, Harriet.«

... oder zu blöd.

»Zu gutmütig meinst du wohl. Ja, du hast recht, das bin ich. Ich nehme mir immer wieder vor, auch mal nein zu sagen. Ein schlichtes, klares Nein.« Sie stöhnte leise auf. »Und wenn es dann so weit ist, knicke ich wieder ein und mache Männchen.«

Sie umarmte ihre Nachbarin. »Danke für alles, Steffie. Meine Handynummer hast du ja. Und wenn Gerd bei dir auftaucht ...«

»Ich werde schon mit ihm fertig. Mach dir keine Sorgen.« Steffie hob den Korb und betrachtete schmunzelnd die Katzendame, die mittlerweile sehr friedlich geworden war. »Und mit dieser Lady werde ich auch fertig werden.«

Die nächsten drei Stunden kam Harriet gut voran, der Verkehr auf der Autobahn hielt sich in Grenzen. Und während der Fahrt merkte sie, wie sie sich mehr und mehr entspannte.

Ja, es war die goldrichtige Entscheidung gewesen, auch wenn es feige war, sich einfach davonzustehlen.

Sobald sie wieder zu Hause wäre, würde sie mit Gerd reden. Bis dahin würde ein bisschen Gras über die Geschichte gewachsen sein, und vielleicht würde er seinen Antrag sogar zurücknehmen oder ihn selber in Frage stellen.

Du, das war völlig unüberlegt. Lass uns einfach Freunde bleiben, wie immer, Jette.

Ja, das wäre ihr persönlich die liebste Entscheidung.

Sie hatte das Radio laut gestellt, das Seitenfenster halb heruntergekurbelt. Es tat gut, den frischen Fahrtwind im Gesicht zu spüren. Zum Teufel mit ihrem Haar, das sich sicherlich gerade fürchterlich kräuselte. Im Moment war ihr beinahe alles egal.

Vielleicht hätte sie aber doch Johanna anrufen und ihr Bescheid geben sollen, dass sie im Anmarsch war.

Sie fuhr auf einen Rastplatz und nahm ihr Handy vom Beifahrersitz. *Liebe Johanna, bin auf dem Weg zu Dir*, tippte sie ein.

Mit Händen und Füßen hatte sie sich damals gegen ein supermodernes Handy gesträubt. *Ich brauche so ein Ding nicht. Damit käme ich nie im Leben zurecht.*

Schließlich hatte Gerd sie überredet und sogar überzeugt.

Sieh mal, Jette, mit diesem Ding kann man eine E-Mail schreiben, du kannst damit ins Internet und und und …

Sie schmunzelte, dann entschied sie sich spontan, die Mail doch nicht abzuschicken. Nein, sie würde Johanna überraschen.

Fast wäre sie falsch abgebogen, im letzten Moment setzte sie den Blinker und zog etwas ruckartig nach links.

Der Autofahrer im Wagen hinter ihr zeigte ihr den Mittelfinger, und sie schenkte ihm ein hinreißendes Lächeln im Rückspiegel, das ihn ganz offensichtlich aus der Fassung brachte. Etwas schief grinste er zurück.

Der Verkehr war nun sehr zähfließend, und es ging im Schneckentempo weiter. Den Kennzeichen nach waren all die Entgegenkommenden und vor ihr fahrenden Touristen.

Im Auto war es stickig, und es roch grauenhaft. Vielleicht ihr letztes belegtes Brötchen, das in der ungewöhnlichen Septemberhitze vor sich hin schmorte?

Sie kurbelte das Seitenfenster noch ein wenig weiter herunter und fächelte sich mit einer Hand etwas Frischluft zu.

Nie wieder ein Wagen ohne Klimaanlage …

Nur noch ein paar Kilometer, dann würde sie vor Johanna stehen. Sie war gespannt wie ein Flitzebogen, was die sagen würde. Wie Johanna wohl aussah? Sie hatte mal etwas von »dunkelblondem Haar« geschrieben, viel mehr wusste Harriet nicht von ihr. Weder ob sie groß, klein, dick oder dünn war. Es hatte nie eine Rolle gespielt. Johanna war sympathisch, warmherzig und intelligent, genau die Eigenschaften, die Harriet schätzte. Sie wusste, dass Johannas Bruder eine kleine Öko-Pension in Born gehörte, das *»Kapitänshaus«*.

Dort würde sie als Erstes haltmachen, um Johannas genaue Adresse zu erfahren. Vielleicht würde sie dort sogar ein Zimmer für zwei, drei Nächte bekommen.

Eine knappe Stunde später rumpelte ihr Fiesta über Kopfsteinpflaster. Rechts und links standen niedliche kleine Häuschen mit wunderhübschen kunterbunten Gärten.

Spontan wünschte sie sich ebenfalls einen großen Garten, einen mit blauen und roten Hortensien darin und einer Hecke aus Buchsbaum. Sie schmunzelte vor sich hin, amüsiert über ihre Gedanken. Tatsache war, dass sie bislang keinerlei Ambitionen gehegt hatte, sich einen größeren Garten zuzulegen. Im Gegenteil, sie wäre vermutlich vollkommen überfordert damit.

Was ihr noch auffiel, waren die auffallend schönen bunten Haustüren. Noch nie zuvor hatte sie solche Türen gesehen. Sie waren mit Blumen, Schiffen oder Sonnen verziert.

Sehr langsam fuhr sie auf ein dunkelrot gestrichenes Holzhaus mit weißen Fenstern zu, direkt davor ein größeres Schild, das aussah wie aus Treibholz angefertigt: *»Kapitänshaus«*.

Das Haus war wirklich ausnehmend hübsch, es machte einen einladenden, heimeligen Eindruck. Wäre ein Zimmer frei, wäre sie nicht abgeneigt, hier zu übernachten.

Während sie ausstieg und sich ausgiebig streckte, grübelte sie über den Namen von Johannas Bruder. Es war irgendetwas mit »J« gewesen. Johann? Nein, beschloss sie. Welche Eltern waren so einfallslos, ihre Kinder Johann und Johanna zu nennen?

Wieder schmunzelte sie. Eigentlich hatte sie ein ziemlich gutes Namensgedächtnis, jedenfalls wurde ihr das häufig bescheinigt.

Julius? Nein, das war es ebenfalls nicht.

Jan? Kurz und knapp. Sie gluckste leise. Nein, Jan hieß er auch nicht.

Sie streckte beide Arme über dem Kopf aus, wobei ihre Schultern knackten.

Du wirst nicht jünger, Harriet …

Sie nahm ihr Handy aus der Handtasche und warf einen Blick aufs Display: *Keine neuen Nachrichten*.

Ein schmaler Weg führte bis zur Haustür, umsäumt von blühenden Sträuchern und niedrigen Büschen. Harriet blieb kurz stehen und atmete tief durch. Es duftete wunderbar nach einer Mischung aus Seeluft und Blumen, vermischt mit Küchengerüchen.

Sie beglückwünschte sich, dass sie hergekommen war, und schob die Haustür auf. Links von ihr war eine Holztreppe, die offenbar zu den Zimmern im Obergeschoss führte. Geradeaus ging es zu einer Art Tresen, den sie nun ansteuerte.

Leise Stimmen und Geschirrklappern waren zu hören.

Es roch nach frischem Kaffee und einer Mischung aus gebratenen Kartoffeln und Zitrone. Augenblicklich meldete sich ihr Magen.

Auf dem weißen Holztresen vor ihr stand eine kleine Klingel, die sie einmal kurz antippte.

Ein leises Pling ertönte, und es dauerte keine zehn Sekunden, bis ein ziemlich großer Mann mit braunem, leicht lockigem Haar aus einer kleinen Schwingtür trat.

»Hallo.« Er lächelte sie an, und ihr Magen machte einen verblüffenden Satz in Richtung Kniekehle.

Sie rang sich ein Lächeln ab, verdattert über sich selbst. »Ich bin Harriet, eine Bekannte von Johanna. Sie sind ihr Bruder?«

Sein Gesichtsausdruck veränderte sich schlagartig, so als hätte sie etwas Ungehöriges gesagt. Sichtlich verwirrt, fast ein wenig fassungslos blinzelte er sie an.

Harriet räusperte sich, weil sie das Gefühl hatte, irgendetwas tun oder sagen zu müssen. »Ähm, ich weiß, es ist etwas seltsam, weil ich einfach so vorbeikomme …«

Er war sehr blass geworden. »Schon in Ordnung.« Mehr sagte er nicht.

Ein bisschen ärgerte es sie, dass er ihr seinen Namen nicht sagte. Sie fand das unhöflich.

»Sie sind doch Johannas Bruder?«

Als er wieder nur nickte, blickte sie sich demonstrativ um.

»Johanna hat mir von Ihrer Pension erzählt.« *Wenn er nicht gleich seinen Namen sagt, rede ich ihn mit Johann an …*

»Es ist hübsch hier.« Sie verstummte und gab ihm ein letztes Mal die Gelegenheit, sich vorzustellen.

Eine Gelegenheit, die er ungenutzt verstreichen ließ.

Allmählich empfand sie mehr als nur leisen Ärger. Der Mann vor ihr sah wirklich fabelhaft aus, hatte ein gewinnendes Lächeln und machte eigentlich einen sympathischen Eindruck. Als die Manieren verteilt worden waren, hatte er sich allerdings ganz offenbar nicht gerade vorgedrängelt.

Harriet verabscheute kaum etwas so sehr wie miserable Manieren, und sie spürte, dass sie von Minute zu Minute gereizter wurde. Was sicherlich auch daran lag, dass sie hungrig war, sehr gern eine erfrischende Dusche genommen und sich umgezogen hätte.

Stattdessen stand sie hier mit einem unhöflichen Burschen, der sie anstarrte, als habe sie ihm gerade erzählt, dass sie ganz wild auf Darmspiegelungen sei. Wütend, wie sie mittlerweile war, hatte sie nicht mal mehr Lust, sich nach einem freien Zimmer zu erkundigen.

Der Mann räusperte sich nun, und eine leise Hoffnung keimte in ihr auf, dass er sich nun doch daran erinnerte, in grauer Vorzeit so etwas wie eine Kinderstube genossen zu haben.

»Würde es Ihnen etwas ausmachen, wenn wir nach hinten gehen?«

Dabei blickte er sich besorgt um, so als könnte jemand etwas von ihrem Gespräch mitbekommen.

Harriet schnaubte entrüstet. Sie kam sich vor wie bestellt und nicht abgeholt. Sie erwischte sich dabei, wie sie beinahe die Hände in die Hüften gestemmt hätte, konnte sich gerade noch rechtzeitig besinnen. O ja, sie war nun richtig sauer.

Im Grunde ihres Herzens lammfromm, konnte sie recht unangenehm werden, wenn sie sich veralbert vorkam.

Der Mann beugte sich etwas vor. »Ich würde das wirklich sehr gerne woanders besprechen. In Ruhe.«

Was gab es »in Ruhe« zu besprechen?

Sie legte eine Hand auf den Tresen. »Warum? Ich meine, was gibt es so Wichtiges zu besprechen?«

Er seufzte verhalten. »Ich würde Ihnen … dir gerne was erklären.«

Oho, er duzte sie bereits. Nun war sie mehr als alarmiert.

In ihrem Magen rumorte es ordentlich.

»Hören Sie, …« *… das ist deine letzte Chance.*

»Jakob«, murmelte er endlich, und sie hätte fast aufgestöhnt.

»Jakob.« Ihr gelang sogar ein Lächeln. »Ich habe einige Stunden im Auto gesessen, ich hab Hunger, bin müde und kaputt. Und ich würde wahnsinnig gern duschen und mich umziehen. Wenn Sie also kein Zimmer frei haben, dann sagen Sie es geradeheraus.«

Er war nicht blass, er war kreidebleich. »Mir wäre es wirklich lieber, wenn wir das nicht hier …«

Irgendetwas war faul.

Harriet wippte auf den Zehenspitzen, ein untrügliches Zeichen für ihre Ungeduld. Sie atmete tief in ihren Bauch, schließlich war sie es gewöhnt, mit Menschen zu kommunizieren, die starrköpfig waren. Und sie war geschult darin, die Überlegenheit, die sie verspürte, ihrem Gegenüber niemals zu zeigen.

»Bitte seien Sie einfach so nett und sehen nach, ob Sie

ein Zimmer frei haben. Und wenn nicht …« Mehr sagte sie nicht.

Was sollte sie auch sagen? *Wenn nicht, werde ich mich auf den Boden werfen und schreien?*

Jakob seufzte erneut. »Schön, ganz wie du willst.«

Sie holte Luft, um ihm klarzumachen, dass sie auch nicht unbedingt geduzt werden wollte. Noch dazu von jemandem, der sich so aufführte.

Er senkte seine Stimme deutlich. »Ich fürchte, ich muss dringend etwas klarstellen. Ich bin Johanna.« Er hatte noch etwas sagen wollen, doch Harriet unterbrach ihn.

»Sie sind bitte, was?«

»Ich bin Johanna«, sagte er sehr leise und blickte sich erneut kurz um.

Harriet schnappte nach Luft. Dann schnaubte sie. »Wissen Sie, was ich gerade verstanden habe: Sie sind Johanna.«

Er nickte langsam. »Stimmt. Ich bin Johanna.« Dann schüttelte er verwirrt den Kopf. »Nein, ich bin natürlich nicht Johanna. Ich …«

Sie hob den Kopf und runzelte die Stirn. »Ah, Sie sind also doch nicht Johanna.« Warum hatte Johanna ihr nicht gesagt, dass ihr Bruder ein wenig … um es mal harmlos auszudrücken *plemplem* war?

Jakob schnaubte ebenfalls. »Hör zu, Harriet …«

Sie fühlte sich unwohl und wäre am liebsten aus dem Haus gerannt und wieder nach Bremen zurückfahren. Hier stimmte etwas hinten und vorn nicht.

Er senkte seine Stimme noch mehr, so dass Harriet sich noch weiter vorbeugen musste, um ihn zu verstehen.

»Ich bin natürlich nicht Johanna, ich hab mich nur für sie ausgegeben.« Er verzog das Gesicht. »Tut mir wahnsinnig leid, Harriet, das Ganze ist ein Riesenmissverständnis.«

Ein Missverständnis also. Aha!

Sie hatte große Lust, mit der Faust auf den Tresen zu dreschen. »Sie haben sich für Johanna ausgegeben?« Sie kniff die Augen zusammen. »Soll das heißen, ich habe die ganze Zeit mit Ihnen gechattet?«

Er nickte langsam und sichtlich beschämt. »Es tut mir wirklich leid. Ich …«

Sie hob eine Hand. »Moment. Ich hab also die ganze Zeit mit Ihnen gechattet, Ihnen Dinge anvertraut, Ihnen mein Herz ausgeschüttet?«

Als er wieder nickte, krampfte sich ihr Herz zusammen. Und ihr Magen nicht weniger. Lieber Himmel, sie hatte diesem Mann persönliche Dinge geschrieben. Dinge, die sie normalerweise sonst nur Susanne mitteilte.

Sie war wütend, fassungslos, erschüttert, zu Tode erschrocken und wäre am liebsten im Erdboden versunken.

Jakob legte eine Hand auf ihre, und sie zog sie mit einem Ruck fort. »Das muss alles ein Alptraum sein«, stieß sie hervor.

Sie atmete tief durch, um sich wieder einigermaßen in den Griff zu bekommen. Dann straffte sie sich und strich mit einer Hand etwas fahrig über ihr Shirt. »Soll das etwa auch heißen, dass es gar keine Johanna gibt?«

Jakob schüttelte hastig den Kopf. »Nein, nein. Johanna ist meine Schwester. Sie weiß nur nicht, dass wir miteinander gechattet haben.«

Das reichte vollkommen, mehr musste Harriet nicht hören. Sie stieß ein wütendes Zischen aus, wirbelte herum, wobei sie die Klingel vom Tresen fegte, und marschierte nach draußen.

Ihr war schwindelig und übel. Sie würde sich jetzt in ihren Fiesta setzen, ihn vermutlich aus lauter Verzweiflung beschimpfen, auch wenn er nichts für dies alles konnte, und wieder zurück nach Bremen fahren.

Jakobs Worte rauschten in ihrem Gehörgang, wurden dort zu einer in Watte eingelegten Geleemasse, die hin und her schwappte.

Das Ganze war ungeheuerlich. Sie hatte sich wochen-, ja monatelang mit jemandem ausgetauscht, den sie für eine sympathische Frau gehalten hatte. Und in Wahrheit hatte sie mit einem wildfremden Kerl über intime Dinge geplaudert.

Eigentlich hätte er dafür eine Ohrfeige verdient. Mindestens.

Sie kletterte hinters Steuer und schlug aufs Armaturenbrett.

»Ich weiß, du kannst nichts dafür, wenn ich das aber jetzt nicht tue, wird es später jemand ausbaden müssen.«

Danach fühlte sie sich nicht besser. Ihre Finger zitterten so, dass sie den Zündschlüssel kaum ins Schloss bekam.

Sie hielt inne. Und wenn dieser Jakob ein notorischer, unverschämter Lügner war? Oder wenn er jemand war, der sich einen Spaß daraus machte, unschuldige Frauen halb zu Tode zu erschrecken, und der jetzt hinterm Tresen lag und sich vor Lachen krümmte?

Sie schnaubte angewidert. Wenn dem so wäre, wäre der Kerl kein Deut besser. Nein, dieser Jakob hatte sich in ihr Leben geschlichen, ihr Vertraulichkeiten aus der Nase gezogen und sie nach Strich und Faden belogen. Und betrogen.

Sie startete den Motor und gab Gas. Die Reifen quietschten, als sie losfuhr, und hinter ihr war eine ordentliche Staubwolke zu sehen, wie sie im Rückspiegel bemerkte.

Sie sah noch etwas anderes: jemanden. Jakob stand nämlich an der Straße und starrte ihr hinterher.

Sie sollte umkehren und ihn überfahren.

Beruhige dich. Schön tief durchatmen. So ist's gut. Der Mann hat es nicht verdient, dass du dich seinetwegen strafbar machst.

Schlimm genug, dass sie sich seinetwegen lächerlich gemacht hatte.

Sie fuhr ein wenig kopflos durch die Gegend. Sie war verunsichert, wütend und vor allem enttäuscht. Sie hatte sich so auf die Begegnung gefreut, und nun hatte sie erfahren müssen, dass sie belogen worden war.

Wie kam dieser Mann dazu, sich einfach als seine Schwester auszugeben? Und wie kam Harriet dazu, ihm das auch noch abzukaufen? Hätte sie nicht merken müssen, dass sie sich mit einem Mann schrieb? So etwas hätte ihr doch auffallen müssen.

Irgendwann hielt sie vor einer Pension und fragte nach einem Zimmer. »Aber nur für eine Nacht, tut mir leid. Ab morgen sind wir vollkommen ausgebucht«, war die Antwort.

Sie nahm dankend an. Eine Nacht war besser als gar nichts.

Morgen früh würde sie weitersehen.

Sie legte sich angezogen aufs Bett und schloss die Augen.

Im Nebenzimmer sah jemand fern, und zwar sehr laut. Offenbar handelte es sich um einen Krimi, denn bei jedem Schuss katapultierte es Harriet beinahe vom Bett.

Sie klopfte an die Wand und rief: »Geht das vielleicht auch ein bisschen leiser?«

Offenbar nicht.

Schließlich legte sie sich das große, viel zu weiche Kopfkissen aufs Gesicht und presste ihre Hände auf die Ohren.

Geschlafen hatte sie so gut wie gar nicht.

Als sie das Zimmer bezahlte und nach einem Frühstück

gefragt wurde, lehnte sie ab und stieg wieder in ihren Wagen.

Sie hätte der Wirtin, einer burschikosen Dame mittleren Alters, sagen sollen, dass ihr Zimmernachbar bis weit nach Mitternacht ferngesehen und sie deshalb kein Auge zugetan hatte. Wann würde sie endlich lernen, nicht immer stillzuhalten und ihr Recht, ihr gutes Recht in diesem Fall, zu fordern?

Sie fuhr in Richtung Autobahn, und erst jetzt fiel ihr ein, dass sie nachsehen sollte, ob Nachrichten auf ihrer Mailbox waren. Sie hielt an und schaltete ihr Handy ein.

Sie haben eine neue Nachricht.

»Hier ist Jakob. Bitte komm in die Pension, und lass uns reden. Ich bitte dich sehr.« Die Nachricht war von gestern Abend.

Sie kämpfte mit sich. Er klang aufrichtig zerknirscht. Vielleicht sollte sie ihm die Gelegenheit geben, alles zu erklären. Wenn sie ehrlich war, dann war sie auch gespannt, *wie* er es erklären würde. Ach ja, warum nicht? Hartherzig und unnachgiebig war sie nicht und nachtragend ebenfalls nicht.

Schließlich wendete sie und fuhr zurück nach Born.

Gut, er sollte eine Chance bekommen.

Sie hielt vor dem *»Kapitänshaus«* und blieb eine Weile sitzen. Sie musste erst ihre Gedanken ordnen.

Die Gegend hier oben war viel zu schön, um gleich wieder zurück nach Bremen zu fahren. Nein, sie würde ein, zwei Tage hierbleiben, nötigenfalls im Wagen übernachten und versuchen, wenigstens ein klein wenig zu entspannen.

Außerdem brauchte sie Zeit, um darüber nachzudenken, was sie Gerd sagen sollte. Würde sie jetzt gleich wieder zurückfahren, wäre sie keinen einzigen Schritt weiter.

Jakob stand am Tresen und blickte auf, als sie hereinkam.

Über sein Gesicht huschte so etwas wie ein erfreutes Lächeln und eine gewisse Erleichterung. Jedenfalls sah es für Harriet so aus.

»Da bist du ja«, sagte er und lächelte sie an.

Sie wusste, wie grauenvoll sie gerade aussah, völlig übernächtigt, mit tiefen Ringen unter den Augen.

»Wo hast du übernachtet?«, wollte er wissen.

»In einer Pension«, erwiderte sie ein wenig spitz.

»Hast du Lust auf ein Frühstück?«

Ihr Magen knurrte leise, und sie legte verstohlen eine Hand darauf. »Eigentlich hab ich keinen Hunger. Was wollten Sie mit mir besprechen?«

»Ich würde dich gerne zu einem Frühstück einladen.« Er zeigte hinter sich. »Da vorn ist unser Speiseraum. Warum setzt du dich nicht irgendwo hin, und ich bringe dir wenigstens einen Kaffee.«

Harriet rang mit sich. Allein bei dem Wort »Kaffee« regten sich sämtliche tot geglaubten Lebensgeister.

»Ja, warum nicht«, sagte sie schließlich etwas gedehnt. »Ein Kaffee könnte wirklich nicht schaden.«

Sie war noch immer so wütend auf Jakob, dass sie ihn am liebsten mit irgendetwas beworfen hätte, auch wenn sie dazu von Natur aus gar nicht fähig war. Sie war der Typ Mensch, der sich still und heimlich einen Wutknoten in den Bauch ärgerte, darüber noch wütender wurde und irgendwann ein Magengeschwür bekam.

Kerzengerade ging sie in den Speiseraum, wie Jakob ihn genannt hatte, und suchte sich einen hübschen Platz am Fenster.

Von hier aus konnte man den Hafen sehen und auf den Bodden blicken. Gott, war das herrlich!

Jakob kam und brachte ihr einen Kaffee. »Möchtest du nicht doch eine Kleinigkeit essen?«

Wollte der Mann sie bestechen?

Sie schüttelte tapfer den Kopf. »Nein, vielen Dank.«

Er zog sich einen Stuhl heran. »Es tut mir wirklich unendlich leid, Harriet. Ich wollte dich nicht so dreist anlügen. Meine Schwester bat mich, ihr zu zeigen, wie sie sich in einen Chatroom einloggt. Ich war als Johanna eingeloggt und habe angefangen, ein paar Zeilen mit dir zu schreiben.« Er seufzte. »Und irgendwann konnte ich nicht mehr zurück, ohne dich zu verschrecken. Tut mir leid, ich verstehe, dass du fürchterlich sauer auf mich bist.«

Sie hatte ihn die ganze Zeit betrachtet. Und sie stellte verblüfft fest, dass ihre Wut, ihr Ärger bereits ein wenig verraucht waren.

Außerdem hatte sie wirklich einen Mordshunger, da konnte sie nicht lange böse sein.

»Kann ich vielleicht doch …?«, fragte sie leise und zeigte geradeaus, dorthin, wo ein Frühstücksbüfett aufgebaut war, das sie schon beim Hereinkommen gesehen hatte.

»Sicher. Natürlich.« Er stand auf und holte ihr einen Teller. »Bitte bedien dich, Harriet.«

Offensichtlich war er ganz wild darauf, dass sie etwas aß.

Als sie mit vollem Teller zum Tisch zurückkam, stellte sie fest, dass er ihr einen zweiten Kaffee gebracht hatte.

Sie aß mit großem Appetit, während Jakob ihr kleinlaut und sichtlich mitgenommen berichtete, dass er es nicht übers Herz gebracht hatte, ihr die Wahrheit zu sagen.

Sie hörte zu, trank ihren Kaffee und aß zwei Brötchen und einen kleinen Obstsalat. Danach holte sie sich ein großes Glas frischgepressten Orangensaft.

Jakob lächelte sie an, und sie bemerkte verdattert, wie sehr sie dieses Lächeln irritierte.

»Bist du noch sehr böse auf mich?«, fragte er sie.

Fast hätte sie spontan gesagt: Nein, überhaupt nicht, was kurioserweise der Wahrheit entsprach. Darüber ärgerte sie sich. So leicht würde sie es ihm nicht machen, o nein.

Gut, ihr heftiger Zorn war verraucht, vorbei. Vielleicht lag es daran, dass sie Jakob inzwischen von einer etwas anderen Seite sah. Er war kein Mensch ohne Manieren, ganz im Gegenteil. Wahrscheinlich hatte sie ihn einfach auf dem falschen Fuß erwischt, als sie hier aufgetaucht war und zu seiner Schwester wollte. Sie hatte ihn sprichwörtlich überfahren.

Sie gluckste leise. »Ich bin noch immer ganz schön sauer, Jakob.« Wie blöd, dass sie dabei so breit lächeln musste. So würde er ihr das wohl kaum abkaufen.

»Das verstehe ich«, gab er ernst zurück. »Ich würde es sehr gern wiedergutmachen.« Er lächelte wieder. »Ich würde dir gern vorschlagen, dass du ein paar Tage hierbleibst, hier in meiner Pension.«

»Hast du denn ein Zimmer frei?«

»Ab morgen früh.«

Ab morgen früh. Das bedeutete, eine Nacht im Auto zu übernachten. Die letzte Nacht, die sie in einem Auto verbracht hatte, lag über dreißig Jahre zurück, und bequem hatte sich anders angefühlt.

Sie nickte langsam. »In Ordnung.«

In Ordnung? Hatte sie das gerade gesagt?

»Und für diese eine Nacht wird uns schon etwas einfallen.« Er schenkte ihr ein Lächeln, das sie reichlich perplex erwiderte. Dieser Mann hatte ein Lächeln, das einen ganz aus dem Konzept brachte, meine Güte. Und es verwirrte sie.

Mit einem kleinen herzhaften und sehr köstlichen Mittagssnack saß sie Stunden später am Hafen und blickte auf den Bodden hinaus. Es war so schön, so ruhig und idyllisch hier, dass sie unbewusst die Luft angehalten hatte.

Sie überlegte tatsächlich, ob sie eine Nacht im Auto übernachten sollte. Der Nachthimmel war hier vermutlich unbeschreiblich.

Den Gedanken verwarf sie aber gleich wieder. Nein, sie hatte wenig Lust auf Rückenschmerzen. Ein eigenartiges Gefühl durchströmte sie. Sie fühlte sich mit allem versöhnt. Was sie nicht wenig verblüffte. Vielleicht lag es einfach nur daran, dass sie Urlaub hatte und sich ein paar freie Tage in dieser herrlichen Umgebung gönnen durfte.

Sie streckte die Beine aus und legte den Kopf in den Nacken. Würde man sie lassen, würde sie bis zum Abend hier sitzen bleiben.

Hinter ihr waren Schritte zu hören, eilige Schritte.

»Harriet?«

Jakob.

Sie drehte sich zu ihm um.

»Was hältst du davon, wenn du für eine Nacht in meinem Haus übernachtest?«

»Ich weiß nicht …«

Er duzte sie, während sie ihn konsequent weiterhin siezte.

Wenigstens dieses bisschen restlichen Zorn wollte sie sich aufheben. Er war ihr eh schon viel zu leicht davongekommen. Wenn sie ehrlich war, hatte ihr Verhalten allerdings herzlich wenig mit Zorn zu tun, es hing vielmehr damit zusammen, dass sie ihm sein Verhalten, seine Lügengeschichte noch nachtragen *wollte*. Auch wenn das geradezu kleingeistig war.

»Es ist wirklich gemütlich.« Er blickte sie schmunzelnd an, und sie spürte, wie auch das letzte bisschen Widerstand schwand. Sie straffte sich, und urplötzlich schoss ihr durch den Kopf, wie albern sie sich gerade aufführte. Meine Güte, er bot ihr sein Haus an, was eierte sie nun schon wieder so herum? Sie sollte einfach annehmen, basta.

Und genau das tat sie.

7.

Jakobs Haus war wunderschön, gemütlich und urig.

Sie bezog das kleine Gästezimmer im Obergeschoss, ließ die Gardinen offen und betrachtete den sternenklaren Nachthimmel.

Dann legte sie sich aufs Bett und verschränkte die Arme hinter dem Kopf. Wie ruhig es hier war, und wie gut es duftete.

Sie war nachtragend und kleinlich Jakob gegenüber. Das waren Eigenschaften, die sie eigentlich verabscheute. Er hatte etwas Dummes getan, sich dafür entschuldigt, sich erklärt, und damit sollte es gut sein.

Sie selbst war auch nicht unfehlbar, meine Güte.

Sie sollte sich entschuldigen und das Ganze vergessen. Fertig.

Als die Sonne aufging, wurde sie wach. Sie schwang die Beine aus dem Bett und ging zum Fenster. Für einen Moment hielt sie die Luft an. Gott, wie herrlich es hier war! Vom Fenster aus konnte sie auf die Nachbarhäuser blicken, alle mit blauen, grünen oder weißen Fenstern und alle mit der für diese Gegend so typischen Haustür.

Harriet überlegte, welches Symbol an Jakobs Tür war. Es fiel ihr nicht mehr ein, aber sie würde darauf achten, wenn sie das Haus verließ. Jakob hatte gesagt, er sei Frühaufsteher. Bestimmt war er schon auf.

Sie machte sich ein wenig frisch, zog sich an und lief die weiße Holztreppe hinunter. »Jakob?«

Duzte oder siezte sie ihn nun? Ach, zum Teufel, was hielt sie sich mit solchen Fragen auf? War es nicht völlig gleichgültig, ob Sie oder Du? »Jakob?«, rief sie noch mal.

Sie ging in die Küche, doch da war niemand. Dafür lag ein Zettel auf dem Tisch. *Ich bin schon rüber in die Pension. Alles für ein Frühstück findest Du entweder im Kühlschrank oder im Regal. Du darfst aber auch gern in die Pension kommen und dort frühstücken …*

Sie musste nicht lange überlegen. Sie suchte ihre Sachen zusammen und machte sich auf den Weg.

Gut gelaunt lief sie erst einmal zum Hafen. Es war noch früh, wahrscheinlich war das Frühstück in der Pension noch gar nicht fertig. Sie setzte sich auf eine Bank und blickte auf den Bodden hinaus.

So blieb sie sitzen, bis die Sonne vollständig aufgegangen war und die ersten Touristen vorbeigeschlendert kamen.

Erst dann stand sie langsam auf, streckte sich und ging zu ihrem Wagen, um sich einen Pullover zu holen.

Jakob hatte gesagt, dass ihr das Zimmer ab zehn Uhr zur Verfügung stehen würde. Sie überlegte kurz, ob sie direkt in die Pension gehen sollte. Eigentlich würde sie aber viel lieber erst einen Spaziergang durch den Ort machen. Frühstücken konnte sie auch danach noch.

Weil ihr Magen so knurrte, kaufte sie sich ein Hörnchen auf die Hand in einer winzigen, aber sehr hübschen Bäckerei keine zwei Straßen weiter.

Die Inhaberin, eine Frau um die vierzig mit knallrot gefärbten wilden Locken, bediente sie. »Sie machen Urlaub hier?«

»Sieht man mir das so deutlich an?«

Die Frau lachte. »Nein, aber man kennt sich hier. Und Sie kenne ich nicht. Wo wohnen Sie?«

»Im *Kapitänshaus*«, sagte Harriet.

»Ach, bei Jakob.« Die Frau lächelte vor sich hin. »Ein netter Kerl. Als er vor ein paar Jahren hierherkam, haben ihm einige einen Vogel gezeigt. Was wollen wir hier mit einer Öko-Pension?, hat bestimmt der eine oder andere gedacht.« Sie grinste Harriet an und zwinkerte ihr zu. »Aber der Laden brummt, schätze ich. Und Jakob macht das wirklich klasse. Er hat ein Händchen für seine Gäste.«

Harriet verschluckte sich an ihrem Hörnchen, in das sie gleich gebissen hatte. Sie hatte sich nicht mal eine Tüte geben lassen.

»Möchten Sie einen Kaffee?«

»Nein danke.« Sie holte tief Luft. »Ich frühstücke gleich in der Pension.«

»Schöne Grüße an Jakob.«

»Ich werd's ausrichten.« *Nein, ganz sicher nicht.*

Ob er etwas mit der Frau hatte? Oder irgendwann mal gehabt hatte?

War er überhaupt verheiratet? Hatte er Kinder?

Johanna hatte sie geglaubt zu kennen, von Jakob wusste sie so gut wie gar nichts.

Mit ihrem Gepäck, das sehr überschaubar war, stand sie kurz darauf am Tresen des *Kapitänshauses*.

Jakob schien nicht da zu sein. Eine junge Frau mit geflochtenem blonden Zopf schrieb Harriets Personalien in ein Buch. »Wie lange möchten Sie bleiben?«

»Bis Sonntagmorgen.«

Hinter ihr war plötzlich Jakobs Stimme zu hören. »Ich mach das schon, Lisa.« Er legte einen Schlüssel auf den Tresen. »Du bekommst das schönste Zimmer.«

»Danke«, murmelte sie etwas verwirrt.

»Soll ich es dir zeigen?«

»Danke, nicht nötig. Ich finde es sicher allein.«

Er nickte. »In Ordnung. Die Treppe rauf, die zweite Tür rechts.«

»Danke«, murmelte sie erneut.

Sie schnappte sich ihre Reisetasche und stapfte die Holztreppe zu ihrem Zimmer hinauf. Dabei äffte sie ihren Tonfall nach.

Vor Zimmer Nummer acht blieb sie stehen.

Als sie aufschloss und das Zimmer sah, das er ihr gegeben hatte, blieb ihr für einen Moment die Spucke weg.

Donnerwetter! Jakob hatte zur Abwechslung nicht gelogen oder auch nur übertrieben. Was für ein Zimmer! Und es hatte einen Balkon direkt zum Bodden hin.

Sie durchquerte den Raum und riss die Balkontür auf. Sie nahm eine ordentliche Prise Frischluft, die ganz leicht nach Meer roch, und schloss die Augen.

In dem kleinen Hafen schaukelte ein kleines Ausflugsschiff, das abends Passagiere einlud und mit ihnen auf den Bodden hinausfuhr, um dort Kraniche zu beobachten. Das hatte sie vorhin auf einem Schild gelesen.

Sie ließ die Balkontür offen und stellte die Reisetasche aufs Bett. Dann setzte sie sich und prüfte die Matratze. Sie war fest und genau so, wie sie es mochte.

Seufzend legte sie sich auf den Rücken und ließ die Beine baumeln.

Auf dem Bett lag eine hübsche gesteppte Patchworkdecke.

Das Bett selbst war aus Metall, und eigentlich fehlte nur ein Stoffhimmel darüber. Neben dem Bett stand ein Nachtschrank aus weißem Holz, gegenüber ein größerer Schrank, ebenfalls aus weißem Holz. Daneben war die Tür zum Bad, das sie sich noch gar nicht angesehen hatte.

Auf der gegenüberliegenden Seite stand ein kleines Sofa, davor ein größerer Tisch mit einer kleinen Ablage darunter und ein kleiner Sessel, passend zum Sofa.

An den Fenstern hingen Vorhänge in Pastellfarben, die sich nun leicht im Wind bauschten, der durch die geöffnete Balkontür hereinwehte.

Harriet seufzte mit geschlossenen Augen. Der Rest Ärger, das Fünkchen Wut, das noch in ihr geschlummert hatte, waren vollständig verraucht.

Okay, du hast dich täuschen lassen. Okay, er hat dir was vorgemacht. Es gibt keine Johanna, jedenfalls nicht so, wie du sie dir vorgestellt hast. Jakob hat dir eine Geschichte vom Pferd aufgetischt, aber er hat eine verflixt tolle Pension. Und er hat dir das schönste Zimmer gegeben, das du dir vorstellen kannst. Außerdem ist er ein verdammt gut aussehender und anscheinend sehr charmanter Kerl. Wie wär's also, wenn du deinen Urlaub einfach ein bisschen genießen würdest? Und jetzt gehst du erst mal frühstücken …

Nachdem sie ihre Reisetasche ausgepackt hatte, hatte sie sich das kleine schneeweiße Bad angesehen, das kein Wellness-Tempel, aber sehr sauber und »niedlich« war, wie sie es für sich bezeichnete.

Danach hatte sie auf dem Balkon gestanden und in die Ferne geblickt. Im Hafen waren mehrere Menschen unterwegs oder saßen auf den Bänken, die dort standen.

Eine Katze sonnte sich unten auf der Terrasse, die sich

direkt unter dem Balkon befand. Es war früher Nachmittag, und fast alle Tische waren besetzt.

Harriet schloss die Balkontür, schlüpfte in bequeme Schuhe und lief nach unten.

Im ganzen Haus roch es nach Kaffee, und auf sämtlichen Tischen und Kommoden standen hübsche Blumenvasen mit Sonnenblumen, Anemonen und Rittersporn.

Die Bilder an den Wänden waren von heimischen Malern; meistens war das Meer oder der Bodden zu sehen, auf einem Bild auch die Kreidefelsen von Rügen.

Harriet hatte einen riesigen Hunger und Appetit auf ein Stück Kuchen. Sie ging zum Speiseraum und blieb etwas zögernd in der Tür stehen. Sollte sie sich einfach einen Platz suchen?

Manchmal fühlte sie sich gehemmt, und sie ärgerte sich, dass sie nicht so frei und ungezwungen sein konnte wie ihre Freundin. Susanne war niemals irgendetwas unangenehm oder gar peinlich, sie konnte auf wildfremde Menschen zugehen und fand sich überall zurecht, egal, ob sie nun fremd war oder nicht.

Harriet war das komplette Gegenteil und wurde gerade wieder sehr deutlich daran erinnert.

Fast alle Tische waren frei, wahrscheinlich saßen die meisten Gäste draußen auf der Terrasse. Kein Wunder, das Wetter war herrlich.

Sie beschloss, ebenfalls nach draußen zu gehen.

Vielleicht würde sie sogar mutig sein und sich einfach, ohne lange darüber nachzudenken, an irgendeinen der Tische setzen.

Auf der Terrasse herrschte tatsächlich lebhafter Betrieb.

Zwei junge Frauen mit langen weißen Schürzen rannten umher.

Harriet erkannte die Frau mit dem blonden Zopf wieder und nickte ihr freundlich zu.

Jakob war gerade damit beschäftigt, einen der riesigen Sonnenschirme davon abzuhalten, auf die Tische zu kippen.

Ein etwas älterer Mann war ihm dabei behilflich.

Harriet hörte die beiden lachen.

Nur noch ein Tisch war frei, und ausgerechnet der war viel zu groß für eine einzelne Person.

Sie war schon wieder drauf und dran, Reißaus zu nehmen und sich irgendwo einen Snack auf die Hand kaufen zu gehen, als Jakob plötzlich auftauchte. »Harriet, wie schön. Gefällt dir dein Zimmer?«

Sie schaffte ein knappes Nicken. Und ein schiefes Lächeln.

»Möchtest du dich nicht setzen?«

Das würde sie ja gern, doch wo?

Er zeigte auf den größeren freien Tisch, so als hätte er ihre Gedanken gelesen. »Hast du Lust auf frisch gebackenen Streuselkuchen?«

Sie sah sich wie hypnotisiert auf den Tisch zustaksen und sich einen Stuhl heranziehen. Und sie stellte fest, dass sie emsig genickt hatte. Das musste an der schlaflosen Nacht liegen; sie war völlig erledigt.

Mit weichen Knien ließ sie sich auf den von der Sonne angewärmten Holzstuhl fallen und war heilfroh, dass sie endlich saß.

Jakob stand neben ihr und sah sie erwartungsvoll an.

Sie hatte keine Ahnung, ob er etwas gesagt oder gefragt und sie schlicht nicht zugehört hatte. Sie hob den Kopf und deutete ein entschuldigendes Lächeln an, das wahrscheinlich mehr wie ein dösiges Grinsen ausfiel.

»Streuselkuchen?«, fragte er schmunzelnd.

Sie stellte fest, dass er ein winziges, sehr drolliges Grübchen am linken Mundwinkel hatte, wenn er lächelte.

Sie fragte sich, ob er das wohl wusste. Gleichzeitig fragte sie sich, warum sie das überhaupt interessierte. Meine Güte, dieser Mann könnte ein Muttermal in der Größe einer nordfriesischen Hallig irgendwo an seinem schlanken, sportlichen Körper haben, und es hätte sie nicht zu interessieren.

Sie schnaubte angewidert von sich selbst. »Gern. Danke.«

Er deutete eine ulkige Verbeugung an und marschierte davon.

Harriet zwang sich, ihm nicht hinterherzuschauen, auch wenn ihr Kopf sich wie von allein nach rechts drehen wollte.

Stattdessen klappte sie die kleine Karte auf, die auf dem Tisch lag, und tat so, als sei sie vollkommen vertieft in die Beschreibung der einzelnen Kaffee- und Teesorten, die man hier im *»Kapitänshaus«* anbot.

Die Sonne stand hoch und fast grell am Himmel, und Harriet kniff die Augen zusammen. Ihre Sonnenbrille lag im Etui auf dem Tisch in ihrem Zimmer. Da lag sie wunderbar.

»Ich hab dich gar nicht gefragt, was du trinken möchtest.« Jakob war wieder neben ihr aufgetaucht, und sie fuhr ordentlich zusammen. »Entschuldige, ich wollte dich nicht erschrecken.«

Sie errötete. Großartig. Sie wurde rot wie ein junges Mädchen. Peinlicher ging es wohl kaum noch.

»Einen, ähm … Kaffee, bitte. Danke.«

»Cappuccino?«

»Ja, warum nicht.«

»Mit Milch oder mit Sahne?«

»Mit Milch, bitte. Danke.«

»Sehr gern.« Er nickte ihr zu, und sie sank etwas in sich zusammen.

Wenn Susanne hätte sehen können, wie sie sich gerade aufführte, wäre es DAS Gesprächsthema der nächsten Wochen.

Sie schirmte die Augen mit der Hand ab und blickte zum Hafen.

Ein Mann in weißem T-Shirt und weißer Mütze war dabei, das Deck zu schrubben. Dabei sang er so laut, dass es bis zu Harriet zu hören war.

Die Katze, die bis eben noch neben einem der großen Blumenkübel gelegen und gedöst hatte, erhob sich träge und kam auf Harriet zugetrottet. Sie rieb ihren Kopf am Stuhlbein, strich um Harriets Beine, die in einer langen Hose steckten, und schnurrte so laut, dass Harriet lachen musste.

Jakob war wieder da, in der Hand einen Teller, auf dem ein riesiges Stück Kuchen lag. Daneben ein Klecks Sahne.

»Guten Appetit.«

»Oh, der sieht aber lecker aus.« ... *und ich sehe scheinbar so aus, als müsste ich gemästet werden. Meine Güte, soll ich den allein essen, oder hat Jakob sich eine zweite Gabel mitgebracht?*

Darüber musste sie komischerweise so lachen, dass ein Glucksen aus ihrem Hals kam, das sie sofort hastig zu unterdrücken und vor allem zu verbergen versuchte.

»Cappuccino kommt gleich.« Damit war er wieder verschwunden.

Die Katze hob ihren Kopf und schnupperte.

»Ich fürchte, du machst dir nichts aus Streuselkuchen«, sagte Harriet leise zu ihr.

»Täuschen Sie sich nicht«, hörte sie eine weibliche Stimme.

Als sie aufblickte, sah sie eine Frau etwa in ihrem Alter, die mit einem Mann, vermutlich ihrem, am Nebentisch saß.

Zu ihren Füßen lag ein wuscheliger Hund und schnarchte laut.

Harriet gluckste erneut. Noch nie hatte sie einen Hund schnarchen hören, so etwas kannte sie nur von Klementine.

»Ich hoffe, es stört Sie nicht.« Der Mann zeigte auf den Hund.

Seine Frau lächelte Harriet an. »Die Katze liebt Streuselkuchen, das meinte ich mit ›Täuschen Sie sich nicht‹.«

»Sie mag Streuselkuchen?«

Die Frau nickte. »Aber nur, wenn keine Rosinen drin sind.«

Harriet gluckste wieder, weil sie seltsamerweise an Miriam denken musste. Warum auch immer. Vielleicht weil das Kätzchen so wählerisch war. Wie Miriam halt.

»Nicht jeder pickt sich die Rosinen aus dem Kuchen«, murmelte sie, während sie ein kleines Stückchen vom Kuchen abbrach und ihn der Katze gab.

Jakob brachte ihren Cappuccino. »Wenn du heute Abend im Restaurant essen möchtest ...«

Sie betrachtete das riesige Stück Kuchen vor sich und stieß die Luft zischend aus. »Nein, ich glaube nicht.«

Er lachte leise. »Es gibt eine wunderbare Kräutercremesuppe. Falls du es dir anders überlegen solltest.« Damit lächelte er ihr zu und ging wieder.

Kräutercremesuppe. Das klang wie ... Musik. Leise, zarte Töne, die auf einem Cello gezupft wurden.

Harriet hielt verblüfft inne, die Kuchengabel in der Luft.

Jetzt drehte sie vollkommen durch.

Oder es lag vielleicht einfach nur daran, dass sie Suppen liebte. Suppen jeglicher Art und Konsistenz.

Und sie ahnte, dass sie diese Kräutercremesuppe probieren würde.

Sie hatte den Kuchen tatsächlich aufgegessen, und es war ihr nicht mal schwergefallen. Aber das Kätzchen hatte ein klein wenig mitgeholfen, tröstete sie sich, als sie zum Hafen spazierte und ihr Blick unbewusst in Richtung Hosenbund wanderte. Sollte das Essen hier täglich so gut sein, würde sie in einer Woche in keine Hose, keinen Rock mehr passen und müsste sich zu Hause die Kilos mühsam und zähneknirschend abtrainieren. Wahrscheinlich würde sie jeden Tag mit dem Rad zur Arbeit fahren, strampeln, was das Zeug hielt, und sich dabei vermutlich mehr als lächerlich machen. Sie konnte sich gut vorstellen, was für eine ulkige Figur sie auf ihrem Hollandrad machen würde.

Sie setzte sich auf eine der Bänke und spürte ein Kribbeln unterhalb des Rippenbogens. Dann brach es aus ihr hervor, und sie kicherte hemmungslos und zweifelsohne sehr albern.

Aber es tat unendlich gut. Nicht nur das, es befreite sie von etwas, von dem sie bis dahin nicht gewusst hatte, dass es an ihr genagt hatte. Sie lachte Tränen, kramte mit einer Hand nach einem Taschentuch, und als sie keins fand, wischte sie mit dem Handrücken über ihr Gesicht.

Himmel, wann hatte sie das letzte Mal so gelacht, so gekichert?

Es musste schon recht spät sein, die Sonne war deutlich gesunken. Es war sicherlich schon nach sieben, überlegte sie. Vielleicht schon später.

Und sie stellte noch verblüffter fest, dass sie schon wieder Appetit hatte. Auf Kräutercremesuppe.

Dass sie auch Jakob wiedersehen würde, brachte ihren Magen dazu, ein wenig eigenartig zu gluckern, worüber sie nicht weniger verwundert war.

Sie streckte die Beine aus und legte den Kopf in den Nacken. Bevor sie sich aufs Abendessen stürzen würde, würde sie hier sitzen bleiben, aufs Wasser hinaussehen, die Gedanken schweifen und die Seele baumeln lassen. Das schien sie dringend nötig zu haben.

Sie war tatsächlich ein bisschen eingedöst und schreckte hoch, als sie beinahe seitlich von der Bank kippte.

Hastig sprang sie auf, wobei sich ihr Kreislauf deutlich bemerkbar machte und sie daran erinnerte, dass sie keine zwanzig mehr war. Auch keine dreißig, nicht mal mehr vierzig.

Gütiger Himmel, sie ging mit Riesenschritten, ja mit Siebenmeilenstiefeln sogar, auf die fünfzig zu.

Doch wenn sie ehrlich war, interessierte sie das gerade so wenig wie die Tatsache, dass sie nicht fliegen konnte.

Im Restaurant herrschte bereits ordentlich Betrieb.

Jakob kreuzte ihren Weg, sie prallten direkt an der Tür gegeneinander.

»Entschuldigung«, sagten beide gleichzeitig, und Harriet spürte schon wieder dieses eigenartige Kribbeln im Zwerchfell. Sie lief mit rosigen Wangen in ihr Zimmer hinauf, um sich frisch zu machen.

Als sie vor dem Spiegel stand, ging ihr durch den Kopf, dass man munkelte, Frauen jenseits der vierzig würden mitunter etwas »seltsam« werden. Sie neigten entweder zu plötzlichen Wutausbrüchen mit Gewaltandrohung, würden mit Sachen werfen oder unkontrolliert Lachanfälle bekommen.

Irgendwo hatte sie mal so etwas gelesen. War es eine dieser neuen Studien aus Amerika? *Frauen kurz vorm Klimakterium tun Dinge, die sie sonst nicht tun würden …*

Harriet schnaubte. Unsinn.

Männer jenseits der vierzig gabelten blutjunge hübsche Frauen auf, versprachen ihnen sonst was und vergnügten sich eine Zeitlang mit ihnen. Manche schickten ihre Ehefrau zum Teufel, tauschten sie einfach aus oder tischten ihnen Lügengeschichten auf. Und Frauen bekamen Wutanfälle und Lachkrämpfe, ja?

Wer zum Kuckuck hatte so etwas behauptet?

Und schlimmer noch: Warum zum Teufel glaubte sie einen solchen Blödsinn?

Jakob stand in der Tür, als sie die Treppe hinuntergehüpft kam. Wobei sie einen ihrer Ballerinas verlor. Er polterte lustig die Stufen hinunter und blieb unten liegen. Sie beeilte sich, ihn aufzuheben, bevor Jakob womöglich angeschossen kam und das übernahm. Hastig schlüpfte sie hinein und schenkte Jakob ein breites Lächeln, über das sie sich selbst wunderte. »Hallo.«

»Hallo, Harriet.«

»Ich glaube, ich hab doch Lust auf die Kräutermusiksuppe. Ähm auf die Kräutercremesuppe.«

Er schmunzelte belustigt. »Folg mir unauffällig.«

Sie heftete sich an seine Fersen und versuchte, nicht auf seinen Rücken oder schlimmer noch auf sein Hinterteil zu starren. Eigentlich war sie gar nicht der Typ Frau, der Männern irgendwohin starrte. Und wenn sie es doch hin und wieder tat, dann wenigstens so, dass es niemand bemerkte.

Oha, es konnte sich durchaus sehen lassen …

Harriet Bohnekamp, wirst du wohl woanders hingucken!

Jakob zog einen Stuhl an einem Tisch zurück, und sie bemühte sich angestrengt, sich einigermaßen damenhaft hinzusetzen.

Hatte Gerd ihr jemals so galant den Stuhl zurückgeschoben? Er half ihr gelegentlich in den Mantel, ja, bezahlte die Rechnung bei »*Christiano*« und hielt ihr die Tür auf, damit sie ihr nicht vor die Nase knallte. Vermutlich wäre es ihr sogar unangenehm gewesen, wenn er sich wie ein Gentleman verhalten würde. Es hätte sie überfordert.

Doch jetzt, hier bei Jakob, störte es sie überhaupt nicht. Im Gegenteil, er benahm sich so ungezwungen und selbstverständlich, dass es gar nicht weiter auffiel.

»Möchtest du ein Glas Wein? Einen Riesling vielleicht?«

»Gern.« Sie stutzte verdutzt, als sie sich reden hörte.

Normalerweise brauchte sie immer eine halbe Ewigkeit, bis sie sich für etwas entschieden hatte. Sei es bei der Speise- oder auch bei der Getränkewahl. Dauernd musste sie hin und her überlegen, nahm erst dies, entschied sich dann doch für etwas anderes. Und jetzt: Riesling. Zack.

Jakob war schon wieder abgeschwirrt. Offenbar hatte er eine Menge zu tun.

Harriet blickte sich um. Das Restaurant war voll bis auf zwei, drei einzelne Plätze.

Eine der Frauen, die sie am Nachmittag bereits auf der Terrasse entdeckt hatte, kam an ihren Tisch und reichte ihr eine hübsch bedruckte Speisekarte.

»Ich hab mich schon entschieden.« Mühsam unterdrückte sie den Wunsch hinzuzufügen, dass das etwas ganz Besonderes sei. Harriet Bohnekamp hat sich entschieden. Zack. Bumm. Ein Riesling soll es sein.

Sie räusperte sich. »Ich hätte gern die Kräutercremesuppe. Und einen Riesling.«

»Und frisch gebackenes Brot?«

Harriet nickte erfreut. »Das hört sich wunderbar an.«

Sie nahm ihre Brille ab und legte sie neben sich.

Ihr Blick fiel auf die Personen am Nebentisch; das Ehepaar mit Hund, das sie bereits auf der Terrasse kennengelernt hatte. Der Mann hatte beide Hände über den Tisch geschoben, und die Frau hatte sie zwischen ihre genommen. Die beiden lächelten sich innig und sehr verliebt an.

Offenbar hatte die Frau Harriets Blick bemerkt, denn sie drehte den Kopf und lächelte. »Wir feiern heute unseren dreißigsten Hochzeitstag.«

Harriet fühlte sich nicht nur erwischt, sie spürte auch, dass sie ein bisschen rot wurde.

»Sie sind dreißig Jahre verheiratet?«, sagte sie ehrlich verdattert. »Das merkt man Ihnen gar nicht an.« Hoffentlich hielten die beiden sie nicht für neugierig oder unverschämt.

Der Mann lachte. »Tatsächlich? Na, dann sollten Sie mal sehen, wie wir uns streiten, wenn ich Fußball und sie ihre Lieblingsserie gucken möchte.«

Seine Frau tätschelte ihm die glattrasierte Wange und lachte.

Harriet musste ebenfalls lachen. Und sie musste an ihre Eltern denken, die ebenfalls lange miteinander verheiratet waren; fast sechzig Jahre. Dann war ihr Vater an Nierenkrebs gestorben und nur wenig später ihre Mutter nach einem Schlaganfall. Harriet wusste, dass ihre Mutter ihrem Vater so schnell wie möglich hatte folgen wollen. Sie wollte nicht allein zurückbleiben.

Harriet selbst hatte sich nie vorstellen können, wie zwei Menschen es so lange miteinander aushielten.

Das Ehepaar neben ihr unterhielt sich angeregt und lachte zwischendrin immer wieder. Der Hund zuckte mit den Pfoten, wann immer sie kicherten. Die drei waren offensichtlich ein eingespieltes Team.

Harriet wurde seltsam schwermütig ums Herz, und genau das gefiel ihr nicht. Sie hätte sich ein Buch mit hierhernehmen sollen, anstatt die Gäste zu beobachten und zu belauschen und womöglich zu allem Überfluss auch noch sentimental zu werden.

Ihre Suppe wurde gebracht. »Vorsicht, der Teller ist sehr heiß. Guten Appetit.«

Sie schnupperte mit geschlossenen Augen. »Wenn sie nur halb so gut schmeckt, wie sie riecht oder aussieht …«

Was dann wäre, ließ sie offen, weil ihr dummerweise die Worte ausgegangen waren. Und sie ärgerte sich maßlos, weil sie ein klitzekleines bisschen enttäuscht war, dass nicht Jakob die Suppe gebracht hatte.

Sie begann zu essen und verbrannte sich prompt den Gaumen.

Aber die Suppe war eine einzige Offenbarung.

Jakob kam herein, auf dem Arm drei Teller, die er geschickt ausbalancierte. Der Mann konnte sogar kellnern, nicht zu fassen. Er bediente das Ehepaar am Nachbartisch und scherzte mit ihnen.

Harriet lauschte schon wieder. Als es ihr auffiel, schüttelte sie den Kopf. *Schäm dich …*

»Wie ist die Suppe?«, fragte er im Vorbeigehen.

»Müsste ich sie ansprechen, würde ich sie siezen.«

Hatte sie das wirklich gerade gesagt? Sie verdrehte die Augen und wunderte sich über ihre Ausschmückung. Normalerweise redete sie so nicht. Das musste an der besonderen Atmosphäre, dem Meerblick, der guten Luft liegen.

Jakob lächelte. »Schön. Darf ich das in der Küche so weitergeben?«

»Sicher.«

»Oh, dein Riesling …« Mehr sagte er nicht, aber sie wusste auch so, was er meinte.

»Macht doch nichts.«

»Ich bin gleich zurück.« Damit lief er los und war nur wenig später mit einem Glas und einer Flasche zurück. Er schenkte ihr ein. »Auf dein Wohl.«

Sie trank einen Schluck. »Oh, der ist wirklich gut.«

Natürlich war er das. Hier schien alles und jeder »wirklich gut« zu sein. Normal war das nicht. Oder?

Himmel noch mal, sie sollte sich entspannen und die Dinge so nehmen, wie sie ganz offenbar nun mal waren. Nicht überall war ein Haar in der Suppe.

»Prima. Lass es dir schmecken, Harriet.« Jakob war bereits weitergegangen, seine Stimme hing aber noch immer so deutlich in der Luft, dass sie glaubte, nur die Hand ausstrecken zu müssen, um sie einzufangen und sich ans Ohr zu halten.

Die Art, wie er ihren Namen aussprach, verursachte ihr eine merkwürdige Gänsehaut auf dem Scheitel.

Diese Gänsehaut kroch langsam, sehr langsam, ihre Wirbelsäule entlang und machte dabei einen Abstecher unter ihr rechtes Schulterblatt.

Sie schüttelte sich.

»Ist dir kalt?« Jakobs besorgte Stimme kam von hinten, und sie drehte sich halb zu ihm um.

»Warum?«

»Weil du gezittert hast.« Er blieb neben ihrem Tisch stehen, in der Hand ein kleines, rundes Tablett. Ohne ihre Antwort abzuwarten, rief er der jungen Frau zu: »Juliane? Würdest du bitte etwas Holz nachlegen?«

»Nein, das ist nicht nötig, wirklich nicht«, erwiderte Harriet. Sie hatte seine Aufmerksamkeit nicht auf sich ziehen wollen, es fühlte sich befremdlich an.

»Kein Problem.« Er lächelte sie an. »Ich wette, die anderen Gäste sind froh, dass du das ansprichst.«

Er blickte sich im Raum um, in dem es ziemlich still geworden war. »Hab ich recht?« Er lachte leise.

Einige Gäste nickten, anderen murmelten etwas, um so ihre Zustimmung zu demonstrieren.

»Siehst du.« Jakob sah Harriet an, und ihr fiel auf, dass seine Augen eine ungewöhnliche Farbe hatten.

Noch bevor sie weiter darüber nachdenken konnte, war er gegangen.

Und wieder starrte sie ihm hinterher.

Nach dem Essen ging sie noch einmal zum Hafen hinunter und blickte auf den dunklen Bodden hinaus. Es wehte ein leichter, recht warmer Wind, trotzdem fror sie ein wenig. Sie zog das Tuch fester um die Schultern und knöpfte die Jacke bis zum Kragen zu.

Irgendwo schrie eine Möwe, und das Schilf knackte leise im Wind. Selten hatte sie sich so wohl und geborgen gefühlt wie in diesem Augenblick. Sie hielt den Atem an und überlegte, woran das liegen mochte.

Ein Entenpärchen kam auf sie zugewatschelt, der Erpel vorweg. Er blieb direkt vor ihr sitzen.

Die Entendame machte es anders; auch sie blieb vor Harriet sitzen, doch sie blickte sie mit treuherzigen Augen an und schnatterte leise.

Harriet seufzte. »Tut mir leid, ihr beiden, ich hab gar nichts dabei.«

»Die dürfen nicht gefüttert werden«, ertönte eine Stimme hinter ihr.

Sie wirbelte herum und sah eine Frau, ungefähr in ihrem Alter, vor sich. »'tschuldigung, hab ich dich erschreckt?«

Harriet runzelte die Stirn. Sie war nicht pingelig, und wenn sie jemand einfach so duzte, den sie noch nie vorher gesehen hatte, dann war das für sie kein Affront. Aber wundern war doch erlaubt.

Die Frau streckte ihre Hand aus. »Wir wohnen beide im ›*Kapitänshaus*‹. Ich hab gesehen, wie du angekommen bist. Ich bin Marie.«

»Harriet. Freut mich.«

Sie schüttelten sich die Hände.

»Entschuldige, wenn ich einfach Du sage, aber ich hab mir im Laufe der Zeit angewöhnt, die Menschen, die ungefähr in meinem Alter sind, zu duzen. Ist das in Ordnung für dich?«

»Ganz ehrlich?« Harriet seufzte verhalten. »Ich finde es ein wenig ungewöhnlich, aber es gefällt mir.«

»Mein Mann hat immer gesagt, ich sei der unkonventionellste Mensch, den er kennt.« Marie blickte ebenfalls auf den Bodden hinaus. »Ist es nicht himmlisch hier?«

»Das ist es. Ich hab dich vorhin gar nicht im Restaurant gesehen.«

»Das liegt daran, dass ich nicht dort war. Ich esse abends nie etwas.«

»Aha.« Etwas Klügeres fiel Harriet nicht ein. Sie dachte daran, dass sie abends besser auch nichts mehr essen sollte. Manchmal lag ihr das Abendessen wie Blei im Magen, und sie träumte noch eigenartiger als ohnehin schon.

»Wir kommen jedes Jahr hierher.« Marie verstummte, so als hätte es ihr aus irgendeinem Grund die Sprache verschlagen.

»Ich bin das erste Mal hier.« Harriet stellte fest, dass Marie heftig blinzelte. Offensichtlich rang sie um Fassung.

»Hab ich was Falsches gesagt?«, fragte sie leise.

Marie schüttelte den Kopf. »Nein, nein. Überhaupt nicht. Es ist nur … Ich bin dieses Jahr zum ersten Mal allein hier.«

Harriet nickte. »Verstehe. Und nun bist du traurig, weil dein Mann nicht bei dir ist.«

Marie schluckte. Dann sagte sie ruhig und sehr leise: »Er ist vor einem knappen Jahr bei einem Autounfall ums Leben gekommen.«

Harriet hatte mit allem gerechnet, nur damit nicht. Sie wusste nicht, wie sie sich verhalten, was sie sagen sollte. Sie verschränkte die Finger ineinander. Und sie verfluchte ihren letzten Satz.

»Es tut mir wahnsinnig leid, Marie«, murmelte sie und überlegte, ob sie eine wildfremde Frau umarmen sollte.

Eigentlich war so etwas nicht ihre Art, dazu war sie meistens zu befangen.

Doch nun spürte sie, wie ihr das Herz auf eine sehr eigenartige Art und Weise aufging, anders konnte sie es nicht beschreiben, und sie ging auf Marie zu und zog sie an sich.

Eine ganze Weile standen die beiden Frauen, die sich erst vor wenigen Minuten kennengelernt hatten, eng umschlungen da, die eine hatte den Kopf an die Schulter der anderen gelehnt. Harriet hatte die Augen geschlossen, eine dicke Träne hatte sie wegblinzeln können, eine weitere war nicht mehr aufzuhalten. Sie kullerte aus ihrem Augenwinkel und lief ihr die Wange herunter. »Es tut mir so leid«, wiederholte sie leise.

»Danke.«

Harriet sagte nichts weiter. Das musste sie auch gar nicht.

Nach einer Weile gingen die beiden Frauen schweigend zum *»Kapitänshaus«* zurück.

»Hast du Lust auf ein Glas Wein? In meinem Zimmer?« Harriet hatte spontan das ausgesprochen, was ihr durch den Kopf gegangen war. Auch das war eigentlich nicht ihre Art.

Sie überlegte gern, was und wie sie etwas sagte.

Marie nickte. »Gern. Hast du welchen da?«

»Nein, aber ich könnte mir eine Flasche aus dem Restaurant besorgen.« Harriet war bereits losgegangen.

Jakob kam ihr auf dem Flur entgegen und rannte beinahe gegen sie. Sie konnte einigermaßen geschickt ausweichen, lief dafür umso ungeschickter gegen die große Keramikvase, die auf dem Boden stand.

Bevor sie die Vase festhalten konnte, kippte diese um.

»Oh, verflixt! Tut mir leid!«

Jakob hatte die Vase blitzschnell wieder aufgestellt und die einzelnen Sonnenblumen, die auf der Erde klebrige gelbe Flecken hinterlassen hatten, eingesammelt. »Macht doch nichts. Das kann schon mal passieren.«

Sie atmete tief durch und versuchte, seinen Blicken aus den grünbraunen Augen auszuweichen. »Würdest du mir eine Flasche Rotwein geben?«

»Welchen möchtest du?«

Sie zuckte mit den Schultern. »Einen nicht zu schweren.«

»Was hältst du von einem Merlot?«

Sie nickte. »Klingt gut.«

Er verschwand um die Ecke und kam kurz darauf mit einer Flasche zurück. »Du hast mich gerade geduzt.«

»Was? Nein, bestimmt nicht.«

»Doch, doch.« Er streckte die Hand aus, und sie ergriff sie reichlich entgeistert. »Also, dann noch mal ganz von vorn: Ich bin Jakob.« Er lächelte.

Und sie lächelte noch immer ziemlich verdattert zurück. »Harriet.«

»Hübscher Name. Er passt zu dir.«

Darauf wusste sie nichts zu sagen.

»Was hältst du davon, wenn wir morgen gemeinsam zu Abend essen? Das muss nicht hier in der Pension sein. Morgen ist mein freier Tag.« Noch bevor sie verneinen konnte, hatte er den Kopf geschüttelt. »Ach, Verzeihung, blöd von mir. Morgen Abend habe ich Tanzkurs. Salsa.«

»Du tanzt Salsa?«

»Und nicht mal übel.«

Hatte sie ihn schon wieder angestarrt?

Nicht doch. Hastig blickte sie in die andere Richtung.

»Die Blumen brauchen Wasser«, sagte sie ein wenig verzweifelt, als ihr Blick auf die armen Sonnenblumen fiel, die trocken in der geretteten Vase standen.

»Wird gleich erledigt. Was hältst du von einem gemeinsamen Frühstück?«

Sie nickte und ärgerte sich sofort. Wahrscheinlich machte sie gerade einen Riesenfehler, aber sie hatte Lust, mit ihm zu frühstücken. Er war sympathisch, warum also nicht?

Er rieb sich fröhlich die Hände. »Super, dann also morgen früh. Halb neun?«

»Halb neun, was?« Sie stand mal wieder auf der Leitung. Und warum? Weil sie ihn schon wieder angestarrt hatte. Und seltsame Dinge waren ihr durch den Kopf geschossen.

»Frühstück um halb neun?«

Sie seufzte. »In Ordnung.«

»Oder ist dir das zu früh?«

»Nein, nein. Ich bin Frühaufsteher.«

Er lächelte sie an, und ihr Herz tat einen erstaunlichen, geradezu wahnwitzigen Hopser. »Na sowas, ich auch.«

»Was? Ach so. Ja, prima.« Sie drehte sich um und floh.

Anders war ihr flotter Schritt nicht zu beschreiben.

Vor ihrer Zimmertür erwartete sie bereits Marie.

»Bist du so gerannt?«, fragte die.

»Wieso?«

»Du bist ganz rot im Gesicht.«

8.

Die beiden Frauen saßen bis spät in die Nacht hinein zusammen und plauderten. Zuerst warm eingemummelt auf dem Balkon, bis es dann dort doch zu kalt wurde. Danach saßen sie auf der gemütlichen hellen Couch, ihre Gläser auf den Knien.

Marie erzählte von ihrer glücklichen Ehe, die leider kinderlos geblieben war, wie sie sagte. Sie und ihr Mann waren sechsundzwanzig Jahre verheiratet gewesen, bis ein Geisterfahrer nachts auf der Autobahn in den Saab ihres Mannes gefahren war. Für Marie war danach nichts mehr wie vorher.

Sie hatte nicht gewusst, wie sie ohne ihren Mann weitermachen, weiterleben sollte. Finanziell sehr gut abgesichert, hatte sie schweren Herzens das gemeinsame Haus verkauft und war in eine kleinere Wohnung in einer neuen Stadt gezogen.

Harriet hörte einfach nur zu. Sie wusste, dass sie eine gute Zuhörerin war, weil derjenige, der zuhörte, nie im Mittelpunkt stand. Sie hatte das immer genossen.

Außerdem hatte sie selbst herzlich wenig Interessantes zu erzählen, wie sie fand. Sie hatte weder Kinder, die ungewöhnliche Hobbys hatten, noch einen aufregenden Beruf, bei dem sie interessante Menschen kennenlernte.

»Was sind deine Hobbys?«, fragte Marie irgendwann.

Harriet zuckte mit den Schultern. »Ich zeichne gern.«

Marie seufzte. »Ich wünschte, ich könnte auch so was. Ich bin nicht mal sonderlich musikalisch. Was zeichnest du so?«

»Ach, es sind mehr so Kritzeleien, nichts Besonderes.«

Marie lächelte. »Du bist ein sehr bescheidener Mensch, Harriet.« Sie schob ihr einen der Prospekte herüber, die auf einem Stapel auf dem Tisch lagen. »Würdest du mir was zeichnen?«

»Warum?«, fragte Harriet ehrlich verwundert.

»Weil es mich interessiert. Mich beeindrucken Menschen, die irgendetwas können, was andere nicht können.«

Harriet wollte abwinken. »Ach, es sind ja nur Kritzeleien.«

»Und wenn ich dich darum bitte?«

Vielleicht lag es am Wein, aber Harriet stand auf und nahm ihren kleinen Zeichenblock aus der Handtasche. Sie klappte ihn auf und zeigte Marie eine Zeichnung von Klementine.

Marie betrachtete sie eine ganze Weile. »Ist das deine Katze? Sie ist großartig. Die Zeichnung, meine ich. Deine Katze vermutlich auch.«

Sie kicherten.

»Manchmal zeichne ich auch Kinder«, plapperte Harriet. Ja, es lag garantiert am Wein. Sie sollte nicht so viel trinken.

Marie stellte ihr Weinglas auf den kleinen weißen Holztisch und blickte sie nachdenklich an. »Meine Freundin ist Lektorin. Warum schickst du ihr nicht mal deine Zeichnungen?«

Harriet verschluckte sich fast an ihrem Wein. »Was? Nein, lieber nicht.«

»Aber du bist gut. Hast du Angst, dass jemand anderer das auch finden könnte?«

Harriet winkte ab. »Das sind doch nur Kritzeleien, Marie. Nichts weiter.«

Marie nahm den Prospekt und schrieb eine Telefonnummer und eine E-Mail-Adresse darauf. »Das Wort Kritzeleien hab ich in den letzten zwei Minuten dreimal gehört.« Sie schob Harriet den Prospekt zu. »Wenn du es dir anders überlegst … Sie ist wirklich nett.«

Harriet nickte brav, wusste aber, dass sie den Prospekt gleich morgen früh wegwerfen würde.

Nachdem Marie sich verabschiedet hatte, taumelte sie ein wenig angesäuselt ins Bett. Sie schlief tief und traumlos.

Am Morgen, als sie aus der Dusche kam, überlegte sie, ob es eine gute Idee war, sich mit Jakob zum Frühstück zu treffen.

Sie war ein bisschen nervös, und sie stellte fest, dass sie die vollkommen falschen Sachen angezogen hatte: kniekurzer Jeansrock, weite Bluse und halbhohe Stiefel.

Meine Güte, wen wollte sie beeindrucken? Jakob?

Hastig zog sie alles wieder aus und schlüpfte in helle Jeans und ein langärmeliges hellgraues Shirt.

Jakob saß bereits am hübsch gedeckten Tisch und winkte ihr zu.

Er stand auf und wartete, bis sie sich gesetzt hatte.

Dann lächelte er sie an. »Du siehst erholt und munter aus.«

Und du bist ein miserabler Lügner …

»Das macht mein Make-up«, erwiderte sie ein wenig spitz.

Er legte den Kopf schief. »Make-up?« Er lachte, als hätte sie einen grandiosen Witz gemacht.

Sie spürte, dass sie ein wenig rot wurde. Wunderbar.

»Ich hab nur vier Stunden geschlafen«, sagte sie.

Prima. Sag ihm gleich noch, in was für einem Pyjama …

»Nicht viel mehr als ich«, gab er zurück und schmunzelte

achselzuckend. »Meine Mutter sagt: Wenn man erst mal über fünfzig ist, braucht man deutlich weniger Schlaf.«

Sie blinzelte verdattert. »Und meine hat immer gesagt: ›Je älter ich werde, Kind, desto mehr Schlaf brauche ich.‹«

Er lachte schallend, und sie musste schließlich ebenfalls grinsen.

»Lebt deine Mutter noch?«, fragte er.

Sie schüttelte den Kopf. »Und deine?«

»Sie ist inzwischen vierundachtzig, steht jeden Morgen um sechs auf, macht ihre Turnübungen, fährt noch immer Rad, was ich ihr täglich vorwerfe, kocht für eine ganze Kompanie und will unbedingt auch Salsa lernen.«

Harriet schmunzelte. »Deine Mutter scheint eine interessante Person zu sein.«

»Das ist sie. Interessant, anstrengend, aufmüpfig und unbequem. Das war sie schon immer.«

»Sind das nun gute oder schlechte Eigenschaften?«

Er lachte. »Von beidem etwas, würde ich sagen. Tatsache ist, dass ich mir fast täglich Sorgen um sie mache, weil sie wieder was Verrücktes anstellt.« Er schüttelte grinsend den Kopf. »Andererseits kann ich mir meine Mutter nicht wie eine typische Achtzigjährige vorstellen, die im Schaukelstuhl sitzt und Socken strickt.«

»Vermutlich wäre sie so gar nicht über achtzig geworden.«

Er sah sie lächelnd an. »So hab ich das noch gar nicht gesehen.«

»Lebt deine Mutter auch hier auf dem Darß?«

»Nein, sie lebt in Lübeck. Inzwischen wohnt sie immerhin in einer Wohnung mit Pflegebetreuung. Was mich zutiefst beruhigt.«

Harriet lächelte ihn an. Ihr gefiel es, wie er über seine

Mutter sprach. Und sie verspürte große Lust, diese alte Dame kennenzulernen.

»Hast du gar keinen Hunger?«

»Was?« Sie war wieder mit ihren Gedanken woanders gewesen. Himmel noch eins, das wuchs sich mittlerweile zur fixen Angewohnheit aus. Das sollte sie schleunigst in den Griff bekommen.

Er zeigte auf ihren leeren Teller. »Frühstück? Du?« Er grinste sie frech an.

Und sie konnte nicht anders: Sie lachte schallend.

Er betrachtete sie, dann huschte ein breites, sehr jungenhaftes Lächeln über sein Gesicht.

»Doch, doch.« Sie hatte sich wieder einigermaßen beruhigt.

Jakob stand auf und nahm ihren Teller. »Komm, ich weise dir den Weg durchs Frühstücksbüfett.«

Eine halbe Stunde später saßen sie sich gegenüber; ihre Teller gut gefüllt, zwei Porzellankannen auf dem Tisch.

Jakob war eingefleischter Teetrinker, er behauptete sogar, noch nie in seinem Leben Kaffee getrunken zu haben.

Harriet war sprachlos. »Ist das dein Ernst?«

»Mein voller.«

Dieser Mann hatte etwas an sich, dem sie sich nicht wirklich entziehen konnte, auch wenn sie genau das verzweifelt versucht hatte. Er hatte lebendige, vor Lebensfreude beinahe sprühende Augen, ein sehr charmantes, jungenhaftes Lächeln, und er sah wirklich gut aus. Ach was, gut! Der Mann sah umwerfend aus. Er roch verführerisch, hatte eine Stimme, die ihr Schauer über den Rücken jagte, war klug und witzig.

Dass auch er irgendwo eine düstere Seite hatte, vielleicht

hinterhältig, spielsüchtig, jähzornig mit Neigung zu Gewaltausbrüchen, Kettenraucher – nein, das wohl nicht – oder womöglich Gewohnheitstrinker war, mit Socken ins Bett ging, seine Unterhosen nur zweimal in der Woche wechselte und einen Frotteepyjama trug, davon ging sie aus.

Jakob erzählte ihr, dass er vierundfünfzig war, in Lübeck geboren und aufgewachsen war und vor fünf Jahren diese Öko-Pension aufgemacht hatte. Es war ihm ein Anliegen, seine Lust auf gutes und gesundes Essen und einen vernünftigen, bewussten Umgang mit der Umwelt mit anderen zu teilen und es zur Selbstverständlichkeit zu machen, wie er sagte.

Harriet gefiel diese Einstellung. Sie hatte nie großartig über gesunde Ernährung nachgedacht, ganz einfach, weil sie sich *gern* gesund ernährte. Sie hatte es immer für etwas Normales, Selbstverständliches gehalten, nichts, worüber man diskutieren musste. Und umweltbewusst war sie immer gewesen. Sie liebte die Natur, da war es selbstverständlich, dass man sie schützt.

Jakob holte tief Luft. »Du glaubst nicht, wie blöd ich mir vorkam, als du gestern vor mir standest. Nicht, weil ich mir leidtat, sondern weil du dich miserabel fühlen musstest. Ich habe dich belogen und an der Nase rumgeführt, und das tut mir sehr leid. Glaubst du mir das?«

Sie musste lachen, weil ein kleines Kind wohl genau so fragen würde, wenn es einem einen Bären aufgebunden hatte.

»Ich glaube dir.« Das war ihr so leicht über die Lippen gekommen, dass sie selbst ganz verwundert war.

Sie erinnerte sich genau an die ersten Sätze, die sie und Johanna alias Jakob sich geschrieben hatten:

»Hallo, ich heiße Harriet und mache so was eigentlich nicht.«

»Hey, ich bin Johanna und mache das eigentlich auch nicht.«

Und so waren sie ins Gespräch gekommen.

»Du hättest mir einfach sagen können, dass du Jakob und nicht Johanna heißt.«

Er nickte zerknirscht. »Ich weiß, und das tut mir leid, Harriet. Ich war neugierig auf dich, und es hat Spaß gemacht, mit dir zu chatten. Und irgendwann konnte ich nicht mehr zurück.«

»Du hättest also einfach weitergemacht?«

Er biss sich auf die Unterlippe, was irgendwie drollig aussah.

»Ich fürchte ja.«

»Immerhin bist du ehrlich.«

Er klopfte sich auf die Brust. »Das bin ich immer.« Er zog eine Grimasse. »Na ja, meistens.«

»Bist du auch unbequem und aufmüpfig?«

Er lachte amüsiert. »Und ob.«

Harriet versuchte, ernst zu bleiben.

Es gelang ihr nicht.

»Du hast eins vergessen«, sagte er, während er ein weiteres Brötchen aufschnitt und sich eine Scheibe Käse vom Teller nahm.

»Und was?«

»Ob ich interessant bin.«

Sie musste lachen. »Und? Bist du?«

Er reckte das Kinn. »Ich behaupte mal, dass ich sehr interessant bin.«

Sie sah ihn prüfend an, dann lachte sie wieder.

»Du bist mir nicht mehr böse?«, fragte er schließlich und sah sie nicht weniger prüfend an.

»Lass mich drüber nachdenken.« Sie schmunzelte vor sich hin. »Nein, ich glaube nicht.« Sie nahm die dunkelrote Serviette und tupfte sich den Mund ab.

»Möchtest du von meinem Lieblingstee probieren?« Jakob hatte die Teekanne bereits in der Hand.

»Ja, warum nicht. Was ist das für eine Sorte?«

»Darjeeling, meine Lieblingssorte, Second Flush. Wenn der dir zu kräftig hast, kann ich First Flush anbieten.«

Sie tat so, als würde sie das nicht im mindesten überfordern.

Sie trank durchaus Tee hin und wieder; Kräuter- oder Früchtetee und schon mal einen Magentee, wenn sie Beschwerden hatte. Ansonsten war sie blutiger Laie. Darjeeling hatte sie immerhin schon mal gehört, aber was bitte war First oder Second Flush?

Er schenkte ihr ein. »Bei einem First Flush wird von Februar bis Ende April geerntet.« Er zeigte auf ihre Tasse. »Siehst du, die Farbe ist ganz hell, goldgelb. Und wenn du daran riechst …«

Sie tat es. »Riecht irgendwie … blumig.«

Er schmunzelte. »So ist es. Blumig, ja.«

Sie nahm einen vorsichtigen Schluck. »Und Second Flush?«

»Beim Second Flush wird von Juni bis Juli geerntet. Der Tee ist dunkler, so wie Bernstein etwa. Und er ist kräftiger. Apropos Bernstein. Hier wird immer wieder welcher gefunden. Besonders am Weststrand.«

»Tatsächlich? Oh, dann möchte ich unbedingt welchen finden.«

Er lachte. »Das wollen alle, die herkommen, glaub mir.«

»Und wie viele finden tatsächlich welchen?«

»Nur sehr wenige.«

Sie nahm ein weiteres Brötchen und überlegte kurz, das wievielte das bereits war. Das zweite? Oder schon das dritte? Wenn dem so wäre, dann hätte sie in der Tat einen gesunden Appetit.

»Was hast du heute vor?«, erkundigte er sich.

Das Ehepaar vom Vorabend kam herein, Arm in Arm, den Hund an der Leine, der sich sofort unter einen der Tische verzog.

»Er weiß, welchen Tisch ihr bevorzugt.« Jakob hatte sich zu ihnen umgedreht und lachte.

»Stimmt.« Der Mann war seiner Frau behilflich, ihren Stuhl zur Seite zu schieben. »Ich hole dir erst mal einen Saft, Schatz.«

Harriet unterdrückte ein Seufzen. Wie fürsorglich der Mann war, und wie verliebt die beiden sich schon wieder ansahen.

»Sie kommen jedes Jahr her«, erzählte Jakob, nachdem er sich wieder ihr zugewandt hatte.

Sie nickte etwas zerstreut. »Es ist ja auch sehr schön hier.«

»Und? Was wirst du heute unternehmen?« Er schenkte ihr noch eine Tasse Tee ein.

»Vielleicht mache ich einen langen Spaziergang«, erwiderte sie.

Und morgen ist mein fünfzigster Geburtstag, aber das nur am Rande. Hier interessiert es Gott sei Dank niemanden.

»Dann suche ich dir eine Route aus, wenn du möchtest. Es gibt eine sehr schöne Strecke durch den Wald bis zum Weststrand.

Der Wald wird übrigens Darßer Urwald genannt. Und von dort aus kannst du bis zum Leuchtturm nach Prerow laufen. Der Strand ist einer der schönsten Deutschlands.«

»Sagt wer?«

Er grinste sie an. »Alle sagen das.«

»Na, dann …«

»Darf ich dir Proviant einpacken?«

Sie kam gerade aus ihrem Zimmer, als sie Marie die Treppe heraufkommen sah. »Guten Morgen. Ich hoffe, du hast gut geschlafen.«

Marie verzog das Gesicht. »Einigermaßen. Ich hatte wohl doch ein, zwei Gläser Rotwein zu viel.«

»Nicht nur du. Hast du Lust auf einen Spaziergang?«

Marie schüttelte den Kopf. »Liebend gern. Aber ich reise heute schon wieder ab. Mein Urlaub ist leider vorbei.«

»Wie schade.« Harriet war aufrichtig enttäuscht. Sie mochte Marie, die beiden hatten gute Gespräche geführt. So einen Menschen fand man nicht so schnell. Vielleicht hätte sie sich sogar dazu hinreißen lassen, mit Marie ihren Geburtstag zu begießen.

»Ja, wirklich schade. Aber weißt du was? Wir bleiben in Verbindung, wenn du magst. Ich bin jedes Jahr mindestens einmal hier, manchmal sogar zweimal. Silvester werde ich wiederkommen.«

Harriet nickte, ohne auch nur einen Gedanken daran zu verschwenden, dass sie womöglich gerade eine Zusage machte, die sie nicht einhalten würde. »Ich auch.«

Marie umarmte sie innig. »Danke, dass du mir zugehört hast. Manchmal tut das einfach gut. Ich bin nicht immer so sentimental, keine Sorge.«

»Gern geschehen.«

»Dann sehen wir uns Silvester?«

»Ja, sicher.« Harriet wurde nicht mal rot.

Marie ging an ihr vorbei zu ihrer Zimmertür und blieb dort noch einmal stehen. »Und überleg dir, ob du deine Zeichnungen nicht doch an einen Verlag schicken möchtest.« Sie musste nicht weiter erklären, was und wen sie meinte.

Harriet verstand sofort.

9.

Jakob hatte ihr eine kleine, leicht verknitterte Wanderkarte gegeben, auf der er mit einem roten Stift den Weg vom Waldparkplatz bis zum Weststrand markiert hatte.

»Eigentlich kann man sich nicht verlaufen«, hatte er noch gesagt.

Harriet hatte sich einen Kommentar verkniffen. Er konnte ja nicht wissen, dass sie noch zu ganz anderen Dingen neigte.

Oder hatte sie mit Johanna im Chat jemals über ihre Ungeschicklichkeit gesprochen? Nein, sie glaubte nicht.

Sie hatte bequeme Kleidung angezogen. Gut, dass sie ihre etwas ausgelatschten Sportschuhe mitgenommen hatte.

Den Wagen parkte sie auf dem kleinen Parkplatz, der direkt am Wald lag, und marschierte los, die Wanderkarte in ihrer Hosentasche.

Zwei Wanderer kamen ihr entgegen; so wie sie gekleidet waren, waren es in der Tat Wanderer und keine Spaziergänger.

Sie grüßten Harriet überschwenglich, und sie murmelte ein »Ebenfalls«. Sie war immer ein wenig befangen in solchen Dingen, und unbekannte Menschen so zu begrüßen, als würde man sich tagtäglich über den Weg laufen, befremdete sie.

Sie hatte sogar ein Problem damit, ihren Nachbarn, die sie

fast täglich traf, so zu begegnen. Mit Ausnahme von Steffie natürlich. Meistens murmelte sie nur einen kleinen, aber niemals unfreundlichen Gruß und machte, dass sie in ihre Wohnung kam. Im Small-Talk-Bestreiten war sie einfach nicht gut. Mit Floskeln wie: »Schönes Wetter heute, endlich ist es mal wieder trocken«, konnte sie herzlich wenig anfangen.

Sie seufzte leise.

Die Sonne war, wie immer um diese Jahreszeit, angenehm warm und schob sich durch die dunklen Baumkronen. Es wehte lediglich ein sehr milder, kaum spürbarer Wind.

Und das Beste war, so wie es aussah und so wie es der Wetterdienst versprochen hatte: Es würde heute nicht regnen.

Harriet zog die Jacke aus und band sie sich um die Hüfte. Die würde sie vermutlich heute nicht brauchen. Sie überlegte kurz, ob sie sie nicht einfach zurück zum Wagen bringen sollte.

Nein, vielleicht war es besser, für alle Fälle gewappnet zu sein.

Sie hatte sogar ihren Fotoapparat dabei, den sie in den letzten Jahren viel zu selten benutzt hatte.

Der Waldweg vor ihr war staubtrocken, offensichtlich hatte es in den letzten Tagen kaum geregnet.

Ihr schoss ein Lied von den Beatles durch den Kopf, und sie fing an zu pfeifen. Sie hob ein wenig verdutzt die Augenbrauen und schmunzelte. Pfeifend durch die Gegend zu marschieren, das war ebenfalls neu.

Aber warum auch nicht? Sie hatte sich spontan ein paar Tage Urlaub gegönnt, hatte eine Überraschung der ganz besonderen Art erlebt, nette Menschen kennengelernt, und ihr Alltag war gerade so weit entfernt wie sie selbst vom Mars.

Sie pfiff *»All you need is love«* und fuhr ordentlich zusammen, als sich jemand hinter ihr räusperte. Sie wirbelte herum.

Ein älterer Herr mit Fischerhut, Kamera um den Hals und Anglerweste sah sie an. »Sie haben einen flotten Schritt, junge Frau.« Er grinste. »Aber ich fürchte, ich bin noch flotter unterwegs.« Damit marschierte er mit großen Schritten an ihr vorbei und tippte sich an den Hut.

Harriet war zwei Schritte beiseitegetreten, um ihn vorbeizulassen. Sie lächelte, als sie dem Mann hinterherblickte. Sein Alter hätte sie nicht genau schätzen können, vermutlich aber deutlich jenseits der siebzig.

So dynamisch und gut gelaunt würde ich auch in zwanzig Jahren noch gerne unterwegs sein, dachte sie.

Die Luft flimmerte etwas, obwohl es noch nicht mal Mittag war. Ein September, wie er im Buche stand.

Morgen ist mein Geburtstag …

Spinnst du, du wolltest doch nicht drüber nachdenken …!

Gerd und Susanne würden anrufen.

Sie sollte ihr Handy einfach ausschalten. Susanne würde sich nicht darüber wundern.

Gerd schon. *Wo steckst du, meine Güte? Ich fasse es nicht, dass du einfach abhaust …*, würde er sagen.

Sie musste grinsen, nicht nur das, nach weiteren Metern, die sie fröhlich vor sich hin gepfiffen hatte, fing sie glucksend an zu kichern.

Das Handy lag ganz unten in ihrem Rucksack. Ob Nachrichten auf der Mailbox waren? Und vor allem, wenn ja, würde sie sie abhören? Oder hätte sie den Mumm, es bleibenzulassen?

Sie holte das Handy heraus.

Sie haben zwei neue Nachrichten …

Die erste Nachricht war von Miriam: »Wo steckst du,

Harriet? Versuche seit Stunden, dich zu erreichen. Ruf zurück, ja?«

Nein, sicher nicht.

Die zweite Nachricht war ebenfalls von ihr: »Wo zum Teufel steckst du? Ich hab in der Bank angerufen, die sagen, dass du dir spontan freigenommen hast. Was soll das? Wo steckst du, verdammt noch mal!«

Miriam war garantiert nur so sauer, weil sie nicht eingeweiht worden war.

Harriet verspürte eine seltsame Genugtuung, eine Art boshaften Triumph. Wäre sie ein kleines Mädchen, würde sie jetzt die Zunge rausstrecken und »Ätschi-Bätschi« sagen.

Sie grinste amüsiert. *Du entwickelst dich zum Kindskopf, Harriet Bohnekamp.*

So wohl hatte sie sich schon ewig nicht mehr gefühlt. Es war, als hätte sie Ballast abgeworfen, sich von etwas befreit, von dem sie gar nicht wusste, dass sie es überhaupt besessen hatte.

Sie drückte eine Taste, und als sie ihre Nachbarin Steffie am Apparat hatte, gab sie ihr die Adresse und Telefonnummer von Jakobs Pension durch. Und sie erkundigte sich nach Klementine.

»Sie war zunächst ein bisschen verschnupft.« Steffie lachte. »Aber seit heute früh ist sie sehr umgänglich.«

»Gott sei Dank. Ich melde mich, sobald ich weiß, wann genau ich wieder zurückkomme.«

»In Ordnung. Schönen Urlaub, Jette.«

Harriet schaltete das Handy aus und stopfte es wieder ganz nach unten in den Rucksack.

Das Gespräch mit Marie fiel ihr wieder ein; beinahe jedes Wort hatte sie gespeichert. Maries Lebensgeschichte hatte sie sehr beeindruckt und mitgenommen.

Der Weg machte eine kleine Biegung, und urplötzlich veränderte sich die Landschaft. Verdutzt blieb Harriet stehen und blickte sich um. Wo eben noch dichter Wald gewesen war, war nun zu beiden Seiten kleines stacheliges Gebüsch, und der Boden war deutlich sandiger.

Sie legte den Kopf in den Nacken und blinzelte in den strahlend blauen, schon fast unnatürlich aussehenden Himmel.

Es brannte in den Augen, und sie wischte sich mit dem Ärmel darüber. Schnell wieder die Sonnenbrille auf die Nase.

Sollte sie sich gleich hier irgendwo ein lauschiges Plätzchen suchen und ein kleines Picknick machen?

Der Rucksack war ziemlich schwer, ja, vielleicht wäre es nicht schlecht, wenn sie etwas essen und trinken würde, um das Gewicht zu reduzieren.

Sie pfiff vor sich hin, während sie einen kleinen Baumstumpf anpeilte, der etwas abseits vom Weg stand. Das wäre doch ein idealer Ort.

Jakob hatte ihr zwei Brötchen geschmiert, reichlich belegt mit Salat, Tomaten und einem Ziegenkäse, der so köstlich war, dass ihr schon jetzt das Wasser im Mund zusammenlief.

Außerdem entdeckte sie eine kleine Schale Salat in einem Plastikbehälter, dazu einen Apfel, eine Banane und einen Müsliriegel, der so lecker aussah, dass sie sehr geneigt war, den als Erstes zu essen.

Nein, den wirst du dir schön aufsparen.

Mit überkreuzten Beinen saß sie da und futterte ein Brötchen und die Banane. Der Salat und die anderen Sachen würden ihr Mittagessen werden.

Sie hatte ihren kleinen Spiralblock und einen Bleistift eingepackt, mehr aus einer Laune heraus. Beides legte sie nun auf ihre Knie.

Links von ihr stand eine kleine Kiefer, ziemlich windschief, und direkt darunter hockte ein Eichhörnchen.

Harriet hatte es gerade entdeckt, als es den sandigen Waldboden nach etwas Essbarem abgesucht hatte. Jetzt saß es da, in den Pfoten ein Tannenzapfen, der so groß war wie das halbe Tier.

»Lass ihn dir schmecken«, flüsterte Harriet und nahm langsam den Bleistift. »Und wenn du so nett sein und still sitzen bleiben würdest ...«

Das Tier mümmelte an seinem Tannenzapfen, die Ohren aufgestellt und so ins Fressen vertieft, dass Harriet es skizzieren konnte. Auf dem Blatt vor ihr entstand etwas, was zuerst ein klein wenig Ähnlichkeit mit einer Spitzmaus hatte, sich dann aber doch eindeutig als Eichhörnchen entpuppte.

Sie hielt den Block etwas von sich weg. Dabei kitzelte sie ein Sonnenstrahl in der Nase, und sie musste dreimal hintereinander niesen. Das Eichhörnchen machte einen Satz, ließ den Tannenzapfen fallen und war irgendwohin verschwunden.

Harriet seufzte.

Sie steckte den Block wieder ein und holte eine kleine Flasche Mineralwasser aus dem Rucksack.

Erst jetzt fiel ihr ein, dass sie das Tier eigentlich hätte fotografieren sollen, um es dann später in aller Ruhe zu zeichnen. Manchmal war sie zu blöd für diese Welt.

Sie gluckste wieder. Aber es hatte so eindeutig mehr Spaß gemacht, jawohl.

Sie packte ihre Sachen zusammen und schulterte den Rucksack, der jetzt tatsächlich etwas leichter war.

Einmal drehte sie sich um die eigene Achse, weil sie nicht sicher war, in welche Richtung sie nun weitergehen musste.

Der Weg gabelte sich nämlich nach rechts und nach links.

Harriet hätte schwören können, dass es geradeaus weiterging. Sie kramte die Wanderkarte aus ihrer Hosentasche und klappte sie auf.

Nach einer ganzen Weile glaubte sie dann auch den Punkt gefunden zu haben, an dem sie sich gerade befand.

Ja, genau hier müsste sie eigentlich sein.

Sie drehte die Karte auf den Kopf und noch mal ein wenig nach rechts.

»Kann ich helfen?« Eine männliche Stimme hinter ihr ließ sie ordentlich zusammenfahren.

Sie sah einen älteren Herrn, so vollkommen anders angezogen als der Mann von vorhin, dass sie kurz schmunzeln musste. Er trug kurze Hosen, dazu ein kariertes Hemd und eine Strickweste. Gleich wurde sie wieder ernst. Was sollte er von ihr denken?

»Haben Sie sich verlaufen?«

»Nein, ich glaub nicht.«

»Wo wollen Sie denn hin?«

»Direkt zum Meer. Zum Weststrand.«

Er stellte sich neben sie und lugte ihr über die Schulter. Er brauchte keine zehn Sekunden, bis er die Stelle gefunden hatte, an der sie gerade standen. Er tippte mit dem Zeigefinger darauf. »Hier sind wir. Und da …«,wieder tippte er auf einen Punkt, »da wollen Sie hin.«

Harriet kniff die Augen zusammen und überlegte, ob sie die Sonnenbrille gegen ihre Lesebrille eintauschen sollte.

Unsinn, sie würde wohl noch eine Wanderkarte ohne Sehhilfe lesen können.

Der Mann betrachtete sie. »Das erste Mal hier, was?« Auch er trug eine Kamera um den Hals. Und er hatte schneeweißes, ausgesprochen dichtes Haar.

Sie nickte. »Stimmt.«

»Und garantiert nicht zum letzten Mal«, folgerte er, woraus auch immer.

Sie nickte wieder. »Stimmt auch.«

Natürlich würde sie wiederkommen. Außerdem hatte sie Marie versprochen, zumindest hatte es sich wie ein Versprechen angefühlt, dass sie Silvester hier mit ihr den Jahreswechsel feiern würde. Ja, sie würde in Jakobs Pension mit ihm und Marie und anderen netten Gästen Silvester feiern.

Ihr Magen zog sich zusammen. Vorfreude? Oder was hatte das nun zu bedeuten?

Der Mann lächelte sie an. »Ich bin bereits das zwölfte Mal hier.«

Sie lachte. »Haben Sie mitgezählt?«

»Aber ja.«

Sie musste wieder lachen. Und dann hörte sie sich sagen: »Ich wünsche Ihnen noch einen richtig schönen Tag.«

Ein wenig verdutzt marschierte sie weiter, erstaunt darüber, was sie gerade gesagt hatte. Sie hatte einfach ausgesprochen, was ihr durch den Kopf gegangen war. Sie wünschte ihm einen schönen Tag, weil auch sie diesen Tag unendlich genoss.

Der Weg war nach einigen Metern deutlich angestiegen, und sie hatte, die Sonne nun direkt auf dem Scheitel, ein wenig schnaufen müssen. So viel Kraft und Wärme hätte sie der Sonne nicht mehr zugetraut. Sie schwitzte und wischte sich ein paar Schweißtropfen von der Stirn.

Der Weg verjüngte sich nun, und aus dem bis eben noch erdigen Laubboden wurde plötzlich ein schmaler Pfad mit hellem, sehr feinem Sand, zu beiden Seiten umgeben von hohen Gräsern.

Ein Geräusch ließ Harriet abrupt abbremsen.

Was war das?

Es war eine Art Raunen, ein lautes Rauschen. Entweder flog ein Flugzeug direkt über ihrem Kopf irgendwo über den Wolken oder aber …

Sie lauschte. Dann huschte ein Lächeln über ihr Gesicht.

Das Meer!

Ihre Schritte wurden immer schneller.

Der Weg vor ihr wurde immer sandiger, bis sie zuletzt so tief einsank, dass ein flottes Vorwärtskommen gar nicht mehr möglich war. Sie versank bis zu den Knöcheln im Sand und blieb schnaufend stehen. Meine Güte, entweder sie war mit den Jahren so unsportlich geworden, oder aber der Weg war in der Tat so beschwerlich, wie es ihr gerade vorkam.

Sie ging langsam ein paar Schritte weiter – und dann sah sie es. Das Meer. Die Ostsee. Direkt vor sich, nur etwa fünfzig Meter entfernt.

Sie seufzte und spürte ein sehr eigenartiges Gefühl in ihrer Brust. Es fühlte sich ein bisschen an wie Fernweh und eine lang unterdrückte Sehnsucht. Wahrscheinlich wurde sie einfach sentimental und im hohen Alter von fast fünfzig Jahren melancholisch und weinerlich.

Der Himmel war mit einem Mal wolkenlos, und die Sonne schien ungehindert, was das Zeug hielt.

»Gott, ist das schön!« Sie nahm den Rucksack ab und stellte ihn neben sich auf die Erde.

Die Ostsee rauschte und führte sich hier wirklich auf wie ein Meer: Wild, stürmisch, mit aufgepeitschten hohen Wellen.

Harriet schlüpfte aus ihren Sportschuhen und lief weiter. Der Pfad ging nur kurz bergauf und fiel dann gleich wieder ab.

Jetzt war sie direkt am Strand.

Sie rannte weiter, so schnell, als habe sie es eilig.

Ihre Füße versanken im warmen Sand. Es fühlte sich herrlich an.

Was sich weniger herrlich anfühlte, war der Wind, der so urplötzlich und mit solch einer Wucht auf sie einpeitschte, dass sie einigermaßen verdattert stehen bleiben musste, um zu Atem zu kommen. Der Wind zerzauste ihr Haar und zerrte an einzelnen Strähnen. Einige wurden ihr ins Gesicht gedrückt, so dass sie kaum schnell genug war, sie beiseitezuschieben oder sich hinters Ohr zu klemmen.

Was gar keinen Sinn gemacht hätte, da der Wind sie sogleich wieder packte, daran zog und zerrte und sie ihr schließlich kreuz und quer ins Gesicht schleuderte.

Liebe Güte, noch vor wenigen Minuten war es vollkommen windstill gewesen, und nun führte sich der Wind auf, als wolle er ihr zeigen, dass er auch das Zeug zu einem Orkan oder Tornado hatte.

Harriet legte schließlich beide Hände fest um ihren Kopf und versuchte so, ihr Kraushaar zu bändigen oder besser gesagt vor dem Wind zu beschützen. Warum nur hatte sie keine Kapuze, Mütze, ein Tuch, das sie sich um den Kopf hätte binden können?

Dann fiel ihr ein, dass sie ein Tuch eingesteckt hatte.

Ja, natürlich, es musste im Rucksack sein.

Sie wühlte mit einer Hand, während sie die andere auf ihren Scheitel drückte.

Einige Spaziergänger kamen ihr entgegen, und sofort fiel ihr eins auf: Die Frauen trugen alle Mützen oder Tücher, die Männer Kapuzen.

Die waren einfach schlauer als ich. Besser gesagt, sie kannten sich hier aus und wussten, was auf sie zukommt.

Endlich hatte sie das Tuch aus dem Rucksack gezogen.

Der Wind zerrte wie verrückt daran, und sie brauchte einige Versuche, um es festzubinden. Ihr tränten die Augen von der salzigen Luft, und sie musste blinzeln.

Sie schlüpfte in ihre Jacke, zog den Reißverschluss hoch und ging hinunter ans Wasser. Die erste Welle kam zischend an, und als das Wasser über ihre nackten Füße schwappte, hielt sie erschrocken die Luft an. Himmel, war das eisig!

Mit angehaltener Luft blickte sie aufs Meer hinaus.

Die Gegend hier war einzigartig, es war fast, als habe man soeben ein anderes Land, ja sogar einen anderen Kontinent betreten.

Harriet ließ sich in den Sand fallen. Rechts von ihr erstreckte sich der Strand über mehrere Kilometer bis hin zu dem Leuchtturm, den sie in der Ferne ausmachen konnte und von dem Jakob gesprochen hatte.

Eine größere Welle kam auf sie zugerollt, und sie konnte gerade noch rechtzeitig aufspringen und sich in Sicherheit bringen.

Sie schnappte sich ihre Sachen und lief ein Stückchen weiter nach oben, dorthin, wo einige völlig windschiefe Kiefern standen, die wahrscheinlich seit vielen Jahren versucht hatten, dem starken Wind zu trotzen.

Sie nahm den Fotoapparat und machte ein paar Bilder von den gekrümmten Bäumen, die man Windflüchter nannte, wie sie soeben auf einem Schild gesehen hatte.

Dann drehte sie sich um und fotografierte das wilde tobende Meer. Sie würde einen Moment an genau diesem Platz bleiben. Es war stürmisch und kalt hier, aber dennoch so einzigartig und atemberaubend schön, dass einem ganz wehmütig ums Herz werden konnte.

Mit einer Hand nahm sie den Apfel aus ihrem Rucksack und ließ sich einfach fallen, wo sie gerade stand, den Apfel zwischen den Zähnen. Von hier aus hatte sie einen wundervollen Blick auf die See und den Strand.

Sie blinzelte verdattert, »entgeistert« traf es besser.

Täuschte sie sich, hatte sie eine Fata Morgana oder planschte dort tatsächlich jemand in der Ostsee? Bei diesen Temperaturen und dem eisigen Wind?

Sie wusste nicht, ob sie fassungslos oder beeindruckt sein sollte.

Jakob hatte ihr sogar eine kleine Thermoskanne Kaffee eingepackt. Sie trank einen großen Schluck, ließ sich anschließend auf die Ellbogen zurückfallen und beobachtete den wahnwitzigen, selbstmörderischen Schwimmer; offenbar ein älterer Mann, wie sie nun zu erkennen glaubte.

»Ein Verrückter«, murmelte sie kopfschüttelnd.

Der Wind erwischte eine ihrer Haarsträhnen und zerrte daran, so als wolle er ihr zeigen und beweisen, wer hier das Sagen hatte. Schließlich löste sich das Tuch und flog ihr vom Kopf. Nicht nur das, es nahm genau Kurs auf die See.

Harriet hinterher.

Nach wenigen Schritten drehte der Wind und nahm das Tuch mit in die entgegengesetzte Richtung.

Harriet wieder hinterher.

Sie erwischte es an einem Zipfel, dabei strauchelte sie und fiel der Länge nach in den Sand. Der ausgesprochen weich und sehr angenehm warm war. Sie blieb einfach liegen, die Arme ausgestreckt und schnappte nach Luft.

Und dann musste sie so lachen, dass sie Sand in den Mund bekam. Hustend und prustend setzte sie sich auf.

Diesmal stellte sie es pfiffiger an: Sie faltete das Tuch und band es so um ihr Haar, dass der Wind es zwar durcheinanderwirbeln, dem Tuch aber nichts anhaben konnte.

Dennoch erfüllte es seinen Zweck. Ihr Haar war einigermaßen gebändigt und wurde ihr nicht ständig ins Gesicht geweht.

Sie lief dorthin zurück, wo sie bis eben gesessen hatte, und machte es sich im Sand bequem.

Mit dem Rucksack auf dem Rücken, ihren Schuhen in der Hand, die Jeans bis zu den Knien hochgekrempelt und ihrem Fotoapparat um den Hals, stapfte sie eine gute Stunde später durch den weichen Sand in Richtung Leuchtturm.

Schon von weitem hatte sie den riesigen kahlen Baumstamm gesehen, der am Strand lag. Er sah bizarr und so großartig aus, dass sie ihn unbedingt fotografieren wollte.

»Beliebtes Motiv.« Ein junger Mann war stehen geblieben und musterte sie neugierig. »Coole Kamera. Hat die 'nen Bildstabilisator?«

»Keine Ahnung.« Sie zuckte mit den Schultern.

Er kam einen Schritt näher, den Blick auf die Kamera in ihrer Hand. »Sieht aus, als hätte die einen.«

»Woran sehen Sie das?«

Er zeigte auf das Objektiv. »Daran.«

»Aha.« Was sollte sie auch sonst sagen? *Oh, prima, dass ich eine Kamera mit Bildstabilisator habe? Kann man ja immer mal gebrauchen?*

Er schlenderte weiter. Nicht ohne sich im Gehen umzudrehen und zu rufen: »Wenn die Sonne lacht, Blende acht!« Er fand das zum Brüllen.

Harriet verdrehte die Augen und hoffte, dass er es nicht gesehen hatte. Andererseits, niemand hatte den Burschen um einen Kommentar gebeten. Und um so einen dämlichen schon gar nicht. Sie spazierte weiter, die Kamera griffbereit.

Sie sah einem kleinen Jungen mit einem Hund zu, dann löste sie sich von dem netten Anblick und ging weiter.

Sie selbst hätte auch einen solchen fröhlichen, kleinen Jungen haben können. Natürlich wäre der inzwischen lange erwachsen. Vielleicht hätte sie sogar zwei Söhne haben können.

Und eine Tochter. Eine Tochter, die vielleicht irgendwo im Ausland studieren würde und die am Wochenende anrief und ihr erzählte, wie groß ihr Heimweh sei. Und ihre Söhne würden sie anrufen und sagen: *Komm nicht auf die Idee, das Regal allein abzubauen, hörst du?* Und sie würde lächeln und sagen: *Natürlich nicht. Wozu hab ich euch denn?*

Mit Gunnar hätte sie das alles haben können, eine Familie, Kinder, ein Haus im Grünen, vielleicht sogar einen Hund.

Es war sehr viel weiter bis zum Leuchtturm, als sie geglaubt hatte. Wenn sie ehrlich war, taten ihr schon jetzt die Waden vom Strandlauf weh. Wie viele Kilometer mochte sie bereits gelaufen sein? Sechs, sieben?

Ein klatschnasser, entsprechend zotteliger Hund kam auf sie zu und bremste haarscharf vor ihr ab. Offenbar hatte er sie verwechselt, denn er sah sie verblüfft an – das traf es wirklich – und bellte aufgeregt. Aus einer Laune heraus tätschelte sie im Vorbeigehen seinen Kopf.

Es war wirklich beschwerlich, durch den Sand zu stapfen, noch dazu mit einem Gegenwind, der so heftig war, dass sie sich ordentlich dagegenstemmen musste. Sie war außer Atem, unangenehm verschwitzt und mit Sandkörnern in sämtlichen Körperregionen, was ein Weiterlaufen nicht angenehmer machte.

Sie trat auf einen Stein, und ein solcher Schmerz durchzuckte sie, dass sie in die Knie ging und für einen Moment nicht weitergehen konnte.

Donnerwetter, woher kam dieser üble, stechende Schmerz?

Sie blieb auf einem Bein stehen und versuchte, ihre rechte Fußsohle zu betrachten.

Sie stieß ein Zischen aus. Offenbar war sie nicht auf einen Stein getreten, sondern eine Scherbe hatte sich in ihre Fußsohle gebohrt. Und die ließ sich nicht einfach so herausziehen.

Harriet setzte sich hin und nahm ein sauberes Taschentuch aus ihrem Rucksack. Damit befreite sie ihren Fuß von Sand und Matsch. Danach versuchte sie, mit Daumen und Zeigefinger an der Scherbe zu zupfen. Sie schien wirklich recht tief zu sitzen. Weiterlaufen würde sie so nicht können.

Sie biss die Zähne zusammen, zum einen, weil es weh tat, und zum anderen, weil sie wütend war.

Ein kleines Mädchen stand plötzlich neben ihr und sah sie mitleidig an. »Was hast du da?«

»Ich bin in eine Scherbe getreten.«

Das Mädchen verzog das Gesicht. »Ist mir auch schon mal passiert. Tut ganz schön weh. Meine Mama hat so ein Ding, damit kann man die rausmachen.«

Harriet hatte kaum hingehört, ganz einfach, weil sie damit beschäftigt war, die Scherbe aus ihrem Fuß zu befördern.

»Warten Sie!«, hörte sie eine weibliche Stimme.

Aus dem Augenwinkel und noch immer zwei Finger an der Scherbe, sah sie zwei Beine neben sich, die in knallroten Gummistiefeln steckten. »Warten Sie. Ich hab eine Pinzette.«

Eine Frau, vielleicht etwas jünger als sie selbst, stand da und hielt ihr lächelnd etwas hin. »Versuchen Sie's damit.«

Sie nahm die Pinzette und setzte sie an. Mit einem einzigen Versuch war die Scherbe aus ihrer Fußsohle. Sofort begann es, ordentlich zu bluten. Sie drückte das Taschentuch darauf, und die Frau hielt ihr fast gleichzeitig ein Pflaster hin.

»Sie sind ziemlich gut ausgerüstet«, stellte Harriet fest, während sie ihren Fuß versorgte.

Die Frau lachte. »O ja. Meine Tochter hat mich irgendwann davon überzeugt, nie ohne Pinzette und Pflaster zum Strand zu gehen.« Sie wühlte in ihrer Handtasche nach irgendetwas.

»Danke.« Harriet schenkte ihr ein breites Lächeln. »Sie retten meinen Spaziergang.«

»Wohin wollen Sie?«

»Zum Leuchtturm.«

Die Frau legte eine Hand über die Augen, um sie gegen die Sonne abzuschirmen. »Werden noch etwa anderthalb, höchstens zwei Kilometer sein. Wenn Sie dort sind, sollten Sie unbedingt hinaufgehen und den Ausblick genießen. Man kann bis zur Kreideküste von Hiddensee sehen.«

»Wirklich?«

Die Frau nickte. »Oder haben Sie Höhenangst?«

»Nein.« Harriet drehte den Kopf und sah zu dem Mädchen, der Tochter der Frau, hinüber, das Muscheln aufsammelte und sich in die Hosentaschen stopfte. »Ein nettes Mädchen. Wie alt ist sie?«

»Sie wird im Winter elf.«

»Oh.« Harriet verkniff sich weitere Worte.

»Sie haben sie jünger geschätzt.« Die Frau lachte leise.

»Ehrlich gesagt ...«

Die Frau winkte ab. »Schon gut. Sie hört es ja nicht.«

Sie lächelten sich ein wenig verschwörerisch an.

»Ich wünsche Ihnen einen schönen Tag.« Die Frau spazierte langsam weiter, wobei sie ihre Tochter im Blick behielt.

Harriet versuchte aufzustehen. Ihre Knie waren ein wenig wackelig. Sie würde einfach eine kleine Pause machen, einen Kaffee trinken und den Salat und den Müsliriegel essen.

In der Zeit würde sich ihr Fuß so weit erholen, dass sie normal weiterlaufen könnte.

Hoffentlich.

Sie blickte dem Mädchen und ihrer Mutter nach.

Die Frau muss ungefähr in meinem Alter sein, überlegte sie.

Das Mädchen ist fast elf …

Sie erwischte sich tatsächlich dabei, wie sie nachrechnete, wann die Frau schwanger gewesen sein musste.

Es reicht, Harriet, mach dich nicht lächerlich.

Sie hatte es wirklich bis zum Leuchtturm geschafft.

Und noch besser war, dass sie hinaufgeklettert war und nun den Rundblick genoss. Die Frau hatte nicht übertrieben: Es war einzigartig. In der Ferne war eine Kreideküste auszumachen und schräg gegenüber eine Insel.

Jemand stand neben ihr, sie spürte einen spitzen Ellbogen.

»Das da drüben ist Mön.«

»Aha.« Sie nickte. »Und was bitte ist Mön?«

»Eine Insel. Gehört zu Dänemark.«

»Aha.«

Erst jetzt erkannte sie den Mann mit Fischerhut, der ihr vorhin im Wald entgegengekommen war.

Offenbar hatte auch er sie wiedererkannt.

»Warum humpeln Sie?« Er zeigte auf ihren Fuß.

Bis eben war ihr gar nicht klar gewesen, dass sie gehumpelt hatte. »Ach das. Ich bin in eine kleine Scherbe getreten.«

»Barfuß unterwegs gewesen?«

Sie nickte.

»Ist hier gefährlich.«

»Das hab ich auch festgestellt.«

Er schlenderte weiter.

»Gibt's einen Rückweg, der nicht den Strand entlangführt?«, rief sie ihm nach.

»Sicher. Gehen Sie durch den Wald. Ist ganz gut ausgeschildert. Schönen Heimweg.« Er tippte sich an den Hut.

»Ihnen auch.«

Sie blieb noch eine ganze Weile stehen, die Ellbogen aufgestützt. Himmel, war das herrlich.

Sie machte einige hoffentlich sehr schöne Fotos, riss sich schließlich von diesem grandiosen Anblick los und stieg wieder nach unten.

Eine Menge Leute waren unterwegs; Kinder, junge Menschen, alte Menschen, Hunde. Sie sah sogar zwei Pferdekutschen.

Sie steuerte einen Waldweg an und nahm sicherheitshalber die Wanderkarte zur Hand, um sich zu vergewissern, dass sie auf dem richtigen Weg war. Schlauer war sie danach nicht.

Sie marschierte einfach los; hoffnungsvoll und seltsam aufgeräumt.

Nach vielleicht zwei, drei Kilometern hatte sie beinahe vergessen, dass sie Beine und Füße hatte, die sie tragen mussten. Sie wanderte einfach nur, lief, existierte, dachte, atmete. Als ihr das bewusst wurde, seufzte sie tief. Es fühlte sich wunderbar an; ausgesprochen wohltuend, befreiend und fast berauschend. Susanne würde es vermutlich einen Meditationslauf nennen.

Irgendwann blieb sie stehen und atmete durch. Sie drehte sich einmal um sich selbst.

Nanu? Ging es nun rechts oder links weiter?

Eine innere Stimme sagte ihr, dass sie rechts weitergehen

sollte. Und sie hatte soeben feierlich beschlossen, von nun an öfter auf diese Stimme zu hören.

Also marschierte sie rechts weiter.

Als sie irgendwann, sie hatte absolut kein Zeitgefühl mehr, ihren Fiesta auf dem Parkplatz sah, riss sie einen Arm in die Luft und rief: »Jippieh!« Ihr war einfach danach.

Kichernd ging sie zu ihrem Wagen, tätschelte das Dach, verstaute ihre Sachen und fuhr zurück zum *»Kapitänshaus«*.

Als sie in der Pension ankam, war sie hungrig, müde und erschöpft, aber durchaus zufrieden.

Ihre Fußsohle brannte ein wenig.

Jakob begrüßte sie, als sie zur Tür hereinkam. »Wieso humpelst du?«

»Ich bin auf eine Scherbe getreten.«

»Auf oder in?«

Sie verzog das Gesicht. »In. Wer mich kennt, weiß, dass ich keine halben Sachen mache.«

Er lachte herzlich. »Schade.«

Sie lehnte sich an das Treppengeländer. Nur noch ein paar Stufen bis zu ihrem Zimmer. Das sollte zu schaffen sein. »Warum schade?«

»Ich dachte, du hättest vielleicht Lust, mich heute Abend zum Salsa-Kurs zu begleiten.« Er lächelte sie an, und um seine schönen Augen bildeten sich Lachfältchen.

Harriet setzte sich kurzerhand auf die unterste Treppenstufe.

Sie hatte plötzlich das Gefühl, keine Minute mehr stehen zu können.

Wie jugendlich er aussieht, wenn er so lächelt …

Ihr Magen zog sich heftig zusammen. Sie hatte wirklich einen Mordshunger, und komischerweise verspürte sie einen unbändigen, geradezu unanständigen Appetit auf ein eiskaltes Bier. Dabei trank sie eigentlich selten Bier. Es schmeckte ihr gar nicht.

Das muss an der Luft liegen …

»Salsa?«, schaffte sie immerhin zu murmeln.

»Ich wette, es würde dir Spaß machen.«

Wenn er wüsste, dass sie eine miserable Tänzerin war und ihr größtes Geschick darin bestand, ihrem Tanzpartner auf die Füße zu treten …

»Ich bin eigentlich kein besonders begnadeter Tänzer«, sagte Jakob weiter. »Ehrlich gesagt, war ich immer der Meinung, zwei linke Füße zu haben.«

Das war nun wirklich unanständig. Er hatte ihre Gedanken belauscht!

Sie quälte sich ein Lächeln ab. »Ich auch.«

Er legte den Kopf in den Nacken und lachte wieder.

Dann beugte er sich zu ihr herunter, und für einen wahnwitzigen Moment hätte sie schwören können, dass er sie küssen wollte. Sie hielt unbewusst die Luft an.

»Überleg's dir, Harriet.«

Sie zuckte ein wenig zusammen.

Natürlich kein Kuss! Meine Güte, hast du wirklich geglaubt, er wird dich küssen?

Sie blinzelte verwirrt. »Ähm … also eigentlich …«

Er legte ihr eine Hand auf den Unterarm, und schon wieder musste sie die Luft anhalten. Himmel noch mal, was war denn mit ihr los? Einzelne Härchen auf ihrem Unterarm stellten sich auf.

»Um acht geht's los.«

Sie stand auf und plumpste gleich wieder zurück auf die Stufe.

Jakob schmunzelte. »Du solltest dich ein wenig ausruhen.«

»Für ein kaltes Bier würde ich einen Mord begehen«, erklärte sie und stöhnte auf.

»Das ist gar nicht nötig.« Er drehte den Kopf und rief: »Lisa? Bringst du Harriet ein Bier auf ihr Zimmer?«

»Sicher«, kam es von irgendwoher, vermutlich aus der Küche.

Harriet stützte sich am Geländer ab und schleppte sich die Treppe hoch. Dabei ächzte und schnaufte sie wie eine Diesellok. Immerhin hatte sie ein »Danke vielmals« murmeln können.

Eine Stunde später lag sie ausgestreckt auf dem Bett, nur in Unterwäsche und ohne Socken, um ein wenig Luft an ihre malträtierten Füße zu lassen.

Die Balkontür hatte sie weit geöffnet.

Unten von der Terrasse drangen laute Stimmen zu ihr hoch; Gelächter und Geschirrklappern. Bei dem wunderbaren Wetter saßen die Restaurantgäste im Freien, was nicht nur logisch, sondern auch sehr vernünftig war.

Wenn Harriet nicht so erschöpft und todmüde wäre, säße sie jetzt auch genau dort. So aber hatte sie gerade das Gefühl, als würde sie vor morgen früh nicht wieder aufstehen können. Sie würde es vermutlich kaum bis ins Bad schaffen.

Sie setzte sich halb auf, stöhnte und ächzte dabei herzzerreißend und trank ihr Bier aus.

Danach legte sie sich wieder hin und schloss die Augen.

Ach, tat das gut.

Sie döste ein bisschen, vielleicht war sie auch kurz eingeschlafen. Als sie die Augen wieder öffnete, hatte sie den

Eindruck, als wäre ein Schalter in ihrem Körper umgelegt worden. Offenbar hatte das Bier ihre Lebensgeister geweckt.

Ja, sie hatte Lust und Energie, nach unten zu hopsen, sich einen Kirsch-Streuselkuchen mit Sahne und einen Milchkaffee zu bestellen. Nicht nur das, sie hatte noch dazu große Lust, Jakob zuzusagen. Salsa? Na klar!

Sie gluckste. So merkwürdig benahm sie sich sonst eigentlich nicht. Nein, nicht nur *eigentlich*, sie benahm sich niemals so.

Sie überprüfte ihre Fußsohle und stellte fest, dass sie wirklich gut aussah. Die Wunde war ein klein wenig angeschwollen, sah aber nicht so aus, als würde sie ihr Scherereien machen.

Vergnügt hüpfte sie ins Bad, stellte sich unter die Dusche und schlüpfte in frische sommerliche Kleidung.

Dann ging sie hinunter auf die Terrasse und bestellte das, von dem sie wenige Minuten zuvor bereits geträumt hatte.

10.

Ob sie die richtigen Schuhe für Salsa eingepackt hatte?

Ein wenig unschlüssig stand sie vor dem weißen Kleiderschrank und überlegte, was sie anziehen sollte.

Am besten natürlich einen Rock. Oder war das zu sexy?

Sie nahm ihre beigefarbene Jeans vom Bügel und seufzte.

Nein, lieber keinen Rock.

In Jeans und Bluse lief sie wenig später die Treppe hinunter.

Jakob kam gerade aus seinem Büro und betrachtete sie.

»Du siehst toll aus, Harriet.« Er zeigte auf ihre Jeans. »Du bist ein Herbsttyp, wusstest du das?«

Sie schob die Unterlippe vor. Ein Herbsttyp?

»Nein, keine Ahnung. Was ist ein Herbsttyp?«

»Das erkläre ich dir später, einverstanden? Ich ziehe mich nur schnell um, und dann kann's losgehen.«

Sie verspürte ein höchst merkwürdiges, fast beängstigendes Gefühl in ihrer Magengegend und blickte ihm nach, bis er um die Ecke verschwunden war. Noch bevor sie darüber nachdenken konnte, was mit ihrem Magen los war, war Jakob bereits wieder zurück. Er trug ausgeblichene Jeans und ein kurzärmeliges weißes Hemd, dazu Segelschuhe. Kurzum: Er sah großartig aus.

»Kannst du in den Schuhen tanzen?« Sie zeigte darauf.

Er grinste jungenhaft. »Am liebsten tanze ich barfuß.«

»Nicht dein Ernst.«

»Doch. Aber da wir beide Anfänger sind, ist es sicherer, wenn ich sie heute Abend anlasse.«

Sie fuhren mit seinem Wagen nach Stralsund.

»Warst du schon mal hier in der Stadt?«, fragte er, während er einem ziemlich dreisten Autofahrer ausweichen musste, der ihm die Vorfahrt genommen hatte.

»Blödmann.« Harriet schnaubte und schüttelte den Kopf. Wäre sie gefahren, hätte sie sich dazu hinreißen lassen, den Fahrer vor sich zu beschimpfen oder mindestens zu hupen.

Jakob hingegen blieb vollkommen ruhig.

»Was? Nein.« Sie schüttelte wieder den Kopf. »Ich bin direkt zum Darß gefahren, ohne Abstecher.«

»Na, dann kann ich dir ja jetzt etwas Neues zeigen. Ich freue mich übrigens, dass du mitkommst.«

Sie sah aus dem Fenster, weil sie ahnte, dass ihr Gesicht im Begriff war, ordentlich an Farbe zuzulegen.

»Du hattest mich gefragt, was ein Herbsttyp ist«, nahm er den Faden von vorhin wieder auf.

Diesmal war sie gleich im Bilde. »Stimmt, ja. Also was ist ein Herbsttyp?«

Jakob bog links ab. »Ich hab mich eine Weile damit beschäftigt, warum ich in einem roten Pulli so unglaublich dämlich aussehe.« Er lachte. »Dabei mag ich Rot.«

»Und warum?«

Er zuckte mit den Schultern. »Weil ich ein Herbsttyp bin. Mir stehen Beige, Sandfarben, Braun am besten.«

»Genau wie mir.« Sie schmunzelte. »Tatsache ist, dass ich Beige und Grau sehr gern mag. In meiner Wohnung hingegen sind die Farben kräftiger. Dunkelgrüne Kissen, rote Kerzen …« Sie zuckte ebenfalls mit den Schultern.

»Es ist sehr interessant, wenn man sich mal damit beschäftigt hat.« Jakob manövrierte seinen Wagen ausgesprochen geschickt seitwärts in eine verflixt enge Parklücke.

»Da wär ich nie reingekommen«, gab sie unumwunden zu.

Er lachte. »Genau das gefällt mir an dir.«

Sie stieg aus und sah ihn über das Wagendach hinweg an. »Was meinst du?«

»Deine Ehrlichkeit.«

Dieser Mann war unglaublich. Er sagte etwas, was ihm gerade durch den Kopf ging, und man hing an seinen Lippen. Konnte er eigentlich auch ekelhaft und gemein sein? Schlecht gelaunt, niederträchtig und sich wie ein Prolet benehmen?

Nein, entschied sie, vermutlich nicht.

Offenbar hatte sie den Kopf geschüttelt, denn er blickte sie fragend an. »Was?«

Sie schenkte ihm ein Lächeln, um einer Antwort zu entkommen.

Wenn er wüsste, dass sie leider viel zu selten ehrlich war. Meistens druckste sie herum, und wenn sie mal ehrlich gewesen war, hatte sie es fast immer augenblicklich bereut. Sie war sogar jemand, die anderen häufig etwas vormachte, vorspielte, nie aus böser Absicht, aber sie hatte irgendwann begriffen, dass sie so bequemer durchs Leben kam.

Dass Jakob sie so ganz anders sah, als sie in Wahrheit war, verursachte ihr Magengrimmen, und sie hatte das unangenehme Gefühl, seinen Irrtum aufklären zu müssen.

Er lächelte zurück und kroch dann halb hinter die Rücklehne.

»Suchst du was Bestimmtes?«, erkundigte sie sich.

Er kam wieder zum Vorschein, in der Hand ein Paar

Slipper, die er grinsend hin und her schwenkte. »Wenn ich nicht barfuß tanze, dann nehme ich die hier.« Er zog eine Grimasse. »Sag nichts, ich weiß, sie sehen fürchterlich aus. Aber sie taugen wirklich gut als Tanzschuhe.«

Harriet hob ihren rechten Fuß und betrachtete ihre Sandalette.

»Na, ich hoffe doch, dass sich diese hier auch eignen.«

»Ganz sicher. Komm.« Er fasste sie leicht unter den Ellbogen und deutete mit dem Kopf nach rechts. »Da vorn ist die Tanzschule.«

»Wird es keine Probleme geben? Ich bin doch gar nicht angemeldet«, fragte sie nach, während sie neben ihm herlief.

»Keine Sorge.« Er hielt ihr die Glastür auf. »Wir sind eine nette, tanzwütige Truppe. Was nicht bedeuten soll, dass wir allesamt gute Tänzer sind.« Er grinste übers ganze Gesicht. »Aber das wirst du gleich selbst herausfinden.«

Eine halbe Stunde später standen sie sich gegenüber.

Jakob hatte seine Hand auf ihre Hüfte und sie ihre Hand auf seine Schulter gelegt. Die Musik erklang, und Harriet konzentrierte sich auf Jakobs Slipper.

»Lausch einfach nur der Musik, alles andere geht ganz von allein«, raunte er ihr ins Ohr.

Sie wollte ihm nicht gleich bei den ersten Tönen auf die Füße treten, selbst wenn seine Slipper so aussahen, als hätten sie schon Bekanntschaft mit den Schuhen einiger unachtsamer Tänzer gemacht.

Die Musik ging tatsächlich nicht nur augenblicklich ins Ohr, sondern auch in Knie und Füße. Harriet überließ sich Jakobs Führung, wobei sie spürte, dass ihre Hand, die in seiner lag, unangenehm schwitzte. Hoffentlich machte ihm das nichts aus. Wie peinlich! Gern würde sie ihm nur für ein, zwei Sekunden die Hand entziehen und sie verschämt und unauffällig an ihrer Jeans abwischen.

Ausgesprochen elegant glitten sie über das verflixt glatte Parkett. Hatte sie sich bei ihrem Klassentreffen noch so steif wie ein Bügelbrett bewegt und war sich dort vorgekommen wie eine Kuh auf Schlittschuhen, so spürte sie nun, wie sie sich immer mehr entspannte. Vor allem bewegte sie sich wie selbstverständlich zu der Musik, ohne groß über ihre Schritte nachzudenken.

Jakob lächelte anerkennend. »Du machst das wirklich gut. Ich wusste, dass das mit uns beiden klappt.« Dass das ein wenig zweideutig geklungen hatte, ging ihm offensichtlich nicht auf.

Harriet schon.

Ihre Wangen glühten, aber garantiert nur, weil sie bereits ein wenig in Wallung gekommen war. Sie würde lügen, wenn sie behauptete, dass ihr dieser Tanz keinen Spaß machen würde.

Das Lied war zu Ende, und das Tanzlehrerpaar, ein sehr junger Mann, ganz offensichtlich Lateinamerikaner, und eine deutlich ältere Frau – seine Geliebte?, wie Harriet überlegte – klatschten in die Hände. »So, und jetzt legen wir einen Takt zu.«

Die Musik ging weiter, diesmal in der Tat deutlich flotter.

Jakob wirbelte Harriet übers Parkett, dass ihr beinahe ein wenig schwindelig wurde. Als er sie von rechts nach links schob, wobei sie eine Drehung vollführen musste, kam sie dann doch etwas ins Trudeln. Sie schlitterte und rutschte aus.

Jakob fing sie elegant auf und schmunzelte. »Hoppla, entschuldige, manchmal geht die Musik mit mir durch.«

Woraufhin sie ebenfalls kichern musste.

Sie erwischte sich dabei, wie sie die Luft durch die Nasenlöcher sog. Dieser Mann roch so gut. Wonach, konnte sie nicht mal sagen. Es war kein typischer Rasierwasser-Geruch, nein, Jakob roch nach einer Mischung aus Zitronen und Rosmarin, fand sie.

Sie gluckste.

Er hielt sie etwas von sich. »Was ist denn so lustig?«

»Nichts, gar nichts. Du tanzt unglaublich gut, Jakob.«

Als es heraus war, wurde sie rot. Wunderbar.

Und es war kein zartes Rot, es war ein glühendes, wahrscheinlich purpur leuchtendes Rot. Großartig.

Doch sie leuchtete gerade nicht wie ein Feuerlöscher, weil sie über seinen Duft nachgedacht hatte, sondern weil sie zum ersten Mal *bewusst* seinen Namen ausgesprochen hatte. Und genau das hatte sie ziemlich aus der Bahn geworfen, aus den Sandalen gekippt. Und die Tatsache, dass dem so war, trug nicht gerade dazu bei, dass ihr glühendes Gesicht wieder blasser wurde.

»Ist ganz schön heiß hier drin«, murmelte sie. »Entschuldige.«

Sie wirbelte herum und lief nach draußen.

Wenn er hinterherkommt, werde ich ihm sagen, dass mir übel ist. Nein, ich sage, ich habe Kreislaufprobleme. Nein, Unsinn, dann denkt er womöglich, dass es an ihm liegt.

Gott noch mal, was mache ich, wenn er hinterherkommt?

Sie lehnte sich in die offene Tür und atmete mehrmals tief durch.

»Alles in Ordnung? Brauchst du irgendwas? Vielleicht ein Glas Wasser?«, hörte sie seine Stimme hinter sich.

Nicht nur sein Duft machte ihr gerade zu schaffen, sondern auch seine Stimme. Wenn er nun noch ihren Namen aussprechen würde, würde sie höchstwahrscheinlich …

»Harriet? Alles in Ordnung mit dir?«

Jetzt werde ich ohnmächtig. Hoffentlich schlag ich mir nicht den Kopf an.

Vorsichtig und langsam drehte sie sich zu ihm um, in der Hoffnung, dass die frische Luft für eine andere, weniger auffällige Gesichtsfarbe gesorgt hatte.

Ihr gelang ein etwas schiefes Lächeln. »Ein Glas Wasser wäre wirklich toll.«

Er nickte und verschwand wieder.

Hatte er besorgt ausgesehen? War er in Sorge um sie?

Sie stieß die Luft aus.

Schluss jetzt, Harriet Bohnekamp! Was ist bloß mit dir los?

Jakob kam zurück, in der Hand ein Glas Wasser.

Sie trank es in einem Zug aus, sie hatte bis dahin gar nicht gewusst, wie durstig sie tatsächlich gewesen war.

»Danke. Jakob.« Schon wieder kroch ihr eine eigenartige Hitze den Hals hinauf bis zu den Wangen.

Warum hast du auch seinen Namen gesagt? Selbst schuld!

»Können wir wieder, was meinst du?« Er bot ihr seine Hand, und für einen Moment war sie versucht, so zu tun, als hätte sie das nicht gesehen.

Dann aber nahm sie sie und betete inständig, dass ihre Hand nicht wieder verschwitzt war.

Sie hatten anderthalb Stunden getanzt, gelacht und geplaudert.

Harriet konnte nicht fassen, wie elegant und geschickt sie sich angestellt hatte. Sie war ein paarmal ausgerutscht, ein wenig geschlittert, das war aber nicht weiter dramatisch. Und sie hatte zu jeder Zeit eine gute Figur gemacht, das wusste sie.

Der junge, sehr smarte Tanzlehrer mit den glühenden,

fast schwarzen Augen hatte ihr am Schluss zugezwinkert und gesagt, dass er hoffe, sie hier bald wiederzusehen.

»Hast du Lust auf einen Absacker? Es gibt nur zwei Straßen weiter eine nette kleine Cocktailbar.« Jakob hatte ganz selbstverständlich ihre Hand genommen, als sie nach draußen gegangen waren. Dort hatte er sie ebenso selbstverständlich losgelassen.

»Gern.« Hatte sie gerade »gern« gesagt? Seit wann war sie so impulsiv? Sie unterdrückte ein Seufzen.

Eigentlich hatte sie wirklich Lust auf einen Cocktail, und ja, sie hatte Lust, Jakobs Gegenwart noch ein klein wenig zu genießen.

»Wie spät ist es eigentlich?«, fragte sie, während sie nebeneinander hergingen.

»Gleich zehn.«

Noch zwei Stunden, dann bin ich fünfzig.

Früher hatte sie fünfzigjährige Menschen uralt gefunden.

»Was ist eigentlich dein richtiger Beruf?« Sie blickte ihn an. »Entschuldige, wenn sich das komisch anhört. Ich meine, welchen Beruf hast du mal erlernt?«

»Einen?« Er blieb kurz stehen, um zu überlegen, so wie es aussah. »Hmm … lass mich nachdenken.« Er nahm seine rechte Hand zu Hilfe, offenbar, um die Berufe aufzuzählen. »Warte, ich hab in der Gastronomie gearbeitet, als DJ, als Taxifahrer, als Statist beim Film …« Er hob die Augenbrauen. »Ja, ich glaub, das war's.«

»Als Statist beim Film?«

»Wenn man Geld braucht.« Er zuckte mit den Schultern.

Sie musste lachen, sie konnte nicht anders. »Und was hast du mal gelernt? Hast du studiert?«

Er ging weiter, breit grinsend. »Willst du das wirklich wissen? Ich bin Lehrer.«

Harriet prustete los. »Lehrer?« Und gleich wurde sie wieder ernst. »Entschuldige.«

Er winkte ab. »Nein, nein, kein Grund, sich zu entschuldigen. Ich war einige Jahre Lehrer an einer Realschule. Deutsch, Geschichte und Sport.«

Sie nickte. »Und dann hattest du die Nase voll.«

Inzwischen hatten sie die Cocktailbar erreicht, und Jakob hielt ihr die Tür auf. Er sah sich nach einem Platz um und steuerte einen freien Tisch etwas weiter hinten an. Harriet trottete hinter ihm her. Es roch nach Kaffee und gebratenem Fleisch, nicht gerade typisch für eine Cocktailbar.

»Hast du Hunger?« Jakob klappte die kleine Karte auf.

»Bis eben nicht.« Sie schnupperte. »Aber jetzt … Es riecht so verführerisch.«

Er betrachtete sie kurz über den Rand der Karte hinweg und murmelte etwas wie »verführerisch, ja«.

Sie blinzelte verdattert, weil sie nicht sicher war, ob sie ihn richtig verstanden hatte. Hatte sie etwas Falsches gesagt? Etwas Zweideutiges?

»Ich nehme die Mini-Frühlingsrollen.« Er klappte die Karte zu und schaute sie fragend an. Dann stöhnte er auf. »Entschuldige, wie unmöglich von mir.«

»Was denn?« Sie wusste wirklich nicht, wovon er gerade sprach.

Er beugte sich ein wenig vor. »Ich wollte doch ein perfekter Gentleman sein. Was möchtest du essen, Harriet? Die Frühlingsrollen kann ich absolut empfehlen.«

»Schon überzeugt.«

»Dazu einen alkoholfreien Cocktail?«

»Ja, bitte.«

Er ging zur Theke.

Und Harriet nutzte die Gelegenheit, ihm ungeniert hinterherzustarren, weil sie wusste, dass er das nicht sehen konnte.

Dachte sie.

Als er am Tresen stand, drehte er sich nämlich zu ihr um.

Sie fuhr zusammen und sah blitzschnell woandershin.

Für einen über Fünfzigjährigen hat er eine verdammt gute Figur …

Sie blickte wieder etwas verstohlen zu ihm hinüber und sah, dass er eine Hand gehoben hatte und nach links zeigte.

Sie hatte keine Ahnung, was das zu bedeuten hatte, aber sie nickte.

Er verschwand um die Ecke, und sie verstand. Offenbar hatte er ihr zu verstehen gegeben, dass er nur kurz auf die Toilette müsste.

Als er zurückkam, wurden die Cocktails gebracht und nur wenige Minuten später die Frühlingsrollen.

Jakob hatte nicht übertrieben, sie waren grandios.

Als Harriet die ersten beiden gegessen hatte, nahm sie die Serviette und wischte sich den Mund ab. »Du warst also Lehrer. Was ist passiert? Warum arbeitest du nicht mehr als Lehrer?«

Er verzog das Gesicht. »Ich wollte immer Lehrer sein. Schon als kleiner Junge. Die Realität sieht leider manchmal ganz anders aus. Schon nach fünf Jahren hatte ich Schlafstörungen, Herzrhythmusstörungen und habe immer mehr abgenommen.« Er zuckte mit den Schultern. »Vielleicht lag es daran, dass ich mir Illusionen gemacht habe, vielleicht war ich nicht belastbar genug.«

Sie nahm sich eine weitere Frühlingsrolle. »Vielleicht lag es einfach auch nur daran, dass es nicht immer das pure Vergnügen ist, dreißig Halbwüchsigen Wissen einzubläuen.«

Er nickte langsam. »Ich hatte eine achte Klasse. Du ahnst ja nicht, wie unglaublich grausam und gemein Vierzehnjährige sein können.«

Sie schnaubte. »Ich weiß noch, wie ekelhaft ich mit vierzehn war. Du etwa nicht?«

»Ich glaube, ich war gar nicht so übel. Was sicherlich hauptsächlich an meinem liebevollen Elternhaus lag. Hast du Geschwister?«

Harriet verneinte.

»Ich habe noch zwei Geschwister, und unsere Eltern waren streng, aber sehr liebevoll und tolerant. Ich hätte mir keine besseren wünschen können.«

Sie lächelte ihn an. »Wissen sie das?«

Er lächelte ebenfalls. »Ja, das wissen sie.«

Sie konnte gar nicht anders; sie musste ihn die ganze Zeit anstarren und einfach darauf vertrauen, dass er ins Gespräch vertieft war und es nicht bemerkte.

»Johanna hat geschrieben, dass sie nie verheiratet war«, sagte sie, nachdem sie aufgegessen hatten und nur noch die Cocktails vor ihnen standen. »Gilt das auch für dich? Ich meine, warst du auch nie verheiratet?«

»Alles, was ich dir geschrieben hatte, ist wahr. Ich hab in keinem Punkt gelogen.«

»Außer dass du ein Mann und keine Frau bist«, gab sie trocken zurück.

»Bist du mir noch böse deswegen?«

»Nein, das hab ich dir heute früh schon gesagt.« Sie nippte an ihrem Cocktail. »Oh, der ist wirklich gut.« Sie blickte Jakob an. »Ist deine Schwester wirklich Fotografin?«

»Auch in diesem Punkt hab ich nicht gelogen.« Er trank seinen Cocktail aus. »Nun zu dir.« Er lächelte. »Die Bankerin, die gern zeichnet und ihre Wohnung mit einer Katze teilt.«

Harriet trank ihren Cocktail ebenfalls aus, wobei sie ordentlich und unabsichtlich schlürfte, weil sie vergessen hatte, den Strohhalm vom Glasboden zu lösen.

»Freut mich, dass es dir schmeckt.« Jakob lachte leise.

Ein feiner Schauer rieselte ihren Rücken herunter, und auf ihrem Kopf, genau auf dem Mittelscheitel, prickelte es nicht mal unangenehm.

»Mein Beruf ist ein Beruf, mehr nicht. Ich verdiene mein Geld, damit ich meine Wohnung, meine Einkäufe und mein Auto bezahlen kann.«

Er bestellte noch zwei Cocktails. »Erzähl mir mehr von dir«, bat er dann.

Nach den beiden Cocktails war Harriet irgendwann zu Rosé übergegangen. Der Wein hatte ihre Zunge erheblich gelockert.

Doch nach dem dritten Glas Rosé dachte sie nicht mehr darüber nach, dass dem so war. Es war ihr egal.

Sie konnte inzwischen über Gerd lachen, seinen etwas unbeholfenen Heiratsantrag, über seine energische Mutter und nicht zuletzt über sich selbst, ihre Tolpatschigkeit und ihren trockenen Bankjob.

Jakob nippte an seinem alkoholfreien Cocktail, schenkte ihr regelmäßig nach und hörte interessiert zu.

»Willst du gar nicht wissen, warum ich so Hals über Kopf hergekommen bin?«, fragte sie ihn nach einer Weile.

Er lächelte. »Ich dachte, du würdest es mir irgendwann sagen.«

»Es ist wegen Gerd, meinem Freund.« Sie winkte ab. »Er ist ein Freund, ein guter Freund, verstehst du? Mehr nicht.«

Er nickte. »Der, der deine Zeichnungen ›hübsch‹ findet.«

»Ach, dann hab ich dir von ihm erzählt?«

»Du hast von ihm geschrieben. Allerdings nicht sehr viel.«

Harriet rieb ihren Daumen über den Rand des Glases, bis es leise quietschte. »Er hat mir einen Antrag gemacht.«

»Oh! Und was hast du gesagt?« Er winkte ab. »Nein, warte, du hast nein gesagt und bist geflüchtet.«

Sie musste lachen. »Nein, also nicht direkt. Ich hab gar nichts gesagt.«

»Dann weißt du nicht, ob du ja sagen möchtest?«

»Nein. Ich meine, doch. Ich möchte ihn nicht heiraten. Er ist ein netter Kerl, ich mag ihn wirklich, aber …« Es war keine neue Erkenntnis, dass sie ihn mochte, wirklich schätzte, es aber nie im Leben für eine Ehe reichen würde. Es war nur etwas ungewohnt, es so frisch und frei auszusprechen. Noch dazu vor jemandem, den sie erst kurze Zeit kannte. Wenn sie heiraten würde, und es sah nicht wirklich so aus, als würde sie das jemals tun, dann nur einen Mann, den sie aufrichtig, hingebungsvoll und leidenschaftlich liebte. Sie musste kichern und verschluckte sich.

»Du liebst ihn nicht«, beendete Jakob ihren Satz.

Sie seufzte. »Das ist aber noch nicht alles. Bevor ich abgehauen bin, hab ich mir noch mit Hildegard Brautkleider angesehen.«

»Wer ist Hildegard?«

»Seine Schwiegermutter.«

Jakob sah sie verwundert an. »Er hat eine Schwiegermutter? Dann ist er bereits verheiratet? Oder er war es schon mal?«

Darüber musste Harriet nachdenken, und das funktionierte momentan nicht besonders gut.

»Ach, Jakob. Es ist so kompliziert«, murmelte sie. Sie blickte auf. »Wer ist verheiratet?«

»Na, Gerd.«

Sie runzelte nachdenklich die Stirn. »Nein, ist er nicht.«

»Aber er hat eine Schwiegermutter.«

»Gerd? Nein.« Ob sie betrunken war? Oder ordentlich beschwipst? Oder stand sie wieder mal komplett auf der Leitung?

Jakob verstand das Ganze ebenso wenig, das war ihm deutlich anzusehen.

Sie trank ihren Wein aus. »Ach, ist ja auch egal. Ich werde ihn jedenfalls nicht heiraten, das steht mal fest. Er ist nett, ja, er ist wirklich nett.« Sie winkte ab und kippte dabei ihr Weinglas um. Das bereits leer war.

»Hoppla.« Jakob hatte es wieder aufgestellt.

Harriet seufzte wieder. »Er ist nett, ja, ja. Ich mag ihn ja auch. Aber … das reicht doch nicht, oder? Sollte man sich nicht lieben, wenn man heiratet?«

Jakob schmunzelte. »Es ist durchaus von Vorteil.«

Sie nickte ernst. »Eben.«

»Du hast Angst, es ihm zu sagen.«

Sie blickte auf. Ihr war etwas schwindelig. »Was?«

»Na, dass du ihn magst, aber nicht liebst.«

Sie machte »Hmm« und seufzte wieder. »Ich glaub, ich muss ins Bett. Ich bin ein bisschen beschwipst.«

Er lachte leise. »Dann sollten wir gehen, was meinst du?«

Konnte sie das überhaupt noch? Gehen?

»Schätze, ich bin *ziemlich* beschwipst.« Sie hakte sich bei ihm unter und setzte einen Fuß vor den anderen.

Doch, es klappte recht gut. Sie nickte zufrieden.

Sie war vielleicht angesäuselt, aber definitiv nicht betrunken. Das wäre ihr auch ausgesprochen unangenehm gewesen.

Sie hatte offenbar vollkommen vergessen, dass sie ihre Sandaletten unter dem Tisch ausgezogen hatte, denn nach zwei Schritten blickte sie entgeistert an sich herunter. »Warum bin ich barfuß? Wo sind meine Sandaletten?«

Jakob betrachtete ihre nackten Füße und schmunzelte. »Als wir herkamen, hattest du sie jedenfalls noch an.«

Er ging zurück zum Tisch und bückte sich.

Harriet legte unterdessen den Kopf schief, um sich sein ansehnliches Hinterteil ansehen zu können.

Als er mit ihren Sandaletten in der Hand zurückkam, stand sie noch genau so da.

»Harriet?«

Sie blinzelte irritiert. »Ja?«

»Hier.« Er reichte ihr die Sandaletten.

»Wo hast du die denn her?«

»Du hast sie unterm Tisch ausgezogen.«

»Das kann ich mir nicht vorstellen.«

Jakob schmunzelte amüsiert, hakte sie wieder unter und brachte sie heil und barfuß zu seinem Wagen.

Er brachte sie sogar in ihr Zimmer.

Schlimmer noch, er brachte sie in ihr Bett und deckte sie zu.

Angezogen. Nein, schlimm war es ja im Grunde nicht, vielleicht nur ein wenig … ungewohnt. Ihre Sandaletten stellte er unters Bett.

»Gute Nacht, Harriet. Schlaf schön.« Er lief leise zur Tür, weil sie die Augen bereits geschlossen hatte.

»Nacht, Jakob. Es war ein wunderbarer Abend.« Sie kuschelte sich unter die Bettdecke.

»Das war es«, flüsterte er.

Sie war gerade eingeschlummert, als ihr Handy klingelte.

Vielmehr vibrierte es auf dem Nachtschrank und rutschte hin und her. Es klang wie eine riesige Hummel.

Harriet setzte sich mühsam auf und überlegte, woher dieses eigenartige Geräusch kommen mochte.

»Hallo?«, rief sie in die Dunkelheit.

Das Brummen hörte nicht auf.

»Gott noch mal, was soll das denn?« Sie tastete nach der kleinen Nachttischlampe.

Als das Licht anging, kniff sie die Augen zusammen. Erst jetzt sah sie, dass es ihr Handy war, das diese grässlichen Geräusche verursachte.

»Wer ist da, um Himmels willen?«, meldete sie sich.

»Zum Geburtstag viel Glück, zum Geburtstag viel Glück. Zum Geburtstag, liebe Jette, zum Geburtstag viel Glück«, sang jemand aus voller Kehle. Eine Frau.

»Susanne?«

»Na klar, was dachtest du denn, wer mitten in der Nacht anruft? Alles Liebe, Jette. Ich wünsche dir einen wundervollen Tag.«

»Ach, du lieber Himmel. Ich hab meinen Geburtstag völlig vergessen.«

Ihre Freundin lachte. »Das sieht dir ähnlich. Wo warst du? Ich versuche seit einer guten Stunde, dich zu erreichen.«

Harriet brauchte einen Moment, um das alles zu begreifen.

»Ich war tanzen«, sagte sie dann und grinste.

»Du warst tanzen? Mit wem?«

»Jakob.« Wieder musste sie grinsen.

»Jakob? Wer ist Jakob?«

»Eigentlich heißt er Johanna.«

Es war für einen Moment still in der Leitung.

Dann sagte Susanne: »Halt, halt. Warte mal. Er heißt eigentlich Johanna? Wie darf ich das denn verstehen? Warst du in einer dieser Bars?«

Harriet kicherte. »Jakob hat eine Bio-Pension. Sie heißt ›*Seemannshaus*‹.« Sie stutzte kurz, dann prustete sie vor Lachen. »Quatsch, sie heißt ›*Kapitänshaus*‹. Er sieht verteufelt gut aus. Und nett ist er. Wir haben Salsa getanzt.«

Ihre Freundin stöhnte auf. »Langsam verstehe ich. Ihr habt in deinen Geburtstag reingefeiert.« Sie lachte. »Und du hast einen sitzen.«

»Ach, Unsinn.«

»Seit wann tanzt du Salsa? Und wer ist nun dieser Jakob?«

Harriet gähnte so laut, dass ihr Kiefer knackte. »Ich bin müde, Susanne. Ich rufe dich morgen an. Versprochen. Dann kann ich auch wieder klar denken.«

»Na schön. Aber wehe, du vergisst es.«

»Nein, keine Sorge.«

II.

Sie wurde wach, als sie etwas in der Nase kitzelte.

Sie drehte sich auf die andere Seite und seufzte hingebungsvoll. Mit einem Auge blinzelte sie, weil sie nicht sofort wusste, wo sie sich gerade befand.

Ach ja, in Jakobs hübscher, urgemütlicher, familiärer, wunderbarer Pension.

Sie drehte sich auf den Rücken, verschränkte die Hände im Nacken und seufzte erneut. Was gäbe es Wundervolleres, als jeden Morgen so geweckt zu werden? Sie lag in einem bequemen Bett, in weicher, ausnehmend hübscher Bettwäsche, in einem traumhaft schönen Zimmer. Es roch nach frischen Blumen und Seeluft. Und wenn sie sich ein klitzekleines bisschen aufsetzte und nach links schaute, konnte sie den Bodden samt Hafen sehen. Vorausgesetzt natürlich, sie hatte die Vorhänge nicht zugezogen. Was für ein herrlicher Morgen!

Sie streckte sich ausgiebig und räkelte sich noch ein paar Minuten, bevor sie dann schweren Herzens aus dem warmen Bett stieg. Eine Weile blieb sie auf der Bettkante sitzen und ließ die Beine baumeln. Erst jetzt wurde ihr bewusst, dass heute ihr Geburtstag war. Ihr Fünfzigster.

Sie seufzte wieder, auch wenn es sich gerade nicht halb so furchtbar anfühlte wie gestern noch. Meine Güte, sie war jetzt fünfzig, na und? Gestern neunundvierzig und heute fünfzig.

Sie schmunzelte, weil sie noch vor ein paar Tagen seltsame Gefühlsanwandlungen gehabt hatte. Sie hatte befürchtet, urplötzlich heftige Hormonschübe zu bekommen, Hitzewallungen mitten am Tag und zu den unpassendsten Gelegenheiten. Falten, die einen von einem Tag auf den anderen wie mindestens sechzig aussehen lassen würden.

Sie stellte sich hin und machte ein paar Dehnübungen.

Dann hüpfte sie vergnügt ins Bad und stellte sich demonstrativ vor den Spiegel. Sie streckte sich selbst die Zunge heraus.

»So, meine Liebe, nun bist du fünfzig. Na und?«

Sie kicherte und war verdutzt, wie gut ihr dieses Grinsen stand. Ja, sie sah überhaupt nicht aus wie fünfzig.

»Herzlichen Glückwunsch, Jette. Gleich wirst du fürstlich frühstücken, dir ein Glas Sekt bestellen und dich den Teufel darum scheren, ob du nun zwei oder drei Brötchen isst.« Jawohl.

Sie lachte sich im Spiegel an und legte den Kopf schief.

Obwohl sie gestern spät ins Bett gekommen war, sah sie gut aus, fast sogar taufrisch. Keine Ringe unter den Augen, keine graue Haut, kein trüber Blick, nicht mal ein kleines Pickelchen. Sie kniff sich in die Wange und streckte sich wieder die Zunge heraus.

»Du siehst ziemlich gut aus, Jette. Das muss die Seeluft machen.« Na schön, ihre Haare standen wirr vom Kopf, das war aber nichts Besonderes. Das war früh am Morgen immer so.

Sie würde duschen, sich die Haare waschen, sich eincremen und dann frühstücken gehen.

Spontan beschloss sie, einen kleinen Spaziergang zu machen. Das Wetter war herrlich. Die Sonne schien, und am Himmel waren nur vereinzelt ein paar Wolken, die nichts zu bedeuten hatten.

Sie schlenderte zum Hafen und setzte sich auf eine der Bänke.

Das Entenpärchen kam schnatternd angeschwommen, kletterte mühevoll an Land und schaute sie hoffnungsvoll an.

»Tut mir leid«, sagte sie bedauernd. »Ihr kommt zur falschen Zeit. Ich hab selbst noch nichts im Magen.«

Ein kleines Fischerboot tuckerte in den Hafen. Ein Mann sprang von Bord, machte das Boot fest, grüßte sie, indem er seinen Hut hob, und war dann irgendwohin verschwunden.

Harriet blinzelte in die Sonne, die sich auf dem Wasser spiegelte. Es war wunderschön hier.

Wäre sie nicht so hungrig, würde sie glatt noch eine Weile sitzen bleiben.

Die meisten Gäste waren offenbar schon auf den Beinen.

Das Frühstücksbüfett war bereits aufgebaut, nur die frischen Säfte fehlten noch.

Harriet setzte sich an ihren Tisch und atmete tief durch. Selten in ihrem Leben hatte sie eine bessere Idee gehabt, als spontan hierher auf den Darß zu kommen.

Sie sah Jakob über den Flur laufen, und ein Ruck ging durch ihren Magen.

Offenbar hatte er sie ebenfalls entdeckt, denn er stand plötzlich in der Tür. Er zwinkerte ihr zu und hob eine Hand.

Sie winkte zurück.

Er verschwand wieder, war aber kurz darauf zurück, mit einem Tablett voller Glaskaraffen. Sie bewunderte ihn gerade sehr für seine Geschicklichkeit.

Er stellte die Karaffen auf das Büfett und kam an ihren Tisch. »Guten Morgen, ich hoffe, du hast gut geschlafen.«

»Ich hab sogar großartig geschlafen. Und du?«

Er lächelte. »Seitdem ich hier oben lebe, schlafe ich wunderbar. Das wird an der Luft liegen.«

»Ja, so etwas Ähnliches hab ich vorhin auch gedacht.«

Er zeigte auf das Büfett hinter sich. »Lass es dir schmecken.«

Damit verschwand er wieder. Schade, sie hatte fast ein bisschen gehofft, dass er bleiben, vielleicht sogar wieder mit ihr frühstücken würde.

Unsinn. Er hat zu tun. Er hat seine Pension, und du bist ein Gast. Wenn er mit allen Gästen frühstücken würde, hätte er viel zu tun.

Sie war bereits fast fertig mit Frühstücken, hatte nur noch einen Kaffee vor sich, als Jakob wieder hereinkam.

»Ist es in Ordnung, wenn ich mich zu dir setze?« Er zeigte auf ihr leeres Sektglas. »Oh, ich sehe, du hattest Appetit auf einen Sekt.« Er lächelte. »Hättest du Lust noch einen mit mir zu trinken?«

»Sehr gerne.«

Er stand auf und kam mit einer Flasche zurück. Er schenkte ihr ein, füllte sein Glas und prostete ihr zu. »Schön, dass du hier bist, Harriet.«

Ja, schön, dass ich hier bin …

»Ich hab mir heute freigenommen«, sagte er dann. »Was hältst du davon, wenn ich dir ein bisschen die Gegend zeige?«

Harriet verspürte ein heftiges Kribbeln unterhalb des Zwerchfells. Es ähnelte aber nicht einem nahenden Lachanfall, nein, es fühlte sich anders an.

Ihr Herz begann, schneller zu schlagen, und ihr wurde ziemlich heiß.

Sie hatte bereits zwei Gläser Sekt intus, und das am frühen Morgen. Kein Wunder, dass ihr blümerant wurde.

»Gute Idee.« Sie lächelte, nein, vermutlich strahlte sie ihn an. Vielleicht wäre es besser, wenn sie ein wenig auf Distanz gehen würde. Was sollte er von ihr denken?

Auf der anderen Seite fühlte sie sich so wohl mit diesem Mann, es war, als würde sie ihn seit einer Ewigkeit kennen.

»Beschäftigst du dich mit Traumdeutung?«

Sie blinzelte etwas. »Was?« Sie hatte nicht richtig zugehört, weil sie mit ihren Gedanken woanders gewesen war. Sie hatte in seine wunderbaren Augen gesehen, das Blitzen darin bewundert, sein Lächeln betrachtet.

Jakob trank seinen Sekt aus. »Ich träume in der letzten Zeit sehr seltsame Dinge. Ich kann mir keinen Reim darauf machen.«

»Ich wollte mir neulich ein Buch über Traumdeutung kaufen, weil ich seit einiger Zeit auch ziemlich merkwürdige Dinge träume«, erzählte sie schulterzuckend. »Aber dann hab ich's wieder vergessen. Was träumst du denn?«

»Ich träume viel von einem Garten, einem sehr schönen Garten. Blumen blühen, es wächst überall Gemüse und Obst. Und ich stehe in diesem Garten, spaziere hindurch und habe das Gefühl, als würde ich träumen.« Er lachte, als er ihr verdutztes Gesicht sah. »Ja, es ist wahr. Es ist, als würde ich träumen, dass ich durch diesen Garten gehe. Seltsam, was?«

Sie nickte gedankenverloren. »Ich träume seit langer Zeit immer wieder von einem riesigen Haus, einer Art Villa. Ich gehe hinein und wundere mich über die vielen Zimmer. Ich kenne höchstens ein, zwei Räume, die anderen sind verschlossen, und ich traue mich nicht hineinzugehen. Vor den Fenstern sind dunkelrote Vorhänge. Ich würde sie zu gern aufziehen, das traue ich mich aber auch nicht.«

Er hatte interessiert zugehört, den Kopf auf die Hand gestützt. Dabei hatte er sie aufmerksam betrachtet, fast angestarrt. Zumindest kam es ihr so vor.

»Du hast sehr schönes Haar, weißt du das?«

Sie prustete los, sie konnte nicht anders. Sie lachte, bis ihr die Tränen kamen.

Jakob sah sie ein wenig verwirrt, aber durchaus amüsiert an. »Was findest du so lustig?«

»Du magst meine Haare?« Sie kicherte und wischte sich eine Träne aus dem Augenwinkel. »Das ist ein nettes Kompliment, Jakob, wirklich. Aber ich fürchte …« Sie winkte ab. »Es gibt keinen Tag, an dem ich mich nicht über sie ärgere.«

»Über deine Haare?«, fragte er verwundert.

»Über meine Haare.«

»Warum?« Er war ganz offensichtlich ehrlich erstaunt.

»Sie sind widerspenstig, kraus, eigensinnig und …« Sie winkte wieder ab.

Er schüttelte den Kopf. »Nein, sie sind schön.«

Harriet verstummte schlagartig. Die Art, wie er das sagte, war unschuldig und aufrichtig, so würde sie es beschreiben.

Ja, ganz offenbar mochte er ihr Haar, ihr verhasstes Kraushaar. Als kleines Mädchen hatte sie sich oft eine Fee herbeigesehnt, die ihr einen einzigen Wunsch erfüllen sollte. *Bitte, liebe wunderschöne, zauberhafte Fee, mach, dass ich morgen früh aufwache und glattes Haar habe …*

Später hatte sie sich sogar ein Glätteisen gekauft. Das Ding wurde teuflisch heiß und war etwas gewöhnungsbedürftig in der Anwendung. Und es kostete unendlich viel Zeit, sich Morgen für Morgen das Haar zu glätten.

Und nun saß dieser attraktive, charmante, kluge, weltoffene Mann hier vor ihr und sagte, dass er ihr Haar mochte.

Verrückte Welt.

Sie blinzelte verwirrt, als ihr bewusst wurde, wie sie ihn sich gerade beschrieben hatte: attraktiv, charmant, klug, weltoffen …

»Harriet?« Er sah sie fragend an.

»Entschuldigung, was hast du gesagt?«

»Hast du Lust auf einen Spaziergang?«

Sie stand bereits. »Und wie.«

Sie schlenderten zum Hafen.

Jakob blieb stehen, legte den Kopf in den Nacken und atmete tief durch.

Sie hatte ihn dabei beobachtet.

Er drehte den Kopf. »Das mache ich jeden Morgen.«

»Was?«

»Ich gehe hierher und begrüße den Tag.«

»Tatsächlich?«

Er nickte. »Jeden Morgen, seit ich hier lebe. Egal, wie das Wetter ist. Es ist ein Ritual geworden.«

Harriet lächelte. »Ich liebe Rituale.« Sie blinzelte verdutzt, nachdem sie es ausgesprochen hatte, weil ihr bis dahin gar nicht klar gewesen war, dass sie wirklich so empfand.

Ja, sie liebte Rituale, sie brauchte sie sogar.

Man sagte, dass Kinder Rituale brauchen, um sich im Leben zurechtzufinden. Und Erwachsene? Was war mit ihnen? Brauchten sie das etwa nicht? Sie mussten sich doch auch jeden Tag wieder im Leben zurechtfinden.

Sie lächelten sich an. Und wieder gab es einen eigenartigen Ruck in ihrem Magen, der sie sehr verblüffte.

Hatte sie gestern etwas Falsches gegessen? Vielleicht lagen ihr die Frühlingsrollen schwer im Magen. Oder war es der Sekt? Kein Wunder.

Überhaupt trank sie zurzeit mehr, als gut für sie war.

Und das gab ihr das Stichwort. »Tut mir leid wegen gestern Abend, Jakob.«

Er sah sie verwundert an. »Was tut dir leid?«

»Ich war ziemlich beschwipst.« Mehr sagte sie nicht.

Er schmunzelte. »Das trifft es, würde ich sagen.«

»Es ist mir unangenehm.«

»Unangenehm? Warum?«

Meinte er das ernst? Es war doch unangenehm, wenn man etwas sagte oder tat, was man normalerweise nicht tun würde, wenn man Herr oder Frau seiner Sinne war. So sah sie es jedenfalls.

Sie zuckte mit den Schultern und kam sich mit einem Mal vor wie ein kleines Mädchen, das vom warmen Kuchen genascht und nun Bauchweh hatte. Ja, eigentlich hatte Jakob recht. Was sollte unangenehm daran sein, dass man im angesäuselten Zustand wunderbar ehrlich war und etwas sagte, was man nüchtern nicht sagen würde?

»Bisher war es mir immer peinlich, wenn ich etwas gesagt habe, was ich sonst nicht sagen würde.«

Er streckte beide Arme aus, so als würde er versuchen, an die kleinen Wölkchen zu gelangen, die am Himmel standen.

»Mir sind aufrichtige Menschen lieber als die, die einem Honig um den Mund schmieren. Und wenn ›aufrichtig‹ bedeutet, dass sie einem ins Gesicht sagen, was man für ein Trottel ist, dann ist es eben so.«

Harriet musterte ihn verstohlen. Warum nur fühlte sie

sich bei diesem Mann, den sie erst seit wenigen Tagen kannte, so wohl, so unbefangen und vertraut, als hätten sie schon als Kinder zusammen Sandkuchen gebacken?

Dummerweise ängstigte sie das auch ein wenig. Noch nie war ihr jemand begegnet, mit dem es sich so anfühlte.

Wäre Jakob eine Frau, würde sie von Seelenverwandtschaft sprechen, aber er war nun mal ein Mann, und da konnte man nur von Anziehungskraft sprechen. Oder?

»Dann könntest du gut damit umgehen, wenn dir jemand direkt sagt, dass er dich für einen Idioten hält?«

»Natürlich. Stell dir vor, alle würden dich mögen, bewundern und würden gern dein Freund sein wollen.« Er seufzte schmunzelnd. »Also, ich suche mir meine Freunde lieber aus. Und ich find's in Ordnung, wenn mich nicht alle mögen. Ich mag ja auch nicht jeden.«

Sie lächelte und blickte wieder aufs Wasser hinaus. »Wann kommen eigentlich die Kraniche?«

»Sie fliegen jeden Abend zu ihren Schlafplätzen.« Er zeigte rechts neben sich, dort, wo das Ausflugsschiff knarrend im Wasser schaukelte. »Dieses Schiff fährt auf den Bodden raus. Von dort aus kannst du sie beobachten.«

»Ja, ich hab das Schild gesehen. Das muss herrlich sein.«

»Es *ist* herrlich. Hast du Lust auf eine Schiffsfahrt? Heute Abend?«

Ohne zu überlegen, nickte sie. Sie wusste, dass sie dazu neigte, seekrank zu werden. Auf jeder Butterfahrt war ihr bisher hundeelend gewesen, und während einer Fahrt über den Ärmelkanal hatte sie gewimmert, man möge sie erschießen.

Aber das wollte sie Jakob nicht unbedingt auf die Nase binden. Vielleicht hatte sie Glück, und sie war zur Abwechslung mal standfest und mit einem Pferdemagen gesegnet.

»Prima.« Er rieb sich die Hände. »Wollen wir?«

»Ich dachte, erst heute Abend …?«

Er schmunzelte. »Wir wollten doch einen Ausflug machen. Ich wollte dir die Gegend zeigen.«

»Ach Gott, ja.«

Er lachte leise und betrachtete sie mit eigenartigem Gesichtsausdruck. Dann winkelte er seinen rechten Ellbogen ab und nickte galant. »Wenn ich dann bitten dürfte …«

Sie kicherte wie ein junges Mädchen und schob ihre Hand unter seinen Arm. »Sehr gern.«

So spazierten sie zurück zum *»Kapitänshaus«*.

Wo sich offenbar ein kleines Problem mit einem Gast, einer älteren Dame, ergeben hatte. Man hörte die Dame bereits zetern, als sie zur Tür hereinkamen. »Ich bitte doch sehr darum, dass ich jeden Tag frische Handtücher vorfinde! Ich dachte, das hier ist eine saubere Pension! Sie sind mir empfohlen worden …«

Jakob ließ Harriets Arm los und ging zu der Dame, die sich am Empfang aufgebaut hatte, eine Hand in die Hüfte gestemmt.

Dennoch sah sie nicht so aus, als würde sie sich tatsächlich ärgern. Vielmehr umspielte ein seltsames Zucken ihre Mundwinkel. Harriet fragte sich, ob die Dame Spaß an ihrem Auftritt hatte oder ihre Empörung gerade sehr gut überspielte.

»Frau Kahlenberg.« Jakob schenkte der alten Dame ein charmantes Lächeln.

»Ach, Herr Leinweber.« Sie seufzte und schmunzelte gleichzeitig.

»Wo drückt der Schuh?«

»Ich ärgere mich darüber, dass ich nicht jeden Morgen frische Handtücher in meinem Bad habe.«

»Das verstehe ich, Frau Kahlenberg. Aber wir sind eine Öko-Pension, und das bedeutet für uns, dass wir in allen Belangen ökologisch denken. Sie genießen unser Essen, wie Sie mir jeden Tag mehrmals versichern …« Jetzt zwinkerte er ihr zu.

Sie schmunzelte wieder. »Und ob.«

Er zwinkerte wieder. »Wir gehen mit unseren Gästen sorgsam um, und genau das tun wir auch mit der Natur. Würden wir sämtliche Handtücher täglich waschen, wäre das wenig umweltfreundlich.«

Die alte Dame schien nachzudenken, dann nickte sie.

Jakob schenkte ihr ein weiteres breites Lächeln. »Wir halten es so: Wünschen Sie ein frisches Handtuch, legen Sie das alte einfach auf die Erde.«

»Sie überlassen es mir zu entscheiden, ob ich ein neues wünsche oder nicht?«

»Natürlich. Und damit Sie wieder lachen, lasse ich gleich ein paar Sonnenblumen auf Ihr Zimmer bringen.«

Die alte Dame musterte ihn etwas skeptisch, schmunzelte dabei aber so reizend, dass Jakob grinsen musste.

»Sie sind mir schon einer.« Sie wedelte mit dem Finger vor seiner Nase herum. »Was gibt's heute Mittag?«

Er beugte sich ein wenig vor und machte ein verschwörerisches Gesicht. »Minestrone. Alles, was der Garten hergibt.«

»Bei uns nannte man das Gemüseeintopf, junger Mann.« Sie kicherte vergnügt. »Dann mache ich jetzt einen kleinen Spaziergang und freue mich aufs Mittagessen.«

»Tun Sie das. Und verlaufen Sie sich nicht wieder.«

Sie sah ihn gespielt empört an. »Ich soll mich verlaufen?«

Sie winkte ihm zu und ging spitzbübisch lächelnd weiter.

Harriet hatte zugehört, wobei sie sich auf die Unterlippe beißen musste, um nicht laut loszulachen.

»Sie wünscht jeden Tag frische Handtücher, du erklärst ihr, warum das nicht ökologisch ist, und gleichzeitig sagst du ihr, sie soll ein frisches ordern, indem sie das alte auf den Boden legt?«

Er grinste sie an. »Natürlich, der Kunde ist König. Glaubst du wirklich, dass sie nun jeden Morgen ihr Handtuch in die Wäsche gibt?« Er schüttelte den Kopf. »Das wird sie nicht, glaub mir.«

»Weil du an ihr ökologisches Gewissen appelliert hast, ohne dass sie es gemerkt hat.« Harriet nickte.

»Du hast es verstanden.« Er zwinkerte ihr zu.

Jakob hatte einen kleinen Picknickkorb gepackt, den hatten sie in seinen Wagen gestellt und waren dann in Richtung Zingst gefahren.

»Warst du schon mal auf Rügen?«, fragte er unterwegs, während sie aus dem Fenster blickte und die Landschaft bewunderte.

»Nein, bisher nicht.« Sie lächelte ihn an. »Warum fahren wir nicht gleich hin?« Ja, sie hatte große Lust, eine große Tour zu unternehmen, einen langen Ausflug mit allem Drum und Dran.

Doch er schüttelte den Kopf. »Das sollten wir uns für morgen oder übermorgen aufheben.«

»Warum? Es ist doch gar nicht mehr weit.«

»Stimmt. Aber für Rügen sollte man sich mindestens einen ganzen Tag Zeit nehmen. Es gibt so viel zu sehen, Harriet.«

»Na schön.« Sie war ein bisschen enttäuscht und ärgerte sich gleichzeitig darüber, dass sie so empfand. Meine Güte, es war doch vollkommen egal, ob sie nun gleich heute oder erst morgen nach Rügen fahren würde. Vielleicht hatte sie sich nur über Jakobs Antwort gewundert, weil sie fest damit gerechnet hatte, dass er spontan zusagen würde. Dennoch, es war und blieb kindisch, jetzt enttäuscht zu sein.

Sie schenkte ihm ein strahlendes Lächeln, um sich selbst zu demonstrieren, dass sie erwachsen war und entsprechend gelassen reagieren könnte. Schließlich war sie heute fünfzig geworden, ein halbes Hundert. Sie hatte mehr als die Hälfte ihres Lebens hinter sich gelassen, dass sie hundert werden würde, damit rechnete sie nicht.

Jakob bremste plötzlich recht abrupt ab, und sie wurde in den Sitz gedrückt. »Huch, was ist passiert?« *Lieber Gott, bitte lass ihn nicht eine Katze überfahren haben!* Das war ihr vor vielen Jahren mit Gerd passiert. Sie waren auf einer Feier einer gemeinsamen Bekannten gewesen, Harriet war übel geworden, und sie hatte Gerd angehalten, Gas zu geben, weil sie befürchtet hatte, sich übergeben zu müssen. Sie hatten sich darüber gestritten, dass sie, wenn ihr so schlecht sei, aussteigen sollte, anstatt ihn anzupflaumen, schneller zu fahren. Und als er zu ihr herübergesehen hatte, hatte es plötzlich einen ordentlichen Ruck gegeben, und man hatte deutlich gespürt, dass sie über irgendetwas gefahren waren.

Was war das, um Gottes willen? Gerd war kreidebleich gewesen und hatte geschwiegen. *Was war das, Gerd? Nun sag schon! Reg dich jetzt bloß nicht auf, Jette, denk an deinen Magen. Das war eine Katze. Ich hab sie gesehen, aber ich konnte nicht mehr rechtzeitig bremsen.* Und ihr war tatsächlich so übel geworden, dass er anhalten musste.

Das Ereignis hatte sie nie vergessen. Es gab Abende, da konnte sie nicht einschlafen, Klementine neben sich, die wie ein Mahnmal für alle Katzen stand, jedenfalls fühlte es sich für Harriet so an. Immer und immer wieder war sie im Geiste die Fahrt durchgegangen. Hätte sie nicht so auf

Prinzessin gemacht, dann wäre Gerd langsamer gefahren, und die arme Katze würde noch leben. Und wenn sie nicht so viel Weißwein getrunken hätte, wäre ihr nicht so schlecht geworden. Irgendwann hatte sie sich ermahnt, es gut sein zu lassen, die arme Katze war mausetot, egal, wie sehr Harriet sich nun den Kopf darüber zerbrach, wie sie es hätte verhindern können oder nicht. Es würde die Katze nicht wieder lebendig machen.

»Was ist passiert, Jakob?«, flüsterte sie nun, aus Angst, seine Antwort nicht hören zu wollen.

»Dort drüben«, flüsterte er zurück.

Harriet drehte sich halb um und spähte über ihre Schulter. Nein, da lag nichts auf der Straße. Offenbar hatte er also kein Tier überfahren. Sie schickte ein Stoßgebet gen Himmel.

Er zeigte nach links. »Wo siehst du denn hin, Harriet?« Er schmunzelte.

»Ich dachte, du ...« Sie verstummte und drehte den Kopf, um in die Richtung zu blicken, die er gemeint hatte.

Auf einem halb abgeernteten Maisfeld standen einige größere Vögel mit lustigen Haarkränzchen.

»Kraniche.« Er öffnete vorsichtig und sehr leise die Tür.

Harriet versuchte es ebenfalls sehr leise, was ausgesprochen schwierig war. Bei dem leisesten Geräusch hoben die Vögel den Kopf und blickten sich misstrauisch um. Sie standen in mehreren kleinen und größeren Grüppchen zusammen und pickten die Maiskörner auf, die auf dem Boden lagen.

Das Maisfeld war zu etwa zwei Dritteln abgeerntet, an der rechten Seite standen noch etliche Maiskolben. Dort kauerte Jakob sich hin und gab ihr einen Wink, es ihm gleichzutun.

Harriet zögerte. Sie wusste, dass sie, gerade wenn sie besonders vorsichtig sein wollte, erst recht einen Höllenlärm machte. Sie duckte sich und hüpfte über die Straße.

Die Sonne schob sich soeben durch ein paar harmlose Wolken.

Im Sonnenlicht sahen die Kraniche noch hübscher, noch eleganter aus.

Harriet hockte sich neben Jakob. »Sie sind wunderschön. Fast … majestätisch.«

Er zeigte nach vorn. Zwei Kraniche starteten gerade und schwangen sich in die Höhe.

Harriet schirmte ihre Augen mit einer Hand ab. »Gott, ist das schön.«

Jakob sah erstaunlicherweise nicht die Vögel, sondern sie an. Er streckte eine Hand aus und berührte sie leicht, ganz leicht an der Wange.

Sie blinzelte etwas und hoffte, er würde seine Hand nicht wegnehmen. Es fühlte sich zu gut an.

Ein Kranich trompetete laut, und sie fuhr zusammen.

Jakob lachte leise. »Ja, sie haben ein ordentliches Organ.«

Er warf einen Blick auf seine Armbanduhr. »Wollen wir?«

Ja, ich will. Mit dir würde ich alles wollen …

Ihre Gedanken beschämten sie schon ein wenig, aber nicht sehr. Es fühlte sich richtig an; richtig und wunderbar. Und einzigartig. Dieses Gefühl, das sie durchströmte, war anders als alles, was sie jemals für einen Mann empfunden hatte. Sie stellte sich vor, wie sie Jakobs Gesicht, seine Haare, seine Haut berühren, sich an ihn lehnen würde. Und sie ertappte sich dabei, wie sie so etwas wie Ungeduld verspürte. Am liebsten würde sie ihn jetzt gleich berühren, hier an Ort und Stelle. Sie wurde ein bisschen rot.

Jakob lächelte und zeigte auf ihre Kleidung. »Vielleicht bist du etwas zu warm angezogen.«

Sie wusste nicht sofort, worauf er hinauswollte, und deshalb schwieg sie vorsichtshalber.

»Es ist warm, und es wird heute noch wärmer.« Er blickte wieder in den Himmel.

»Von mir aus«, wisperte sie. »Ich liebe das Gefühl von warmem Wind und Sonne auf meiner Haut.«

Wieder betrachtete er sie, und wieder wurde sie etwas rot.

Wie ein Teenager.

Jakob hatte einen Platz an einem riesigen, offensichtlich sehr alten Baum angesteuert. »Was hältst du von einem Picknick?«

Blitzschnell war er aus der Tür, öffnete den Kofferraum und nahm den Korb heraus.

In der Zeit hatte sie es gerade mal geschafft auszusteigen.

Sie gingen nebeneinanderher. Der Weg wurde ein wenig abschüssig, und Harriet betete, dass sie nicht ausrutschen und hinfallen würde. Schlimm genug, dass sie sich benahm wie ein Teenager.

Jakob ging voraus. »Pass auf, hier ist es etwas uneben.«

Was sie soeben bemerkt hatte. Sie war auf einige kleinere Steinchen getreten und weggerutscht.

Sie genoss die Gelegenheit, Jakob ungeniert auf den Rücken zu starren. Oh, nicht nur das. Sie betrachtete wieder sein ausgesprochen ansehnliches Hinterteil, das in einer gutsitzenden hellen Jeans steckte.

Er hat einen Hintern wie ein Zwanzigjähriger …

Ihr fiel ein, dass sie sich bei Susanne melden wollte, das hatte sie glatt vergessen.

Ach was, das hatte Zeit bis zum Abend.

Jakob blieb stehen. »Was meinst du? Wollen wir hierbleiben?«

Sie nickte, ohne sich umzusehen. Wenn Jakob den Platz für geeignet hielt, dann war er es.

Er stellte den Korb hin und breitete eine karierte Decke auf dem Gras aus. Irgendwo plätscherte etwas, und nun schaute sie sich doch um.

»Ein kleiner Bach. Ganz in der Nähe.« Jakob begann, den Korb auszupacken.

Hatte er bemerkt, dass sie gelauscht hatte? Oder besaß der Mann die seltene Fähigkeit, ihr hinter die Stirn zu schauen?

Wenn ja, dann sollte sie verflixt auf der Hut sein und gut überlegen, was sie gerade dachte.

Über ihnen kreisten ein paar Kraniche und riefen sich etwas zu.

Harriet bestaunte all die Dinge, die Jakob ausgepackt hatte. »Meine Güte, wer soll denn das alles essen, Jakob?« Immer wieder genoss sie es unsäglich, seinen Namen auszusprechen. Und immer wieder kam sie sich dabei seltsam vor. In ihrem Magen, gleich unterhalb der letzten Rippen, flatterte etwas, und sie legte verstohlen und sehr sacht eine Hand darauf.

Und er hatte es gesehen. »Alles in Ordnung? Fehlt dir etwas?«

»Nein, nein.«

Er hob die Augenbrauen. »Es liegt hoffentlich nicht an unserem Essen.«

»An eurem gesunden Essen, meinst du wohl.« Sie setzte sich vorsichtig auf den Rand der Decke. »Ich hab mir über biodynamische Ernährung eigentlich nie Gedanken gemacht.« Sie nahm ein kleines Stück Käse und ein paar Weintrauben.

»Möchtest du Wein?«

»Du hast Wein mitgebracht?«

»Natürlich.« Er griff in den Korb und zog tatsächlich eine Flasche Wein hervor. Eine kleine Flasche wohlgemerkt. »Ein Gläschen dürfen wir uns erlauben, was meinst du?«

Erst den Sekt heute früh und jetzt Wein. Ich werde bereits am Mittag beschwipst sein, na wunderbar.

Ach verdammt, heute ist mein Geburtstag, und dieser Tag scheint einer der schönsten der letzten Jahre zu werden.

»Danke.« Sie nahm das Glas entgegen, das er ihr reichte.

»Auf dein Wohl«, sagte er und prostete ihr zu.

»Auf deins.«

Wieder flogen ein paar Kraniche über sie hinweg, und beide legten gleichzeitig den Kopf in den Nacken, um ihnen nachzublicken.

»Wenn ich sie fliegen sehe, packt mich immer ein wenig das Fernweh.«

»Tatsächlich? Ich dachte, wenn man so lebt wie du, passiert einem das nicht mehr.«

Statt einer Antwort lächelte er sie an. Dann räusperte er sich. »Ich dachte mir, dass du das sagen wirst.«

Das war unheimlich, geradezu gruselig. Und wenn sie ehrlich war, wusste sie gerade nicht, ob sie es gut oder schlecht finden sollte.

»Verreist du oft?«, fragte sie ihn.

»Leider nicht. Ich muss mich um die Pension kümmern. Ich versuche, im Winter ein, zwei Wochen irgendwo Urlaub zu machen.«

»Wohin verreist du am liebsten?«

Er nahm sich ein Stück Käse und betrachtete es so, als

würde darauf die Antwort stehen. »Ich liebe Thailand. Warst du mal dort?«

Sie schüttelte den Kopf.

»Ein wunderbares Land.«

Sie nahm sich noch ein paar Weintrauben. »Das glaub ich gern. Treibst du eigentlich viel Sport?«

»Weniger, als gut für mich wäre. Mir fehlt einfach die Zeit.«

»Und wenn du Zeit hättest, was würdest du dann gern machen?«

»Ich würde gern jeden Morgen ein paar Kilometer laufen, Rad fahren, schwimmen gehen, wandern vielleicht.« Er sah sie an. »Und du? Bist du sportlich?«

Fragte er das im Ernst?

Sie legte den Kopf schief. »Sieh mich an, und dann frag mich noch mal.«

Er lachte leise. »Du siehst sportlich aus.«

»Du machst dich über mich lustig.«

»Überhaupt nicht.«

»Ich bin nicht besonders sportlich. Was bestimmt auch daran liegt, dass ich leider etwas ... ungeschickt bin. Ich würde mich garantiert verletzen.«

»Beim Joggen?« Er hob die Augenbrauen und schmunzelte.

Hast du eine Ahnung ...

»Durchaus möglich. Der Käse ist übrigens sehr lecker.«

»Kommt von einem Hof auf Rügen.«

Sie nahm sich gleich noch ein Stück. »Hast du eigentlich auch schlechte Eigenschaften?« Nanu, lag das am Wein? Sie hatte doch erst zweimal daran genippt. Das konnte nicht sein, nein, das war glatt nicht möglich. Warum fragte sie ihn so etwas? Noch dazu mit Betonung auf »schlechte«, so als hätte er ansonsten durchweg gute. Die er vermutlich auch hatte. Aber musste sie ihm das so deutlich auf die Nase binden?

Jakob lachte herzlich. »Ob ich schlechte Eigenschaften habe?« Er prustete. »Frag mal meine Schwester. Oder meine Mitarbeiter.« Er holte Luft. »Ich hab einige sehr schlechte Eigenschaften, Harriet, glaub mir.«

»Welche zum Beispiel?«

»Ich kann sehr launisch sein.«

»Ich auch. Und sonst?«

»Manche finden, dass ich ziemlich kindisch sein kann.«

»Kindisch?«

Er nickte. »Kindisch. Ich kann sehr albern sein. Wie ein kleiner Junge.«

Das war definitiv keine schlechte, sondern eine sehr gute Eigenschaft. Fand sie.

»Ich wünschte, ich könnte manchmal kindisch und albern sein.« Sie seufzte.

Er schenkte ihr etwas Wein nach und stellte die Flasche zurück in den Korb. »Das kann man lernen, denke ich.«

»Und weiter?«

»Du musst ein bisschen üben.« Er lächelte. »Ist gar nicht schwer, glaub mir.«

»Nein, das meinte ich nicht. Weitere schlechte Eigenschaften?«

Er stöhnte dramatisch auf. »Ich hatte befürchtet, dass du nicht lockerlässt. Ich bin manchmal ein wenig sarkastisch, obwohl ich das selbst gar nicht mag.«

»Ist mir noch gar nicht aufgefallen.« Sie angelte mit zwei Fingern nach einer Scheibe Baguette.

Jakob lachte. »Natürlich nicht. Ich hab mich dir bisher von meiner besten Seite gezeigt.«

»Das Brot ist phantastisch«, schwärmte sie.

»Wir backen unser Brot selbst.«

»Gibt's noch mehr schlechte Eigenschaften?«

Er seufzte. »Sicher. Aber vielleicht erzählst du mir erst mal von deinen, damit ich mir nicht so schäbig vorkomme.«

Sie musste lachen und tat so, als müsste sie überlegen. »Wo soll ich anfangen? Ich bin tollpatschig, das hast du vielleicht schon bemerkt …«

»Das ist keine schlechte Eigenschaft.«

»Sondern?« Sie nahm sich noch eine Scheibe Brot.

»Einfach eine Eigenschaft. Weder gut noch schlecht. Niemand kann etwas dafür, dass er tollpatschig ist.«

»Für Launenhaftigkeit auch nicht«, gab sie zurück.

»Hmm.« Jakob schien nachzudenken. »Das finde ich nicht, nein. Man kann an seinen Launen arbeiten. An seiner Tollpatschigkeit nicht.« Er sah sie auffordernd an. »Und weiter?«

»Ich bin immer sehr …« Sie suchte nach dem passenden Wort. »Kopfgesteuert. Meine Freundin nennt es jedenfalls so. Ich kann schlecht aus mir rausgehen.« *… außer wenn ich angesäuselt bin.* »Und ich sage selten, was ich denke. Ich bin meistens ein braves Mädchen.«

Er lachte wieder. »Tatsächlich? Nun, dann solltest du auch das üben.«

»Geht das?«

»Ich glaube, dass alles geht. Na ja, fast alles. Wenn man wirklich will, schafft man fast alles.«

»Du klingst wie einer dieser Motivationstrainer.« Sie biss in ein weiteres Stück Baguette. »Verrätst du mir das Rezept?«

Er nahm sich eine Handvoll Weintrauben. »Glaub an dich. Mach dir klar, was du kannst, was du draufhast. Mach dir aber auch klar, was du nicht kannst, und hüll dich nicht in Sack und Asche. Man sollte zu seinen Eigenschaften stehen, guten wie schlechten.«

Harriet hatte schmunzelnd zugehört. »Ah ja. Und jetzt das Rezept für dieses göttliche Baguette.«

12.

DAS PICKNICK HATTE SICH IN DIE LÄNGE gezogen.

Jakob hatte ihr einige Anekdoten aus seinem vergangenen Lehreralltag erzählt, und Harriet konnte mit etlichen durchaus amüsanten Geschichten aus der Bank aufwarten. Sie war selbst ganz überrascht.

»Dann magst du deinen Job«, stellte er fest, nachdem sie ihm von einem Mitarbeiter-Ausflug erzählt hatte, den Sylvia Wagner, damals noch nicht schwanger, organisiert hatte.

Sie waren bowlen gewesen und hatten unglaublich viel Spaß gehabt.

Harriet musste darüber nachdenken, so verrückt das auch war. Sie hätte nicht mit Bestimmtheit sagen können: Ja, ich liebe meinen Beruf, genauso wenig, wie sie sagen könnte: Nein, ich finde ihn grauenhaft.

»Soll ich ehrlich sein? Ich weiß es nicht.«

Jakob sah sie erstaunt an. »Du weißt es nicht? Hm.« Er nickte und begann, den Picknickkorb wieder einzuräumen. »Wenn mich vor Jahren jemand gefragt hätte, ob ich meinen Lehrerberuf mag, hätte ich vermutlich genauso geantwortet. Ich hätte es auch nicht gewusst.« Er stand auf, um die Decke zusammenzunehmen.

Sie beobachtete ihn dabei und war fasziniert, wie geschickt er sich auch hierbei anstellte. Sie hatte Gerd ein paarmal dabei zugesehen, wie er mühsam versucht hatte, ein Bettlaken zusammenzulegen. Schließlich hatte sie es ihm aus der Hand genommen, weil sie es nicht mehr mit ansehen konnte.

Jakob schüttelte die Decke aus, legte sie über seinen linken Arm, klappte sie einmal, zweimal ein, strich darüber und faltete sie ein weiteres Mal. Dann legte er sie auf den Picknickkorb. »Weißt du, es gab Tage, Wochen, da hätte ich mir nicht vorstellen können, irgendwann mal etwas anderes in meinem Leben zu sein als Lehrer. Ich war sogar davon überzeugt, dass es meine Berufung sei. Vor Schülern zu stehen und ihnen etwas mit auf den Weg zu geben, hielt ich für eins der wichtigsten Dinge. Und ich glaubte, dass ich genau der richtige Mensch dafür bin.«

»Vielleicht warst du das ja auch.«

»Möglich. Es gab aber auch Tage …« Er nickte ihr zu. »Wollen wir? Es gab aber auch Tage, da konnte ich mich morgens kaum aufraffen aufzustehen. Alles fiel mir unendlich schwer, und ich hätte alles dafür gegeben, in mein Arbeitszimmer zu gehen und dort still und leise für mich zu arbeiten. Keine Schüler, keine Lehrer, die im Lehrerzimmer sitzen und kluge Ratschläge geben für Dinge, die sie selbst noch miserabler bewältigen als man selbst.«

»Oh, das klingt, als hättet ihr nicht das beste Betriebsklima gehabt.«

»Du hast ja keine Ahnung, wie Lehrer untereinander sein können.«

»Heutzutage nennt man solche Gedanken Burn-out.«

Jakob lachte leise. »Genau. Als sich diese negativen Stimmungen und Gedanken häuften, hab ich beschlossen, den Job aufzugeben.«

Harriet kletterte ins Auto. Sie fühlte sich urplötzlich unendlich müde und erschöpft. Dabei hatte sie bis eben auf einer Decke gehockt und außer zu essen und zu trinken lediglich gesprochen. Und jetzt war ihr, als hätte sie soeben einen Sprint hingelegt.

Jakob stieg ein und streckte sich genüsslich. »Gütiger, ich bin völlig erledigt.« Er drehte den Kopf und grinste sie an. »Wovon eigentlich?«

Sie musste lachen. »Du wirst es nicht glauben, genau dasselbe ist mir auch gerade durch den Kopf gegangen.«

»Hast du dich nie gefragt, was aus dir geworden wäre, wenn du nicht Bankerin geworden wärst?« Er saß da und sah sie an, die Hand am Zündschlüssel.

»Doch, natürlich.« Sie verzog das Gesicht zu einem schiefen Lächeln. »In letzter Zeit frage ich mich das häufig.« Sie zuckte mit den Schultern. »Vielleicht hätte ich wirklich eine künstlerische Laufbahn eingeschlagen.« Noch bevor er etwas erwidern konnte, meinte sie: »Nein, eher nicht.«

Er startete den Motor. »Warum nicht?«

»Weil ich zu feige bin.«

Jakob zeigte ihr das Ostseebad Zingst, und anschließend fuhren sie sehr gemütlich zurück zum *»Kapitänshaus«*.

Er war ein sehr angenehmer Reiseführer, hatte ein paar hübsche Anekdoten auf Lager und wusste gerade genau so viel zu erzählen, dass sie sich als Zuhörerin niemals langweilte.

Ab und an sah er auf seine Armbanduhr und schien zufrieden.

»Hast du noch etwas vor?«, fragte sie ihn schließlich, nachdem er wieder auf seine Uhr geschaut hatte.

»Nein, warum fragst du?«

»Weil du ständig auf die Uhr guckst. Wenn du noch etwas

zu erledigen hast, ist das vollkommen in Ordnung, Jakob. Ich nehme dich seit Stunden in Beschlag, ich weiß, dass du viel zu tun hast.«

Er schüttelte den Kopf. »Mach dir keine Gedanken. Ich kann manchmal einfach sehr schlecht abschalten.«

Sie sah ihn ungläubig an. »Wirklich? Auf mich wirkst du wie die Ruhe selbst.«

»Das bin ich auch. Trotzdem neige ich dazu, gedanklich nicht immer dort zu sein, wo ich sein sollte.«

Die Straße wurde holpriger, und Harriet wusste, dass sie nur noch wenige Meter von der Pension entfernt waren.

»Du hast großes Glück, hier leben zu dürfen«, sagte sie beinahe ehrfürchtig.

Jakob nickte. »Ich möchte auch nicht mehr woanders leben.«

Der Wagen rumpelte über das Kopfsteinpflaster, und das Essen rumorte in Harriets Magen. Als sie auf die Pension zufuhren, stellte sie fest, dass deutlich mehr Autos an der Straße und auch auf dem Parkplatz neben der Pension standen.

Jakob parkte sein Auto und hielt ihr die Tür auf.

Sie entdeckte einige Menschen, die auf der Terrasse der Pension saßen, und für den Bruchteil einer Sekunde hatte sie das Gefühl, als käme ihr der eine oder andere bekannt vor.

Sofort verscheuchte sie den Gedanken.

Sie liefen zur Eingangstür.

»Hast du eine größere Feier heute Abend?«

Jakob sah sie verdutzt an. »Nein, wieso?«

Sie winkte ab. »Ach, nur so.«

Im *»Kapitänshaus«* herrschte eine ziemliche Betriebsamkeit, Hektik konnte man es fast nennen.

Harriet bedankte sich bei Jakob für den wunderbaren Tag und ging hinauf in ihr Zimmer, um sich ein Viertelstündchen aufs Ohr zu legen. Sie hatte sich kaum auf dem Bett ausgestreckt, als ihr Handy klingelte.

»Susanne. Oh, ich hab ein ganz schlechtes Gewissen.«

Ihre Freundin lachte. »Heute ist dein Geburtstag, Jette, da werde ich nicht mit dir schimpfen.«

Mühsam setzte sie sich wieder auf. »Ich war picknicken mit Jakob.« Sie lächelte vor sich hin.

»Den Namen höre ich heute schon zum zweiten Mal. Ich fürchte, du musst mir von ihm erzählen, weil ich nicht lockerlassen werde. Also, wer ist er? Wie sieht er aus? Was macht er so?«

Harriet war müde und fürchterlich träge. Sie warf einen Blick auf ihre Uhr. Es war kurz vor fünf am Nachmittag, und sie hatte das Gefühl, als wäre sie bereits seit vierundzwanzig Stunden auf den Beinen. Es war aber nicht diese Art von Erschöpfung, die einen packt, wenn man wirklich von zu viel Arbeit und Stress erledigt ist, sondern eine wohlige Erschöpfung, wenn man es überhaupt so nennen mochte. Ihre Glieder waren bleischwer, und sie hätte zu gern ein heißes Bad genommen.

Und doch fühlte sie sich rundum glücklich.

»Er sieht gut aus, er kann tanzen wie ein Gott«, begann sie.

Susanne unterbrach sie gleich. »Das weiß ich schon. Erzähl mir mehr.«

»Dann weißt du auch schon, dass ich hier in seiner Pension wohne?« Was genau hatte sie ihrer Freundin erzählt? Sie konnte sich kaum noch an das Telefonat erinnern.

»Das auch. Ich will Einzelheiten, Jette.«

»Einzelheiten? Er ist groß, hat tolle Haare, schöne Zähne,

ziemlich große Füße …« Sie kicherte. »Und er ist charmant, und er kann so herrlich erzählen, Susanne. Man hängt förmlich an seinen Lippen. Und er tanzt wie gesagt Salsa, und das verdammt gut. Ich hab ihm übrigens kaum auf die Füße getreten. Er war mal Lehrer, stell dir das vor. Und seit ein paar Jahren lebt er hier auf dem Darß.«

»Bist du sicher, dass er nicht verheiratet ist?«

»Ja, ich bin sicher.«

»Was macht dich so sicher, Jette?«

»Er hat es mir gesagt, Susanne.«

»Das muss nichts heißen.«

»Wenn ich ihn später wiedersehe, werde ich ihm sagen, dass ich einen heiligen Schwur verlange.« Harriet kicherte.

»Das meine ich ernst, Jette. Was, wenn er verheiratet ist? So wie du klingst, findest du ihn ziemlich interessant.« Susanne hielt einen Moment inne. »He, sag mal, kann es sein, dass du dich verliebt hast?«

Harriet schnappte nach Luft. »Verliebt? Ich? Susanne, ich bin fünfzig.«

Ihre Freundin quiekte vor Lachen. »Ach ja, stimmt, hab ganz vergessen, dass Frauen sich nur bis neunundvierzig verlieben dürfen. Gott, bin ich blöd.«

Harriet stöhnte auf. »Susanne, du kennst mich. Glaubst du wirklich, ich verliebe mich, einfach so?«

»Meine Güte, warum denn nicht? Er gefällt dir doch, dieser Jakob. Du schwärmst ja geradezu von ihm.«

Harriet stieß die Luft aus. »Schwärmen? Ich mag ihn, er ist interessant. Verliebt!« Sie schnalzte mit der Zunge. Da half nur die Flucht nach vorn. Blitzschnell wechselte sie das Thema. »Was macht eigentlich dein Neuseeländer?«

»Paul ist eine Wucht, Jette. Wenn du ihn sehen könntest! Ich wette, er würde dir gefallen.«

Als Harriet lachte, sagte sie hastig: »Natürlich nicht so. Du würdest ihn mögen, Jette. Weiß Jakob eigentlich, dass du heute Geburtstag hast?«

»Nein, und das soll auch so bleiben. Es war ein wunderbarer Tag, Susanne, er könnte nicht schöner werden, wenn Jakob wüsste, dass ich Geburtstag habe. Lassen wir es so, wie es ist.«

»Ja, ja.«

»Erzähl mir von deinem Paul …«

Harriet hatte etwa eine halbe Stunde gedöst.

Sie schlug die Augen auf und wusste nicht gleich, wo sie war.

So richtig wusste sie auch nicht, wer sie war.

Und wie spät war es überhaupt? War es Morgen oder schon Abend?

Schwerfällig setzte sie sich auf und sah auf die Uhr.

Es war fast sechs.

Mit einem Ruck schwang sie die Füße aus dem Bett.

Sie würde eine erfrischende Dusche nehmen, sich umziehen und sich ein fürstliches Abendessen gönnen. Und sollte sie um Mitternacht noch auf sein, würde sie Jakob sagen, dass sie am Tag zuvor fünfzig geworden war.

Beschwingt lief sie ins Bad und stellte sich unter die warme, dann recht kalte Dusche. Sie presste die Lippen aufeinander, um nicht zu kreischen, dann cremte sie sich ein und schlüpfte anschließend in einen kniekurzen, engen Rock und eine lange Bluse. Sie betrachtete sich im Spiegel, drehte sich zweimal und musterte ihren Hintern. »Du bist fünfzig, Harriet, aber wenn ich ehrlich sein soll, dein Hintern kann sich durchaus sehen lassen.« Sie kicherte. Sogar ihr Kraushaar saß zur Abwechslung mal. Sie schob eine Strähne hinters Ohr, nahm ihre Brille, hüpfte die Treppe hinunter und ging hinaus auf die Terrasse.

Wo sich augenblicklich mehrere Menschen zu ihr umdrehten.

Und sie grinsten. Alle.

Und Harriet wusste auch sogleich, warum. Nicht nur das, viel schlimmer, sie wusste auch sofort, was los war.

Sie kannte die Menschen, die meisten jedenfalls. Das war doch nicht möglich. Nein, das musste ein Traum sein.

»Harriet!« Miriam, ihre selbsternannte Busenfreundin, frisch geföhnt und sauber gepudert, kam von irgendwoher gesprungen und riss sie an sich. »Happy birthday, meine Liebe. Alles, alles Liebe.« Sie drückte Harriet zwei feuchte Küsse auf die Wange, und Harriet schoss durch den Kopf, dass sie jetzt zwei dunkelrote Lippen auf den Wangen hatte. Geistesgegenwärtig wischte sie mit dem Handrücken darüber; erst rechts, dann links.

Miriam nahm ihre Hand und zog sie mit sich.

Sie zeigte nach links, dort stand ein kleines weißes Partyzelt. »Wir waren superleise. Hast du geschlafen? Jakob meint, du würdest vielleicht ein bisschen schlafen. Wir waren ganz leise. Ach, ich bin total aufgeregt. Freust du dich? Alle sind gekommen, Harriet. Ist das nicht toll?« Wie toll sie das fand, demonstrierte sie, indem sie sich einmal um die eigene Achse drehte und bald hierhin und dorthin zeigte. »Sieh mal, sogar Ellen und Rainer sind da.«

Ellen und Rainer? Ach, du meine Güte, ein Paar, das Harriet ewig nicht gesehen hatte.

Miriam lief mit ihr an der Hand zu ihnen. »Ellen, Rainer. Hier ist sie, unser Geburtstagskind.«

Ellen stand auf und lächelte schüchtern. »Herzlichen Glückwunsch. Miriam hat nicht lockergelassen.«

Rainer grinste etwas gequält. »Nett ist es hier.« Er quetschte Harriets Hand.

Miriam lief weiter und reichte Harriet herum, anders war es nicht zu beschreiben. Sie schüttelte verschwitzte Hände, rang sich ein Lächeln ab, wurde von Menschen umarmt, die sie ewig nicht gesehen hatte, und wünschte sich auf einen anderen Planeten. Vorsichtig und etwas verstohlen blickte sie sich um.

Da hinten, das war Felix mit seiner Frau. Felix war ein früherer Arbeitskollege, wie Miriam den aufgetrieben hatte, würde vermutlich ihr Geheimnis bleiben.

Und etwas weiter rechts saßen Karsten und Verena. Vor Hunderten von Jahren waren sie einmal befreundet gewesen, hatten so manche Spiele-Abende miteinander bestritten, die nicht selten in unterschwelligem Streit geendet hatten, weil Karsten ein grauenvoller Verlierer war. Ob er das abgelegt hatte?

Harriet schüttelte unwillig den Kopf. Was interessierten sie Karsten und Verena? Von den meisten Menschen, die hier auf der Terrasse herumhockten und so taten, als wäre das alles eine einzige Gaudi, hatte sie sich mit voller Absicht vor ewigen Zeiten zurückgezogen. Es war kein Versehen, keine Unachtsamkeit gewesen, diese Menschen nicht wiedersehen zu wollen. Und nun erwarteten offenbar alle, dass sie vor Freude in Tränen ausbrach und Sekt für alle bestellte.

Wo war eigentlich Jakob? Sie blickte sich erneut um.

Er stellte seine Terrasse für diese Veranstaltung, diese Farce zur Verfügung. Wie kam er überhaupt dazu?

»Freust du dich?«, fragte Miriam ein wenig atemlos. Auf ihrer Wange prangten zwei rote Flecken. Wahrscheinlich hatte sie bereits einen kleinen Schwips. »Es war gar nicht so einfach, sie alle hierherzukriegen, glaub mir. Ich hab ganz schön Überzeugungsarbeit leisten müssen.« Sie kicherte, und als sie Harriets Gesichtsausdruck sah, sagte sie hastig: »Nein, nein, so war das nicht gemeint. Sie sind alle wirklich gerne gekommen. Wir wollten ja eigentlich bei dir im Garten feiern, aber du hast es ja vorgezogen, einfach abzuhauen.«

»Woher …?« Harriet räusperte sich und hüstelte. »Woher hast du meine Adresse?« Warum fragte sie das? Es war doch vollkommen egal, woher Miriam wusste, wo sie war.

»Steffie Kaiser. Ich hab ihr eine Geschichte erzählt, die offenbar ziemlich glaubwürdig war.« Miriam fand das urkomisch, sie kicherte und wollte sich ausschütten vor Lachen.

Komischerweise lachte sonst niemand. Eine eigenartige Stimmung lag in der Luft.

Harriet hatte keine Ahnung, was sie tun sollte.

Weglaufen? Sich unter dem Bett verstecken?

Warum nur war sie fünfzig und keine zwölf mehr? Dann würde sie genau das nämlich tun. Egal, was alle von ihr halten würden. Also stand sie nur da und schwitzte.

Eine warme Hand ergriff ihre und drückte sie leicht. Und an der Art, wie das geschah, wusste sie gleich, dass es nicht Miriams Hand war. »Ich musste versprechen dichtzuhalten. Ich dachte wirklich, du würdest dich freuen.« Jakobs Stimme war sehr leise und direkt an ihrem Ohr.

Sie wirbelte zu ihm herum. Sie hatte Lust, ihn anzublaffen, ihn zu fragen, was in aller Welt ihn dazu gebracht hatte, diesen Zirkus hier zu veranstalten. Oder dazu beizutragen, dass dieser Zirkus stattfand. Jetzt wurde ihr auch klar, warum er am Nachmittag dauernd auf die Uhr gesehen hatte. Von wegen »ich fürchte, ich kann manchmal schlecht abschalten«.

Lügner!

»Tut mir leid, ich hatte ja keine Ahnung«, raunte er ihr jetzt ins Ohr. Sie würde ihm ja gern glauben, zu gern würde sie das. Aber sie wollte wütend sein. Ja, verdammt, sie hatte jedes Recht der Welt, stocksauer zu sein! Sie würde auch gern mit dem Fuß aufstampfen.

Mit fünfzig sollte man auch über solchen Dingen stehen.

Sie holte tief Luft, atmete durch, und langsam entspannte sie sich ein wenig. Die Menschen, die hier saßen, hatten es gut gemeint. Sie hatten Miriam einen Gefallen tun und ihr, Harriet, eine Freude machen wollen.

Miriam drückte ihr ein Glas Sekt in die Hand. »Hier für dich. Prost, Harriet. Auf die nächsten fünfzig.« Sie trank das Glas in wenigen Zügen leer, während Harriet ihres in der Hand hielt. Sie hatte einen dicken Kloß im Hals.

Jakob stand noch immer neben ihr. Sie roch sein Rasierwasser, sein Duschgel, was auch immer. Vielleicht war es auch nur das Waschmittel, das er benutzte. Öko-Waschmittel.

Ihr fielen sämtliche Werbespots ein, die sie mal gesehen hatte. *»Denken Sie an die Umwelt«, »Nur mit natürlichen Duftölen«.*

Sie schüttelte den Kopf, um die Gedanken zu verscheuchen.

»Es tut mir wirklich leid«, flüsterte er erneut. »Soll ich alle wieder wegschicken?«

Hatte er das wirklich gerade gefragt?

Sie drehte sich halb zu ihm um und blinzelte verwirrt.

Und als sie in sein Gesicht, seine blitzenden Augen sah, wusste sie, dass er es ernst meinte. Und dass er besorgt war. Und dass es ihm leidtat, was hier gerade passierte. Und dass er sich ärgerte, sich darauf eingelassen zu haben. Weil er merkte, dass sie sich nicht freute. Wie sensibel er doch war.

»Es gibt sogar ein kaltes Büfett.« Miriam schnappte sich wieder ihre Hand und rannte mit ihr im Schlepptau in das kleine Partyzelt. Dort stand tatsächlich ein langer Tisch mit einer schneeweißen Tischdecke, darauf unzählige Teller und Platten mit den leckersten Sachen. Harriet entdeckte eine Käseplatte, die sie unter anderen Umständen augenblicklich geplündert hätte. Ohne Rücksicht auf Verluste.

Doch sie blieb stocksteif stehen.

Miriam zeigte auf die Salate und eine dreistöckige Torte.

»Klasse, was? Mensch, ich glaube, du freust dich gar nicht. Kommt alles ziemlich überraschend, ich weiß.« Sie tätschelte Harriets Arm.

Harriet brachte kein einziges Wort hervor, es ging einfach nicht, obwohl sie gern irgendetwas gesagt hätte. Vielleicht ein einfaches *»Sei still«* oder auch *»Verschwinde«*.

Doch nicht ein Laut kam aus ihrer trockenen Kehle.

Jakob war hinter ihnen hergekommen und stand nun ebenfalls da und starrte auf den gedeckten Tisch.

»Ist das von dir?«, schaffte sie zu fragen – o Wunder!

Er schüttelte den Kopf. »Deine Freundin bestand darauf, sich selbst darum zu kümmern. Ich hab nur den Garten zur Verfügung gestellt.« Er hatte wieder so leise gesprochen, dass nur sie ihn gehört hatte.

»Sie ist nicht meine Freundin«, zischte sie.

Miriam war an der Tafel entlangspaziert und hatte hier und dort ein bisschen gezupft, Teller und Platten verschoben, das Brotkörbchen zurechtgerückt, die Sahnetorte neu platziert.

»Harriet?« Jakob blickte sie besorgt an.

»Hmm.«

»Alles in Ordnung?«

»Nein.«

»Verdammt. Wenn ich gewusst hätte …«

Sie winkte träge ab. »Schon gut.«

»Nein, es ist nicht gut. Ganz und gar nicht.«

Miriam kam zu ihnen und fuhr sich mit einer Hand durchs Haar.

»Was meint ihr, wollen wir das Büfett eröffnen? Ich sterbe vor Hunger. Ihr etwa nicht?« Eine Antwort brauchte sie nicht. Sie wirbelte herum und rannte wieder nach draußen. »Hoffentlich regnet's nicht«, hörte man sie noch murmeln.

Harriet blieb mit Jakob im Partyzelt zurück. Er hatte ihre Hand genommen und sacht gedrückt. »Hör zu, es tut mir wirklich wahnsinnig leid. Ich hatte keine Ahnung, dass du so entsetzt sein wirst. Wenn ich gewusst hätte … Deine Freundin hat mich angerufen und gesagt, dass sie eine Überraschungsparty für dich organisieren. Und naiv, wie ich bin, dachte ich, dass du dich freust.« Er betrachtete sie seufzend. »Aber wie ich sehe …«

»Miriam ist nicht meine Freundin«, knurrte sie, und Jakob gluckste leise. Dann legte er den Kopf in den Nacken und fing an, schallend und sehr laut zu lachen.

»Irgendwie dachte ich mir schon so was«, meinte er prustend.

Sie musterte ihn zunächst ein wenig ärgerlich, dann aber spürte sie, dass sie ebenfalls lachen musste. Es kitzelte oberhalb ihres oberen Rippenbogens. Es kitzelte allerdings noch an einer ganz anderen Stelle, was sie äußerst verunsicherte: in ihrem Herzen.

Das war verrückt. Und weil es so verrückt war und sich so merkwürdig anfühlte, prustete sie ungeniert los.

Jakob liefen inzwischen die Tränen übers Gesicht. Und sie stand neben ihm und lachte ebenfalls aus vollem Hals.

»Lass uns verschwinden«, keuchte er irgendwann.

Die ersten Gäste hatten sich bereits im Zelt eingefunden und bestaunten das kalte Büfett.

Harriet drehte sich zu ihnen um. Gott, war das da vorn nicht – wie hieß sie doch gleich? – Britta?

Sie nickte der dunkelblonden, molligen Frau zu und schaffte sogar ein Lächeln. Ein echtes. Was konnte Britta dafür, dass Miriam eine Schnapsidee gehabt hatte?

»Ja, lass uns verschwinden«, raunte sie Jakob zu.

»Möchtest du noch irgendwas sagen?«

»Nein, lieber nicht.«

Mit Jakob an der Hand war sie zu seinem Wagen gerannt, kichernd wie ein junges Mädchen, das sich klammheimlich aus dem Staub macht.

»Wohin möchtest du?«, fragte er, als er den Motor startete.

»Egal. Irgendwohin. Hauptsache, weg von hier.«

Er fuhr los, und sie fragte nicht, wohin.

Sie lehnte den Kopf ans Fenster und schloss die Augen.

»Normalerweise würde ich so was nicht machen.«

»Was?«, fragte er.

»Mich einfach aus dem Staub machen, abhauen, weglaufen.«

»Du hättest ja noch was sagen können.« Er schmunzelte. »Eine kleine Rede: Ich wünsche allen guten Appetit. Und wenn ihr Wünsche habt, wendet euch an Miriam.«

Sie kicherte. »Ja, das hätte ich machen können. Mir war aber nicht danach.« *... und neuerdings scheine ich Dinge zu tun, nach denen mir gerade ist.*

»Dann ist es in Ordnung so.« Er nickte. Dann lächelte er und drehte den Kopf, um sie ansehen zu können. »Herzlichen Glückwunsch, Harriet.«

»Danke, Jakob.«

13.

Die Fahrt bis nach Rügen genoss sie unendlich.

Als sie über die Brücke direkt auf die Insel fuhren, zuckte sie leicht zusammen und sah Jakob verblüfft an.

»Was ist passiert?«, fragte er sie.

»Gerd. Ich hab Gerd gar nicht gesehen.« Sie war im Geiste bereits alle Gäste durchgegangen, doch sie erinnerte sich beim besten Willen nicht, ob er dabei gewesen war.

Aber wenn, wäre er doch sicher aufgestanden und hätte sie umarmt, ihr gratuliert. Nein, Gerd war sehr wahrscheinlich nicht dabei gewesen. Im Grunde würde es auch nicht zu ihm passen, sich von Miriam überrumpeln zu lassen. Denn dass sie alle Leute, die gekommen waren, mehr oder weniger überrumpelt hatte, war vollkommen klar. Aber wie sie es geschafft hatte, würde Harriet dann doch interessieren. Vielleicht lockte am Ende die Aussicht auf ein, zwei schöne Tage an der See.

»Ich hab meine Tasche vergessen«, murmelte sie.

Jakob schmunzelte. »Du brauchst keine Handtasche.«

»Mein Handy …«

»Das brauchst du auch nicht. Wenn wir Hunger haben, gehen wir irgendwo eine Kleinigkeit essen. Und wenn du telefonieren musst …« Er deutete mit dem Kopf nach vorn in Richtung Ablage, wo sein Handy lag.

Sie seufzte. Wozu brauchte sie hier überhaupt ein Handy?

Sie hatte Urlaub, frei. Ihr Alltag war gerade so weit weg, als wäre sie tatsächlich auf einem anderen Planeten.

Und sie saß neben dem attraktivsten Mann, der ihr jemals begegnet war. Sie biss sich auf die Unterlippe. Für einen Moment schloss sie die Augen und gab sich ihren eigenartigen Gelüsten und Vorstellungen hin.

Jakob beflügelte ihre Gedanken und Phantasien, sie konnte sich eigentlich gar nicht dagegen wehren. Und wenn sie ehrlich war, fühlte es sich himmlisch an.

Jakob hatte auf einem kleinen Parkplatz geparkt.

»Schade, dass es schon dämmert. So siehst du nichts von den Kreidefelsen.«

Harriet sprang aus dem Wagen und lief los. Jakob ihr hinterher.

»Warum rennst du denn so?« Er lachte.

Sie drehte sich zu ihm um und breitete die Arme aus.

»Frag mich was Leichteres. Ich hab keine Ahnung.« Sie kicherte. »Mir ist gerade nach Rennen.«

»Dann rennen wir.« Er spurtete an ihr vorbei, und sie versuchte kichernd, ihn einzuholen.

»Du hast viel längere Beine«, sagte sie und musste kurz stehen bleiben, um Luft zu holen. *... und ich bin völlig aus der Übung. Ich sollte wirklich mehr Sport machen.*

Er blieb stehen und drehte sich zu ihr um. Würde er jetzt die Arme ausbreiten, würde sie auf ihn zulaufen und sich an ihn schmiegen. *Wer kommt in meine Arme ...*

»Wo bleibst du denn?« Er lachte.

»Ich sagte doch, du hast viel längere Beine.« Sie holte auf und blieb vor ihm stehen.

Einen Moment lang betrachteten sie sich, so als sähen sie sich gerade zum ersten Mal. Jakob blickte in ihre Augen, und sie spürte eine eigenartige Hitzewallung aufsteigen.

Doch vielleicht die Wechseljahre?, überlegte sie.

Er streckte seine Hand nach ihrer aus, und sie ergriff sie. »Wenn wir uns beeilen, schaffen wir es noch, den Sonnenuntergang zu sehen.«

»O ja!«

Sie liefen los, Hand in Hand; Harriet sehr atemlos und Jakob flotten und leichten Schrittes wie ein junger Mann.

Er blieb plötzlich stehen, und auch sie bremste ab.

Direkt vor ihnen war ein Abhang, ein sehr steiler Abhang.

Es gab immerhin ein Geländer, an dem sie sich nun festhielt.

Vor ihr lag das Meer, die Wellen rauschten und brandeten an den Strand, und eine leuchtend rote Sonne versank Stück für Stück im Meer.

»Gott, ist das schön!«

Sie standen mehrere Minuten lang da und schwiegen.

Harriets Hand lag noch immer in Jakobs, und sie würde spontan die unmöglichsten Schwüre leisten, nur um die Zeit anzuhalten und hier stehen bleiben zu können.

Nichts als das Rauschen des Meeres war zu hören, nur ein paar Grillen zirpten irgendwo.

»Wollen wir an den Strand?«, fragte er nach einer langen Weile mit leiser Stimme, so als wolle er sie nicht erschrecken.

Sie nickte stumm. *... frag mich, ob ich mit dir schwimmen gehen möchte, obwohl ich grässliche Angst vor unbekanntem Gewässer habe, und ich werde ja sagen ...*

»Mir nach. Aber pass auf! Es ist rutschig, halt dich am Geländer fest.«

»Da kannst du sicher sein«, murmelte sie.

Sie folgte ihm, eine Hand am Geländer, den Blick auf seinem Rücken. Sie hörte das Meer rauschen. Außerdem roch es inzwischen stark nach Tang.

Jakob trat auf einen kleinen Stein, der wegrutschte und einige andere mit sich riss. Der kleine Geröllhaufen purzelte den Hang hinunter.

Harriet lachte, froh, zur Abwechslung mal nicht diejenige gewesen zu sein, die Steine ins Rollen brachte.

Er blieb stehen und sah sie an. »Was ist so lustig?«

Sie holte Luft. »Ach, ich hab nur gerade daran gedacht, dass *ich* normalerweise auf Steine trete und wegrutsche.«

Sie überlegte, ob Gerd auf ihre Mailbox gesprochen hatte. Das hatte er ganz sicher, er hatte ihren Geburtstag noch nie vergessen, und ihren Fünfzigsten würde er erst recht nicht vergessen. Bestimmt war er sauer, weil sie ihr Handy ausgestellt hatte. Auf der anderen Seite, er kannte sie so gut, dass er vermutlich geahnt hatte, dass sie das tun würde.

»Wir sind gleich da«, sagte Jakob vor ihr. »Kannst du noch?«

»Klar. Ich bin fünfzig, Jakob, und noch ziemlich rüstig.«

Er lachte laut.

»Warte einen Moment, ja?« Sie blieb stehen und schnaufte leise.

»Also doch nicht so rüstig?« Er grinste sie frech an.

Sie unterdrückte den unbändigen Wunsch, sein Gesicht zu berühren, seine unrasierte Wange zu streicheln, mit einem Finger über seine Lippen zu fahren und seine Haut zu spüren.

Sie verscheuchte den Gedanken, überhaupt den Wunsch zu haben, und stieß einen seltsamen Laut aus.

»Was?« Er schmunzelte.

»Ach, nichts.« Sie zeigte nach vorn. »Sieh mal. Ist es nicht himmlisch?« Sie meinte das Meer, die weiß schäumenden Wellen, die Sonne, die kaum noch zu sehen war.

Er nickte stumm und schaute sie an, nicht das Meer.

»Wollen wir weiter?«, fragte sie atemlos.

Er ging wieder voran, eine Hand nach ihr ausgestreckt.

Sie ergriff sie dankbar.

Der Weg schlängelte sich, dann wurde es etwas waldig.

Unter ihren Füßen wurde es deutlich sandiger – und weicher, und weil es nicht mehr bergab ging, war es vor allem wesentlich angenehmer zu laufen.

Viel sehen konnte man leider nicht mehr, doch Jakob hatte eine kleine Überraschung parat. Er griff in seine Hosentasche und zog eine kleine Taschenlampe hervor. Als er sie anknipste und den Weg zu ihren Füßen beleuchtete, machte Harriet »Oh«.

»Ich hab sie immer im Auto«, erklärte er.

Sie überlegte, ob sie ihn fragen sollte, ob er häufig Frauen hierherbrachte, um ihnen den Sonnenuntergang auf Rügen zu zeigen. Doch sie traute sich nicht.

Er zeigte nach rechts. »Wir sollten hier entlanggehen. Die Gegend kenne ich ganz gut.«

Los, das ist die Gelegenheit, ihn zu fragen …

»Du bist oft hier?« Na, das war schon mal ein Anfang.

»Regelmäßig, ja. Ich bin Steinesammler, das hab ich dir noch gar nicht erzählt, oder? Hier kann man die tollsten Steine finden, manchmal auch Bernstein. Ich komme hierher, um abzuschalten, für mich zu sein und spazieren zu gehen. Stundenlang. Manchmal treffe ich keine Menschenseele. Kommt auf die Tageszeit an.«

Sie hatte vor sich hin genickt. *Also keine Frauen, mit denen er hier lustwandelt …*

»Pass auf, wo du hintrittst«, warnte er sie. »Es kann höllisch weh tun, auf einen dieser kleinen spitzen Steine zu treten.«

»Keine Sorge.«

Sie hielt die Nase in den milden Wind. Es duftete herrlich nach Salzwasser und Seetang. Sie hatte gar nicht gewusst, wie sehr sie diesen Geruch liebte. Vor ihr lagen ein paar große Felsen, und Jakob setzte sich auf einen der Steine. »Lass uns eine kleine Pause machen.« Er beleuchtete einen der Felsen für sie. »Es ist schön, mit dir hier zu sein.«

Harriet hatte sich gesetzt, die Knie angezogen und die Arme darum geschlungen. Und sie hatte atemlos gehört, was er gerade gesagt hatte. Oder hatte er gesagt: Es ist schön, *mal wieder* hier zu sein?

Vorsichtshalber sagte sie gar nichts.

Die Sonne war inzwischen untergegangen, zurück blieb ein leicht roter Horizont.

»Ich würde am liebsten die ganze Nacht hierbleiben«, erklärte sie und seufzte aus tiefstem Herzen.

»Nichts hindert uns, das zu tun.«

»Musst du nicht ganz früh in der Pension sein?«

»Ich habe sehr zuverlässige Mitarbeiter.«

»Aha …«

»Es wird verflixt kalt. Ich hole eine Decke.« Er stand auf und klopfte sich die Hose ab.

Harriet verkniff sich die Äußerung, dass sie nur höchst ungern mutterseelenallein hier zurückbleiben würde.

»Hast du Angst hier allein? Möchtest du mitkommen?«

Sie schüttelte tapfer den Kopf. »Nein, ich glaube, das schaffe ich.«

»Zur Not liegen eine Menge Steine rum. Das sind brauchbare Wurfgeschosse.« Er lachte.

»Damit würde ich mich nur selbst verletzen«, gab sie trocken zurück. »Außerdem kann ich überhaupt nicht werfen.«

»Soll ich dir die Taschenlampe dalassen?«

»Das würdest du tun?« *O Gott, wie erbärmlich!*

»Sicher. Ich kenne den Weg im Schlaf.«

»Dann nehme ich dein Angebot gerne an.«

Er gab ihr die Lampe und strich dabei über ihre Finger.

Ein Schauer kroch ihren Rücken entlang, erst hinauf und dann sogleich wieder hinunter.

Sie leuchtete ihm noch ein wenig, dann aber machte der Weg eine Biegung, und Jakob war nicht mehr zu sehen.

Dafür waren jetzt plötzlich Geräusche zu hören. Geräusche, die vorher nicht da gewesen waren, garantiert nicht. Irgendetwas schnaufte, sicherlich ein Tier.

Bestimmt gab es hier Mäuse, möglicherweise sogar Fledermäuse. Und unter ihren Füßen im Sand gab es sicher Unmengen von Würmern. Sie zog die Füße an und stellte sie auf den Stein neben sich.

Jakob würde sicher nicht lange brauchen; ein paar Minuten, mehr nicht.

Sie begann, leise zu pfeifen, so wie früher, wenn ihre Mutter sie in den Keller hinuntergeschickt hatte, um eingemachte Kirschen oder saure Gurken zu holen. Manchmal hatte sie auch laut gesungen.

Nach einer Weile sang sie *»Hey Jude«*, eins ihrer Lieblingslieder. Sie sang ziemlich laut. Dennoch hätte sie schwören können, dass gleich neben ihr ein Stein geklappert hatte. Steine klappern, wenn man auf sie tritt. Von allein klappern sie nicht, das ging gar nicht.

Ein Tier. Eine Maus, beruhige dich. Sie hat ihn berührt, als sie vorbeigehuscht ist. Oder sie hat darunter gewohnt.

»Hey Jude, don't be afraid …« *Wie passend. Sei kein Angsthase …*

Hinter ihr raschelte es wieder, gleich darauf ein leises Fauchen.

Sie zog die Beine an und atmete tief durch. Nein, sie war kein Angsthase. Sie leuchtete mit der Taschenlampe direkt vor ihre Füße. Jakob hatte recht, hier lagen unglaublich schöne, interessante Steine. Augenblicklich war das eigentümliche Raschen und Klappern vergessen.

Sie legte die Taschenlampe so auf den Felsen, dass der Lichtkegel direkt auf eine Stelle schien, an der Dutzende von kleinen, großen, runden, eckigen und spitzen Steinen lagen.

Sie ging in die Hocke und hob einen Stein auf. Er war schwarzweiß und hatte mehrere kleine weiße Löcher. Solche Steine hatte sie noch nie gesehen.

Sie nahm einen weiteren Stein; dieser war fast dreieckig und hatte ein einziges Loch, dafür ein sehr großes.

Sie legte ihn ans Auge und blinzelte durch das Loch hindurch. Wenn es heller wäre, würde sie durch das Loch aufs Meer hinaussehen können.

Sie schaute sich um und setzte sich schließlich auf einen größeren, flachen Stein. Mit der Fußspitze scharrte sie im groben Sand und betrachtete die Steine, die zum Vorschein kamen. Sie sollte einige einpacken. Aber wohin?

Sie hatte ja nicht mal ihre Handtasche dabei.

Sie nahm eine Handvoll Sand und ließ ihn durch die Finger rieseln. Er war angenehm kühl und fühlte sich etwas klamm an. Die Wellen schwappten an Land und trieben etwas Tang in ihre Nähe.

Irgendwann war sie so in Gedanken versunken, dass sie nicht mitbekam, dass Jakob wieder da war. Erst als er sich räusperte und leise lachte, fuhr sie hoch.

»Du hast recht, hier gibt's sehr hübsche Steine.«

Er reichte ihr die Hand, um ihr aufzuhelfen. »Und? Hast du dich gegruselt?«

»Überhaupt nicht«, schwindelte sie ungeniert.

»Ich hab mich beeilt. Ich weiß, dass es im Dunkeln hier etwas unheimlich ist.«

»Ach was.« Sie winkte ab.

Er hatte sich die Decke unter den Arm gestopft. »Wollen wir weiter?«

»Hast du eine bestimmte Stelle im Auge?«, fragte sie, während sie sich den Rock abklopfte.

»Wir laufen ein Stück weiter nach rechts, dann kommt irgendwann eine kleine Biegung. Dahinter ist es besonders windstill.« Er nahm wie selbstverständlich ihre Hand. »Ist dir kalt?«

»Nein.«

»Gut. Sonst lass es mich wissen.«

»Ziehst du dann deinen Pullover aus, damit ich mich nicht verkühle?«, fragte sie herausfordernd und wunderte sich gleichzeitig über ihren burschikosen Tonfall.

Er lachte. »Na sicher.«

Nachdem sie einige Minuten gelaufen waren, kam die Biegung, von der er gesprochen hatte. Es sah aus, als sei der Strand hier zu Ende. Etliche sehr große Felsen lagen halb im Wasser.

»Wir müssen an den Felsen vorbei, dann sind wir fast da.« Jakob blieb stehen und zeigte auf eine Stelle gleich rechts.

»Was meinst du? Wollen wir hier unser Nachtlager aufschlagen?«

Erst jetzt wurde ihr bewusst, was es unter Umständen bedeuten könnte, dass sie hier mit Jakob am Strand übernachten würde. Sie könnten einfach daliegen, nebeneinander, und den Sternenhimmel betrachten, bis sie eingeschlafen waren.

Oder …

Nein, verwarf sie den Gedanken sofort. Unsinn, sie war überhaupt nicht der Typ für so etwas. Sie kannte Jakob ja kaum.

Er breitete die Decke aus und setzte sich. Dann klopfte er neben sich, und sie ließ sich vorsichtig nieder.

Was etwas schwierig war, da sie keine Hose, sondern einen sehr engen Rock anhatte. Elegant und graziös sah vermutlich anders aus. Am Ende ließ sie sich mehr oder weniger fallen, wobei sie einen Schuh verlor. Sie ließ ihn einfach liegen und zog den anderen ebenfalls aus.

Jakob hatte sich auf die Ellbogen gestützt und blickte in den Himmel. »Mit ein bisschen Glück werden wir gleich einen herrlichen Sternenhimmel sehen.«

Sie seufzte. »Ich bitte darum.«

Eine Weile schwiegen beide.

Dann bat Jakob: »Beschreib dich in wenigen Sätzen.«

Sie fuhr etwas zusammen. »Was?«

»Wenn du dich in wenigen Sätzen beschreiben müsstest, was würdest du sagen?«

»Lieber Himmel, keine Ahnung ...«

»Komm schon. Das ist ein Spiel.«

»Ein Spiel, aha.«

»Es ist sehr interessant, wie ein Mensch sich selbst einschätzt und beschreibt. Findest du nicht?«

»Doch«, sagte sie etwas gedehnt.

»Also?«

Sie seufzte. »Na schön, ich versuch's. Ich bin verantwortungsbewusst, solide ...« Schon gingen ihr die Worte aus, und sie seufzte erneut. »Ich fürchte, ich bin eher langweilig.«

Er schnalzte mit der Zunge. »Langweilig? Dann werde ich dich beschreiben, wenn ich darf. Du bist warmherzig, tolerant, großzügig und sehr interessant. Und du bist bescheiden. Und angenehm zurückhaltend. Du bist aber auch ein wenig gehemmt, weil du dich nicht traust, deinen Gefühlen, deinen Eingebungen zu trauen.« Er betrachtete sie, auch wenn es dazu eigentlich zu dunkel war. »Und du bist sehr attraktiv, irgendwie geheimnisvoll.«

Sie schluckte. »Du findest, dass ich geheimnisvoll bin?«

»Allerdings. Du hast etwas an dir, bei dem ich mich die ganze Zeit frage, wann es wohl zum Vorschein kommt, also richtig zum Vorschein, meine ich.« Er lachte leise. »Und ich mag dein Haar.«

»O ja, du magst mein Haar.« Sie kicherte.

»Und deine Augen. Du hast wunderschöne, tiefgründige Augen.«

Wieder schluckte sie. Diesmal sagte sie aber nichts.

»Und du hast ein Lächeln, das mich jedes Mal fast aus den Schuhen haut. Und wenn du lachst, muss man ebenfalls lachen.«

Harriet hatte sprachlos zugehört, was er da über sie sagte.

Nahm er sie hoch? Nun, das wäre nicht sehr nett, immerhin war heute ihr Geburtstag.

»Du sagst ja gar nichts.«

»Ich bin sprachlos«, erwiderte sie wahrheitsgetreu.

»Ach, ich hab ja noch etwas für dich.«

Sie drehte den Kopf und sah, dass er in seiner Hosentasche kramte. Dann zog er etwas hervor; ein kleines Stoffsäckchen in einem hübschen Design. »Alles Liebe zum Geburtstag.«

Wenn sie vorher schon sprachlos war, dann war sie jetzt baff. »Für mich?«

»Für dich.«

Mit zitternden Fingern öffnete sie das Bündel an der Kordel.

Ein Geschenk. Von Jakob.

In ihrem Magen rumorte es gewaltig.

Eigenartigerweise wusste sie schon jetzt, dass ihr dieses Geschenk, egal, was auch immer es sein mochte, sehr viel bedeuten würde. Sie schüttete den Inhalt in ihre Handfläche.

»Ein Bernstein!«, rief sie aus.

Er nahm die Taschenlampe und beleuchtete den kleinen, ovalen Stein in ihrer Hand. »Sieh mal genau hin.«

Sie runzelte die Stirn und setzte nun ihre Brille, die sie zuvor nach oben geschoben hatte, auf die Nase.

»Oh, das ist … ein Insekt?« Es war mehr eine Frage, denn sie war sich nicht sicher, ob es wirklich ein Insekt war, das im Bernstein eingeschlossen war.

»Eine kleine Mücke.« Er nickte.

Sie war komplett sprachlos. Wieder mal.

»Gefällt er dir?«

»Ob er mir gefällt?« Sie seufzte tief. »Er ist wundervoll. Danke, Jakob.«

»Sehr gern. Ich hab ihn übrigens selbst gefunden.«

»Dann freue ich mich noch mehr. Er ist wirklich … toll.«

Auch wenn das nun wirklich eine unpassende Bezeichnung war, ihr fiel kein passenderes Wort ein. Jedenfalls nicht im Moment.

Jakob streckte sich wieder aus und legte den Kopf in den Nacken. »Dort drüben ist der Große Wagen.«

»Wo?«

Er zeigte irgendwohin, und sie versuchte angestrengt, seinem Finger zu folgen. »Er besteht aus sieben Sternen. Siehst du?«

»Hmm«, sagte sie vage. »Ja, ich glaub schon.« Sie seufzte. »Jetzt bist du dran. Beschreib dich in wenigen Sätzen.«

Er überlegte einen Moment. »Ich bin tolerant, offen, begeisterungsfähig …«

Sie blickte ihn an und wünschte, es wäre heller, damit sie seine Augen sehen konnte. »Ich finde es übrigens sehr schön, wenn jemand begeisterungsfähig ist. Meine Freundin ist auch so. Sie schafft es sehr oft, mich mitzureißen.«

»Brauchst du das? Ich meine, brauchst du jemanden, der dich mitreißt?«

»Ich denke schon.«

Diesmal machte er »Hmm«. Und er redete gleich weiter: »Ich bin ein guter Zuhörer, denke ich, und ich kann auf Menschen zugehen. Ich bin spontan.« Mehr schien ihm nicht einzufallen.

»Und weiter?«

Er lachte leise. »Weiter? Das sind schon genügend Eigenschaften, findest du nicht?« Er schaute sie von der Seite an, obwohl es so dunkel war, dass man eigentlich kaum noch etwas sehen konnte. Sie spürte es wahrscheinlich mehr, dass er sie gerade anblickte. »Wie würdest du mich beschreiben?«

Autsch, genau das hatte sie kommen sehen. Sie war miserabel in diesen Dingen, fürchterlich einfallslos und gehemmt.

»Ich finde, du hast dich schon sehr gut beschrieben«, erwiderte sie ausweichend und kam sich furchtbar dämlich vor.

Sag ihm, wie attraktiv du ihn findest. Er hat auch lauter schöne Dinge über dich gesagt …

Ihr fehlten schlicht die passenden Worte.

Auch Jakob schwieg.

Eine etwas unangenehme Stille entstand, und Harriet hatte das dumme Gefühl, dass sie es verpatzt hatte. Sie hatte die Stimmung gekillt, wie Susanne irgendwann mal zu jemandem gesagt hatte. Das musste sie schleunigst irgendwie ausbügeln.

»Du bist ein sehr interessanter Mann, Jakob.« Sie musste lachen, was nicht gerade förderlich für die eigenartige Stimmung war. Andererseits, vielleicht würde sie sie genau so retten können. »Und du tanzt phantastisch.«

»Danke.«

Hatte er leise gelacht? Das Wellenrauschen war so laut, dass es beinahe alles übertönte.

»Ich glaube, du bist unkonventionell. Das gefällt mir.«

»Tatsächlich? Ich ecke regelmäßig damit an.«

Sie blickte ihn verwundert an. Ob er das sehen konnte, wusste sie nicht. »Wirklich? Ich finde unkonventionelle Menschen sehr interessant. Aber du hast recht, manchmal sind sie etwas anstrengend, weil sie einen dauernd auf die eigene Spießigkeit aufmerksam machen.«

Er lachte lauthals. »Das hast du nett gesagt.«

»Du bist sehr direkt, das mag ich ebenfalls. Wenn man höflich und charmant dabei ist, finde ich Direktheit sehr angenehm.«

»Und du?«

»Was und ich?«

»Bist du direkt?«

Sie verdrehte die Augen. »Nein, leider nicht. Ich bin da meistens sehr zurückhaltend und übervorsichtig.«

»Aus Angst, jemanden zu verletzen?«

»Ja, wahrscheinlich. Vielleicht hab ich auch einfach nur Angst, mich unbeliebt zu machen.«

Er seufzte leise. »Ja, du hast recht. Man macht sich nicht immer Freunde.«

»Hast du eigentlich nie bereut, nicht geheiratet zu haben?«

Er brauchte einen Moment, um zu antworten. Vielleicht

hatte sie ihn gerade ein wenig aus der Fassung gebracht. »Ehrliche Antwort? Doch. Ich wäre gern Vater geworden.«

»Das geht auch ohne eine Ehe«, sagte sie etwas trocken.

»Stimmt. Heutzutage sehe ich das auch wesentlich lockerer. Als ich dreißig war und gern Kinder gehabt hätte, hätte ich aber unbedingt heiraten wollen.«

»Du kannst immer noch Vater werden.«

»Und gemeinsam mit einer Frau, fünfzehn, zwanzig Jahre jünger als ich, ein Kind großziehen? Nein danke.«

Seine etwas schroffe Antwort verwunderte sie nicht nur, sie erschreckte sie etwas. Und sie zwang sich, still zu sein. Egal, wie sehr die Fragen ihr unter den Nägeln brannten. Offenbar hatte sie ein heikles Thema angesprochen, in ein Wespennest gestochen.

»Fragst du dich jetzt, ob es eine Beziehung in meinem Leben gab, in der ich kurz davor war, die Frau zu heiraten?«

Ja, genau das fragte sie sich, doch sie war etwas eingeschüchtert.

Er wartete ihre Antwort gar nicht erst ab. »Es gab eine Beziehung. Das ist einige Jahre her. Damals glaubte ich, dass mein Herz gebrochen sei.« Er verstummte.

»Und?«, fragte sie sehr vorsichtig und sehr leise. »Hat sie dir das Herz gebrochen?«

»Nein. Aber es hat viele Jahre gedauert, bis ich drüber hinweg war.«

Eine ganze Weile schwiegen sie, beide blickten in die Dunkelheit hinaus.

Harriet schlug das Herz bis zum Hals. Sie überlegte, ob sie sich entschuldigen sollte. So recht wusste sie allerdings nicht, wofür. Sie hatte nichts Unhöfliches gesagt, sie hatte ihm nur gesagt, dass er auch mit über fünfzig noch Vater werden könnte.

»Und du? Wolltest du nie heiraten?«

Sie fuhr etwas zusammen. »Ich? Nein, ehrlich gesagt, hat es nie eine Beziehung gegeben, wo ich mir eine Ehe hätte vorstellen können. Ich habe mich lange Zeit für beziehungsunfähig gehalten. Ich war nach einigen Monaten immer enttäuscht, wie sich alles entwickelte. Und ich hab mich gefragt, ob ich ein Mensch bin, dem man es einfach nicht recht machen kann. Offenbar bin ich zu anspruchsvoll.«

»Du bist ein Mensch, der viel erwartet, der aber auch viel gibt.«

Sie drehte den Kopf und versuchte, im Dunkeln sein Gesicht auszumachen, die Silhouette davon. »Findest du?«

»Ich denke schon.«

Sie streckte die Beine aus und spürte, wie ihr Rock dabei hochrutschte. Normalerweise würde sie ihn hastig zurechtzupfen, aber da es so dunkel war, beließ sie es dabei.

»Wärst du nicht gern Mutter geworden?«

»Doch, eigentlich schon.« Mehr sagte sie nicht, weil es mehr nicht zu sagen gab. Ja, sie hätte durchaus gern ein Kind gehabt, vielleicht sogar zwei. Aber eine richtige Vorstellung davon, wie ihr Leben dann verlaufen wäre, hatte sie nicht.

»Darf ich dir was sagen, Harriet?«

Kommt drauf an, dachte sie. *Wenn du mir sagen* möchtest, *dass ich dicke Kartoffelknie habe, dann lieber nicht. Willst du mir aber sagen, dass mein Hintern für eine Fünfzigjährige ganz passabel ist, dann gern …*

»Natürlich«, wisperte sie fast. *Wie ein Teenager, ich sag's ja.*

»Ich genieße es unendlich, hier mit dir unter dem Sternenhimmel zu liegen. Selten hab ich mich mit einer Frau so wohl gefühlt.« Er sagte das einfach so, als sei es nichts Besonderes. *Du, Harriet, du bist eine tolle Frau, und wir sollten hier jeden Abend hinfahren und unter dem Sternenhimmel einschlafen …*

»Ich genieße es mit dir auch«, erwiderte sie sehr leise, wobei ihre Stimme etwas krächzte, worüber sie sich ärgerte.

Ein irrwitziger Gedanke, eine Vorstellung schlich sich gerade in ihren Kopf; die Vorstellung, wie sie sich mit Jakob im kühlen Sand wälzte. Ihn von oben bis unten küsste, Sand in seinen Bauchnabel rieseln ließ und darauf wartete, dass er das Gleiche mit ihr tun würde.

Sie wurde puterrot. Endlich konnte sie froh sein, dass es so dunkel war.

Seine Hand tastete nach ihrer und strich sanft darüber.

Sie versuchte, stocksteif dazusitzen und nicht zu erbeben.

Es fühlte sich zu gut an. Ihr wurde heiß und gleich wieder ein bisschen kalt. Würde sie sich nun ausschließlich von ihrem Bauchgefühl leiten lassen, wäre sie bereits über die Decke gekrochen und hätte sein Gesicht gestreichelt, sein Haar, seine Schultern …

Doch so überwog wieder mal ihr Verstand, ihre Vernunft, ihre Scheu. Warum nur konnte sie sich nicht einfach fallenlassen, ihm sagen, wie aufregend sie ihn fand, wie sehr ihr Herz zu klopfen begann, wenn er sie nur ansah?

Je mehr sie sich darüber ärgerte, desto verunsicherter war sie. Andere Frauen würden ihre Hemmungen über Bord werfen und einfach das tun, wozu sie gerade Lust verspürten.

Und sie verspürte eine unbändige Lust auf diesen Mann.

Eine Lust, wie sie sie selten, nein, eigentlich noch nie, verspürt hatte. Jakob hatte einfach alles, was sie an einem Mann faszinierte, anzog, atemlos machte. Und sie lag da, stocksteif, die Beine züchtig nebeneinander und darauf bedacht, dass der Rock nicht noch höherrutschte. Ihr war nicht zu helfen. Ob nun fünfzig, zweiundvierzig oder einundsechzig. Sie würde sich nie ändern, nie loslassen können, nie *lebendig* sein.

»Würdest du ein bisschen näher kommen?«, fragte er leise.

Auch seine Stimme krächzte ein wenig, stellte sie fest.

»Du könntest dich auch in meinen Arm legen.«

Auch wenn ihre Augen bereits seit gut zehn Jahren nicht mehr so funktionierten, wie sie es gern gehabt hätte, ihre Ohren funktionierten noch einwandfrei, absolut tadellos.

Und er hatte definitiv gerade geflüstert, sie dürfe sich in seinen Arm kuscheln. Na ja, legen, was in diesem Fall einem Kuscheln entsprechen würde.

Sie rutschte an ihn heran, eine Hand etwas verstohlen an ihrem Rock. Gern würde sie ihre Hemmungen über Bord werfen, auf der anderen Seite wollte sie Jakob gegenüber nicht hemmungslos wirken. Das wäre ihr unangenehm. Warum auch immer. Vielleicht sollte er sie einfach nicht für eine Frau halten, die ein paar Tage irgendwo Urlaub machte und sich dem nächstbesten Kerl an den Hals warf.

Sei nicht albern, sagte ihr Unterbewusstsein und zwinkerte ihr zu. *Du wirfst dich ihm weder an den Hals, noch ist er ein »nächstbester Kerl«.*

Jakob nahm ihre Hand und legte sie zusammen mit seiner auf seine Brust. Dort ließ er sie liegen, strich nur sanft darüber und berührte mit einem Finger ihre Fingerspitzen.

Sie spürte seinen Herzschlag in ihrer Handfläche.

Ihr Hals wurde trocken, und sie wünschte, sie hätten etwas zu trinken mitgebracht.

Ihre »Geburtstagsgäste« amüsierten sich vermutlich gerade ordentlich, betranken sich womöglich hemmungslos und plünderten das Büfett. Wenn es nicht längst geplündert war.

»Wir hätten uns eine Flasche Sekt mitnehmen sollen. Immerhin ist dein Geburtstag.« Er lachte leise.

»Das ist mir auch gerade durch den Kopf gegangen«, flüsterte sie.

»Ich hätte daran denken sollen.«

»Oder ich.«

Sie schwiegen wieder. Diesmal war es eine angenehme, sehr wohltuende, wunderbare Stille. Es gab nur sie, das Wellenrauschen und die Sterne über ihnen. Im Moment war nicht mehr notwendig.

Jakob begann, ihre Fingerspitzen zu küssen, zuerst so sanft, dass sie nicht sicher war, ob er sie überhaupt wirklich mit seinen Lippen berührte. Sie hielt den Atem an.

Dann drehte er sich ein wenig auf die Seite und berührte genauso sanft ihr Gesicht. Er fuhr ihr mit einem Finger über Wangen, Nase, Stirn. Dann strich er über ihre Lippen. Sein Gesicht kam näher. Und näher.

Und noch näher, bis sie ihn ansehen konnte.

Einem plötzlichen Gedanken folgend, befürchtete sie, tatsächlich in Ohnmacht zu fallen, sollte er sie küssen. Sie hatte Angst, das berauschende Gefühl nicht ertragen zu können, so absurd das auch war.

Seine Lippen lagen auf ihren, und ihr Herz klopfte so heftig, dass sie glaubte, er würde es spüren. Seine Hände liebkosten ihr Gesicht, seine Zunge strich langsam über ihre Lippen.

Endlich traute sie sich, auch sein Gesicht zu berühren. Seine Wangen kratzten tatsächlich ein wenig, und sein Haar fühlte sich wundervoll an.

Er hielt inne und betrachtete sie. »Etwas mehr Licht wäre nicht schlecht«, murmelte er und küsste sie wieder.

Sollte sie zugeben, dass sie gerade ganz froh war, nicht

vom Vollmond beschienen zu werden? Sie war vermutlich fürchterlich rot im Gesicht, und an ihrem Hals waren garantiert scheußliche hellrote Flecken. Die bekam sie immer, wenn sie aufgeregt und atemlos war.

Seine Küsse waren von solcher Zartheit, dass sie sich fast wünschte, er würde sie etwas fester küssen.

Darüber war sie mindestens so überrascht und irritiert wie darüber, dass sie plötzlich seine Hände überall spürte.

Sie fragte sich verblüfft, ob er mehr als zwei hatte.

Sie wanderten über ihren Rücken bis hin zu ihrem BH-Verschluss. Eine Weile nestelte und zupfte er daran herum. »Himmel, diese Dinger kann kein Mann erfunden haben.«

»Stimmt«, gab sie zu, während sie ihm mit einem Finger den Hals entlang bis zum Schulterblatt strich. »Es war eine Frau.«

»Nicht sehr eigennützig. Sie wird es irgendwann bereut haben, fürchte ich.« Seine Finger tasteten nach ihrem obersten Blusenknopf.

»Gut möglich«, meinte sie und verwünschte sich dafür.

Sie keuchte schon jetzt wie eine Dampflok. Was musste er nur von ihr halten? Sie benahm sich wie eine Frau, die seit Jahren keinen Sex mehr gehabt hatte.

Dummerweise war genau das der Fall. Ihre letzte Beziehung lag fast vier Jahre zurück; eine Beziehung, die ihr den letzten Nerv geraubt und ihren Geduldsfaden hatte reißen lassen.

Jakob hatte den ersten Knopf geöffnet. »Du riechst wunderbar.«

»Du auch.«

Sie lachten beide leise. Und genau das sorgte urplötzlich dafür, dass sie sich vollkommen entspannte.

Dieses gemeinsame Lachen, das so überhaupt nichts

Peinliches an sich hatte, ließ sie endlich eine gewisse Unbefangenheit spüren. Ein erleichtertes Seufzen drang aus ihrer Kehle.

Sie legte eine Hand auf sein Gesicht und blickte ihn an. Plötzlich verspürte sie große Lust, ihm Dinge ins Ohr zu flüstern, die sie sonst nur dachte. Sie biss sich auf die Unterlippe.

Er streichelte ihren Oberschenkel, wobei seine Hand sehr langsam immer höher wanderte.

Sie seufzte hemmungslos und fuhr ihm mit einer Hand durchs Haar.

»Du bist doch eine kluge Frau, du weißt sicher auch, wie ich als Mann es anstellen kann, dir diesen verteufelt hübschen Rock auszuziehen, ohne dich dafür durch den Sand zu schleifen.«

Sie gluckste leise. Während sie ihn küsste, öffnete sie erst den Knopf und dann den Reißverschluss; beides hinten an ihrem Rock. Dann rutschte sie ein wenig hin und her, wobei ihr Rock ebenfalls eine Etage tiefer rutschte.

Jakob lachte leise auf. »So einfach ist das, ja? Meine Güte, da hätte ich selbst drauf kommen können.«

Er setzte sich auf und betrachtete sie, während er langsam Knopf für Knopf ihre Bluse öffnete.

»Wir hätten warten sollen, bis Vollmond ist.« Er lachte wieder. »Ich würde dich zu gern ansehen.«

Jetzt störte sie das überhaupt nicht mehr, im Gegenteil. Sie wünschte selbst, sie könnte ihn ungeniert anschauen.

Sie setzte sich ebenfalls etwas auf, damit er ihr die Bluse über die Schulter streifen konnte. Ein wenig erschrocken überlegte sie, welche Unterwäsche sie trug. Hätte sie gewusst, was passieren würde, hätte sie sich besonders hübsche angezogen. So passten vermutlich noch nicht mal BH und

Slip zueinander. Jetzt war sie doch wieder froh, dass es dunkel war. Sie kicherte leise und biss sich auf die Unterlippe.

»Ich besitze nagelneue Shorts«, brummte Jakob und gluckste ebenfalls. »Ein Jammer, dass ich sie ausgerechnet heute nicht anhabe.«

Jetzt musste sie wirklich lachen.

Und sie verzichtete darauf, ihm zu sagen, dass sie sich gerade ebenfalls den Kopf über den Zustand ihrer Unterwäsche zerbrochen hatte.

Er zog ihren Rock ganz aus, danach öffnete er ihren BH; in der Tat passte er farblich rein gar nicht zu ihrem Slip. Immerhin biss es sich nicht, es harmonierte nur nicht unbedingt miteinander.

Meine Güte, es gibt Schlimmeres …

Das gab es in der Tat. Würde es jetzt anfangen zu regnen, wäre es weitaus schlimmer.

Sie zog ihm den Pullover über den Kopf. Sein Körper war muskulös und seine Brust fast ohne Behaarung, wie sie bemerkte, weil sie sogleich mit beiden Händen darübergestrichen hatte.

Jakob seufzte tief, dann stand er auf, um aus seiner Jeans zu schlüpfen.

Sie blinzelte angestrengt, um wenigstens etwas von seinem Anblick zu erhaschen. Was ausgesprochen schwierig war.

Sie spürte urplötzlich eine solche Sehnsucht in sich aufsteigen, dass sie schlucken musste. Sie wollte diesen Mann, wie sie wohl noch nie einen Mann gewollt hatte.

Sie legte sich auf den Rücken, die Arme hinter dem Kopf. Nie in ihrem Leben hatte sie sich weiblicher und begehrenswerter gefühlt, auch wenn sie wusste, dass er sie gerade ebenso wenig betrachten konnte wie sie ihn.

Er hockte sich neben sie und küsste sie auf den Mund.

Er flüsterte ihr etwas ins Ohr, und sie musste nachfragen, weil sie es nicht richtig verstanden hatte. Hatte sie nicht eben noch ihr ausgezeichnetes Gehör still lobend erwähnt?

»Ich sagte, du bist sehr aufregend«, wiederholte er.

Sie stöhnte genüsslich auf und räkelte sich, ohne darüber nachzudenken, ob sie nun womöglich lächerlich lasziv aussah, was gar nicht zu ihr passen würde.

Jakob küsste ihre Brüste, dann ihren Bauchnabel, und als er sich zwischen ihre Schenkel schob und langsam und sehr sanft in sie drang, stieß sie ein Keuchen aus, das sie selbst fast ein wenig schockierte. Ein, zwei Sekunden war sie vollkommen fassungslos, was sie hier eigentlich tat.

Sie schlief mit einem Mann, den sie gerade mal wenige Tage kannte und von dem sie doch mehr wusste als von manch einem, den sie viele Jahre kannte. Und ja, sie genoss seine Berührungen auf ihrer Haut. Sie genoss den leicht kühlen Wind, der mit ihrem Haar spielte. Sie liebte Jakobs Hände auf ihren Brüsten, ihrem Bauch. Es war wundervoll, seine Zehen auf ihren Füßen zu spüren.

Sie überließ sich seinen Händen, seinen Lippen, vernahm seufzend und etwas atemlos sein leises Stöhnen.

Und sie selbst keuchte und stieß Laute aus, die sie selbst verblüfften. Sie fühlte sich dennoch völlig unbefangen.

Eine Windböe kam und strich sacht über ihre Körper.

Harriet lachte leise und schlang die Beine um seine Hüften.

»Ist das eigentlich Erregung öffentlichen Ärgernisses?«, raunte sie ihm ins Ohr.

Er küsste sie zärtlich. »Erregung durchaus. Alles andere interessiert mich gerade nicht …«

»Seitdem du mit mir tanzen warst, hab ich mir immer

und immer wieder genau das hier vorgestellt.« Er hatte sie an sich gezogen und küsste sie aufs Haar.

»Tatsächlich?«

»Tatsächlich. Ich stellte mir vor, dass ich dich irgendwohin bringe, dich ausziehe, küsse …«

»Und?« Sie drehte sich etwas zur Seite und blickte ihn im Dunkeln an.

»Nichts und. Meistens ging mir genau da die Phantasie aus.«

»Was?«

Er lachte und küsste sie wieder. »Meine Phantasie hätte mit dem, was gerade passiert ist, nicht mithalten können.« Er zog ihren Kopf auf seine Brust. »Jetzt hältst du mich bestimmt für einen Sprücheklopfer.«

Sie schüttelte träge den Kopf. »Nein.«

»Nein?«

Wofür sie ihn hielt, verriet sie aber nicht.

Sie blieben bis zum Sonnenaufgang, saßen nebeneinander splitternackt im Sand und beobachteten, wie eine leuchtend rote Sonne am Horizont aufging.

Harriet hatte den Kopf an seine Schulter gelehnt und versuchte zu ignorieren, dass sie mit nacktem Hinterteil im feuchten Sand saß. Die Sandkörner spürte sie bereits überall.

Der romantischen, einzigartigen Stimmung tat das trotzdem keinen Abbruch.

Schweigend hockten sie da, die Füße im eiskalten Wasser, und bestaunten das Schauspiel, das sich ihnen bot.

Es war überwältigend, und Harriet verspürte einen eigenartigen Kloß im Hals. Sie tastete nach Jakobs Hand und drückte sie. Und er küsste sie aufs Haar.

Als die Sonne aufgegangen war, standen sie langsam auf, betrachteten sich etwas amüsiert und begannen, sich anzuziehen.

Während sie in ihren Rock schlüpfte, stand er da und sah sie an. Und sie war nicht im mindesten peinlich berührt.

Es störte sie auch nicht mehr, dass ihr Slip nicht zum BH passte. Und wenn schon.

Jakob zog sich den Pullover über den Kopf, und sie hüpfte rasch hin und küsste ihn auf die nackte Brust.

Er machte »Huh« und schüttelte sich wohlig.

Und wieder überkam sie das seltsame Gefühl, ihm unbedingt sagen zu müssen, was ihr gerade durch den Kopf ging, was sie empfand.

Sie presste die Lippen aufeinander.

Langsam, so als wollten sie den Moment noch ein bisschen festhalten, ihn hinauszögern und genießen, zogen sie sich komplett an.

Jakob rollte die Decke zusammen und steckte sie sich unter den Arm, dann streckte er seine Hand nach ihrer aus.

So stiegen sie den schmalen Weg bis zum Parkplatz hinauf.

Die Vögel zwitscherten um die Wette, und ein einsamer Jogger kam ihnen entgegen.

Harriet ärgerte sich, dass sie ihre Kamera nicht mitgenommen hatte. Zu gern würde sie jetzt ein paar Fotos von Jakob machen.

Und sie stellte reichlich verdattert fest, dass sie in den letzten Stunden nicht einmal an die Menschen gedacht hatte, die gestern auf ihren fünfzigsten Geburtstag angestoßen und sich vermutlich sehr gewundert hatten, wo sie geblieben war.

14.

Pünktlich zum Frühstück waren sie zurück.

Die ersten Gäste kamen bereits in den Speiseraum, darunter auch das Ehepaar mit Hund, das Harriet gleich am ersten Tag kennengelernt hatte.

»Oh, auch schon so früh auf?« Die Frau zwinkerte ihnen zu, so als wüsste sie genau, warum Harriet und Jakob zusammen hier erschienen.

»So wie ich euch kenne, habt ihr den ersten Spaziergang bereits hinter euch«, erwiderte Jakob.

Der Mann zeigte auf den Hund, der sich an ihn gedrückt hatte und zu ihm aufblickte. »Er sorgt schon dafür, dass wir nicht zu Langschläfern mutieren.«

Jakob schmunzelte. »Ich brauche nicht mal einen Hund, der mich morgens weckt.«

Harriet flüsterte ihm zu, dass sie in den Garten gehen und nachsehen wolle, wo ihre Gäste abgeblieben waren.

Er versprach, gleich nachzukommen.

Sie öffnete die breite Tür und ging auf die Terrasse.

Nichts erinnerte daran, dass hier am Vorabend eine Geburtstagsparty stattgefunden hatte – ohne das Geburtstagskind. Nur das Zelt war noch aufgebaut.

Harriet ging hinein.

Der lange Tisch war ebenfalls noch aufgebaut, das Büfett bestand lediglich noch aus fast leeren Tellern und Platten, der Brotkorb war bis auf ein einziges Brötchen leer, und die Sahnetorte war vollkommen in sich zusammengefallen.

Die Sahne war an einer Stelle heruntergelaufen und hatte sich neben der Torte zu einem hässlichen Klecks gesammelt.

Die Käseplatte bestand noch aus einigen kleinen Stücken Käse und wenigen Weintrauben, und die Schinkenröllchen auf einem anderen Teller kräuselten sich wenig appetitlich.

Es roch nach allerlei Undefinierbarem; vor allem nach kaltem Rauch und Käse. Einzelne leere Sekt- und Weinflaschen lagen auf und unter dem langen Tisch. Einige Hocker und Stühle standen in einer Ecke, und ein einzelner Blumenstrauß, den irgendwer unachtsam einfach abgelegt hatte, welkte auf einem der Stühle vor sich hin.

Harriet fuhr sich mit einer Hand durchs Haar, und ein Anflug von Zerknirschtheit erfasste sie. Sie war einfach abgehauen und hatte alle im Stich gelassen. Sie alle waren gekommen, um mit ihr anzustoßen, sie zu feiern und hochleben zu lassen.

Und sie hatte einfach Reißaus genommen und nicht mal Bescheid gesagt. Schlagartig kam sie sich schäbig und elend vor.

Sie ließ sich auf den erstbesten Hocker fallen und legte die Hände in den Schoß. Sie hatte sich kindisch, ja einfach unmöglich benommen. Sie hätte wenigstens so tun können, als würde sie sich freuen.

Schön, dass ihr alle gekommen seid, oder irgendetwas in der Art hätte einfach drin sein müssen, Harriet. Schäm dich. Niemand wird dir jemals wieder zu deinem Geburtstag gratulieren. Und all die Menschen, die Miriam hierhergeschleppt hat, werden dich meiden wie die Pest.

Jakob erschien im Zelteingang, in der Hand einen Becher Kaffee. Er kam zu ihr und reichte ihn ihr. Dann blickte er sich um.

Harriet war auch plötzlich klar, dass sie nun für das Aufräumen zuständig sein würde. Ihre Gäste hatten sich sehr wahrscheinlich auf und davon gemacht. Und sie hatte es nicht anders verdient.

»Ich hätte nicht abhauen dürfen«, sagte sie leise mehr zu sich selbst.

Jakob legte ihr eine Hand auf die Schulter. »Ich hätte es genau so gemacht.«

Sie hob den Kopf. »Wirklich?«

Er nickte. »Sie haben dich völlig überrannt, Harriet. Und nun sitzt du da und schämst dich. Sie sollten sich schämen, einfach herzukommen und dich zu überfallen.« Er zog eine Grimasse. »Ein Überfall, genau das war's doch eigentlich.«

»Ich frage mich, wo die alle sind.«

Er deutete in Richtung Haus. »Ein Doppelzimmer ist mit einem Paar belegt, wo die anderen sind, weiß ich nicht.«

»Trotzdem. Ich hab mich nicht richtig verhalten, Jakob. Ich hätte wenigstens sagen müssen, dass ich keine Lust habe, mit ihnen zu feiern.«

»So wie sie Bescheid gesagt haben, dass sie herkommen?« Er schüttelte den Kopf und reichte ihr die Hand. »Was hältst du von einem Frühstück?«

Sie stand auf, und er zog sie an sich. »Gräm dich nicht, Harriet. Du hast das ganz richtig gemacht.«

»Meinst du wirklich?«, murmelte sie in seinen Pullover.

»Das meine ich.«

Sie ging gähnend und sehr langsam die Treppe zu ihrem Zimmer hinauf, um sich ein wenig frisch zu machen.

Und erschrak halb zu Tode, als sie auf der obersten Stufe Gerd erblickte. »Gerd! Was machst du denn hier?«

Er war nicht weniger erschrocken als sie, fuhr zusammen und sprang auf. Taufrisch sah auch er nicht aus, im Gegenteil, er war unrasiert, was sie an ihm erst wenige Male gesehen hatte, und hatte Ringe unter den Augen.

»Jette.« Er nahm ihre Hände und zog sie an sich. »Alles Liebe zum Geburtstag. Wenn auch etwas verspätet.« Er küsste sie auf beide Wangen. Dann hielt er sie etwas von sich und musterte sie eingehend. »Wo warst du eigentlich die ganze Nacht?«

Sie lehnte sich kurz an ihn und seufzte tief. »Ich war auf Rügen. Tut mir leid, dass ich einfach abgehauen bin.«

Er roch ziemlich nach Alkohol, wahrscheinlich hatte er in der Nacht noch auf ihr Wohl angestoßen.

»Du warst auf Rügen? Ganz allein? Um Gottes willen, wie kommst du denn auf so was?«

Sie klappte den Mund auf, um zu antworten, doch er kam ihr zuvor. »Hör mal, Jette«, jetzt sah er zerknirscht aus, »tut mir leid, dass sie alle hier über dich hergefallen sind. Sollte eine Überraschung sein. Miriam hat das angeleiert, du kennst sie ja. Ich wollte mich nicht einklinken, weil ich wusste, wie du reagieren würdest. Warum bist du einfach hierhergefahren, ohne mir Bescheid zu geben? Wir hätten doch zusammen fahren können. Ich bin heute Nacht angekommen, die anderen haben gefeiert, und ich hab mich mit einer halben Flasche Wein hierhergesetzt. Ich dachte, du würdest jeden Moment kommen.« Er atmete durch, weil er so viel gesagt hatte.

Harriet ging an ihm vorbei und schloss ihre Zimmertür auf.

»Ich brauche erst mal eine Dusche und frische Klamotten. Wir treffen uns unten im Speiseraum. Ich lade dich zu einem Frühstück ein.« Sie machte die Tür hinter sich zu und lehnte sich dagegen. Da hatte sie sich etwas eingebrockt, was sie nun irgendwie auslöffeln musste. Es half nichts. Wenn sie auch Miriam und alle angeblichen Freunde vergällt hatte, Gerd schuldete sie wenigstens eine Erklärung.

Er saß an einem Tisch, neben ihm Karsten und Verena, das Paar, das offenbar in einem der Doppelzimmer übernachtet hatte.

Harriet setzte sich wortlos zu ihnen.

»Miriam ist stinksauer«, meinte Karsten, während er an einem Brötchen, reich belegt mit Salami, Gurke und Tomate, knabberte.

»Zu Recht«, ergänzte Verena säuerlich.

Gerd warf ihr einen eindringlichen Blick zu.

Harriet legte ihre Serviette beiseite. »Es tut mir leid, Verena. Ihr wolltet mir eine Freude machen und mich überraschen, ich weiß.« Sie schluckte. »Ich hatte Miriam gebeten, keine Party zu organisieren. Mehrfach hab ich ihr gesagt, dass ich das nicht möchte. Nicht, weil ich mich geziert habe, sondern weil ich meinen Geburtstag einfach nicht feiern wollte. Ich wollte ganz allein für mich …«

»Hierherfahren.« Verena nickte und stocherte in ihrem Obstsalat.

»Nein, das war nicht geplant. Ich bin mehr oder weniger kurz entschlossen hierhergefahren.« Sie vermied es, dabei Gerd anzusehen. »Ich hab nicht damit gerechnet, dass Miriam sich so etwas einfallen lässt und euch alle …« Sie brach ab.

Karsten verdrehte die Augen. »Hab ja gleich gesagt, dass es eine bekloppte Idee ist«, knurrte er.

»Und warum bist du dann mitgekommen?«, fauchte Verena.

»Lasst es gut sein. Ich entschuldige mich, dass ich mich so verhalten habe.«

»Du musst dich nicht entschuldigen, dass du völlig überrumpelt warst«, sagte Gerd und sah Verena so an, als wäre sie schuld daran.

Die zuckte mit den Schultern und kniff die Augen zusammen, um ihm zu demonstrieren, was sie davon hielt.

Harriet legte ihm kurz eine Hand auf den Arm und nickte ihm zu.

»Es tut mir wirklich leid, Verena. Gerd hat recht, ich war total überrumpelt.«

»Du hättest trotzdem dableiben können, anstatt einfach abzuhauen. Wo warst du überhaupt?«

»Spazieren.«

»Die ganze Nacht?«

»Ist doch auch egal, wo sie war. Sie ist erwachsen«, blaffte Karsten sie an.

Harriet sah von einem zum anderen, und schlagartig wurde ihr bewusst, dass genau dieses Hin und Her der beiden der Grund war, weshalb sie eine Heidenangst davor hatte, tagtäglich neben ein- und demselben Mann aufzuwachen. Irgendwann würde man sich am Tisch gegenübersitzen und sich wegen Kleinigkeiten anpflaumen. *Die Butter ist zu hart, die Marmelade hat zu viele Kerne, du hast geschnarcht, du hast dir noch nicht die Zähne geputzt, du hast deine Socken wieder nicht weggeräumt, was wollen wir am Wochenende essen …*

Nein, vielen Dank, darauf konnte sie dankend verzichten.

Sie kannte kein einziges Paar, bei dem es diese Sticheleien nicht gab.

Am Nebentisch saß das sympathische Ehepaar mit Hund,

der wieder zu Füßen des Mannes unter dem Tisch lag und döste.

Die Frau hatte ihre Hand auf die ihres Mannes gelegt und redete leise mit ihm. Und er hörte sichtlich amüsiert zu, lächelte sie immer wieder an, und schließlich legte er den Kopf in den Nacken und lachte schallend. Sie zwinkerte ihm zu.

Na schön, abgesehen von diesen beiden kannte sie kein Paar.

Irgendwann zog man offenbar nicht mehr an einem Strang, nutzte jede Gelegenheit, den anderen in die Pfanne zu hauen, ihm Unterstellungen und Vorwürfe zu machen und ihm nicht mehr richtig zuzuhören.

Verena und Karsten raunten sich noch etwas zu, was sie nicht verstand, ganz einfach, weil sie nicht mehr zuhörte.

Gerd saß da und zerbröselte ein Croissant.

Wo war Jakob?

Sie blickte sich um und sah Miriam samt Ehemann Dirk hereinkommen. Sie schickte ein Stoßgebet gen Himmel. *Lass Miriam heiser sein, weil sie gestern zu viel getrunken und gequasselt hat ... Oder lass sie über Nacht zur Einsicht gekommen oder von mir aus auch geläutert sein ...*

Miriam baute sich am Tisch auf, und Harriet wusste augenblicklich, dass ihre Gebete nicht erhört worden waren.

»Wie kommst du dazu, einfach abzuhauen? Hast du sie noch alle?«

Dirk legte ihr eine Hand auf den Oberarm, doch sie schüttelte sie wütend ab. »Lass das, Dirk!« Zu Harriet gewandt, sagte sie mit schriller, sich fast überschlagender Stimme: »Du spinnst wohl! Ich reiße mir den Hintern auf, um alles zu organisieren, lade tausend Leute ein, bestelle ein Büfett, lasse alles herbringen und aufbauen, bequatsche Dirk, dass er mir den großen Wagen gibt, und du … du stehst da, glotzt wie 'ne Kuh, wenn's donnert, und haust ab! Ich fass es einfach nicht!«

»Miriam, bitte …«, versuchte Dirk es wieder.

»Halt die Klappe!«, fuhr sie ihn an.

Gerd sah sich offensichtlich genötigt einzugreifen. Er erhob sich hastig. »Hör mal, Miriam, findest du …«

»Und du auch, Gerd! Glaubst du eigentlich, ich hab Lust, mit all den Langweilern hier rumzusitzen und die Zeit totzuschlagen, während du … Wo warst du eigentlich?«

Harriet holte tief Luft. Erst hatte sie sich groß und breit entschuldigen und Erklärungen abgeben wollen. Sie wollte sich rechtfertigen und an Miriams Verständnis appellieren. Doch jetzt straffte sie sich. Aus dem Augenwinkel sah sie Jakob hereinkommen.

»Miriam.« Sie lächelte liebenswürdig und wunderte sich gleichzeitig über die enorme Gelassenheit, die sie gerade verspürte. »Ich hatte dir ausdrücklich gesagt, dass ich keine Feier möchte. Mehrmals sogar.«

»Das sagt man doch nur so«, fuhr Miriam ihr ins Wort.

»Unterbrich mich nicht«, sagte Harriet ruhig. »Ich wollte keine Feier, und wenn doch, dann hätte ich mich selbst darum gekümmert. Ich bin hierhergefahren, um ein bisschen zu mir zu kommen, aufzutanken, was auch immer. Du tauchst hier auf, bringst Leute mit, die ich seit Jahren nicht gesehen habe, lässt ein Zelt im Garten aufstellen und erwartest, dass ich vor Freude an die Decke springe.« Ihr gelang sogar ein breites Lächeln. »Und jetzt, wo dir klar wird, dass du Bockmist gebaut hast, drehst du den Spieß um und sagst mir, dass ich nicht richtig ticke?«

Dirk hatte mit halboffenem Mund zugehört, und auch Gerd starrte sie mehr oder weniger fassungslos an.

Verena stand auf und stellte sich neben Miriam, ganz offensichtlich, um Partei für sie zu ergreifen, oder auch nur, um Solidarität zu demonstrieren.

Seltsamerweise stachelte Harriet das nur noch mehr an.

»Und du, Verena, wie lange haben wir uns nicht gesehen? Sechs Jahre, sieben? Noch länger? Was glaubst du, war der Grund dafür, dass ich mich von dir zurückgezogen habe? Weil wir so gute Freundinnen waren?«

Verena schluckte mehrmals.

Jetzt erhob sich Karsten. »Ich finde, Harriet hat recht. Wir …« Weiter kam er nicht, weil Verena lospolterte.

»Halt deine gottverdammte Klappe! Wie du mir auf die Nerven gehst! Du bist so blöd, wie du lang bist, Karsten! Und ein Spießer hoch drei! Meine Güte, hörst du dir eigentlich selbst zu!«

Harriet biss sich auf die Unterlippe. Nun ging es nicht mehr um sie, jetzt ließ Verena ihren Unmut an Karsten, ihrer Beziehung aus. Eigentlich wäre jetzt ein guter Zeitpunkt, sich zu verdrücken. Aber sie hatte noch nicht gefrühstückt, und sie hatte einen Riesenhunger.

Gerd saß wieder und begann seelenruhig, sich ein Brötchen zu schmieren. Harriet setzte sich neben ihn und tat es ihm gleich.

Jakob zog sich Karstens Stuhl heran und schenkte allen Kaffee ein. Das alles geschah ohne ein einziges Wort.

Verena brüllte unterdessen Karsten an, dass er ein erbärmlicher Langweiler sei, und er beschimpfte sie als hysterische Sumpfkuh.

Miriam mischte sich ein, sie sollten ihre dämlichen Beziehungsprobleme woanders besprechen, und Dirk fing sich eine erneute verbale Ohrfeige ein, als er zwischen allen vermitteln wollte.

Harriet, Gerd und Jakob frühstückten unterdessen, sahen sich nur ab und zu an und schmunzelten fast unmerklich.

Irgendwann bemerkten die anderen, dass die drei nicht mehr am Gespräch teilnahmen.

»Und ihr sitzt da und frühstückt in aller Seelenruhe!«, blaffte Verena, griff nach Karstens Arm und fauchte: »Wir fahren!«

»Wir auch«, sagte Dirk merklich leiser und versuchte, Miriam mit sich zu ziehen.

»Ich bleibe! Erst werde ich das hier mit Harriet klären!«

»Es gibt nichts zu klären«, erwiderte Harriet ungerührt. »Es ist alles gesagt, Miriam.« Sie nahm sich ein weiteres Brötchen aus dem Brotkorb, den Jakob ihr reichte.

Miriam zupfte an ihrem Ärmel. »Ich hab für den ganzen Mist hier fast fünfhundert Euro bezahlt! Glaubst du, das lass ich mir bieten?«

Die Gäste, die im Speiseraum anwesend waren und versuchten, in Ruhe zu frühstücken, hatten sich natürlich mittlerweile zu ihnen umgedreht. Das Ehepaar am Nebentisch zwinkerte Harriet zu, und die Frau nickte, so als wolle sie sagen: *Nur zu, geben Sie's ihr …*

»Niemand hat dich darum gebeten, Miriam. Außerdem hast nicht du alles bezahlt, sondern dein Mann.«

Miriam schnappte aufgebracht nach Luft. »Das ist …!«

»So, nun ist es genug.« Jakob schob seinen Stuhl zurück. Er legte eine Hand auf Miriams Arm und sagte ruhig: »Ich möchte Sie bitten, meine Pension zu verlassen. Ich denke, es ist alles gesagt.«

»Ich denke gar nicht dran!«

»Sie wollen doch bestimmt nicht, dass ich Sie eigenhändig rauswerfen muss?« Er lächelte.

»Nein, nein, schon gut. Ich mach das schon!« Dirk

schnappte sich Miriams Arm und zog sie bestimmt und wahrscheinlich auch recht unsanft mit sich.

Sie zappelte an seinem Arm und quiekte: »Das wird dir leidtun, Harriet! Sehr leid! Wir sind geschiedene Leute!«

»Hoffentlich«, murmelte Harriet so leise, dass nur Gerd es hören konnte.

Jakob wartete, bis Dirk seine keifende Frau aus dem Raum befördert hatte, dann wandte er sich den Gästen zu, die allesamt verstummt waren. »Tut mir leid, dass Sie das alles mitbekommen mussten. Was halten Sie von einem Glas Sekt auf den Schreck?«

Die Frau am Nachbartisch stand auf und ging zu Harriet. »Ich weiß ja nicht genau, was hier los war, aber wie Sie sich gerade verhalten haben … Alle Achtung. Ich hätte das nicht gekonnt.«

»Das kann ich bezeugen.« Ihr Mann hatte sich zu ihnen umgedreht. »Meine Frau kann eine richtige Furie sein, wenn sie sauer ist.«

»Ach, du.« Sie schüttelte kichernd den Kopf. »Was sollen denn jetzt alle von mir denken?« Sie ging zum Tisch zurück und wuschelte ihm durchs lichte Haar.

Jakob kam mit einem Tablett voller Sektgläser herein, und als der erste Tisch mit Sekt versorgt war, erhob Jakob sein Glas. »Lasst uns auf die Freundschaft anstoßen. Und auf die Erkenntnis.«

Er zwinkerte Harriet zu.

Harriet war mit Gerd zum Hafen gegangen, dort hatten sie sich auf eine Bank gesetzt und blickten auf den Bodden hinaus.

»Tut mir leid, dass du auch in diese unschöne Geschichte reingezogen wurdest, Gerd.«

»Ich hätte auf meinen Bauch hören sollen. Der hat mir deutlich zu verstehen gegeben, dass du nicht begeistert sein wirst, sie alle hier zu sehen.«

»Verena und Karsten. Felix, Ellen und Rainer, meine Güte, sie alle hab ich ewig nicht gesehen.«

»Wahrscheinlich vollkommen beabsichtigt.«

Sie grinste. »Absolut.«

Gerd schirmte mit einer Hand die Augen vor der Sonne ab, die heute wirklich alles gab. Nicht eine Wolke stand am Himmel.

Einige Spaziergänger schlenderten an ihnen vorbei, wohl in der Hoffnung, dass sie aufstehen würden und die Bank damit frei wäre. Eine grau-weiße Katze kam vorbei und blieb maunzend vor Harriet stehen. Sie hockte sich hin und begann, ihren Kopf an Harriets Bein zu reiben. Dann nahm sie Anlauf und sprang auf ihren Schoß, rollte sich dort zusammen und begann zu dösen.

»Du bist wirklich die ungekrönte Katzenflüsterin«, meinte Gerd kopfschüttelnd. Er streckte die Hand aus, um die Katze zu kraulen, doch sie drehte den Kopf, beäugte ihn mit zusammengekniffenen Augen und schlug eher halbherzig mit der Pfote nach ihm.

»Sie mag dich.« Harriet musste lachen.

»Nicht ganz so wie dich, fürchte ich«, gab er trocken zurück.

»Was ist mit Jakob?«, fragte er nach einer Weile.

»Ihm gehört die Pension.«

»Das weiß ich. Ihr scheint euch ziemlich gut zu kennen.« War da Eifersucht in seiner Stimme, Argwohn, irgendetwas?

Sie schwieg. Was sollte sie auch sagen? Außerdem war es keine Frage, sondern eher eine Feststellung gewesen.

Sie streckte die Beine aus. »Es ist wunderschön hier, oder?«

»Wie lange wirst du noch bleiben?«

»Zwei, drei Tage. Nächste Woche muss ich wieder in die Bank.« … *und ich hab keine Ahnung, wie ich nach alldem hier einfach dort weitermachen soll, wo ich aufgehört habe.*

Sie war selbst verblüfft über ihre Gedanken.

»Hast du mit deiner Mutter geredet?«

Er nickte. »Ja.«

»Und? Wie hat sie es aufgenommen?«

Er zuckte die Achseln. »Einigermaßen sportlich. ›Junge, sie wird noch ja sagen, wart's ab.‹«

Harriet unterdrückte ein Seufzen. Sie hätte das Thema längst ansprechen müssen, aber dieser Zeitpunkt war genauso gut oder schlecht wie jeder andere. »Tut mir leid, Gerd …«

»Hör mal, Harriet …«

Sie hatten gleichzeitig angefangen zu sprechen, und nun sahen sie sich etwas verwirrt an.

»Du zuerst.« Sie ließ ihm gern den Vortritt.

Er blickte wieder aufs Wasser hinaus. »Ich hätte dich nicht fragen sollen. Also ich hätte dir keinen Antrag machen sollen. Jedenfalls nicht so … überstürzt.«

»Überstürzt.« Sie schnaubte leise. »Momentan passiert irgendwie alles überstürzt.«

»Was wolltest du eben sagen?«

Sie drehte den Kopf, um ihn ansehen zu können. »Ich werde nicht ja sagen. Tut mir leid, Gerd.«

Er nickte langsam, so als sei er nicht wirklich überrascht. »Weil du nicht heiraten willst.«

»Ist das eine Frage oder eine Feststellung?«

Er seufzte. »Eine Feststellung?«

»Und das war jetzt eine Frage?«

Sie mussten beide lachen.

Nach einer Weile seufzten beide fast gleichzeitig.

»Ich muss dich was fragen, Gerd.« Sie scharrte mit der Schuhspitze ein paar kleine Kieselsteine zusammen, die vor der Bank lagen.

»Klar.«

»Warum hast du mir einen Antrag gemacht?«

Er blickte sie verdattert an. »Fragst du mich das im Ernst?«

»Natürlich.«

»Weil ich dich liebe.«

Sie schluckte. Wenn sie ehrlich war, dann hatte sie nicht damit gerechnet, dass er das sagen würde, nicht mal, dass er überhaupt so empfand. Sie hatte es wirklich für eine Art Torschlusspanik gehalten.

Sie räusperte sich. »Und … seit wann liebst du mich?«

»Ich weiß nicht, schon ewig, glaube ich.« Er blickte auf seine Hände. »Ich hab immer Angst gehabt, es dir zu sagen. Wir kennen uns so lange, und genauso lange sind wir befreundet. Ich dachte, bei dir wäre vielleicht auch … mehr.«

Sie hatte plötzlich das starke Bedürfnis, ihn in den Arm zu nehmen, ihm übers spärliche Haar zu streichen und ihn zu trösten. *Sei nicht traurig, dass ich dich nicht liebe, Gerd.*

»Es tut mir sehr leid«, hauchte sie mit heiserer Stimme.

»Ich weiß.« Nach einer Weile stand er langsam auf, den Blick noch immer auf dem Bodden.

»Was hast du vor?«

»Nach Hause fahren.«

»Warum bleibst du nicht noch ein, zwei Tage?«

Er lachte kurz auf, es klang alles andere als amüsiert. »Ich würde mich doch nur als Störenfried fühlen.«

»Sei nicht albern«, sagte sie leise und sehr sanft.

Er drehte sich zu ihr um, und ihr fiel auf, wie alt er mit einem Mal aussah. Was sicherlich am Schlafmangel lag.

»Dir liegt viel an diesem Jakob.«

»Wie kommst du darauf?«

»Ich hab gesehen, wie du ihn angesehen hast.«

Sie stand ebenfalls auf und überlegte, ob sie ihn umarmen sollte. Plötzlich fühlte sie sich in seiner Gegenwart so befangen wie noch nie. »Es hat nichts mit Jakob zu tun, dass ich dich nicht heiraten will, Gerd.«

»Bist du sicher?«

Sie nickte. »Können wir trotzdem … Freunde bleiben?«

Gott, wie sehr sie diese Floskel eigentlich hasste. Wenn ihre Beziehungen auseinandergegangen waren, hatte sie niemals zu irgendwem gesagt: »Lass uns Freunde bleiben.« Man war nicht urplötzlich befreundet, nachdem man sich zuvor geliebt hatte. Oder es zumindest geglaubt hatte.

Aber mit Gerd war es etwas anderes, schließlich waren sie nicht verliebt ineinander gewesen. Sie stutzte, als ihr bewusst wurde, dass das falsch war. Gerd hatte erst vor wenigen Minuten gesagt, dass er sie liebte.

Er ließ die Schultern hängen. »Ich weiß es nicht, Harriet. Ich weiß es wirklich nicht.«

»Gerd …«

Er winkte ab und drehte sich um, weg von ihr. »Mach's gut, Jette.«

Sie registrierte, dass er sie »Jette« genannt hatte. War das ein Zeichen? Ein Zeichen für eine baldige Versöhnung? Doch Freunde irgendwann?

Mit kleinen Schritten trabte er los, und sie war darauf und dran, ihm nachzulaufen. Doch was sollte sie ihm sagen?

Ihre Entscheidung war getroffen, ausgesprochen, endgültig.

Sie blickte ihm nach und hoffte, er würde sich wenigstens noch einmal umdrehen, vielleicht sogar lächeln, ihr zuwinken.

Er war doch ihr Freund, seit Ewigkeiten waren sie Freunde.

Komm schon, Gerd, dreh dich um …

Gerade als sie sich niedergeschlagen abwenden wollte, drehte er sich um, blieb für einen Moment stehen und hob dann die Hand. »Mach's gut, Jette.«

Sie atmete auf und lächelte. »Du auch, Gerd.«

15.

Jakob stand in der Küche, mit dem Rücken zu Harriet, als sie um die Ecke blickte. Er rührte in einem riesigen Topf und schmeckte mit einem Löffel ab. Dann murmelte er etwas und gab eine Handvoll kleingeschnittene Kräuter dazu.

Eine junge Frau kam um die Ecke und schob sich grinsend an Harriet vorbei. »Na, was macht die Kartoffelsuppe?«

»Schmeckt«, gab er zurück. »Probier mal.«

Er reichte ihr einen neuen Löffel und ließ sie kosten.

»Oh, die ist gut.«

»Dann hab ich's ja doch noch nicht verlernt.« Zufrieden schmunzelnd deckte er den Topf zu und wischte sich die Hände an einem Handtuch ab, das er am Hosenbund trug.

»Hallo, Jakob.« Harriet stand noch immer im Türrahmen. »Ich wusste gar nicht, dass du selbst in der Küche stehst.«

Er wirbelte herum. »Harriet.« Er schenkte ihr ein Lächeln, das ihr augenblicklich Wackelpudding in die Knie zauberte. »Das mache ich normalerweise auch nicht. Meine Köchin ist krank geworden, da muss ich selbst ran.«

Er kam zu ihr und nahm ihre Hände. »Wie geht's dir?«

»Gut.«

»Wirklich?«

»Ja, wirklich. Ich hab gesehen, dass das Zelt schon abgebaut ist.«

»Ja, außerdem sind alle abgereist.« Er sah sie aufmerksam an. »Ist wirklich alles in Ordnung?«

Sie nickte.

»Hast du dich mit deinem Freund ausgesprochen?«

Sie nickte wieder.

Er zog das Handtuch aus seinem Hosenbund und warf es in eine Ecke. »Ich bin in einer guten Stunde zurück«, rief er der jungen Frau zu. Er nahm Harriets Hand, und sie marschierten los.

»Wohin gehen wir?«, fragte sie ihn.

»Ich dachte, ich zeige dir meinen Garten. Den dürftest du noch nicht kennen, oder?«

Sie schüttelte den Kopf.

Sie freute sich darauf, Jakob eine ganze Stunde nur für sich zu haben. Und sie freute sich darauf, ihn zu umarmen, zu küssen, ihn zu berühren und seine Haut zu riechen.

»Meine Schwester kommt in wenigen Stunden zurück«, erzählte er, während sie nebeneinander die kleine Straße entlanggingen. »Sie würde dich gern kennenlernen.« Er zeigte nach links. »Da drüben wohnt sie.«

»Das ist ja fast nebenan«, stellte Harriet erstaunt fest.

»Hier ist alles irgendwie nebenan.«

Harriet lächelte.

Als sie durch das grüngestrichene Gartentor gingen, musste sie kurzfristig an Gerd denken und daran, wie er sich jetzt wohl fühlte. Doch sie versuchte, den Gedanken gleich wieder zu verscheuchen. Sie würden das hinbekommen, und sie würden ihre alte Freundschaft retten. Huch, das klang theatralisch und dramatischer, als es vermutlich war.

Vor der Haustür blieb sie stehen. Endlich konnte sie sie ausgiebig bestaunen. »Wie wundervoll diese Türen gearbeitet sind.«

»Diese bunten Holztüren haben hier oben eine sehr alte Tradition.«

Harriet fuhr mit einer Hand über das Türblatt. Es war in einem dunklen Grün gestrichen, und in der Mitte befand sich ein Segelschiff, darüber eine Sonne.

»Sie ist wirklich schön«, sagte sie beinahe ehrfürchtig.

Jakob schloss die Haustür auf und trat beiseite.

Harriet ging auf, dass sie erst jetzt bewusst wahrnahm, wie er wohnte. Als sie hier übernachtet hatte, war sie direkt ins Gästezimmer gegangen und hatte sich hingelegt. Sie war viel zu durcheinander gewesen, um sich in Ruhe umzusehen. Das würde sie jetzt gründlich nachholen.

Sie standen in einem Flur, der gleich rechts eine Art Windfang hatte, wo ein Garderobenständer stand, den Jakob vermutlich auf einem Trödelmarkt gefunden hatte.

Der Flur selbst war erstaunlich großzügig geschnitten.

Eine weiße Holztreppe führte nach oben, gleich daneben eine ebenfalls weiße Holztür. Jakob öffnete sie. »Meine Küche, aber die kennst du ja bereits.«

Harriet nickte. »Schon, aber ehrlich gesagt, hatte ich mir alles gar nicht so richtig angesehen.« Sollte sie zugeben, dass sie ein wenig konfus gewesen war? Sie erinnerte sich eigentlich nur an den wunderschönen alten Küchentisch, auf dem seine Nachricht gelegen hatte. Sie trat ein und schaute sich um. Die Küche war hübsch eingerichtet mit alten Möbeln aus Großmutters Zeiten, zumindest sahen sie so aus. Aber ob sie auch so alt waren?

»Sind das Erbstücke?«

»Die meisten schon. Das Büfett dort drüben«, er zeigte

auf ein blau-weißes Küchenbüfett, »ist von einer Großtante. Ich hab es ihr abgeschwatzt.«

Er ging voran ins Wohnzimmer. »Ich mag alte Möbel. Moderne sind nicht so mein Fall.«

Harriet blickte sich im Zimmer um. Diesen Raum hatte sie noch gar nicht betreten. Ein großes Bücherregal erstreckte sich über eine ganze Wand.

Sie trat näher heran und legte den Kopf schief, um einen Blick auf ein paar Buchtitel zu erhaschen. »Du liest Krimis. Oh, und Geschichtsbücher. Und du hast eine Menge Kochbücher.«

»In der Küche stehen auch noch einige. Möchtest du was trinken? Vielleicht ein Glas selbstgemachte Limonade?«

»Sehr gern.«

»Setz dich, leg dich von mir aus auch auf die Couch oder mitten auf den Teppich, ganz wie es dir gefällt. Pack die Füße auf den Tisch, nimm dir ein Buch, fühl dich einfach wie zu Hause.« Damit ging er hinaus.

Sie blieb ein wenig verwirrt zurück.

Die Tür ging wieder auf. »Ach, du darfst dich natürlich auch gern im ganzen Haus umschauen, wenn du Lust dazu hast.« Er schmunzelte amüsiert, als er ihr verdutztes Gesicht sah.

»Nein, vielen Dank. Ich bleibe hier. Es ist ein so schöner Raum.«

Sie setzte sich in einen der kleinen Clubsessel, die am Fenster standen. Das Fenster war gekippt, und die warme Luft, die hereinströmte, roch nach Meer und reifen Äpfeln.

Sie drehte sich zur Seite, um aus dem Fenster sehen zu können. In Jakobs Garten musste mindestens ein Apfelbaum stehen.

Er kam wieder herein, ein Tablett in der Hand.

»Und jetzt brennst du darauf, dir meinen Garten anzusehen, stimmt's? Ich habe zwei uralte Apfelbäume.«

Offenbar hatte er schon wieder direkt in ihren Kopf geschaut. Sehr anständig war das nicht, fand sie. Und wenn es zur Gewohnheit würde, müsste sie sich etwas einfallen lassen.

Gewohnheit. Sie hob die Augenbrauen und schnaubte leise.

Was ihr neuerdings für verrückte Sachen durch den Kopf gingen. Nicht zu fassen.

Jakobs Garten war mehr als einen Blick wert. Er war traumhaft, mit zwei Apfelbäumen und einem Birnbaum, Johannisbeersträuchern zur linken und großen blauen Hortensien zur rechten Seite.

Einer der Apfelbäume hing so voller Äpfel, dass Jakob mehrere Äste mit Holzlatten abgestützt hatte, damit sie unter der Last nicht zusammenbrachen. Unter dem anderen Apfelbaum standen zwei Klappstühle und ein runder Holztisch mit Mosaikplatte. So etwas hatte sie selbst schon immer haben wollen.

Sie tranken eiskalte Limonade, die angenehm sauer war.

»Geht's dir wirklich gut?«, fragte er sie.

»Ja, mir geht's wirklich gut.« Sie lächelte ihn an und streckte die Hand nach ihm aus.

Er beugte sich zu ihr und küsste sie. Harriet spürte, wie ihr die Knie ein wenig einknickten, obwohl sie saß. Dieser Mann schaffte es doch tatsächlich, sie selbst im Sitzen in die Knie gehen zu lassen.

Sie küssten sich mehrmals, so lange, bis er nach Luft schnappte und sie lächelnd anblickte.

»Was?«, fragte sie und biss sich auf die Unterlippe, um nicht zu lachen. Sie ahnte, was er gerade dachte.

»Mein Schlafzimmer kennst du schon?«

Jetzt musste sie doch lachen. »Nein.«

»Möchtest du es gern kennenlernen?«

»Ich brenne darauf.«

Jakob zog seinen Arm sanft unter ihrem Kopf hervor und warf einen Blick auf seine Uhr. »Ich muss leider wieder zurück. Möchtest du noch ein bisschen bleiben?«

Sie drehte sich auf die Seite und strich ihm mit dem Zeigefinger über den Bauchnabel. Dann schüttelte sie den Kopf.

»Nein, ich komme mit dir.«

»Ganz wie du möchtest.«

»Du würdest mich allein in deinem Haus lassen?«

»Hättest du etwa Angst?« Er lachte leise.

Sie kicherte. »Darauf erwartest du hoffentlich keine Antwort.«

Er sah sie zärtlich an. »Oder hattest du vor, mit meinem Tafelsilber durchzubrennen? Da muss ich dich enttäuschen. So was besitze ich nicht.« Er runzelte die Stirn. »Aber du hast recht, am Ende schaffst du mein Küchenbüfett hinaus.« Er zog sie fest an sich und küsste sie aufs Haar. »Nein, ich denke, es ist besser, wenn du mitkommst.«

Als sie wieder Hand in Hand in Richtung Pension schlenderten, sagte sie zu ihm: »Ich beneide dich, weißt du das?«

»Und ich genieße es«, gab er lächelnd zurück.

Sie knuffte ihn in die Seite. »Wollten wir nicht deine Schwester besuchen?«

»Sie kommt später in die Pension.«

»Ach so.«

»Hast du Hunger?«

»Seitdem ich hier bin, habe ich eigentlich ständig Hunger.«

Er hielt ihr die Eingangstür auf. Es roch bereits nach Kräutern und anderen köstlichen Dingen. Und prompt meldete sich ihr Magen wieder.

»Ich muss noch ein bisschen Papierkram erledigen. Sehen wir uns nach dem Abendessen?«

Sie nickte.

»Was hältst du davon, wenn wir heute Abend die Schiffsfahrt nachholen?«

Richtig, das hätte sie beinahe vergessen. Die Fahrt hatten sie eigentlich am Vorabend machen wollen.

»Gern. Ich freue mich, Jakob.«

Er lächelte. »Ich mich auch. Bis später.«

Sie legte sich rücklings aufs Bett und streckte ihre Beine in die Luft. Sie betrachtete ihre nackten Zehen, allerdings eher geistesabwesend. Es ging ihr so viel durch den Kopf, dass sie zunächst versuchte, ihre Gedankenflut ein wenig zu ordnen.

Da war zum einen natürlich Jakob, der sie gehörig durcheinandergebracht hatte. Nicht nur das, er hatte ihre Welt auf den Kopf gestellt.

Und da war Gerd, der niedergeschlagen nach Hause gefahren und sicherlich nicht weniger durcheinander war.

Und all die Menschen, die ihretwegen hierhergekommen und abgewiesen worden waren.

Und Susanne, die mehr als eine Tagesreise weit entfernt, wieder mal heftig verliebt und wahrscheinlich gerade mit ihrem aktuellen Traummann zusammen war.

Harriet lächelte versonnen vor sich hin.

Und sie selbst? War sie verliebt? War das Verliebtheit, was sie gerade so konfus machte? Kicherte sie deswegen so viel und sagte und tat Dinge, die ihr sonst nicht im Traum einfallen würden? Oder lag es einfach an ihrem Spontanurlaub, war es schlicht die Ferienstimmung, die sie so selig machte?

Sie ließ die Beine sinken und legte beide Hände auf ihren Bauch.

Jakob.

Wann immer sie seinen Namen aussprach oder auch nur dachte, wurde ihr abwechselnd heiß und kalt.

Sie setzte sich auf, die Beine lang ausgestreckt.

Der Sex mit ihm war himmlisch gewesen, nein, es war mehr.

Das Leben hier war so vollkommen anders als ihr bisheriges. Bremen war so weit weg wie der Nordpol, nein, wie ein vollkommen anderer Planet. Ein fremder Stern. Und alle, die sie kannte, waren Außerirdische.

In wenigen Tagen würde sie wieder zur Arbeit gehen, in ihrer Wohnung sein, mit Klementine schmusen …

Urlaub war wunderbar, und doch hatte sie sich anschließend immer wieder auf ihren Alltag gefreut.

Doch diesmal war alles anders. Sie konnte sich im Moment überhaupt nicht vorstellen, wieder zur Routine überzugehen.

Sie stand auf und schlitterte barfuß durchs Zimmer, so wie sie es als Kind gern getan hatte.

Auf dem kleinen Tisch lag der Prospekt, auf den Marie die Telefonnummer gekritzelt hatte. Sie nahm ihn und starrte eine Weile darauf. Dann schnalzte sie mit der Zunge und legte ihn wieder zurück. Hirngespinste. Als ob sie das Zeug und die Traute hätte, sich tatsächlich dort zu melden. So alt könnte sie gar nicht werden, sich das zuzutrauen.

Hirngespinste, jawohl.

Sie ging ins Bad, machte sich etwas frisch und zog sich für die abendliche Schiffsfahrt entsprechend an: Jeans, warme Socken und einen Pullover. Eine Windjacke würde sie ebenfalls mitnehmen.

Und vielleicht eine Spucktüte …

Sie hatte noch etwas Zeit bis zur Abfahrt, und so öffnete sie sämtliche Fenster in ihrem Zimmer und blickte einen Moment gedankenverloren zum Hafen. Das Ausflugsschiff schaukelte leicht im Wasser, zwei Möwen hatten sich auf die Reling gesetzt, und die eine putzte ihr Gefieder.

Zwei Kinder spielten auf der kleinen Rasenfläche unter ihrem Fenster Federball, wobei der Ball mehr im Gebüsch landete als auf den Schlägern. Eins der Kinder, ein Mädchen mit dunklem Pferdeschwanz, stieß irgendwann ein »Mann, du bist echt zu doof zum Federballspielen« aus, und Harriet schmunzelte.

Das andere Kind, ein Junge, etwas kleiner als das Mädchen, fing daraufhin lautstark an zu heulen. »Bin ich überhaupt gar nicht, du blöde Blödmannsziege!«

»Und was dir immer für doofe Wörter einfallen«, gab das Mädchen zurück, schmiss den Schläger auf den Rasen und trollte sich.

Der Junge brüllte noch lauter. »Das sag ich Mama!«

»Tu's doch, Doofnase!«

Der Hund des sympathischen Ehepaars kam um die Ecke geschossen und rannte hinter dem Jungen her.

»Toby!«, hörte Harriet die Frau rufen.

Der Junge blieb stehen und drehte sich um. Fast gleichzeitig hatte sich der Hund auf ihn gestürzt.

Der Junge fiel der Länge nach und mit der Nase zuerst auf den Rasen, der Hund sprang auf seinen Rücken und drückte seine Schnauze in die blonden Haare. Der Junge schrie um Hilfe, und eine Frau kam angerannt. Sie zog den Hund am Halsband von dem Jungen herunter und half ihm schließlich auf. »Er tut nichts«, hörte Harriet sie sagen. Jetzt erkannte sie die Frau auch. »Er mag Kinder. Kleine Jungen wie dich, weißt du. Ich hab selbst einen Enkel, ungefähr so alt wie du, und Toby hat bestimmt gedacht, du wärst er.«

Der Junge sah sie an und rang sichtlich um Fassung. »Er hat … mich … umgeworfen«, stammelte er.

»Ich weiß, und das war nicht nett von Toby.« Die Frau strich ihm übers Haar.

Eine andere Frau kam angelaufen. »Passen Sie doch auf Ihren Hund auf!«

»Er tut ja gar nix«, versicherte der kleine Junge, offenbar ihr Sohn. »Und er heißt Toby, genau wie ich.«

Die beiden Frauen standen sich gegenüber, erst etwas verunsichert. Dann lächelte die Frau, die den Hund am Halsband festhielt, und auf dem Gesicht der anderen Frau breitete sich ebenfalls ein Lächeln aus.

»Schon gut«, sagte sie dann. »Ist ja nichts passiert.«

»Tut mir wirklich leid. Er ist ein wenig ungestüm«, meinte die erste Frau und blickte den Jungen an. »Was hältst du davon, wenn ich dich zu einem Eis einlade? Auf den Schreck, den du bekommen hast.«

Der Junge sah seine Mutter fragend an, und als sie nickte, nickte er ebenfalls.

Zu dritt setzten sie sich an einen der kleinen Tische, der Hund legte sich hin und machte ein Nickerchen.

Harriet ging vom Fenster weg und setzte sich auf die Couch. Was ein einziges Lächeln manchmal, nein, vermutlich meistens, bewirken konnte.

Der Kapitän, ein älterer Mann mit dunkelblauer Fischermütze, winkte die Passagiere an Bord, nicht ohne jedem Einzelnen von ihnen einen lockeren Spruch mit auf den Weg zu geben.

Zu Jakob sagte er grinsend: »Na, da isser ja, unser Bio-Onkel.«

Harriet gluckste etwas verschämt, und als sie an dem Mann vorbeiging, murmelte er: »Oh, und weibliche Begleitung hat er sich auch gleich mitgebracht. Und was für eine hübsche. Guck mal an.« Er zwinkerte ihr neckisch zu.

Jakob suchte einen Platz oben an Deck und gab ihr eine Decke.

Sie sah ihn entrüstet an. »Eine Decke? Wir haben bestimmt noch zwanzig Grad, Jakob.«

»Noch, Harriet.«

»Na schön.« Sie setzte sich auf die Decke.

Ruck, zuck war das Schiff voll bis auf den letzten Platz.

Die meisten Leute hatten sich nach oben gesetzt, ganz einfach, weil die Luft hier herrlich war, vom Ausblick ganz zu schweigen.

Harriet kniff Jakob ins Bein. »Ich bin richtig aufgeregt.«

Er rieb sich über die Stelle. »Was du nicht sagst.«

Er trug eine ausgesprochen kleidsame Windjacke und eine Baumwollmütze, unter der sich ein paar dunkle Haarsträhnen hervorgewagt hatten. Harriet betrachtete sie fasziniert.

Außerdem hatte er ein Fernglas mitgebracht, das er sich jetzt um den Hals hängte.

Sie selbst hatte zur Abwechslung an ihre Kamera gedacht.

Jakob zeigte darauf. »Du fotografierst gern?«

»Ich mache oft Fotos, um danach das Motiv zu malen.« Sofort ärgerte sie sich, dass sie davon angefangen hatte. Eigentlich wollte sie nicht über ihr Hobby, ihre stille Leidenschaft sprechen.

»Ich würde gern mal Zeichnungen von dir sehen.«

Sie blickte aufs Wasser hinaus, um vom Thema abzulenken, auch wenn sie nicht recht wusste, warum sie das tat.

»Könntest du mich auch zeichnen?«, fragte er.

»Dich?« Sie zuckte mit den Schultern. »Möglich, ja. Aber eigentlich zeichne ich nur Kinder.«

Jakob deutete nach rechts, dort saß ein kleiner Junge neben seinem Vater, wie zu vermuten war.

Harriet erkannte den Jungen wieder.

»Er spielt grauenvoll Federball«, raunte sie Jakob zu.

»Aha.«

Sie zwinkerten sich zu.

Harriet hatte ihre Tasche mitgenommen, in der ihr kleiner Block war, den sie meistens bei sich hatte. Einer Eingebung folgend, griff sie in die Tasche und zog ihn heraus.

Jakob machte »Oh« und streckte die Hand danach aus.

Sie zögerte. Schließlich gab sie nach.

Er klappte den Block auf. Gleich auf der ersten Seite war eine Zeichnung ihrer Katze. Sie hatte Klementine dabei erwischt, wie sie auf der Fensterbank kauerte und einen Spatz beäugte, der auf dem Balkongeländer saß. Mit der Pfote hatte sie mehrmals eher lustlos an die Scheibe geklopft.

Jakob betrachtete die Zeichnung. »Die ist wirklich gut.«

»Ach was.«

»Sie ist sogar großartig.«

»Ach, komm … Es ist nur eine Zeichnung, nichts Besonderes. Das ist übrigens meine Katze.«

Er klappte das Blatt um. Auf dem nächsten war wieder Klementine, diesmal lag sie auf dem Küchenstuhl, eine Pfote baumelte herunter, die andere lag über ihrer Nase.

Jakob drehte das Blatt und murmelte: »Ganz unglaublich.«

Harriet blickte wieder aufs Wasser hinaus.

Jakob betrachtete unterdessen die Zeichnung von dem Eichhörnchen, das sie hier im Wald gezeichnet hatte. Es war nicht ganz fertig geworden.

Sie streckte die Hand nach dem Blatt aus. »Das ist noch gar nicht fertig.«

»Es ist trotzdem gut.« Er sah sie ernst an. »Du bist richtig gut, weißt du das eigentlich?«

»Ach was«, sagte sie wieder.

»Doch, doch. Du bist wirklich gut. Warum stellst du dein Licht so unter den Scheffel?«

»Weil es nur ein paar Zeichnungen sind, Jakob, Kritzeleien, nichts weiter.«

»Das hast du auch geschrieben, als wir gechattet haben, weißt du noch?«

Ja, sie wusste es noch.

Im Lautsprecher gleich vor ihnen knackte es ordentlich, und sämtliche Passagiere fuhren zusammen.

»Verehrte Damen und Herren, wir starten jetzt unsere kleine Fahrt über den Bodden. Ich wünsche Ihnen eine angenehme Fahrt.« Der Kapitän räusperte sich. »Und wenn es Ihnen gefällt, zeigen Sie ungeniert Ihre Begeisterung. Wenn nicht, halten Sie sich ein wenig zurück. Vielen Dank.«

Einige lachten laut.

Jakob verzog keine Miene. »Das sagt er immer. Jeden Abend. Ich fahre ungefähr zum hundertsten Mal mit.«

Harriet prustete los. »Wirklich?«

Der Motor startete lautstark, es stank augenblicklich nach Diesel, und das Schiff tuckerte gemächlich los. Es fuhr eine kleine Kurve, und dann ging es hinaus auf den Bodden.

Harriet lehnte sich über das Geländer und stützte sich auf.

Sie schloss die Augen.

Über ihr kreisten einige Möwen und bettelten.

»Bitte füttern Sie nicht die Möwen. Lassen Sie sich nicht täuschen. Die Biester tun so, als würden sie gleich verhungern. Das tun sie aber nicht, keine Sorge«, kam die Stimme des Kapitäns wieder aus dem Lautsprecher.

Ein Entenpärchen dümpelte in der Nähe und sah nur einmal gelangweilt zu ihnen herüber.

Jakob gab ihr den Block zurück. »Deine Zeichnungen sind großartig, Harriet. Du hast ein Riesentalent, schade, dass du so gar nichts daraus machen willst.«

Sie tat so, als hätte sie kaum hingehört, und legte den Block auf ihre Knie.

»Ist dir kalt?«, fragte Jakob.

»Nein, überhaupt nicht.« Gut, dass sie die Jacke angezogen hatte, es war tatsächlich empfindlich kühl geworden.

Aber neben Jakob konnte ihr vermutlich gar nicht kalt werden.

Das sagte sie ihm allerdings nicht.

Das Schiff schaukelte ordentlich, und sie hielt die Luft an.

Dann atmete sie langsam und tief weiter. Sofort war das aufkommende Unwohlsein, Übelkeit mochte sie es dann doch nicht nennen, vorbei.

Jakob legte ihr einen Arm um die Schultern, und sie lehnte sich an ihn.

»Die Suppe war übrigens phantastisch«, schwärmte sie. »Wenn du immer so gut kochst, würde ich gern öfter …«

Sofort war ihr klar, was sie da gesagt hatte. Öfter, was?

Öfter hierherkommen, Hunderte von Kilometern, um seine Kartoffelsuppe mit frischem Kerbel zu genießen? Mit ihm nach Rügen fahren, um dort an einem einsamen Strand mit ihm zu schlafen?

Er seufzte leise, sagte aber nichts.

Vielleicht dachte er gerade genau dasselbe, es würde sie nicht verwundern. Nur der Druck seiner Hand auf ihrer Schulter verstärkte sich ein wenig.

Sie schloss wieder die Augen und genoss seinen Geruch, sein Bein an ihrem, seinen Herzschlag an ihrem Körper.

Er hatte sie bisher noch nicht gefragt, wie lange sie bleiben würde, und sie war froh, dass er es nicht getan hatte.

Das Schiff war jetzt ungefähr auf der Mitte des Boddens.

Der Motor ratterte und röhrte, und plötzlich gab es einen Ruck, und es wurde still. Offenbar war der Motor soeben ausgegangen.

Harriet blickte Jakob fragend an, der zuckte mit den Schultern.

»Was ist los, Papi?«, hörte sie den kleinen Jungen fragen.

»Keine Ahnung«, kam die Stimme des Vaters.

Über ihnen schrie ein Vogel. Es war eindeutig keine Möwe, und Harriet blickte nach oben. Ja, tatsächlich, direkt über ihr kreiste ein Vogel, ein ziemlich großer Vogel.

Sie bat um das Fernglas, das Jakob um den Hals trug, und nahm den Vogel ins Visier. »Was ist das für …?«

Irgendjemand rief: »Guckt mal, ein Adler!«

Adler … Harriet schnaubte. Als ob hier Adler herumfliegen würden.

Jakob zeigte in den Himmel. »Meinst du den?«

Sie blinzelte ungläubig. »Ist das …?«

»Ein Seeadler.«

Sie drehte den Kopf und blickte ihn misstrauisch an. »Ein Seeadler? Bist du sicher?«

Er schmunzelte belustigt. »Ja, ich bin sicher.«

»Ein Seeadler, wie schön«, erwiderte sie seufzend.

Dass das Schiff nicht weiterfuhr, irritierte Harriet.

Sehr sogar. Ob es ein Motorproblem gab? Vielleicht hatte das Schiff einen Motorschaden? Angehört hatte es sich die ganze Zeit schon danach, fand sie.

Jakob blickte sich suchend um, wie sie bemerkte.

»Was ist?«, fragte sie.

»Ich suche die Schwimmwesten.«

»Schwimmwesten?«, wisperte sie fassungslos. »O Gott, glaubst du, dass wir alle über Bord müssen?«

»Ich weiß es nicht. Auf alle Fälle ist es besser, wenn man vorbereitet ist. Kannst du gut schwimmen?«

Sie würde den Teufel tun und ihm auf die Nase binden, dass sie kurz vor dem Kollaps stand, sobald sie unbekannten Boden unter den Füßen hatte. Und der Gedanke daran, dass Aale unter ihr schwammen und sie womöglich anstießen, ließ ihr das Blut in den Adern gefrieren. Gab es hier vielleicht sogar Seeschlangen?

»Ich werde immer neben dir schwimmen«, raunte er ihr zu. »Mach dir keine Sorgen.«

»Um Gottes willen«, murmelte sie. *... wenn ich das hier hinter mich bringe, ohne ohnmächtig oder hysterisch zu werden, und einigermaßen heil und mit erhobenem Kopf im Hafen ankomme, gelobe ich feierlich, werde ich Maries Freundin in diesem Verlag anrufen und ihr von meinen Zeichnungen erzählen ...*

Jakob erstarrte plötzlich und sie mit ihm. Was war passiert?

»Ach, du meine Güte ...«

»Was ist, Jakob? Was ist denn los?«

Er zeigte nach links.

Sie folgte ängstlich und mit pochendem Herzen seinem Finger.

»Siehst du das?«

»Nein, was denn?«

»Da hinten.«

Wovon sprach er?

Doch dann sah sie, was er meinte. Noch sehr weit entfernt konnte man einen dunklen Schwarm am Himmel ausmachen. Und ein Geräusch, es klang wie eine Art Kreischen.

Jakob lächelte. »Da sind sie.«

»Wer?«

»Die Kraniche. Deswegen sind wir doch hier.«

Sie boxte ihn auf den Unterarm. »Wie kannst du jetzt an Kraniche denken, wenn wir gleich alle über Bord müssen?«

Er gluckste leise.

»Jakob?«

»Was?«

»Das ist nicht witzig.«

»Meine sehr verehrten Herrschaften«, kam die Stimme wieder aus dem Lautsprecher, und Harriet fiel fast vom Sitz. »Wie Sie sicher bemerkt haben, haben wir angehalten.«

Harriet hielt ebenfalls etwas an, und zwar den Atem. Das Herz schlug ihr bis zum Hals. Gleich würde vermutlich jemand an Deck kommen und ihnen Rettungswesten aushändigen. »Wir werden nun auf die Ankunft der Kranichschwärme warten. Ah, ich höre gerade, dass einige von Ihnen bereits welche entdeckt haben. Die Kraniche verlassen in diesen Augenblicken ihre Futterplätze, um ihre Schlafplätze aufzusuchen.« Der Kapitän räusperte sich etwas, und es knackte unangenehm im Lautsprecher. »Und Sie haben eben ganz richtig gesehen: Über uns flog ein Seeadler.«

Harriet hatte ihre rechte Hand um den Gurt ihrer Kamera gekrallt, jetzt lockerte sich ihr Griff ein wenig, und sie drehte den Kopf, um Jakob anzusehen. »Wir haben wegen der Kraniche angehalten?«

»Was dachtest du denn?« Er sah sie mit großen Augen an. »Du dachtest doch nicht etwa, dass es Probleme mit dem Schiff gibt?«

Sie knuffte ihn in die Seite. »Au! Es ist übrigens schon vorgekommen, dass Passagiere wegen körperlicher Angriffe von Bord geschickt wurden.« Er grinste sie frech an. »Und du weißt, was das bedeutet.«

Sie kicherte kopfschüttelnd. »Für einen Moment hab ich wirklich gedacht …«

»Ich weiß, tut mir leid, dass ich dich geärgert hab.« Er schien zu überlegen, dann schüttelte er den Kopf. »Nein, ich glaube, es tut mir doch nicht leid.«

Bevor sie ihn erneut knuffen konnte, stand er blitzschnell auf und nahm ihre Kamera an sich.

Er visierte sie an und drückte auf den Auslöser.

Das Foto konnte sie sich gut vorstellen, o ja. Sie hatte mit offenem Mund dagesessen und ausgesehen wie eine Kuh beim Almabtrieb. Oder wie hatte Miriam so treffend gesagt: Wie eine Kuh bei Gewitter.

Wieder kicherte sie, und Jakob drückte erneut auf den Auslöser.

»He, gib mir meine Kamera zurück. Ich möchte Fotos von dir machen.«

Er hob eine Hand. »Ich bin überhaupt nicht fotogen.«

»Dann hast du noch keine Fotos von mir gesehen.«

»Oh, seht mal!«, riefen einige, und Harriet wirbelte herum.

Tatsächlich, weiter hinten am Horizont konnte man eine weitere schwarze Wolke erkennen, bestehend aus Hunderten von Kranichen. Gleich dahinter ein weiterer Schwarm, begleitet von dem für so sie so typischen Trompeten.

Jakob zeigte mit dem Finger auf eine Stelle, wo zwei, drei Kraniche kreisten und offensichtlich einen Landeplatz suchten.

»Im letzten Herbst sind etwa sechzigtausend Kraniche hier gesichtet worden«, erzählte der Kapitän.

Harriet nahm die Kamera an sich und machte einige Fotos von den fliegenden und kreisenden Vögeln. Sie hatte sich im letzten Jahr ein teures Teleobjektiv geleistet, das nun seinen Dienst tat. Ja, der Kauf hatte sich in der Tat gelohnt, niemals hätte sie sonst von so nahem sehen können, wie die Tiere landeten und sich anschließend putzten.

Jakob beobachtete das Ganze durch sein Fernglas.

»Wenn du schon so oft rausgefahren bist, ist es dann überhaupt noch spannend?«, fragte sie ihn leise.

Er nickte. »Es verliert nie seinen Reiz. Jedes Jahr wieder fahre ich mit dem Schiff hierher, um sie zu beobachten.«

Es rührte sie auf eigenartige Weise, wie er das sagte.

Er war also kein typischer Gewohnheitsmensch wie so viele andere, die nur bei Laune zu halten waren, wenn ihnen ständig Neues, Aufregendes geboten wurde. Das gefiel ihr.

Nun wurde es doch empfindlich kalt, und sie zog die Decke, auf der sie noch immer saß, hervor und legte sie sich über die Beine. Dann zog sie den Reißverschluss ihrer Jacke bis zum Kinn hoch und wickelte sich das große Tuch zweimal um den Hals.

»Brauchst du noch eine Decke?«, wollte Jakob wissen.

»Nein.« Sie lächelte ihn an.

Er hielt ihren Blick fest, so lange, bis sie ihre Augen niederschlug. Sie spürte ein Brennen im Gesicht.

Die kommende halbe Stunde, bis alle Kraniche eingetrudelt waren und einen Schlafplatz gefunden hatten, saßen sie eng nebeneinander. Sie hatte nun die Decke auch über Jakobs Beine ausgebreitet, schweigend in das wunderbare Schauspiel versunken. Er griff nach ihrer Hand und strich leicht darüber.

Irgendwann wurde der Motor wieder gestartet. Er hustete und spuckte, und Harriet fragte sich, wann er wohl tatsächlich ausfallen würde und sämtliche Passagiere über Bord mussten.

Sie verzog das Gesicht zu einem verschämten Grinsen.

Sie tuckerten gemütlich über den Bodden zurück in Richtung Hafen, begleitet vom bettelnden Geschrei mehrerer Möwen.

Jakob nahm Harriets Hand beim Ausstieg und sorgte dafür, dass sie auf der glitschigen Planke nicht ausrutschte.

Das Entenpärchen saß nebeneinander auf dem Steg, so als wollte es die Passagiere wieder an Land begrüßen.

»Manchmal lassen sie sich sogar streicheln«, sagte Jakob leise, als sie an ihnen vorbeigingen.

»Wirklich?«

»Man muss nur ein wenig aufpassen, die Entendame ist manchmal etwas launisch.«

Harriet schnaubte und musste gleichzeitig lachen. »Warum sind eigentlich immer die Frauen die Launischen?«

Er lachte ebenfalls. »He, du vergisst, dass ich mich selbst als launisch bezeichnet habe.«

Jakob ließ ihnen eine heiße, ganz köstliche Gemüsesuppe bringen, dazu knuspriges dunkles Brot.

Harriet war wirklich ziemlich durchgefroren, ihre Zehen spürte sie kaum noch.

»Ich glaube, ich werde gleich ein heißes Bad nehmen.«

Jakob schmunzelte, und sie ahnte, woran er gerade dachte.

Und natürlich errötete sie wieder ein bisschen. Was sie mehr ärgerte als die Tatsache, rot wie ein Teenager geworden zu sein. Und ja, sie würde es vermutlich sogar zugeben, dass sie wohl nicht nein sagen würde, sollte er sie fragen, ob sie Lust auf ein Bad zu zweit hätte.

Doch er fragte nicht. Sie aßen ihre Suppe und tranken dazu ein Glas Weißwein.

Anschließend verabschiedete er sich. »Nicht böse sein, hier ist einiges liegengeblieben, ich werde vor Mitternacht garantiert nicht ins Bett kommen.« Er seufzte. »Wie ich diesen Bürokram hasse.«

»Warum stellst du nicht jemanden ein, der das macht?«

»Das würde ich ja gerne. Im Moment ist das einfach noch nicht drin.«

»Aber die Pension läuft doch gut.«

»Ja, das ist wahr. Ich hab mir fest vorgenommen, im nächsten Jahr jemanden zu suchen.« Er stand langsam auf und streckte sich etwas. »Schlaf schön.«

»Ja, du auch.«

Sie lächelten sich an, dann war er auch schon um die Ecke in seinem Büro verschwunden.

Und sie saß da und überlegte, ob sie ihm einfach sagen sollte, dass sie auf ihn warten könnte.

Sofort verwarf sie den Gedanken wieder. Nein, sie würde brav ins Bett gehen und sich ausschlafen. Allein.

16.

Es war noch nicht hell, als sie aufwachte.

Sie hatte wieder ihren Haus-Traum geträumt, diesmal aber hatte sie einige Türen geöffnet, an denen sie vorher immer ein wenig ängstlich vorbeigegangen war. Sie hatte die Türen aufgemacht und ins Zimmer gesehen. Und was sie gesehen hatte, hatte sie verblüfft: Da war nichts Unangenehmes, Peinliches oder gar Gruseliges im Raum. Im Gegenteil, es gab hübsche Möbel und Unmengen an blühenden Pflanzen. Ehrfürchtig war sie in der Tür stehen geblieben, durchaus stolz, dass sie gewagt hatte, einen Blick hineinzuwerfen.

Jetzt setzte sie sich auf, die Beine ausgestreckt.

Sie war seltsam aufgeregt.

Zwei Tage noch. In zwei Tagen würde sie abreisen müssen.

War sie deswegen so kribbelig? Oder lag es an ihrem Traum?

Sie kuschelte sich wieder unter die Bettdecke und versuchte, wenigstens noch ein paar Minuten zu dösen.

Doch bereits nach kurzer Zeit schlug sie die Bettdecke zurück und schlüpfte aus dem Bett. Sie würde doch nicht mehr schlafen können, warum also nicht nach draußen gehen und einen kleinen Spaziergang machen.

Sie zog sich an und verließ mit ungekämmtem Haar ihr Zimmer.

Es war nicht mal halb sechs, da würde ihr kaum jemand entgegenkommen. Und wenn doch, würde es sie gerade überhaupt nicht stören.

Sie steckte den Zimmerschlüssel in ihre Hosentasche und zog den Reißverschluss ihrer Windjacke hoch. Vermutlich war es noch recht kühl. Die Sonne war noch nicht zu sehen, überhaupt schien heute kein sonniger Tag zu werden. Etliche graue Wolken zogen über den Himmel, und es wehte ein frischer Wind, wie sie sogleich feststellte.

Zuerst ging sie direkt zum Hafen, auch das war bereits eine Art Routine geworden, die sie genoss.

Das Entenpaar hockte nebeneinander auf dem Rasen, die Köpfe ins Gefieder gesteckt. Sie sahen nicht mal auf, als Harriet vorbeikam. Sie stellte sich auf den Steg und blickte aufs Wasser. Dieser Anblick würde auch in zehn, zwanzig Jahren seinen Reiz, seine Schönheit nicht verlieren, das wusste sie.

Es strahlte eine ungeheure Ruhe und Kraft aus.

Nach einigen Minuten wandte sie sich ab und marschierte mit großen Schritten durch den Ort. Vermutlich wurde sie für eine Walkerin gehalten, es sollte ihr recht sein. Sie hatte Lust auf Bewegung, sportliche Bewegung. Und Zerstreuung.

Ihre Füße liefen ganz von allein in Richtung von Jakobs Haus.

Als sie vor der Gartenpforte stand, ging die Haustür auf, und eine Frau kam heraus, in der Hand eine Milchflasche.

Harriet hatte keine Gelegenheit mehr, sich irgendwo zu verstecken, was sie zuerst vorgehabt hatte.

Die Frau summte fröhlich vor sich hin – und rannte beinahe gegen Harriet. »Oh, Verzeihung.«

Die beiden Frauen sahen sich an.

Harriets Herz begann, heftig zu schlagen.

Wer war die Frau? Und warum kam sie um diese Zeit aus Jakobs Haus?

»Du musst Harriet sein.« Die Frau streckte eine Hand aus.

Harriet war perplex. »Ja, ich …« Und dann schoss ihr ein Gedanke, ein Name durch den Kopf, und eine Welle der Erleichterung durchströmte sie. »Johanna?«

Die Frau nickte und schüttelte ihr die Hand.

»Woher weißt du, wer ich bin?«, konnte Harriet noch immer reichlich verdattert fragen.

»Jakob hat so viel von dir erzählt, da wusste ich's einfach.« Sie lächelte. »Ich bin erst heute Nacht zurückgekommen. Jakob musste mir Milch borgen.« Sie hielt die Flasche hoch.

»Ach so«, sagte Harriet ziemlich verdattert.

»Freut mich, dich kennenzulernen.«

Gott, die Frau vor ihr war um so viel wortgewandter als sie selbst, dass sie sich unglaublich lächerlich vorkam.

Sie stand einfach nur da und gaffte.

Und Johanna, die nicht weniger überrascht sein konnte, hatte die Lage, die Situation sofort im Griff und machte lockere Konversation.

»Ist Jakob schon auf?« *Ja, großartig. Frag sie, ob du ihn besuchen darfst. Ob er sich freuen würde. Du bist so doof, dass es weh tut.*

»Sicher. Jakob steht mit den Hühnern auf, manchmal ist er sogar noch früher wach.«

Harriet überlegte, wie sie wohl aussehen musste. Im Schlabberlook mit zerzaustem Haar, das in alle Richtungen abstand. Was auch immer Jakob seiner Schwester von ihr erzählt hatte, ihr Anblick würde all das Lügen strafen.

Johanna lächelte. »Warum gehst du nicht rein? Er wird sich freuen. Heute Nachmittag werde ich im ›*Kapitänshaus*‹ sein. Was hältst du von einem gemeinsamen Kaffeetrinken?«

»Gern.« Harriet gelang immerhin ein aufrichtiges Lächeln, das eventuell einige Unsicherheiten überspielen würde.

»Dann sehen wir uns später.« Johanna berührte sie sacht am Arm und lief weiter.

Harriet starrte ihr hinterher. Sie sollte schleunigst daran arbeiten, sich nicht dauernd wie ein ertapptes Schulmädchen zu benehmen. Meine Güte, sie war fünfzig geworden. Sie war erwachsen. Vielleicht war der erste Schritt, jetzt tatsächlich an Jakobs Tür zu klopfen.

Und genau das tat sie. Sollte er so aussehen, als würde er sich keineswegs freuen, würde sie einfach wieder gehen.

Sie strich sich über die Hosenbeine ihrer ausgebeulten Sporthose, zog die Jacke glatt und ging mit energischem Schritt auf die Haustür zu.

Die im selben Moment geöffnet wurde. »Guten Morgen. Du bist aber früh auf den Beinen.«

Sie erstarrte und versuchte, locker und entspannt zu wirken, so wie sie es sich noch vor wenigen Sekunden vorgenommen hatte.

»Ich konnte nicht mehr schlafen. Ich wollte dir von meinem Traum erzählen.« Wollte sie? Na, wenn sie es gerade ausgesprochen hatte, dann sollte es wohl so sein.

Er trat beiseite. »Gerne. Komm rein. Kaffee?«

»Ich hab mir Johanna ganz anders vorgestellt.« Sie saß in seiner Küche, vor sich eine geblümte Tasse mit Kaffee.

»Wie anders?«

Sie verzog das Gesicht. »Älter.«

Jakob schmunzelte. »Älter? Meine Schwester wird bald sechsundvierzig. Wusstest du das nicht?«

Sie runzelte die Stirn. »Nein, woher auch? Ich hab mich ja

mit dir geschrieben, und du warst immerhin so ehrlich, mir dein richtiges Alter zu verraten.«

Er blinzelte und war sichtlich verwirrt.

Sie gluckste. »Nun sieh mich nicht so an, Jakob. Ich wollte dich nur ein bisschen ärgern.« Sie seufzte. »Sie wird sechsundvierzig, dann ist sie älter, als sie aussieht.«

Er schmunzelte wieder. »Das wird sie freuen.«

»Verrat ihr bloß nicht, dass ich das gesagt habe.« Sie verdrehte die Augen. »Ach, Unsinn, sag's ihr. Jede Frau würde so etwas gern hören.«

Er stellte einen Teller mit Keksen auf den Tisch. »Du wirst Hunger haben. Frühstück gibt's ja erst in einer Stunde.«

»Ich hab keinen Hunger, danke.«

»*Du* hast keinen Hunger?« Er lachte und grinste sie unverschämt an.

Sie musste ebenfalls lachen. »Na schön, bis zum Frühstück kann ich's noch aushalten.« Sie nahm sich einen Keks. »Deine Schwester könnte man durchaus für Ende dreißig halten.«

»Findest du?«

»Du nicht?«

Er knabberte an einem Keks. Dann sah er auf die Uhr, die an der Wand hing. »Ich hab noch ein paar Minuten.«

Harriet trank ihren Kaffee aus. Sie stand auf und sah, wie er sie von oben bis unten musterte, ohne die Miene zu verziehen. Entweder, er hatte sich gut im Griff und beherrschte das Pokerface-Aufsetzen so brillant, oder es gab ganz einfach nichts Ulkiges an ihr zu sehen.

Unwillkürlich strich sie mit einer Hand über ihr Kraushaar.

»Du wolltest mir von deinem Traum erzählen.«

»Ach ja, das hätte ich fast vergessen.« Sie sank auf ihren

Stuhl zurück und faltete die Hände. »Ich hab wieder von diesem Haus geträumt. Doch diesmal hab ich mich getraut, die Zimmer zu betreten. Ich hab einfach die Tür aufgemacht und reingesehen. Ich hätte es mir viel spektakulärer vorgestellt, aber ich war unglaublich froh, es getan zu haben.«

Er hatte lächelnd zugehört. »Du bist einen Schritt weiter, womit auch immer. Das wirst nur du wissen.«

Sie spürte, wie eine feine Röte in die Wangen stieg. »Ja, ich glaube, du hast recht.«

Sie betrachtete ihn zärtlich, und als ihr genau das bewusst wurde, straffte sie sich und lehnte sich zurück. »Und was ist mit deinem Garten-Traum?«

Er trank seinen Tee aus und nahm sich noch einen Keks. »Bisher hab ich ihn noch nicht wieder geträumt. Vielleicht bin ich ja auch ein Stückchen weiter.« Er schenkte ihr ein breites Lächeln, das ihr Herz ordentlich zum Hämmern brachte.

»Ich mache mich dann mal auf den Weg«, erklärte sie.

»Wenn du eine Minute wartest, können wir zusammen gehen«, schlug er vor.

Sie blieb sitzen. Warum sie sich plötzlich wie erschlagen fühlte, konnte sie nicht sagen.

Noch zwei Tage. War es das? Lag es daran, dass sie in zwei Tagen wieder in Bremen sein und ihr altes Leben weiterleben würde? Machte ihr das so zu schaffen?

Jakob kam zurück. »Von mir aus kann's losgehen. Du siehst so traurig aus«, stellte er dann fest.

»Ach was.« Sie sprang demonstrativ leichtfüßig auf. »Jetzt freue ich mich wirklich aufs Frühstück.«

Sie saß allein am Tisch, gedankenversunken und ein wenig apathisch, wie sie selbst fand.

Das Ehepaar am Nachbartisch, das ihr inzwischen schon merkwürdig vertraut war, unterhielt sich deutlich leiser als sonst, so als wollten sie sie nicht stören.

Ihr Hund Toby lag wie immer zu Füßen seines Herrchens, doch jetzt erhob er sich, gähnte herzhaft und kam zu Harriet herübergetrottet. Er hockte sich neben ihren Stuhl und betrachtete sie eingehend.

Sie streckte eine Hand aus und kraulte ihm den Kopf.

Er gab seltsame Geräusche von sich, so dass sich einige Leute zu ihm umdrehten und schmunzelten.

»Er mag Sie«, sagte die Frau vom Nebentisch. »Ich glaube, er hat schon seit einer Weile überlegt, einfach mal zu Ihnen rüberzumarschieren. Jetzt hat er sich endlich getraut.«

Toby legte den Kopf auf Harriets Bein und blickte sie treuherzig an.

»Wenn er wüsste, dass ich eine Katze habe«, gab sie zurück.

»Oh, er liebt Katzen.«

»Tatsächlich?«

»Wir haben selbst eine. Toby ist mit ihr aufgewachsen, die beiden können eigentlich gar nicht ohne einander.«

Harriet streichelte Toby ein wenig inniger, weil sie gerührt war, dass er Katzen mochte. »Du bist ein Braver«, sagte sie zu ihm, und er klopfte mit dem Schwanz auf den Fußboden.

»Wann reisen Sie ab?«, wollte die Frau wissen.

Genau diese Frage versetzte Harriet einen solchen Stich, dass sie beinahe ein wenig zusammengezuckt wäre. Sie stieß ein Seufzen aus. »Übermorgen.«

Der Mann rief Toby wieder zu sich. »Wir kommen seit ein paar Jahren hierher. Unsere Kinder finden das seltsam. ›Warum fahrt ihr nicht mal woandershin, Papa?‹, fragen sie.

Mein Sohn bringt sogar regelmäßig Prospekte mit. Mal von der Dominikanischen Republik, mal von einer Kreuzfahrt zum Nordkap.« Er sah Harriet schulterzuckend an.

Sie lächelte müde. Sie mochte nichts mehr hören von Söhnen oder Töchtern, netten Menschen, die gern verreisten, eine überaus glückliche Ehe führten, guterzogene Hunde besaßen, Katzen liebten. Am liebsten würde sie sich in ihrem Zimmer verkriechen. Eine tiefe Schwermut überfiel sie.

Sie trank ihren Kaffee aus, lächelte das Ehepaar ziemlich krampfhaft an und ging mit hängenden Schultern auf ihr Zimmer.

Dort legte sie sich angezogen aufs Bett, die Hände auf dem Bauch gefaltet. Bestimmt gab sie ein nahezu groteskes Bild ab, so als wäre sie aufgebahrt.

Darüber musste sie genauso plötzlich heftig lachen, so dass ihr die Tränen in die Augen schossen. Sie prustete los, gleichzeitig war ihr, als wollte sie viel lieber heulen, schluchzen. Genauso gern würde sie allerdings brüllen oder auch einfach nur wegrennen.

Eine Stimmung jagte die nächste.

Schließlich stand sie auf und ging ins Bad.

Sie wusch sich das Gesicht mit eiskaltem Wasser und betrachtete sich dann im Spiegel. Was war um Gottes willen mit ihr los?

Waren das die Wechseljahre? Wechseljahre gleich Wechselbäder der Gefühle? Großartig, ganz wunderbar.

Sie stöhnte theatralisch auf. *Hurra, ich bin in den Wechseljahren …*

Um ihrer miserablen Laune zu trotzen, zog sie sich etwas Hübsches an, glättete ihr Haar, so gut das möglich war, und ging dann nach unten. Am Nachmittag wollte sie einen kleinen Bummel durch Stralsund machen, vielleicht ein paar Einkäufe erledigen, sich etwas ansehen.

Als sie die Treppe hinunterkam, ging die Haustür auf, und Johanna kam herein.

»Harriet! Wie schön!« Sie streckte beide Arme aus, so als wären sie bereits dicke Freundinnen.

Harriet war mit einer so überschwenglichen Art immer ein wenig überfordert. Wahrscheinlich war sie wirklich eine waschechte Norddeutsche. Sie lächelte, diesmal nicht verkrampft, sondern ausgesprochen herzlich. Mehr ging im Moment nicht.

»Ich hab Lust auf Fisch.« Johanna nahm ihren Arm und zog sie mit sich. »Lass uns mal sehen, ob Jakob welchen dahat.«

Sie spazierte mit ihr in die Küche, wo Jakob an einem Tisch saß, eine Lesebrille auf der Nase und Lauch schnitt. Er blickte auf, als die beiden hereinkamen.

»Oh, was für eine nette Überraschung.« Er strahlte sie an, wobei sein Blick auf Harriet ein klein wenig länger ruhte.

Oder hatte sie sich das eingebildet?

»Hast du frischen Zander da?«, fragte seine Schwester.

»Sicher.«

»Wunderbar.« Johanna stellte sich neben ihn und legte ihm eine Hand auf die Schulter.

»Ich dachte, du wolltest erst am Nachmittag kommen.«

Harriet war schwer beeindruckt, wie geschickt und flott er mit dem riesigen Messer umging.

»Wollte ich auch. Aber der Hunger hat mich hergetrieben.«

Er blickte Harriet an. »Worauf hast du Lust?«

Sie zuckte mit den Schultern und spürte schon wieder

dieses eigenartige Gefühl in ihrer Brust und im Hals. Wahrscheinlich würde sie jeden Moment wieder in Tränen ausbrechen. Vor versammelter Mannschaft. Vor allem vor Jakob.

»Ich mache einen Spaziergang«, murmelte sie hastig, drehte sich um und rannte förmlich aus der Tür.

Sie setzte sich auf die letzte freie Bank im Hafen, den Kopf in den Händen aufgestützt.

Jakob würde sie für völlig übergeschnappt halten. Aber sagte er nicht, dass er selbst etwas launisch sei? Nun, vielleicht würde sie dann nicht vollends in Ungnade fallen, wenn sie sich so dösig benahm. Sie schloss die Augen und schüttelte den Kopf. Ach, sie würde sich etwas einfallen lassen, Kreislaufbeschwerden vortäuschen, irgendetwas.

Sie konnte kaum einen klaren Gedanken fassen. In ihrem Kopf herrschte ein einziges Chaos, ein Durcheinander der ganz besonderen Art.

Schließlich atmete sie mehrmals tief durch, straffte sich und ging langsam zurück zum *»Kapitänshaus«*.

Hatte nicht Picasso mal gesagt: *»Ich habe lange gebraucht, um erwachsen zu werden, und jetzt brauche ich genauso lange, um wieder ein bisschen Kind sein zu können …«*

Nun, sie war irgendwie nichts von beidem, weder erwachsen noch wirklich Kind geblieben.

Diese Erkenntnis verbesserte ihre Laune nicht gerade.

Johanna hatte sich einen Tisch am Fenster gesucht und winkte ihr zu, als sie hereinkam. »Du warst am Hafen?«

»Ja, irgendwie zieht es mich immer dorthin.«

Johanna lächelte. »Geht mir auch so. Hat Jakob dir erzählt, dass er jeden Morgen dorthin geht, um den Tag zu begrüßen, wie er sagt?«

Harriet seufzte leise. »Ja, hat er. Hast du schon bestellt?«

»Zander, in Butter gebraten. Und du?«

»Wenn ich das wüsste.« Selbst das bereitete ihr Kopfzerbrechen.

»Hast du keinen Hunger?«

»Doch, eigentlich schon.«

»Bestell dir etwas, was dir ganz spontan in den Sinn kommt. So mach ich's auch immer.«

Harriet seufzte verhalten. *Spontan* … »Dann nehm ich irgendwas mit Nudeln. Ich glaube, ich hab Lust auf Nudeln.«

Johanna stand auf und verschwand.

Kurze Zeit später war sie wieder zurück. »Jakob kocht dir was.«

»Schön, danke.«

»Er hat mir erzählt, was da zwischen euch war.«

Harriet schluckte. »Ach ja?« Hatte Jakob wirklich aus dem Nähkästchen geplaudert? Das hätte sie nun nicht gedacht. Auf der anderen Seite … meine Güte, was war schon dabei? Immerhin standen Johanna und er sich sehr nahe. Und er würde sicher nichts ausplaudern, was sie, Harriet, betraf.

Johanna nickte. »Zu Anfang war ich sauer, dass er einfach meinen Namen benutzt hat.« Sie legte den Kopf schief und lächelte Harriet an. »Aber jetzt seh ich das anders.«

Ihr Essen wurde gebracht, und als sie den Fisch auf Johannas Teller sah, ärgerte sie sich, dass sie sich nicht auch welchen bestellt hatte.

Doch dann brachte Jakob persönlich ihre Nudeln, und für einen Moment stand ihr der Mund offen. »Das sieht … umwerfend aus.«

Er verneigte sich galant. »Guten Appetit, die Damen.«

Harriet verspürte urplötzlich den Wunsch, allein zu sein, keine Konversation machen zu müssen. Himmel, sie geriet von einer Stimmung in die nächste. Was war bloß los mit ihr? Sie sollte sich einfach ein bisschen zusammenreißen. Harriet musterte Johanna verstohlen. Sie sah wirklich toll aus für eine Frau, die die Mitte vierzig überschritten hatte.

Harriet wünschte, sie würde nur halb so frisch und jugendlich aussehen. Vielleicht lag es aber auch an Johannas Kleidungsstil, der ein wenig unkonventionell war.

Während sie in ihren Nudeln stocherte, überlegte sie, ob sie auch einfach ein paar Dinge an sich ändern sollte. Warum nicht auch verwaschene Jeans und Blusen in ungewöhnlichen Farben? Dazu passende Tücher und flache, bequeme Schuhe. Und eine neue Frisur könnte auch nicht schaden.

Normalerweise machte sie sich über solche Dinge höchst selten Gedanken, doch jetzt hatte sie urplötzlich nicht nur große Lust auf eine optische Veränderung, sie hatte geradezu das unbändige Verlangen, es zu tun. So als hinge ihr Leben davon ab.

Sie hielt inne und stutzte. Dann seufzte sie leise, so dass Johanna es nicht hören konnte. Sie steckte offenbar tatsächlich mitten in den Wechseljahren, ja, die Menopause hatte sie voll erwischt.

Sie fuhr allein nach Stralsund, schlenderte eher lustlos durch die Straßen, trank einen Latte Macchiato und beobachtete die Menschen, die an ihr vorbeiliefen. Etwas, das sie normalerweise abscheulich fand. Sie hasste es, wenn Menschen draußen vor einem Café saßen und nichts Besseres zu tun hatten oder mit sich anzufangen wussten, als anderen Leuten hinterherzugaffen und womöglich noch über sie zu tratschen.

Sie hätte ihr Buch mitnehmen sollen. Sie trank den Latte Macchiato schneller aus, als ihr guttat, und spazierte weiter.

Stralsund war eine hübsche alte Hansestadt. Dennoch mochte keine rechte Lust aufkommen, sich das alles anzusehen.

Früher hatte es ihr nichts ausgemacht, allein durch eine fremde Stadt zu streifen, jetzt aber überlegte sie, ob sie nicht einfach wieder nach Born zurückfahren sollte.

Sie blieb vor dem »*Ozeaneum*« am Hafen stehen und blickte sich um. Eigentlich hatte sie hineingehen wollen, konnte sich aber nicht entschließen. Sie ging eine Weile hin und her und machte schließlich kehrt.

Sie hatte sich neu einkleiden wollen, aber selbst darauf war ihr die Lust vergangen. Im Grunde hatte sie auf rein gar nichts mehr Lust. Warum war sie überhaupt hergekommen?

In drei Tagen würde sie bereits wieder in der Bank sein, in ihrem stickigen Büro sitzen, mit schlechtgelaunten Menschen telefonieren, die ihr den letzten Nerv rauben würden, und die Wochenenden in ihrer Wohnung verbringen. Früher hatte sie das nicht schrecklich gefunden, jetzt schon.

Im Grunde konnte sie es sich gerade nicht mal mehr vorstellen.

Wie viele Jahre hatte sie jetzt schon so verbracht?

Ab und zu essen gehen mit Susanne oder Gerd, Überstunden machen, in der Stadt bummeln, allein ins Museum gehen und hinterher mit Susanne telefonieren und ihr erzählen, welches Bild, welche Skulptur ihr besonders gut gefallen hatte. Oder aber sie marschierte stundenlang allein durch den Wald oder den Park und überlegte, was sie am Abend essen sollte.

Aber sie hatte ihr Leben doch gemocht. Und wenn nicht, warum fiel es ihr erst jetzt auf? Warum hatte sie es dann nicht längst geändert, sich aufregende Hobbys und exotische Reiseziele ausgesucht und versucht, interessante

Menschen kennenzulernen? War sie wirklich so phlegmatisch gewesen?

Sie schlenderte weiter, während eine innere Unruhe und Wut sie packten. Es half nichts, entweder sie ging es jetzt langsam mal an, oder sie wäre irgendwann mit siebzig eine dieser Frauen, die mit mürrischem Gesichtsausdruck auf einer Bank in der Innenstadt saßen, die Tauben mit altem Brot fütterten und die man nicht mal nach der Uhrzeit fragen mochte.

Ihre Wut, ihr Ärger auf sich selbst steigerten sich, je länger sie unterwegs war. Also lief sie immer schneller, um den Ärger abzubauen. Irgendwann war sie aus der Puste, weil sie gerannt war.

Sie blieb stehen, als sie ihren Wagen sah, und atmete tief durch. Es glich mehr einem Schnaufen.

Harriet Bohnekamp, wenn du jetzt nicht langsam aus dem Quark kommst, wirst du eine fürchterliche, ewig quengelnde und missmutige Frau werden. Willst du das?

Nein, natürlich nicht!

Dann tu endlich was! Hoch mit deinem noch ganz ansehnlichen Hintern!

Aber wie?

Das ist der erste Schritt! Los!

Zwei Stunden später saß sie auf der Terrasse des »*Kapitänshauses*«, trank einen Tee, dessen Namen sie gleich wieder vergessen hatte, und aß bereits das zweite Stück Apfelkuchen. Mit Sahne.

Vergiss nicht: noch ganz ansehnlicher Hintern.

Ja, ja …

Sie sah Johanna und winkte ihr zu.

»Oh, Apfelkuchen«, seufzte die. »Was ist das für ein Tee?«

»Keine Ahnung, aber er schmeckt lecker.«

»Den nehm ich auch.«

Harriet kicherte.

Ja, gut so, lachen ist gesund und gut für die Gesichtsmuskeln …

»Färbst du dein Haar eigentlich?«, fragte sie Johanna geradeheraus und streckte ihrer inneren Stimme, besser gesagt ihrem mürrischen Schweinehund, die Zunge heraus.

»Ich bin seit meinem fünfunddreißigsten Lebensjahr grau«, gab Johanna zu.

»Wirklich?« Harriet nahm eine Haarsträhne und zwirbelte sie so in Richtung Gesicht, dass sie sie betrachten konnte. »Liebe Güte, ich werde täglich grauer, glaube ich.«

»Wie alt bist du?«

»Fünfzig. Gerade geworden.«

»Dann such dir deine Haarfarbe aus. Warum soll man sich ärgern, wenn man sich aussuchen kann, wie das Haar aussehen soll.«

Das war pragmatisch gedacht, aber wunderbar erfrischend und eigentlich absolut logisch. Fand Harriet.

»Du hast recht.«

»Welche Haarfarbe gefällt dir?« Johanna nippte an ihrem Tee, der soeben gebracht worden war.

Harriet musste überlegen. »Eigentlich fand ich rotes Haar immer toll.«

Johanna verdrehte die Augen. »Rot klingt nach Pumuckl oder Pippi Langstumpf.« Sie atmete heftig aus. »Mahagoni. Klingt doch gleich viel schöner.«

»Mahagoni.« Harriet lächelte. »Ja, ich glaube, das würde mir gefallen.« Sie schob ihren leeren Teller beiseite. Nein, kein drittes Stück mehr, auch wenn sie große Lust darauf hatte.

»Darf ich dir was sagen, Johanna?«

»Sicher.«

»Du siehst jünger aus als sechsundvierzig.«

»Danke für die Blumen.« Sie sah nicht sonderlich überrascht, allerdings auch nicht geschmeichelt aus. »Eigentlich mache ich mir darüber wenig Gedanken. Ich versuche, einigermaßen gesund zu leben, auf mich zu achten, viel zu lachen und Schwermut nur sehr bedingt aufkommen zu lassen.«

»Und das funktioniert?«

»Meistens schon. Reine Übungssache.«

»Wirklich?«

»Klar. Wenn du glücklich sein willst, sei's.«

»Konfuzius.«

»Schon möglich. Wenn es dir mies geht, tu nicht so, als wäre alles in bester Ordnung. Geh in den Wald, schrei alles raus, brüll die Bäume an, und geh wieder nach Hause. Glaub mir, danach fühlst du dich besser. Glück ist nur eine Frage der inneren Einstellung, nichts weiter.«

»Nichts weiter? So zu empfinden ist so ziemlich das Schwierigste, was es gibt.«

»Ich hab es mir antrainiert, Harriet, glaub mir, es funktioniert. Wenn du es willst. Und nur dann.«

Harriet nickte langsam. Dann hob sie eine Hand. »Kann ich bitte noch ein Stück von diesem köstlichen Apfelkuchen haben?«

17.

Zum ersten Mal, seit sie auf dem Darß war, kam Harriet dazu, das Buch zu lesen, das sie sich mitgebracht hatte.

Sie saß auf der kleinen urgemütlichen Couch, die Beine angezogen, das Buch auf den Knien, und verspürte schlagartig eine heftige Sehnsucht nach ihrer Katze. Normalerweise kam Klementine sofort und schmiegte sich an sie, sobald sie sich mit einem Buch zurückzog.

»Ach, Klementine«, seufzte sie und musste lachen.

Das Buch war wunderbar geschrieben, besaß einen feinsinnigen Humor und eine angenehme Sprache. Innerhalb weniger Minuten war Harriet tief versunken.

Zwischenzeitig blickte sie auf die Uhr; es war kurz nach neun. Sie fühlte sich etwas träge und ausgelaugt, was aber überhaupt nicht unangenehm war. Im Gegenteil, genau dieses Gefühl würde dafür sorgen, dass sie die nötige Bettschwere haben würde.

Sie las noch ein paar Seiten, klappte das Buch dann zu und ging ins Bad, um sich die Zähne zu putzen. Dieser Abend war der erste, an dem sie nicht unterwegs war. Aber es würde ihr guttun, mal so richtig zu entspannen.

Dennoch fehlte ihr etwas. Was genau, vermochte sie nicht zu sagen, egal, wie sehr sie darüber grübelte.

Als sie sich gerade zugedeckt hatte, klopfte es an der Tür.

»Schläfst du schon?«

Jakob.

Sie setzte sich wie von der Tarantel gestochen auf. »Nein. Komm ruhig rein, Jakob.« Das Herz schlug ihr bis zum Hals.

Hastig setzte sie sich auf die Bettkante und wickelte sich in die Bettdecke ein.

Er streckte den Kopf zur Tür herein. »Tut mir leid, ich hoffe, ich störe nicht.«

Sie wollte sagen: *Stören, du? Das ist völlig absurd.* Stattdessen sagte sie: »Überhaupt nicht. Ist was passiert?«

»Bist du sehr müde?«

War sie sehr müde? Darüber musste sie kurz nachdenken. Wahrheitsgetreu erwiderte sie: »Müde nicht unbedingt, nur ein bisschen erschöpft.«

»Ich dachte, du würdest vielleicht gerne noch spazieren gehen oder einfach nur ein Glas Wein auf der Terrasse trinken. Es ist ein so herrlicher Abend.«

Am liebsten wäre sie aufgesprungen, hätte sich etwas übergeworfen, was halbwegs als Kleidung durchging, und wäre Hand in Hand mit ihm aus dem Zimmer gerannt. Aber es war nicht zu leugnen, dass sie erschöpft war. Und so träge, dass sie wirklich am liebsten im Bett bleiben würde.

»Das klingt beides sehr schön, Jakob …«

»Aber.« Er nickte schmunzelnd. »Das berühmte Aber. Du bist einfach zu kaputt.« Er nickte wieder. »Kein Problem. Wie wär's mit morgen?«

Mein letzter Tag hier …

Sofort bekam sie einen trockenen Hals. »Furchtbar gern.«

»Du reist übermorgen ab, stimmt's?« Er räusperte sich etwas.

Sie nickte knapp.

»Ich würde gern etwas mit dir unternehmen. Und ich würde gern für dich kochen.«

»In deinem Haus?« Warum klang ihre Stimme so brüchig?

»Wenn es dir recht ist?«

»Klingt prima. Was gibt es denn?« Sie musste sich räuspern.

»Darüber mache ich mir Gedanken, wenn ich morgen früh auf dem Markt bin.«

Sie horchte auf. »Würdest du mich mitnehmen?« Allein bei dem Gedanken an Marktstände mit frischem, gutriechendem Gemüse, exotischem Obst und leckerem Käse lief ihr nicht nur das Wasser im Mund zusammen, sie bekam auch prompt eine wohlige Gänsehaut.

»Klar, sehr gern. Ich bin aber sehr früh auf den Beinen.«

»Kein Problem. Wann soll ich unten sein?«

»Um halb sieben.«

»Gut.«

Er hob eine Hand. »Dann schlaf gut, Harriet.«

»Du auch, Jakob.«

Nachdem er die Tür geschlossen hatte, sank sie zurück ins Bett, leise vor sich hin lächelnd und mit pochendem Herzen. Der Grund, weshalb sie sich gerade so freute, war aber nicht nur, dass er sie eingeladen hatte, sondern dass sie zum ersten Mal nicht etwas getan hatte, um eine Erwartung zu erfüllen.

Normalerweise hätte sie sich aus dem Bett gequält, weil sie der Überzeugung gewesen wäre, dass Jakob genau das von ihr erwarten würde.

Gut, Gerds Heiratsantrag hatte sie nicht angenommen, auch wenn sie natürlich wusste, dass er maßlos enttäuscht sein würde. Das war etwas anderes, so etwas wäre ein massiver Eingriff in ihr Leben gewesen. Doch sonst, in allen möglichen Belangen ihres Alltags, neigte sie stets dazu, nachzugeben und einzuknicken, aus Sorge, sie könnte jemanden enttäuschen, verletzen oder auch nur dessen Erwartung nicht erfüllen.

Egal, wie sie sich dabei fühlte. Natürlich hätte sie die Nacht gern mit Jakob verbracht. Doch sie war furchtbar müde und ein wenig erschöpft und kannte sich zu gut, um nicht zu wissen, dass sie dann wortkarg und mürrisch sein konnte. Sie würde die letzte Nacht mit ihm verbringen, o ja. Schon jetzt freute sie sich darauf.

Zufrieden kuschelte sie sich unter die Bettdecke.

Jakob war gerade dabei, zwei leere Kisten und einen großen Korb in den Kofferraum zu laden, als sie ausgeruht und frisch in der Tür stand. »Guten Morgen, Jakob.«

Er wirbelte herum. »Guten Morgen. Du siehst erholt und ausgeschlafen aus.«

»Das bin ich auch. Kann ich dir helfen?«

Er lächelte. »Nein, aber du darfst dich schon mal ins Auto setzen. Ich bin gleich so weit.«

Nach wenigen Minuten setzte er sich hinters Steuer.

Sie überlegte, ob sie ihn fragen könnte, was er gestern Abend noch unternommen hatte. War das zu indiskret?

»Ich bin früh schlafen gegangen«, erzählte er, als sie losfuhren. »Allein hatte ich keine Lust auf einen Spaziergang.«

Sofort war sie etwas zerknirscht, atmete aber gleich tief durch und straffte die Schultern. Nein, es gab keinen Grund für ein Schuldbewusstsein.

Das sollte lieber er haben, hatte er doch schon wieder in ihren Kopf gesehen und eine Frage beantwortet, die sie noch gar nicht gestellt hatte.

»Ich hab ein wunderbares Buch gelesen«, sagte sie. »Danach hab ich geschlafen wie ein Baby.« Sie wünschte, er würde sie küssen. Aber warum tat sie es nicht einfach selbst? Sie beugte sich zu ihm hinüber und gab ihm einen Kuss, der ein wenig verrutschte, da er sich gerade bewegt hatte.

Er lachte leise. »Na, das können wir aber besser, oder?« Er zog sie an sich und küsste sie sanft. Dann räusperte er sich.

»Mir ist erst gestern Abend richtig klargeworden, dass du morgen schon wieder abreist.«

Sie seufzte verhalten. »Ja, mir auch.«

»Wir haben noch gar nicht weiter drüber gesprochen ...«

Sie blickte ihn an. »Ja?«

Er winkte ab und konzentrierte sich auf den Straßenverkehr, obwohl es eigentlich so gut wie gar keinen gab. Offensichtlich schliefen die Einwohner Borns noch. »Später.«

»In Ordnung.« Natürlich brannte sie darauf, was er ihr sagen wollte, aber auch Geduld sollte in Zukunft eine ihrer guten Eigenschaften werden. Als sie unter der Dusche gestanden hatte, hatte sie sich nämlich sehr feierlich versprochen, von nun an mehr auf sich achtzugeben. Und das bedeutete unweigerlich auch, sich auf die guten Eigenschaften zu besinnen und die schlechten so gut es ging auszumerzen oder sie eben zu akzeptieren als das, was sie waren: schlechte Eigenschaften, die jeder nun mal hatte. Nichts, wofür man sich in Sack und Asche hüllen musste, aber etwas, was man sich bewusstmachen sollte. Sie hatte beschlossen, einfach mal nein zu sagen, wenn sie nein meinte. Und sie würde mehr auf ihr Herz, ihren Bauch, ihre innere Stimme hören. Sie war niemandem etwas schuldig, außer sich selbst.

Mit diesem ausgesprochen guten Gefühl hatte sie sich angezogen und danach ihrem Spiegelbild zugezwinkert.

Jakob fuhr an einer Radfahrerin vorbei und drückte kurz, aber nicht sehr kräftig auf die Hupe. »Meine Schwester.«

Harriet blickte sich um. Tatsächlich, sie hatte Johanna

kaum erkannt in dieser merkwürdigen Radlerhose und dem ulkigen Helm auf dem Kopf.

»Sie fährt jeden Morgen eine Stunde mit dem Rad.«

»Und wohin?«, fragte sie.

Jakob gluckste. »Nirgendwohin. Das ist ihre Art, sich Frust, Wut oder auch überschäumende Freude von der Seele zu strampeln.«

»Ach so.« Harriet wäre normalerweise zusammengezuckt und sich doof vorgekommen, doch jetzt zuckte sie nur mit den Schultern und freute sich, dass sie nicht gleich wieder in ihr altes Verhaltensmuster gerutscht war.

Ja, es war Zeit, einiges in ihrem Leben zu verändern, und am besten fing man damit wirklich bei sich selbst an.

Jakob erstand mehrere Fische, vor allem aber Gemüse in rauen Mengen, Ziegenkäse, Honig, Senf in vier verschiedenen Variationen, die sie allesamt probieren mussten, und frische Ananas und Passionsfrüchte.

Harriet nahm eine davon vorsichtig in die Hand. »Wenn ich ehrlich sein soll, sehe ich zum ersten Mal eine.«

»Sie sind sehr süß. Am besten schmecken sie mit frischer Ananas.«

Sie schlenderten zu einem weiteren Stand mit Obst und Gemüse.

»Worauf hast du Lust? Was soll ich uns heute Abend kochen?«

Seine Frage rührte sie, zu gern würde sie selig grinsen, verkniff es sich aber. *Was soll ich uns kochen?*, klang so familiär, so als wäre man seit Jahren befreundet oder sogar eine Familie.

Sie musste schlucken. Sie hatten eine wunderbare, himmlische Nacht miteinander am Strand und eine weitere in seinem Haus verbracht. Sie mochten sich sehr. Und sonst? Was war das zwischen ihnen? War da überhaupt etwas?

Und warum zum Teufel traute sie sich nicht, ihn danach zu fragen, das Gespräch darauf zu lenken?

Sie straffte sich wieder, so wie es inzwischen fast schon eine kleine Angewohnheit geworden war. Sie würde ihn am Abend fragen, jawohl.

Sie half Jakob, die Einkäufe in die Küche zu schaffen, wo zwei junge Frauen bereits damit beschäftigt waren, Kartoffeln zu schälen und Möhren zu putzen. Im Hintergrund lief das Radio, und die beiden trällerten laut mit.

Harriet hatte soeben das nette Ehepaar samt Hund Toby entdeckt, die drei tobten draußen auf dem Rasen herum.

Toby hatte einen Ball und weigerte sich hartnäckig, ihn herauszugeben.

Sie ging zu ihnen. Eigentlich hatte sie immer ein wenig Hemmungen davor gehabt, im Grunde wildfremde Menschen einfach so anzusprechen. Aber sie hatte Lust auf einen kleinen Plausch und wollte dem nachgeben. Sie wollte nicht ihr Innerstes vollkommen umkrempeln und ein völlig neuer Mensch werden, sie wollte lediglich mehr auf sich hören.

»Hallo, wie geht es Ihnen?«, fragte die Frau, als sie neben ihr auftauchte.

»Danke, wunderbar. Und Ihnen?«

»Mir auch.« Die Frau musterte sie lächelnd. »Sie sehen irgendwie verändert aus.«

»Ach ja?«

Die Frau zeigte auf ihren Mann, der auf den Knien auf dem Gras hockte und mit seinem Hund rang. Immer wieder griff er nach dem Ball, und genauso schnell hatte Toby ihn gepackt und weggeschleppt. »Sehen Sie sich diesen Kerl an.«

»Wen meinen Sie? Ihren Mann oder Ihren Hund?«

Die Frau legte den Kopf in den Nacken und lachte schallend.

»Meinen Mann. Wir kennen uns seit einer Ewigkeit, und es gibt Tage, da überrascht er mich tatsächlich noch.«

»Weil er mit dem Hund balgt?«

»Nein, das nicht. Aber heute früh wache ich auf, und mein Mann ist nicht da. Nanu, denke ich, das sind ja mal ganz neue Sitten. Und nun raten Sie mal, wo er war.« Sie lächelte kopfschüttelnd. »Er war spazieren, mit Toby. Er hat mir Wildblumen mitgebracht, hat eine halbe Stunde auf einem Feld verbracht und Blumen gepflückt. Dabei reisen wir in einer Stunde ab, ich habe eigentlich gar nichts von den schönen Blumen. Aber er hat dagestanden wie ein kleiner Junge und gesagt: ›Die magst du doch so gern.‹«

»Wie schön. Sie sind zu beneiden.« Das meinte Harriet absolut aufrichtig.

Die Frau lächelte. »Sind Sie eigentlich verheiratet?«

»Nein.«

»Wir haben uns schon gefragt, wie Ihr Mann auf den verrückten Gedanken kommt, Sie hier ganz allein herfahren zu lassen.«

»Ach, ich bin doch ein großes Mädchen.«

»Deswegen ja.«

Harriet wusste nicht recht, was genau die Frau damit meinte.

Sie kam aber nicht mehr dazu nachzuhaken, weil Toby laut kläffend angerannt kam und an ihr hochsprang.

»Toby! Lass das!« Der Mann packte ihn am Halsband. »Er mag Sie, sag ich ja.«

Harriet lachte. »Ich mag ihn auch.«

»Prima, dass es auf Gegenseitigkeit beruht.«

»Sie ist übrigens nicht verheiratet«, erzählte ihm seine Frau. Und zu Harriet gewandt, murmelte sie: »Mein Mann hat sich nämlich schon Sorgen gemacht, wie ein Mann eine so attraktive Frau ganz allein in den Urlaub fahren lassen kann.«

Harriet errötete ein wenig, zum ersten und hoffentlich letzten Mal an diesem Tag.

Man verabschiedete sich sehr freundschaftlich voneinander und stellte sich erst jetzt mit Namen vor, was für allgemeine Heiterkeit sorgte.

»Ich heiße Harriet, Harriet Bohnekamp.«

Die Frau lächelte. »Ich heiße Henriette, Henriette Pfaff. Und das ist mein Mann Heinrich, genannt Henry.«

Harriet schmunzelte. »Werden Sie Jette genannt?«

»Häufig.«

»Ich auch.«

Die beiden Frauen sahen sich belustigt an.

»Toby kennen Sie ja bereits.« Der Mann hielt den ungestümen Hund vorsichtshalber an der Leine fest.

»Kommen Sie gut nach Hause«, wünschte Harriet.

»Sie auch. Wir sehen uns sicher wieder.«

Harriet winkte ihnen nach, bis sie vom Parkplatz gefahren waren, und lief nach oben in ihr Zimmer.

Sie war merkwürdig aufgekratzt.

Sie stellte sich vor den Badezimmerspiegel und versuchte, sich vorzustellen, wie sie wohl mit rotem Haar aussehen würde.

»Mahagoni.« Sie zwinkerte ihrem Spiegelbild zu.

Nun, es war sicherlich eine Abwechslung und allemal besser als hellbraun-dunkelblond-mit-grau-gemischt.

»Attraktiv« hatte Henriette sie genannt. Es war etwas Besonderes, von einer Frau als »attraktiv« bezeichnet zu werden.

Am Nachmittag war Harriet mit Jakob zum Weststrand marschiert.

Dort hatten sie sich in die Dünen gesetzt und aufs Meer hinausgeblickt. Jakob war seltsam wortkarg, und Harriet mochte nicht nachfragen, was ihn so beschäftigte.

Das musste sie auch gar nicht, weil er sich irgendwann auf die Ellbogen stützte und sie ansah. »Ich hab die Tage mit dir genossen, Harriet. Es ist, als würden wir uns schon lange kennen, findest du nicht?«

Sie nickte stumm.

»Das neulich auf Rügen …« Er holte tief Luft. »Das war ganz wunderbar. Und die Nacht in meinem Haus …« Er seufzte leise. »Falls du mich jetzt fragen möchtest, ob ich so was häufiger mache … Nein, das gehört nicht zu meinen Aufgaben als Pensionswirt.« Er verzog das Gesicht zu einer drolligen Grimasse, und sie musste lachen.

»Glaubst du wirklich, dass ich so denke?«

Er nahm den Blick nicht von ihrem Gesicht. »Nein, das glaube ich nicht.« Er schmunzelte kopfschüttelnd. »Ich würde dich gerne fragen, ob du wiederkommen wirst, aber ehrlich gesagt, so recht traue ich mich nicht.«

»Du traust dich nicht? Frag mich einfach, Jakob.«

Er wurde sehr ernst. »Wirst du wiederkommen, Harriet?«

»Ja.«

»Gut.« Er nickte zufrieden.

Sie blickten weiter aufs Meer hinaus, sahen den tosenden, schäumenden Wellen zu, die ans Ufer brandeten, und beobachteten zwei waghalsige Schwimmer.

»Die sind verrückt«, meinte Harriet.

»Vermutlich. Es gibt immer Leute, die zu weit rausschwimmen.«

»Ist schon mal jemand hier ertrunken?«

»Ja, vor einigen Jahren. Ein junger Mann, der übermütig war. Er hat die Wellen unterschätzt.«

»Mir würde das nicht im Traum einfallen.«

Jakob lächelte. »Mir auch nicht.«

Sie lehnte sich ebenfalls zurück, so dass ihre Ellbogen ganz leicht an seine stießen. Sie legte den Kopf etwas schief, und Jakob tat es ihr gleich. Am Ende lagen sie nebeneinander da, Schulter an Schulter, Kopf an Kopf.

Harriets Arme schliefen ein, doch sie würde den Teufel tun und sich aufsetzen. Jakob küsste sie auf den Scheitel und murmelte etwas, was sie leider nicht verstand.

Sie schloss die Augen und überließ sich seinen warmen, sehr sanften Lippen, die ihr Haar liebkosten, dann ihren Hals und ihre Schulter. Sie schüttelte sich etwas.

Der Strand hier war gut besucht, zu gut, um es sich besonders romantisch zu machen. Schade.

Sie ließ sich ganz auf den Rücken fallen, um ihre Arme zu entlasten, und Jakob zog sie an sich. Mehr denn je kam sie sich wie ein junges Mädchen vor, das sich mit seinem ersten Freund zurückgezogen hatte. Es störte sie überhaupt nicht, dass Dutzende von Menschen an ihnen vorbeiliefen. Es schien auch niemanden zu stören, dass zwei Menschen in den Dünen lagen und sich küssten.

Sie kuschelte sich in Jakobs Armbeuge. »Das alles wird mir fehlen«, sagte sie leise.

»Nicht, wenn du bald wieder herkommst.«

Er hatte Paella gekocht.

Harriet saß am Tisch und beobachtete einen Buntspecht, der den Stamm eines der alten Apfelbäume bearbeitete.

Der Tisch war bereits gedeckt. Jetzt kam Jakob mit einem Glas Wein zu ihr. »Das macht er seit gestern früh.« Er deutete mit dem Kinn in Richtung des Spechts.

Sie prostete ihm zu und nahm einen Schluck. »Der Wein ist großartig. Leicht und trotzdem …« Ihr fehlte das passende Wort.

»Schwer.« Jakob lachte. »Du hast recht, genauso schmeckt er: leicht und trotzdem angenehm schwer.«

»Ein Weinkenner würde die Hände überm Kopf zusammenschlagen«, erwiderte sie und kicherte.

»Hast du schon Hunger?«

»Und wie. Es riecht phantastisch.« Sie drehte den Kopf, um zu sehen, wie weit das Essen war. Auf dem Gasherd stand eine große schwarze Paella-Pfanne; darin gelber Reis, Garnelen, Erbsen, Ananas und mehr. Und es roch wirklich unglaublich.

Jakob nahm die Pfanne mit beiden Händen und stellte sie mitten auf den Tisch.

Harriet reichte ihm ihren Teller. »Was nimmst du für Gewürze?«

»Frischen Kurkuma und Ingwer.«

Sie kostete und verdrehte die Augen.

»Schmeckt's?«, fragte er.

»Überflüssig zu fragen.«

Er schenkte ihr nach und zündete dann die Kerze auf dem Tisch an. »Ich hab im Internet nachgelesen, was dein Haus-Traum bedeutet.«

Sie hielt inne, die Gabel in der Luft. »Ach ja?«

Er nickte kauend. »Menschen, die häufig von Häusern träumen, leben oft nur eine Seite ihres Charakters und vor allem ihrer Begabung aus. Vielen ist gar nicht bewusst, was sie draufhaben.«

Sie runzelte die Stirn. Darauf konnte sie sich nicht recht einen Reim machen. Oder vielleicht doch …?

»Das bedeutet, dass ich besser in mich hineinhorchen sollte«, überlegte sie laut.

»Ja, so würde ich es auch verstehen. Indem du eine oder mehrere neue Türen öffnest, wagst du dich daran, mehr über dich zu erfahren, zuzulassen.« Er zerpflückte eine Garnele. »Ich glaube, dein Traum versucht, dich darauf aufmerksam zu machen, mehr an dich zu glauben, dich zu trauen, mehr aus deinem Talent zu machen.«

Sie blickte ihn fragend an.

»Na, dein Zeichentalent.«

Sie wedelte mit der Gabel in der Luft. »Ach, das meinst du.«

»Du nimmst das nicht ernst genug.«

»Hast du auch nachgelesen, was es mit deinem Garten-Traum auf sich hat?«

»Du versuchst abzulenken, aber darauf war ich vorbereitet.«

Sie lachte und hielt ihm ihren Teller hin. »Darf ich?«

»Überflüssige Frage.«

Sie nahm ebenfalls eine Garnele, die ihr aber sogleich wieder aus den Fingern flutschte. »Hoppla. Was ist mit deinem Garten, Jakob?«

Er nahm sich von der Paella. »Wer häufig von einem schönen Garten träumt, hat Sehnsucht nach Zuneigung und Liebe.«

Sie blickte ihn ungläubig an. »Ach ja? Du hast also Sehnsucht nach Liebe.«

Er seufzte theatralisch. »Es bedeutet auch, dass man eine neue Liebe finden will. Die eine Liebe, nach der man sich vielleicht viele Jahre gesehnt hat.«

Sie hatte es endlich geschafft, die Garnele auseinanderzupflücken und sich in den Mund zu stecken. Nun verschluckte sie sich und musste husten.

»Stimmt was nicht mit dem Essen?«, fragte er.

Nachdem sie sich einigermaßen gefangen hatte, sagte sie leise: »Ich hätte mich viel früher damit beschäftigen sollen. Träume sind viel zu interessant und aufschlussreich, um sie zu ignorieren.«

»Ganz meine Meinung.« Jakob nahm ihren Teller und fragte: »Möchtest du noch?«

»Wenn du möchtest, dass ich platze, gerne. Ansonsten würde ich lieber etwas von deinem köstlichen Nachtisch nehmen.«

Er hob die Augenbrauen. »Ach, du bist so eine, die sogar Nachtisch isst.« Er schnalzte mit der Zunge. »Ich dachte immer, Frauen würden auf Nachtisch verzichten. Wegen ihrer Linie.«

Sie stutzte und sah ihn verdattert an. »Schon möglich. Ich lasse fast nie Nachtisch aus.«

Er grinste breit. »Meine Schwester auch nicht.«

Sie überlegte, ob er sie vielleicht zu dick, zu mollig fand. Sollte sie ihn einfach fragen?

Ach, warum nicht. Schließlich wollte sie dazulernen, mutiger werden, direkter sein. »Findest du, dass ich öfter auf Nachtisch verzichten sollte?« He, das war richtig gut.

Er sah sie blinzelnd an, dann lehnte er sich etwas zurück, um sie besser betrachten zu können. Dabei setzte er eine sehr ulkige Miene auf, die sie augenblicklich kichern ließ. »Nein, finde ich nicht«, sagte er dann feierlich.

»Gut.«

»Würdest du in Zukunft auf Nachtisch verzichten, wenn ich der Meinung wäre?«

Darüber musste sie in der Tat nachdenken. Aber nicht besonders lange. »Nein, ich glaube nicht.«

Die Lachfältchen um seine Augen verrieten, was er dachte, doch er schwieg. Der Nachtisch war genauso gut wie die Paella.

Sie plauderten über Gott und die Welt, lachten viel, tranken den Wein aus, verzichteten danach auf eine weitere Flasche und tranken stattdessen einen Espresso. Dazu spendierte Jakob selbstgebackene Cantuccini.

Danach nahm er ihre Hand und zog sie an sich. »Und jetzt würde ich gern mit dir nach oben in mein Schlafzimmer gehen. Oder möchtest du lieber nach Hause?«

Sie lächelte. »Nach Hause? Du meinst, ins *›Kapitänshaus‹*? Nein, ich würde sehr gern hier bei dir bleiben.«

Er atmete übertrieben erleichtert auf, küsste ihre Fingerspitzen und seufzte: »Na, dann lass uns keine Zeit verlieren.«

Neben ihm aufzuwachen war so ziemlich das Schönste, was ihr in der letzten Zeit passiert war.

Sie weigerte sich aufzustehen, stattdessen kuschelte sie sich eng an ihn und legte den Kopf auf seine nackte Brust.

»Dein Haar kitzelt«, murmelte er.

Sie lachte. »Ich dachte, du magst mein Haar.«

»Und wie.«

»Solltest du nicht längst in der Pension sein?« Sie küsste ihn auf die Brust.

Er gähnte herzzerreißend und schlug die Bettdecke zurück. »Stimmt. Bleib ruhig noch liegen.« Er blieb am Bett stehen und betrachtete sie. Dann lächelte er. »Wunderbar, mit dir gemeinsam wach zu werden.«

»Ja.« Mehr sagte sie nicht.

Während er im Bad war und sie dem Wunsch widerstand, ihm zuzusehen, lief sie nach unten und setzte Kaffee auf.

Der Buntspecht hatte seine Arbeit bereits wiederaufgenommen und hämmerte emsig am Baumstamm.

»Du schaffst das«, sagte sie zu ihm.

Jakob kam angeschlichen, und obwohl sie ihn gehört hatte, tat sie so, als würde sie sich erschrecken, als er von hinten die Arme um sie schlang. »Guten Morgen. Oh, du hast schon Kaffee gekocht.«

Sie reichte ihm eine Tasse und zeigte nach draußen. »Er ist schon wieder beschäftigt.«

»Ja, er ist unermüdlich. So lange, bis die Nachbarskatze kommt.«

»Magst du eigentlich Katzen?«, fragte sie ihn. Würde er sagen, er hasse Katzen, würde sie gehen. Sofort.

Vielleicht.

»Sehr. Klementine.« Er hielt sie etwas von sich. »Wie bist du auf den Namen gekommen?«

»Ich mag altmodische Namen. Und Klementine hat so was Erhabenes, Stolzes. Er passt zu ihr.«

Jakob stellte seine Tasse auf die Spüle. »Ich muss leider los.« Er küsste sie lange. »Nur keine Eile. Es reicht, wenn du in einer Stunde in der Pension bist.«

Er ging zur Tür und nahm sich im Vorbeigehen einen Apfel aus der Schale, die auf dem Tisch stand.

»Der Letzte macht das Bad sauber.« Er zwinkerte und warf ihr einen Handkuss zu.

Nach dem Frühstück in der Pension wurde ihr bewusst, dass das dort die letzte Mahlzeit für sie gewesen war.

In ein, zwei Stunden würde sie wieder in ihrem Fiesta sitzen und Richtung Autobahn fahren.

Seltsamerweise machte es ihr nicht halb so viel aus, wie sie befürchtet hatte. Es verursachte ihr keine Magenschmerzen, dass sie schon bald wieder in Bremen sein würde, in ihrem Zuhause. Woher sie ihre Gelassenheit nahm, hätte sie nicht sagen können.

Ruhig packte sie ihre Sachen, kontrollierte, ob sie auch nichts vergessen hatte. Sie ging ins Bad und schaute sich um.

Dann sah sie im Nachtschrank und der kleinen Kommode nach, ob dort nichts mehr von ihr lag.

Sie machte ihre Reisetasche zu, packte Handy und Schlüsselbund ein, blickte sich noch mal im Zimmer um und atmete dann langsam aus.

Sie schloss die Tür hinter sich, und als sich ein leises Gefühl der Traurigkeit bemerkbar machte, verscheuchte sie es energisch. *Du hattest die schönsten Tage deines Lebens, Harriet, und du wirst jetzt nicht alles kaputtmachen, indem du heulst wie ein kleines Mädchen.*

Komischerweise funktionierte auch das.

Sie ging nach unten und stellte ihre Reisetasche in den Flur.

Jakob war in seinem Büro.

Die Haustür ging auf, und Johanna kam herein. »Puh, ich dachte schon, ich würde dich nicht mehr erwischen.« Sie gab Harriet einen größeren Umschlag. »Für dich.«

»Für mich? Vielen Dank. Darf ich schon aufmachen?«

»Sicher.«

Sie öffnete den Umschlag und zog ein großes Foto hervor.

Ein Foto mit dem *»Kapitänshaus«* darauf, davor Jakob, beide Arme ausgestreckt, so als wolle er das Haus umarmen. Und er lachte sein für ihn so typisches jungenhaftes Lachen.

»Das ist nach der Eröffnungsfeier entstanden.«

Johanna zeigte auf ihren Bruder. »Man sieht ihm an, wie glücklich er war.«

»Allerdings. Ein wunderschönes Bild, Johanna. Danke.«

»Gern geschehen. Ich dachte mir, dass es dir gefällt.« Sie zwinkerte Harriet neckisch zu.

Jakob kam aus seinem Büro, und Johanna umarmte Harriet und küsste sie auf die Wange. »Bis bald. Mach's gut.« Damit ging sie wieder hinaus, so als würden sie sich bald wiedersehen.

Jakob sah ernst aus, aber nicht niedergeschlagen. »Es war schön, Harriet, jeder einzelne Tag.«

»Ja, das war es.«

»Ich helfe dir, die Tasche ins Auto zu bringen.«

Sie hatte gehofft, dass er das sagen würde.

Nebeneinander gingen sie langsam zu ihrem Wagen. Sie verstaute die Tasche im Kofferraum und nahm dann Jakobs Hände.

Sie standen voreinander und blickten sich lange an.

»Du kommst wieder.«

»Überflüssige Frage.«

Er schmunzelte. »Das war keine Frage.«

»Ach so.«

Er zog sie an sich und küsste sie. Lange. Sehr lange.

Als er sie wieder losließ, musste sie Luft holen.

»Fahr vorsichtig.«

»Natürlich.« Sie stieg ein und schloss für einen Moment die Augen, weil sich nun doch ein seltsames Gefühl in ihrem Hals breitmachte. Nein, sie würde nicht heulen.

Jakob lehnte in der Tür. »Chatten wir jetzt eigentlich weiter?«

Sie musste lachen. »Überflüssige Frage, Jakob.«

»Dann bin ich beruhigt. Mach's gut, und pass auf dich auf, hörst du?«

»Du auch.«

Er machte die Tür zu, und sie startete den Motor.

Jakob blieb auf dem Parkplatz stehen, bis sie davongefahren war. Sie winkte im Rückspiegel und ahnte, dass sie sehr wahrscheinlich doch gleich heulen musste. Sie schluckte hartnäckig dagegen an, und als sie Born hinter sich gelassen hatte, war der Kloß in ihrem Hals verschwunden.

Zurück blieb ein wahnwitzig schönes Gefühl puren Glücks.

18.

Klementine gab sich äusserst spröde und zurückhaltend, aber Harriet hatte nichts anderes erwartet.

Sie hatte die Katzendame auf dem Arm, immerhin hatte Klementine sich das gefallen lassen, und kraulte sie hinter den Ohren, so wie sie es ganz besonders liebte.

Steffie hatte ein Glas Wasser vor Harriet auf den Tisch gestellt. »Erzähl, wie war's?«

Harriet seufzte ausgiebig. »Wunderbar.«

»Das klingt gut.« Steffie zeigte auf Klementine. »Wir beide haben uns gut verstanden.« Sie zog sich einen Stuhl heran. »Tut mir leid, das mit deinem verpatzten Geburtstag. Als deine Freundin vor der Tür stand, wusste ich nicht, was ich tun sollte. Ich hab versucht, dich zu erreichen, aber dein Handy war aus.«

»Schon gut, Steffie. Wenn ich geahnt hätte, was Miriam vorhatte, hätte ich dich vorgewarnt.« Klementine regte sich auf ihrem Arm und machte Anstalten hinunterzuspringen.

Harriet erhob sich. »Ich gehe schlafen, ich bin vollkommen erledigt.«

Steffie brachte sie zur Tür. »Macht's gut, ihr beiden.«

»Danke, Steffie, für alles.«

»Hast du dich eigentlich mit deiner Freundin aussprechen können?«

»Miriam ist nicht meine Freundin.«

Ihre Nachbarin lachte. »Nicht mehr, meinst du.«

Harriet winkte träge ab. »Nein, im Grunde war sie das nie.«

Sie stieg über die Reisetasche, die noch im Flur stand, und ging schnurstracks ins Bett. Klementine schmiegte sich, offensichtlich schon wieder versöhnt, in ihre Kniekehle.

Sie schlief bis zum frühen Morgen durch, erwachte ausgeruht und gut gelaunt und wunderte sich ein wenig über ihre Unbekümmertheit. Sie horchte in sich hinein. Nanu, keine Wehmut, keine Niedergeschlagenheit?

Nein, da war nur noch immer ein leises Gefühl der Glückseligkeit, das sie nicht recht erklären konnte.

Sie hatte erwartet, traurig zu sein. Traurig, dass ihr Urlaub, die wunderbare Zeit auf dem Darß, vorbei war und ihr Alltag sie wiederhatte.

Beschwingt hüpfte sie aus dem Bett, riss sämtliche Fenster in der Wohnung auf, kochte sich einen starken Kaffee und stellte sich damit ans Küchenfenster. Was Jakob jetzt wohl machte?

Huch, doch ein bisschen Wehmut, Sehnsucht?

Nein, sie dachte einfach gern an ihn, stellte sich vor, wie er in der Küche stand und Obst für die Gäste schnippelte.

Oder durchs Speisezimmer flitzte und alles anrichtete.

Vielleicht stand er aber auch gerade am Hafen und begrüßte den Tag. Sie lächelte vor sich hin.

Klementine war ebenfalls aufgestanden und strich um ihre Beine.

»Na, schon verziehen? Das ging ja flott diesmal.« Sie nahm die Katze hoch und drückte ihr Gesicht in das warme, weiche Fell. »Ich hab dich vermisst, Klementinchen.«

Sie fütterte die Katze und packte danach ihre Tasche aus.

Anschließend räumte sie auf, wischte Staub, hörte dabei laut Musik, was sie sonst nie tat, goss die Pflanzen, freute sich über frische Blüten der Orchidee, überlegte, sich eine neue Kuscheldecke zuzulegen, und tauschte die abgebrannten Kerzen im Wohnzimmer aus. Danach blickte sie sich zufrieden um, kochte sich eine Portion Spaghetti und aß sie in Ermangelung einer Soße nur mit Olivenöl. Es schmeckte gar nicht mal übel.

Was Jakob jetzt wohl gerade aß?

Sie lächelte, und ihr fiel ein, dass sie Susanne anrufen könnte. Bestimmt war sie gerade irgendwo draußen in der freien Wildbahn unterwegs, wie sie das in ihrer Freizeit gern tat. Vielleicht mit ihrem Paul.

Doch Susannes Handy war ausgeschaltet, und Harriet war ein bisschen enttäuscht.

Sie beschloss, es bei Gerd zu versuchen. Sie ließ es unzählige Male klingeln, doch er nahm nicht ab.

Wieder stellte sie sich ans Küchenfenster und blickte nach draußen. Sie freute sich sogar auf ihre Arbeitskollegen, auf ihren Schreibtisch. Aber sie war auch froh, dass sie diesen Montag noch freihatte. Direkt aus dem Urlaub zu kommen und einen Tag später gleich wieder zur Arbeit zu müssen, das war nichts für sie.

Seufzend sah sie auf die Uhr. Es war später Nachmittag. Irgendetwas ließ sich sicher noch mit dem Tag anfangen.

Jakob saß jetzt bestimmt mit ein paar Gästen auf der Terrasse, die langen Beine ausgestreckt, das Gesicht in der Sonne.

Sie nahm ihre Jacke. Sie würde einen kleinen Spaziergang an der Weser machen.

Ständig musste sie Radfahrern, freilaufenden Hunden und trippelnden älteren Menschen mit Gehhilfe ausweichen oder an ihnen vorbeihuschen.

Nach einer guten halben Stunde kehrte sie entnervt um.

Nein, das war weiß Gott nicht das, was sie sich unter einem entspannten Nachmittagsspaziergang vorstellte.

Ein kleines Mädchen mit Sturzhelm kam auf einem Fahrrad angesaust und hielt geradewegs auf sie zu.

Ein Mann, wahrscheinlich ihr Vater, war ihr bereits auf den Fersen, wild gestikulierend. »Jenny! Anhalten! Füße auf den Boden!«

Das Kind fuhr unbeirrt weiter, strahlend, weil sie nun auch die Fahrradklingel für sich entdeckt hatte.

»Jenny! Stehen bleiben!«

Harriet sprang zur Seite und streifte mit ihrer Hüfte einen Mülleimer. Bei der Seitwärtsbewegung, die sie in der Folge machte, streifte sie wiederum die Bank, die gleich neben dem Mülleimer stand. Sie versuchte, sich an der Bank festzuhalten, was nicht gelang. Stattdessen landete sie direkt daneben und auf ihrem Hinterteil. Das in weißen Jeans steckte.

Eine Sekunde später stand sie wieder.

Der Vater des Mädchens hatte das Kind unterdessen an der Schulter erwischt und dazu gebracht anzuhalten.

Er blickte sich zu Harriet um, die sich die Hose abklopfte, machte kehrt und fuhr auf sie zu. »Tut mir leid, meine Tochter hat es erst vor einigen Tagen gelernt. Fahren kann sie ziemlich gut«, er grinste etwas schuldbewusst, »nur mit dem Bremsen klappt's noch nicht so.«

»Ist mir auch aufgefallen.«

Er musterte sie von oben bis unten. »Sind Sie in Ordnung?«

Sie winkte ab. »Ja, sicher. Machen Sie sich keine Gedanken.«

Das Mädchen kam ebenfalls, diesmal schob sie das Rad. »Bist du hingefallen?«

Harriet nickte.

»Wegen mir?«

Harriet zuckte mit den Schultern.

»Das wollt ich nicht.« Die Kleine sah aus, als würde sie jeden Moment anfangen zu weinen.

»Nicht schlimm.« Harriet schenkte ihr ein breites Lächeln. »Hast du dir weh getan?«

»Ach was.«

Der Mann klopfte dem Mädchen mit einem Finger auf den Helm. »Weiter geht's, Prinzessin. Und wenn ich sage: ›Halt‹, dann bleibst du stehen, klar?«

Harriet schaute den beiden nach, bis sie nicht mehr zu sehen waren. Dann erst blickte sie an sich herunter. Ihre Hose musste in die Waschmaschine, ansonsten hatte sie den kleinen Sturz gut überstanden. Sie lief nach Hause, aß dort eine Kleinigkeit und versuchte es erneut bei Gerd.

Er ging wieder nicht an sein Handy. Entweder, er wollte nicht mit ihr sprechen, und genau das schien ihr am wahrscheinlichsten, oder er hatte es irgendwo hingelegt und dort vergessen. Das war schon vorgekommen.

Sie nahm ihr angefangenes Buch, ging früh zu Bett und schlief erst weit nach Mitternacht ein.

Nicht, weil sie nicht schlafen konnte, sondern weil das Buch so spannend war.

Harriet stellte ihre Tasche auf den Schreibtisch und ging in die Teeküche, wo ihre Arbeitskollegen allesamt versammelt waren.

»Da ist sie ja wieder. Moin, Harriet. Wie war dein Urlaub?«, fragte ihr Kollege, kaum dass sie in der Tür stand.

»Großartig.« Sie lächelte ihre Kollegin an. »Danke, dass du dich um meine Pflanze gekümmert hast, Sylvia.«

»Gern geschehen.«

Harriet nickte in Richtung des runden Bauches. »Was macht der Nachwuchs?«

»Der geht es prima.«

Alle Kollegen stutzten.

»Ach, dann wird's ein Mädchen?« Mensching hob die Augenbrauen.

Sylvia zuckte mit den Schultern. »Wer weiß.«

»Komm, du hast gerade gesagt ...« Er winkte ab und wandte sich wieder Harriet zu. »Und? Wieder Lust auf die Arbeit?«

»Ist das eine ernstgemeinte Frage?«

Er grinste. »Nein.«

Harriet schenkte sich Kaffee ein. »Und? Gibt's irgendwelche Neuigkeiten?«

Ihre Kollegen sahen sich an.

Hatten sie sich nicht gerade zugezwinkert?, dachte Harriet etwas verblüfft.

»Tja, Neuigkeiten? Doch die gibt's. Oder, Sylvia?« Mensching verschränkte die Arme und musterte Harriet, so als würde er sie zum ersten Mal sehen. »Du bist heiße Kandidatin für den Filialleiter-Posten, aber das weißt du ja bereits.«

Sie nickte langsam.

»Nimmst du an?«

Wenn sie ehrlich war, hatte sie bisher kaum darüber nachgedacht. Sie hatte es vor sich hergeschoben, weil es ihr komischerweise nicht wirklich wichtig erschien. Vielleicht wollte sie auch nicht darüber nachdenken, weil sie im Grunde ihres Herzens den Job nicht wollte.

Jetzt überlegte sie, ob das wirklich der wahre Grund für ihr Verhalten war.

»Ich weiß es nicht, Rainer«, erwiderte sie deshalb wahrheitsgetreu.

»Du weißt es nicht? Mensch, Harriet, das ist eine tolle Chance.«

»Chance? Wofür?«

Er sah sie an, als wäre sie nicht ganz bei Trost. »Wofür? Du fragst mich allen Ernstes wofür? Das ist ein verantwortungsvoller Posten, Harriet, du verdienst mehr, du hast mehr Einfluss.«

»Einfluss?«

Er nickte eifrig. »Klar, du kannst Entscheidungen treffen.«

Das alles interessierte sie herzlich wenig. Mehr Einfluss, mehr Geld, das alles war ihr vollkommen gleichgültig.

»Möchtest du den Posten, Rainer?«, fragte sie aufgeräumt.

Er sah sie an, als hätte sie ihm ein unsittliches, gar schmieriges Angebot gemacht. »Soll das ein Witz sein? Ich würde ihn mit Handkuss nehmen. Aber du bist wesentlich länger hier, also wirst du ihn kriegen. Für mich als Mann kein Problem, ich bin da emanzipiert.« Er winkte betont lässig ab.

Sylvia Wagner musterte ihn misstrauisch, schwieg aber.

»Ich bin nicht interessiert, Rainer.« Harriet trank ihren Kaffee aus. »Wirklich, bewirb du dich. Ich lege ein gutes Wort für dich ein.«

Er starrte sie an. »Du machst dich über mich lustig.«

»Überhaupt nicht.«

Jetzt grinste er, und dieses Grinsen gefiel ihr plötzlich so gar nicht. »Du kriegst den Job bestimmt auch, weil sie bei dir keine Sorge haben müssen, dass du mit einem Kind ankommst. Damit dürftest du längst durch sein.«

Sylvia Wagner schnappte sichtlich nach Luft, und die blieb Harriet auch gerade weg. Doch sie besann sich, weil sie befürchtete, ihrem eigentlich sehr geschätzten Kollegen ordentlich die Leviten zu lesen.

»Also, das ist wirklich die Höhe!«, zischte ihre Kollegin. »Das ist typisch, dass man sich so was als Frau anhören muss!«

Mensching zog den Kopf ein, und man sah ihm an, dass er ganz eindeutig bereute, übers Ziel hinausgeschossen zu sein. »Tut mir leid, Harriet, ist mir so rausgerutscht.«

»Trotzdem!«, beharrte Sylvia Wagner.

»Ja, hast ja recht, tut mir wirklich leid. Aber es stimmt doch, Harriet ist fünfzig, da kriegt man keine Kinder mehr.«

»Rainer!«

»Stimmt doch.«

Harriet blickte von einem zum anderen. »Irgendwie habt ihr beide recht.« Sie wusste nicht, warum, aber sie musste lachen.

Ihr Kollege sah sehr erleichtert aus. »Nimm's mir nicht übel, Harriet.« Er reichte ihr die Hand. »Fast hätt ich's vergessen: Alles Gute zum Geburtstag. Nachträglich.«

Wie aufs Stichwort ging die Tür auf, und Friederike, die Auszubildende, kam herein, im Arm einen überdimensionalen Blumenstrauß. Sie drückte ihn Harriet in die Hände. »Alles Liebe zum Geburtstag.«

Harriet war sprachlos. »Danke«, stammelte sie.

»Natürlich haben wir's nicht vergessen.« Sylvia Wagner umarmte sie vorsichtig.

»Danke«, murmelte Harriet erneut.

»Denk einfach mal drüber nach«, schlug ihr Kollege vor, während er versuchte, sich an ihr, dem riesigen Strauß und dem runden Bauch seiner anderen Kollegin vorbeizuquetschen.

»In Ordnung«, sagte sie leise, wusste aber gleichzeitig, dass das nicht nötig sein würde. Sie hatte ihre Entscheidung längst getroffen, ohne sich jemals wirklich damit beschäftigt zu haben.

Auf dem Nachhauseweg ging ihr durch den Kopf, dass sie wohl zum ersten Mal in ihrem Leben eine so schwerwiegende Entscheidung aus dem Bauch heraus getroffen hatte. Sie hatte nie ernsthaft überlegt, ob sie den Filialleiter-Job wollte, ihr Bauch hatte für sie entschieden.

Selten zuvor hatte sie sich mit einer Entscheidung so wohl gefühlt, so sicher.

Sie ging schlafen, nachdem sie mit Jakob eine gute Stunde gechattet hatte. Es hatte sich eigenartig angefühlt, zuerst jedenfalls, dann hatte sich ein wunderbares Gefühl der Vertrautheit eingestellt.

Es war noch recht früh, als sie sich unter die Bettdecke kuschelte. Sie ließ ihr Leben Revue passieren, etwas, was sie so auch noch nie getan hatte. Ihre gescheiterten Beziehungen gingen ihr durch den Kopf, die Männer, die sie verlassen hatten und die sie selbst verlassen hatte. Was sich etwa die Waage hielt. Sie dachte an Gunnar, und ob er verheiratet war, eine Familie hatte. Sie ertappte sich dabei, dass sie es ihm von Herzen wünschte. Er hätte es verdient. Sie hatte ihm nicht geben können, was er sich so sehnlichst gewünscht hatte. Hoffentlich hatte das eine andere getan.

Klementine kam zur Tür herein und sprang auf die Bettdecke.

Dort begann sie zunächst, sich ausgiebig zu putzen, dann kroch sie an Harriets Füße und rollte sich dort zusammen.

»Ich hab Lust, mehr aus meinem Leben zu machen, Klementinchen«, sagte Harriet zu ihr.

Die Katzendame blickte auf und sah sie treuherzig an, so als habe sie jedes Wort verstanden. Und Harriet zweifelte keine Sekunde daran, dass dem auch so war.

Aber was genau bedeutete »mehr aus seinem Leben machen«?

Sie wusste nur eins, es hieß nicht, dass sie mehr Geld verdienen wollte. »Mehr Macht«, wie ihr Kollege es nannte, interessierte sie noch weniger.

Mehr aus ihrem Leben machen, das hieß für sie schlicht und ergreifend: mehr erleben, was Freude macht und Glück bedeutet.

Punkt.

Sie würde einfach gern mehr das tun, was ihr Leben bereichern würde. Mehr reisen, mehr Dinge sehen, die ihren Horizont erweitern würden, mehr Menschen kennenlernen, die Interessantes erlebt und zu erzählen hatten. Öfter mal spontan sein, alle fünfe gerade sein lassen. Mehr auf den Bauch hören.

Harriet verschränkte die Hände im Nacken, während ihre Katze begann, ihre Fußsohle abzuschlecken. Sie zuckte zusammen und kicherte.

Dann seufzte sie. *Das Leben kann so einfach sein …*

Wenn man erst mal wusste, worauf es ankommt, was einem wichtig ist, was man wirklich braucht und liebt. Das herauszufinden war allerdings oft genau das Problem, die Schwierigkeit.

Sie setzte sich auf und nahm ihr Handy vom Nachtschrank.

Sie wählte Gerds Nummer und erfuhr, dass der Teilnehmer momentan nicht erreichbar sei.

Na schön, sie würde es weiter versuchen.

Als sie am nächsten Morgen frühstückte, klingelte ihr Handy, und sie hatte sofort das Gefühl, es könnte Gerd sein.

Es war aber Jakob, und seine Stimme ließ ihren Herzschlag um ein Vielfaches in die Höhe schnellen.

»Wie geht's dir? Hast du gut geschlafen?«, erkundigte er sich.

Sie legte eine Hand auf ihr Herz. »Ich hab wunderbar geschlafen, Jakob, und du?«

»Ich auch. Als ich wach wurde, hab ich gedacht: Wie schön wäre es, wenn Harriet jetzt neben mir liegen würde.«

»Das hast du wirklich gedacht?«

»Ja.«

Sie musste schlucken, weil es in ihrem Hals plötzlich ganz eng wurde. Dieser Mann schaffte es doch tatsächlich, sie durch die Telefonleitung hinweg aus der Fassung zu bringen.

»Bist du noch dran?«

»Sicher.« Sie räusperte sich.

»Mir fehlt dein Lachen.«

»Oh. Ähm, mir fehlt dein Lachen auch.«

Er seufzte leise, und sie stimmte mit ein, so dass sie beide lachen mussten.

»Hast du dich mit Gerd ausgesprochen?«

»Er geht nicht an sein Handy.«

»Er braucht eine Weile, Harriet.«

»Ja, ich weiß. Ich muss ein bisschen Geduld haben.«

»Liebe Grüße von Johanna.«

»Und ganz liebe Grüße zurück.« Sie musste schlucken. Und ihr wurde mit einem Mal eigentümlich schwer ums

Herz, dabei hatte sie sich bis eben noch ganz wunderbar gefühlt. Jakob fehlte ihr, sehr sogar.

»Ich muss in die Küche«, sagte er leise, fast behutsam. »Die Gäste warten auf ihr Frühstück.«

»Ist gut.« In ihrem Hals war es unangenehm rau geworden, so als würde sie eine Erkältung bekommen. »Ich wünsche dir einen schönen Tag, Jakob.«

»Ich dir auch, Jette.« Er legte auf, und sie kniff wütend die Augen zusammen, in denen sich heiße Tränen gesammelt hatten. An dem Kloß, der in ihrem Hals steckte, musste sie eine Weile schlucken.

19.

Sie hatte fast eine halbe Stunde mit einem unversöhnlichen, grantigen Kunden telefoniert, der ihr die Hölle heißgemacht, die Bank als »träge und kundenfeindlich« bezeichnet und schließlich wutschnaubend aufgelegt hatte. Dabei war er klar im Unrecht.

Harriet hatte versucht, ihm das klarzumachen, und schließlich resigniert aufgegeben. Was nützte es, wenn sie ihn mit der Nase daraufstieß, dass er ein uneinsichtiger Bursche war?

Sie starrte aus dem Fenster und nagte an ihrer Unterlippe. Draußen regnete es feine Bindfäden, und die Menschen liefen sichtlich missmutig unter ihren Regenschirmen am Bankgebäude vorbei.

Sie öffnete die oberste Schublade in ihrem Schreibtisch und wühlte darin herum. Normalerweise bewahrte sie hier eine Tafel Vollmilchschokolade auf – für Notfälle.

Sie fand keine und knallte die Schublade wieder zu.

Die Wut, die der Kunde verspürt und an ihr ausgelassen hatte, übertrug sich nun auf sie. Großartig. Das war vollkommen dämlich. Nein, entschied sie, es reicht. So nicht!

Sie nahm den Telefonhörer und rief den Mann wieder an.

Er knurrte ein »Na, geht doch«, als sie sich meldete.

Sie blieb ausgesprochen höflich, so wie sie es gelernt hatte und wie es im Grunde auch ihre Art war. Sie klärte ihn ein weiteres Mal darüber auf, dass sie sich so verhalten hatte, wie es vereinbart worden war, und es für ihn keinen Grund gab, so aus der Rolle zu fallen.

Zwei Minuten später scherzte er mit ihr, dass sie eine gewitzte, charmante Person sei, und weitere zwei Minuten darauf reichte er ihr bildlich gesehen die Hand.

»Sie haben ja recht, Frau Bohnekamp. Manchmal schieße ich übers Ziel hinaus. Tut mir aufrichtig leid. Nehmen Sie meine Entschuldigung an?«

Sie biss sich auf die Lippe, um ernst zu bleiben. »Natürlich, Herr Schafhausen. Dann sind wir uns einig?«

»Aber so was von«, antwortete er aufgeräumt.

»Prima.« Sie legte nicht weniger aufgeräumt auf.

Das Leben kann so einfach sein …

In der Mittagspause schlenderte sie durch die Stadt, sah sich eher lustlos ein paar modische Handtaschen im Schaufenster an und spazierte langsam weiter.

Früher hatte es ihr Spaß gemacht, durch die Fußgängerzone zu bummeln und sich die Schaufenster anzusehen. Heute aber mochte keine rechte Freude aufkommen, von Vergnügen keine Spur. Mit ihren Gedanken war sie weit, sehr weit weg. Sie hatte Bremen immer gemocht, schließlich war sie aus freien Stücken hiergeblieben. Es hatte sie nie in eine andere Stadt gezogen. Doch nun überkam sie ein eigenartiges Gefühl, als sie durch die Straßen ging und die Menschen um sich herum betrachtete. Alles war ihr vertraut, sie kannte jeden Stein, jeden Baum, an dem sie vorbeikam.

Die Erkenntnis traf sie wie ein Faustschlag: Sehnsucht.

Du hast Sehnsucht, Harriet. Sehnsucht nach Jakob, nach dem Darß, Sehnsucht nach einem neuen, anderen Leben.

Ihre Kehle war urplötzlich wie zugeschnürt, ihr Herz raste, und ihr wurde ein wenig übel. Atemlos und reichlich verdattert blieb sie stehen und blinzelte. Sie musste sich kurz sammeln, um weitergehen zu können.

Ihr Kollege pirschte sich kurz vor Feierabend an sie heran.

»Hast du mal eine Minute?«

»Sicher.« Sie sah ihn an. »Ist was passiert, Rainer? Du siehst so blass aus.«

Er wischte sich übers Kinn und schenkte ihr ein drolliges, etwas hilfloses Grinsen. »Können wir in dein Büro gehen?«

»Natürlich.« Sie ging voran. Eine leise Ahnung beschlich sie, weshalb er wohl mit ihr sprechen wollte.

Sie bat ihn, Platz zu nehmen, und reichte ihm ein Glas Wasser.

Er kam auch gleich zur Sache. Das schätzte sie an ihm; er kam sofort auf den Punkt.

Er trank das Wasser in mehreren Zügen aus. »Ich möchte mich noch mal bei dir entschuldigen, Harriet.«

»Wofür?« Gut, sie stand schon wieder auf der Leitung, etwas, was sie sich wohl niemals abgewöhnen würde. Eine ihrer schlechten Eigenschaften. *Auf der Leitung stehen ist keine schlechte Eigenschaft, es ist ein Teil deines Charakters*, hörte sie Jakob sagen. Wieder musste sie grinsen und verbarg es blitzschnell, indem sie die Flasche nahm und dem Kollegen nachschenkte.

»Ich hab blöde Dinge zu dir gesagt. Das mit dem Kinderkriegen und so.«

Sie winkte ab. »Ach das. Schon gut, Rainer.«

»Wirklich?«

»Ja, wirklich.« Ja, sie war nicht nachtragend. Niemals. Eine ihrer guten Eigenschaften.

»Ich hab auch noch mal darüber nachgedacht, was du mir gesagt hast.«

Sie schwieg, hob nur die Augenbrauen.

»Du hast gesagt, du willst den Posten nicht. Ist das noch immer so? Oder hast du deine Meinung inzwischen geändert?«

»Filialleiterin zu werden? Nein, ich bin nicht interessiert, Rainer. Ich werde meine Meinung nicht ändern. Ich weiß, dass das niemand versteht …« Sie verstummte, weil ihr plötzlich klar wurde, dass es ihr vollkommen gleichgültig war, ob sie jemand verstand. War es wichtig, dass sie verstanden wurde? Und wenn ja, änderte das etwas an ihrer Entscheidung?

Nein.

Er holte tief Luft. »Ich würde mich gern bewerben, Harriet.«

»Dann tu's.«

»Meinst du wirklich?«

Sie lachte. »Möchtest du Absolution? Die hast du, Rainer. Ich glaube, du bist genau der Richtige für den Job.«

Er räusperte sich und knetete seine Finger. »Und du? Ähm, was wirst du tun?«

Sie sah ihn verblüfft an. Und erst jetzt verstand sie. »Ach, du meinst, ob ich weiterhin hier arbeiten werde, wenn du Filialleiter bist?«

Er nickte vage.

Sie lachte wieder. »Warum denn nicht?«

Ja, warum denn nicht? Warum sollte sie das Weite suchen, nur weil sie einen Posten nicht angenommen hatte und jemand anderer ganz scharf darauf war?

Ihr Kollege stieß ein erleichtertes Zischen aus. »Ja, dann …«

Sie lächelte ihn an. Und eine weitere Erkenntnis traf sie, härter noch als die, die sie in ihrer Mittagspause getroffen hatte.

Jakob wartete bereits im Netz auf sie.

Ihre Finger zitterten, als sie ihm antwortete.

Sie berichtete von ihrer Entscheidung, den Filialleiter-Job nicht anzunehmen. Während sie tippte, kam eine E-Mail von Marie. Sie schrieb, dass sie sich sehr gefreut habe, sie kennenzulernen, und dass ihr das Gespräch sehr gut getan habe. Sie erinnerte Harriet an ihre Verabredung zu Silvester, und Harriet schmunzelte. Als wenn sie das vergessen würde.

Marie hat mir geschrieben.

Wie schön. Sie ist eine sehr sympathische Person, schrieb Jakob zurück.

Das ist sie. Wir wollen uns Silvester im ›Kapitänshaus‹ treffen.

Dann werden wir beide uns ja auch treffen. Wie schön. Er setzte einen breit grinsenden Smiley hinzu, und sie kicherte.

Was dachtest du denn …

Dass du vielleicht lieber mit deiner Freundin Miriam feiern möchtest?

Sie prustete vor Lachen. *Das wäre gleich meine zweite Wahl.*

Sie erzählte ihm nichts von den Erkenntnissen, die sie am Tag geradezu »überfallen« hatten. Ihr war noch nicht danach, mit jemand anderem darüber zu sprechen, erst musste sie selbst verdauen, was ihr durch den Kopf ging.

Nachdem Jakob sich verabschiedet hatte, schrieb sie Marie zurück: *Ich freue mich auf Silvester, Marie.*

Und ich werde deiner Freundin ein paar meiner Zeichnungen schicken. Das schrieb sie allerdings nicht, das hatte sie soeben feierlich beschlossen.

Eine weitere Erkenntnis.

Ein paar Tage später, Klementine hatte sich auf die Fensterbank zwischen zwei Orchideen zurückgezogen und döste in der Herbstsonne, fuhr Harriet in die Stadt, um ein paar Besorgungen zu machen. Sie brauchte dringend neue Schuhe für den Winter und warme Pullover.

Mit mehreren Einkaufstaschen und einem Korb voller Lebensmittel kam sie Stunden später die Treppe herauf – und fand Miriam vor ihrer Wohnungstür vor.

Sie blieb fast ein wenig erschrocken stehen.

Miriam verzog das Gesicht zu einem schiefen Lächeln. »Kann ich reinkommen?«

»Klar, du wirst nicht zum Spaß vor der Tür stehen«, sagte Harriet und schloss die Tür auf.

»Warst du einkaufen?«

Nein, ich schleppe nur so zum Spaß zig Taschen und Tüten durch die Gegend.

»Ich brauchte dringend Winterkleidung.« Sie wartete ein, zwei Sekunden, ob Miriam ihr Hilfe anbieten würde, und schleppte die Einkäufe schließlich allein in die Küche.

Wo Klementine erschrocken aufsprang und einen Satz machte.

Die Katze verschwand erst unter dem Küchentisch, dann huschte sie an Miriam vorbei, die sich gebückt hatte und nach ihr greifen wollte.

Harriet musste ein Lachen unterdrücken.

»Zeig mal, was du dir gekauft hast!«

Harriet, die gerade den Kühlschrank einräumte, hielt inne und drehte sich zu Miriam um. »Bist du hergekommen, um zu sehen, was ich mir gekauft habe?«

Miriam lümmelte sich sichtlich schlecht gelaunt auf einen Küchenstuhl und zog die Beine an. »Ich hab ihn rausgeworfen.«

»Wen? Ach so, Dirk.« Sie räumte weiter ein und spähte über die Kühlschranktür zu ihrer ehemaligen Freundin. »Du hast ihn rausgeworfen?«, wiederholte sie dann.

»Er ist ein Idiot.«

»Das sagst du seit Jahren.«

»Jetzt ist es endgültig.«

Harriet unterdrückte ein Stöhnen und klappte die Kühlschranktür zu.

Miriam griff nach einer der Taschen, die auf dem Tisch lagen, und kippte sie lustlos aus. Ein Wollpullover in einem hübschen, sehr hellen Beige kam zum Vorschein, eine Strickjacke mit Kapuze und zwei langärmelige Shirts.

Sie tippte auf die Strickjacke. »Cool. Ist aber überhaupt nicht deine Farbe.«

»Findest du.«

»Steht dir garantiert nicht.«

Harriet schnappte nach Luft. Und sie tat etwas, was sie in Miriams Gegenwart noch nie getan hatte: Sie sagte sehr leise, sehr freundlich, aber sehr bestimmt: »Mich interessiert weder, ob du meinen Klamottengeschmack magst, noch, dass du deinen Mann rausgeworfen hast. Am besten, du verschwindest gleich wieder.« Sie blinzelte, selbst reichlich verdattert über ihre Worte.

Miriam blinzelte ebenfalls. Sie schluckte mehrmals.

»Du … bist so blöd geworden, Harriet. Weißt du das eigentlich? Erst die Sache mit deiner bescheuerten Geburtstagsparty …«

Harriet sah sie ernst an. »Warum bist du hergekommen, Miriam? Um dich auszukotzen? Um über deinen Mann herzuziehen? Um mir zu sagen, wie hässlich du meine neue Strickjacke findest? Um mir zu sagen, wie gemein ich zu dir war, als du eine Party für mich organisiert hast, die ich nicht wollte? Weil du Leute eingeladen hast, die ich nie mehr wiedersehen wollte?«

»Wer war eigentlich dieser Typ? Dieser Jakob?«

»Warum hältst du dich seit Jahren für meine Freundin? Wir passen nicht zueinander, Miriam. Ist dir das noch nie aufgefallen? Was bin ich für dich? Ein seelischer Mülleimer?«

Ihr Handy klingelte. Zerstreut zog sie es aus der Handtasche und murmelte, ohne aufs Display zu sehen: »Jetzt nicht«, hinein. »Ich bin nicht deine Freundin, Miriam, das war ich nie.«

Miriam kaute an ihrem Daumennagel. »Ich glaube, du kommst in diese dämlichen Wechseljahre …«

Harriet schnaubte. »Schon möglich. Aber ich …«

»Du bist gar nicht mehr du selbst. Du …«

»Unterbrich mich nicht dauernd! Endlich sage ich mal, was ich von alldem halte, von dir, deinem Getue …«

»Spinnst du eigentlich?« Miriam war rot angelaufen.

»Ganz im Gegenteil, Miriam.« Sie schnaubte erneut, dann musste sie plötzlich lachen. »Du hast Dirk rausgeworfen? Aus *seinem* Haus?«

Miriam hatte eine besorgniserregende Gesichtsfarbe bekommen. »Es ist auch mein Haus.«

Harriet gluckste. »Er hat das Haus gekauft, Miriam.«

Miriam sprang auf und kreischte: »Ja, aber es ist auch mein Haus, Harriet! Auch meins! Verstehst du?« Sie lief zur Tür und blieb dort stehen. »Dirk meint auch, wahrscheinlich steckst du in den Wechseljahren und benimmst dich deshalb so bescheuert.«

Harriet schluckte, aber nicht, weil sie wütend war, sondern weil sie glaubte, gleich noch lauter lachen zu müssen.

»Das ist gut möglich, Miriam. Ich bin fünfzig, da ist das nicht abwegig.«

»Du findest das auch noch komisch, was?« Miriam stand im Türrahmen, rotgesichtig und sichtlich nach Luft schnappend. Sie sah aus wie eine Furie.

Harriet schoss etwas Irrwitziges durch den Kopf: Sie hatte große Lust, Miriam zu zeichnen. Sie würde ihre Augen etwas mehr betonen, vielleicht etwas vergrößern, verdunkeln, die Haare würden vom Kopf abstehen, der Mund halb geöffnet.

Eine Furie ...

Sie biss sich auf die Unterlippe.

Miriam kam wieder zum Tisch und nahm ihre Handtasche, die bis eben auf dem Stuhl gelegen hatte. Sie öffnete sie, zerrte etwas Hellgrünes hervor und knallte es auf den Küchentisch. »Hier! Deine blöde Bluse!«

»Danke.« Mehr sagte Harriet nicht.

Miriam schulterte ihre Handtasche, vergaß aber, sie vorher zu schließen, und der gesamte Inhalt, und das war in der Tat einiges, fiel auf den Küchenboden. Sie hockte sich hin und pfefferte schniefend alles wieder in ihre Tasche zurück. Dann stolzierte sie mit hoch erhobenem Kopf aus der Tür, brüllte Klementine an, die zufällig des Weges kam, sie solle verschwinden, und zwar auf der Stelle, und knallte die Wohnungstür hinter sich zu.

Harriet saß da, die Hände auf ihrer nagelneuen, sehr hübschen Strickjacke, die ihr ganz wunderbar stand, wie sie im Spiegel der Boutique festgestellt hatte. Klementine kam herein und sprang auf ihren Schoß.

»Das war mal ein Auftritt, was?« Harriet kraulte gedankenverloren ihren Kopf. »Aber sie hat ja irgendwie auch recht, weißt du. Sie kennt mich als gutmütigen, dauergeduldigen Menschen und ist nun natürlich ziemlich irritiert.«

Klementine schnurrte behaglich und leckte über ihre Pfote.

Harriet nahm sie vorsichtig hoch und beförderte sie auf die Fensterbank. »Genieß die Aussicht, Klementinchen. Ich werde mir einen Tee kochen und ein Stück Torte leisten.«

Einige Zeit später saß sie in ihrem Lieblingssessel, ihre Zeichenmappe auf dem Schoß, den Bleistift gedankenverloren in der Hand und ein älteres Frotteehandtuch auf dem Kopf.

Mahagoni ...

Sie war gespannt wie ein Flitzebogen, wie sie mit rotem Haar aussehen würde.

Klementine hatte sich nun auf der Wohnzimmer-Fensterbank zusammengerollt und schnarchte leise.

Harriet seufzte. Nicht zum ersten Mal. Sie hatte sich ihre Zeichnungen angesehen, alle durchgeblättert und erneut von vorn begonnen. Hatte sie wirklich Talent, wie alle behaupteten? War sie gut genug, um sich bei einem Verlag zu bewerben, vorzustellen?

Sie betrachtete zwei Zeichnungen von Klementine, wie sie auf dem Küchenstuhl lag und döste. Die Sonne hatte durchs Fenster geschienen und Klementines Schnurrhaaren einen ganz besonderen Schimmer verliehen. Sie erinnerte sich noch sehr gut, wie sie leise nach draußen geschlichen war und ihren Block geholt hatte.

Sie nahm eine weitere Zeichnung heraus und sah sie lange an.

Wieder seufzte sie. Würde sie die Traute, den Mut haben, ein paar Zeichnungen an den Verlag von Maries Freundin zu schicken?

Wenn ich nur nicht so ein Angsthase wäre ...

Ihr fiel ein, dass jemand auf ihrem Handy angerufen

hatte, als Miriam da gewesen war. Das hatte sie völlig vergessen.

Vielleicht war es Jakob gewesen.

Sie holte es aus der Küche.

Gerd hatte eine kurze Nachricht draufgesprochen, eigentlich nur einen Satz: *Wir sollten uns mal treffen, Jette.*

Das Herz schlug ihr bis zum Hals, vor Erleichterung, vor Freude.

Sie wählte sofort seine Nummer, und diesmal nahm er sehr rasch ab.

»Ich bin's, Gerd.«

»Jette, schön, dass du anrufst.«

»Ich versuche seit einiger Zeit mehrmals täglich, dich an den Apparat zu kriegen.«

»Ich brauchte Zeit, Jette.«

»Das verstehe ich. Was hältst du von einem Glas Wein? Bei Christiano?«

Er räusperte sich. »Ehrlich gesagt, wäre mir ein anderer Ort lieber.«

Sie schmunzelte. Sie hatte so eine Ahnung, dass Gerd entweder woanders hinwollte, weil die schlechten Erinnerungen an ihr letztes Treffen bei Christiano noch sehr lebendig waren, oder aber er gab seiner eigentlichen leichten Aversion gegen Christiano als Mann einfach mal nach.

»Schlag was vor.«

Er räusperte sich wieder. »Dann hast du nichts dagegen, dass wir uns woanders treffen?«

»Warum sollte ich?« Dachte er etwa, dass sie still und heimlich verknallt in Christiano war? Nur weil sie ihn sympathisch, ja sogar attraktiv fand? Weil er tolles, dichtes Haar hatte?

»Früher wolltest du immer unbedingt zu Christiano.«

Sie lachte leise. »Früher.« *Als ich noch unter fünfzig, kompliziert und in meinen Gewohnheiten festgefahren war.*

Sie gluckste und verschluckte sich ordentlich. Hustend versuchte sie, Gerd zuzuhören, als er einen neuen Treffpunkt vorschlug.

»Hast du dich verschluckt?«, fragte er.

»Ja, entschuldige. Hab ich das richtig verstanden: Heute Abend um acht? Türkisch?«

»Wenn es dir recht ist.«

»Ich freue mich, Gerd. Bis dann.«

Gleich als sie zur Tür hereinkam, schlug ihr der wunderbare Duft von frisch gebackenem Fladenbrot entgegen.

Der riesige Lehmofen, in dem mehrmals täglich Brot gebacken wurde, nahm einen großen Teil des Restaurants ein.

Eine junge Türkin kam auf sie zu. »Sie haben reserviert?«

Harriet blickte sich um und entdeckte Gerd an einem der hinteren Tische. Von dort aus hatte man einen wunderbaren Blick auf die Wallanlagen. »Da drüben.« Sie schenkte der jungen Frau ein warmes Lächeln.

Harriet trug ihre neue Strickjacke, in der sie sich augenblicklich so wohl gefühlt hatte, dass sie gar nicht anders gekonnt hatte, als sie zu kaufen. Sogar ohne auf das Preisschild zu achten.

Gerd stand auf und umarmte sie. Zunächst etwas zögerlich, doch als sie ihn an sich drückte, gab er nach. »Schön, dass du da bist, Jette.« Er hielt sie etwas von sich und musterte sie eingehend. »Seit wann bist du rothaarig?«

Sie lachte leise. »Seit heute.«

»Steht dir.«

Sie setzte sich ihm gegenüber. »Hast du schon bestellt?«

»Natürlich nicht. Ich wollte auf dich warten.«

Sie benötigte nur einen kurzen Blick in die Karte, dann wusste sie bereits, was sie essen wollte. Dazu bestellte sie einen türkischen Tee.

Gerd sah gut aus. Er trug ein dunkles Hemd, das ihm großartig stand, und er roch nach Rasierwasser.

»Wie geht's dir?«, fragte er.

»Sehr gut. Und dir?«

»Mir auch.« Auf seinem Platz lag ein kleines, flaches in hübschem Papier eingepacktes Päckchen, das er ihr nun zuschob. »Für mich?«

»Ich hoffe, du hast es noch nicht.«

Sie war gespannt und riss das Papier vorsichtig auf.

Es musste sich um ein Buch handeln, das hatte sie sofort gesehen. Und es war in der Tat eins, und zwar von ihrer Lieblingsautorin Agatha Christie. Schmunzelnd las sie den Titel vor: *»Postern of Fate. Alter schützt vor Scharfsinn nicht.«* Sie blickte auf und zwinkerte Gerd zu. »Vielen Dank auch, Gerd.«

Er zwinkerte zurück. »Es ist das letzte Buch, das Agatha Christie geschrieben hat.«

Sie nickte lächelnd. »Ich weiß.«

Er lächelte ebenfalls. »Und ich weiß, dass du es weißt.«

Sie war zutiefst gerührt, dass er ihr dieses ganz besondere Buch geschenkt hatte. »Danke, Gerd. Das ist wirklich eine hübsche Idee.« Beinahe ehrfürchtig legte sie das Buch neben sich und strich mit einer Hand darüber. »Vielen Dank«, sagte sie noch mal.

»Gern geschehen.«

Sie schwiegen einen Moment. Harriet hatte eigentlich gleich zum Thema kommen wollen. Doch nun überlegte sie, ob sie wirklich direkt mit der Tür ins Haus fallen sollte.

Aber Gerd kam ihr zuvor. »Tut mir leid, dass ich mich so lange nicht gemeldet hab. Ich … konnte einfach nicht.« Er blickte auf und sah sie direkt an. »Ich verstehe jetzt, dass es ein Riesenfehler war, dir einen Antrag zu machen. Es war blöd von mir, total unüberlegt und dämlich.«

Sie hob eine Hand. »Warte. Bevor du mir jetzt sagen willst, dass du dir lächerlich vorkommst …«

Er klappte den Mund auf, und sie wusste, dass sie recht hatte. »Es gibt keinen Grund, sich lächerlich vorzukommen, Gerd, keinen einzigen. Du hast auf dein Herz gehört, und das hat dir signalisiert: Frag sie.« Sie schenkte ihm ein Lächeln. »Und dein Bauch hat dir das Gleiche geraten. Man sollte viel öfter auf seinen Bauch hören, Gerd, einfach so. Ich glaube, wir haben das verlernt. Wir überlegen viel zu lange, was gut oder schlecht für uns sein könnte. Unser Bauch weiß eigentlich immer, was gut für uns ist.«

Er lächelte amüsiert. »Bist du unter die Philosophen gegangen, Jette?« Er musterte sie. »Die Jacke steht dir übrigens ganz toll.«

»Danke. Und nein, ich habe einfach viel über mich nachgedacht, Gerd. Das ist alles.«

Ihr Tee wurde gebracht, und die nächsten Minuten verbrachte sie damit, Zucker reinzugeben und umzurühren.

»Aber du hast deinen Entschluss nicht geändert«, sagte Gerd irgendwann, nachdem er seinen Tee probiert hatte.

Sie schüttelte den Kopf. »Nein.«

Er nickte langsam. »Was ist mit Jakob und dir?«

»Mit Jakob hat das nichts zu tun, Gerd«, erwiderte sie sanft.

Er verzog das Gesicht ein wenig. »Ich weiß.«

Ihr Essen kam. Es duftete nach Koriander und Kreuzkümmel.

Harriet schnupperte und schloss die Augen. »Ich liebe türkisches Essen. Es ist eine Ewigkeit her, dass ich hier war.«

»Was ist nun mit dir und Jakob?«

Sie sah ihn eine Weile nachdenklich an. »Ich mag ihn.«

»Komm schon, Jette, du …«

»Sehr. Ich mag ihn sehr.« Sie nahm sich etwas vom Bulgur und atmete tief durch. »Probier mal etwas von dem Joghurt.«

»Nein danke. Ich mache mir nichts aus dem Zeug.«

Wieder schwiegen sie eine Weile.

Bis irgendwann Harriet über den Rand ihres Teeglases hinweg die Augen verdrehte und Gerd angrinste.

In dem Moment brach das Eis zwischen ihnen, wenn es überhaupt so etwas wie »Eis« gegeben hatte. Gerd gluckste und grinste sie ebenfalls an. Und sie legte den Kopf in den Nacken und lachte hemmungslos.

Am Nachbartisch drehte sich ein junger Mann um und sah sie einen Moment lang an. Dann lächelte er und zwinkerte ihr zu.

Harriet wischte sich über die Augen.

»Weißt du eigentlich, wie verteufelt hübsch du aussiehst, wenn du so lachst?«, gab Gerd geradeheraus zu.

Das verwirrte sie. »Wirklich? Oder nimmst du mich hoch?«

Er legte den Kopf schief. »Hab ich dich jemals hochgenommen, Jette?«

Sie kicherte wieder. »Ach, Gerd …«

»Mein voller Ernst.« Er wurde sehr nachdenklich, während er in seinem Salat stocherte. »Habt ihr was miteinander, du und Jakob?«

Sie hatte ihren Tee ausgetrunken und einen neuen bestellt.

»Willst du das wirklich wissen, Gerd?«

Er runzelte die Stirn, so als würde er darüber nachdenken. Dann winkte er ab. »Nein, ich glaube, ich will das nicht wissen.«

Sie wollte etwas sagen, etwas, was ihn aufmuntern würde, doch ihr fiel beim besten Willen nichts ein. Was da genau war zwischen Jakob und ihr, wusste sie ja selbst nicht.

Dann huschte ein Lächeln über ihr Gesicht. Momentan war es verrückt, mehr als das. Aber sie hatte eine weitere Erkenntnis gewonnen: Sie liebte Jakob. Ja, genau das war es. Liebe. Sie liebte diesen Mann mit Haut und Haar und allem Drum und Dran. Mit all seinen schlechten Eigenschaften, die sie gar nicht schlecht fand.

Gerd legte den Kopf schief und musterte sie eingehend. »Weißt du was, Jette?«

»Nein, was?«

»Du hast dich irgendwie verändert.«

»Ach ja?«

Er nickte langsam. »Ja. Nicht nur äußerlich.« Er schmunzelte. »Du bist irgendwie … gelassener, fröhlicher …«

Sie sah ihn liebevoll an, weil ihr Herz urplötzlich für diesen Mann überquoll. Diesen Mann, den sie fast ihr ganzes Leben lang kannte und mochte. Sehr sogar. Sie streckte beide Arme aus, griff nach seinen Händen und drückte sie. »In meinem Leben passiert gerade ganz viel, Gerd. Am Anfang hat mir das ein bisschen Angst gemacht, aber jetzt …« Sie atmete langsam aus. »Jetzt macht es mich nur noch glücklich.«

»Und das hat mit Jakob zu tun.«

»Nicht nur.«

Er nickte. »Verstehe.«

»Wenn du jetzt sagst, dass das an den Wechseljahren liegt …«

Er betrachtete sie mit zusammengekniffenen Augen, dann fing er an zu lachen. Und Harriet fiel sofort ein.

Sie lachten, bis ihnen die Tränen kamen.

»Das würde ich mich nie trauen«, meinte Gerd schließlich und wischte sich über die Augen.

Und Harriet drückte seine Hände wieder. »Freunde?«

Er nickte langsam. »Freunde.«

20.

WEIL ES NICHT WEIT BIS ZU IHRER WOHNUNG WAR, war sie zu Fuß nach Hause gegangen. Es wehte ein lauer, sehr angenehmer Wind, und das erste Laub, das heruntergefallen war, raschelte unter ihren Füßen.

Sie sprang leichtfüßig über eine Pfütze und rutschte dabei auf einem Blatt aus. Das war typisch für sie. Sie kicherte leise.

Sie hatte große Lust, Jakob anzurufen, sie wollte seine Stimme hören, bevor sie schlafen ging.

Ob er schon schlief?

Als sie ihn am Apparat hatte, war sie selbst gerade dabei, unter die Bettdecke zu schlüpfen. Sie war ein bisschen beschwipst.

»Hallo, Harriet.« Beim Klang seiner Stimme hüpfte ihr Herz. »Ich wollte nur deine Stimme hören, Jakob.« *... und dir sagen, dass ich dich liebe ...*

»Aha!« Sie hörte ihn leise lachen.

»Was machst du gerade?«

»Ich räume auf. Das Restaurant war voll bis auf den letzten Platz.«

»Dann störe ich wohl.«

»Warum solltest du stören?«

»Wenn du so viel zu tun hast ...«

»Störst du trotzdem nicht«, beendete er ihren Satz. »Geht es dir gut?«

»Ich war mit Gerd essen.« Sie erzählte ihm von ihrem Gespräch, und als sie fertig war, konnte sie gerade noch das Verlangen unterdrücken, ihm zu sagen, wie sehr sie ihn liebte. Wie eine Verrückte. Wie eine fünfzigjährige Verrückte. Mit mahagonirotem Haar.

Sie biss sich auf die Unterlippe.

»Ich bin froh, dass ihr euch ausgesprochen habt.«

»Ja, ich auch.«

»Schlaf gut, Jette. Ich …«

»Ja?«

»Ach, nichts. Träum was Nettes.«

»Schlaf auch gut, Jakob.« Sie stieß die Luft aus. »Warte!«

»Ja?«

»Ich hab mich entschlossen, ein paar Zeichnungen an den Verlag zu schicken.«

»Wirklich?«

Sie nickte eifrig. »Ich möchte einfach nicht sagen müssen, dass ich's gar nicht erst versucht hätte.«

»Du glaubst nicht, dass sie gut genug sind«, konstatierte er.

»Nein, das glaube ich nicht.«

»Ach, Jette … Wann fängst du an, an dich zu glauben?«

»Wenn ich einundfünfzig bin.« Sie prustete los.

Jakob lachte lauthals mit. »Das sieht dir ähnlich.«

»Gute Nacht, Jakob.« *… und ich liebe dich.*

Den großen Briefumschlag in der Hand, zögerte sie eine ganze Weile, ob sie ihn nun in den Postkasten werfen sollte oder ob das alles ein einziger großer Irrtum war. Ein Hirngespinst, nichts weiter.

Schließlich drehte sie sich um und marschierte los, den Umschlag noch in der Hand.

»Wenn Sie wollen, dass er heute noch rausgeht, sollten Sie ihn nicht wieder mitnehmen«, hörte sie hinter sich eine männliche Stimme.

Sie wirbelte herum.

Ein älterer Mann in blaugelber Uniform stand am Briefkasten und hantierte daran herum. »Wollen Sie nun, oder wollen Sie nicht?« Er hielt einen riesigen Postsack unter den Kasten.

Sie kämpfte mit sich, und ein Teil von ihr, der positive, optimistische, der, der ihren Schweinehund leidenschaftlich gern und immer häufiger niederrang, siegte.

Sie reichte dem Mann den großen Umschlag.

Er tippte sich an die Mütze. »Na, sehen Sie. Geht klar. Schönen Tag noch.«

»Ihnen auch.« Sie drehte sich blitzschnell um, damit sie es sich am Ende nicht doch noch anders überlegte.

Nein, verflixt noch eins, sie wollte es wenigstens versuchen. Die Absage, die sie erhalten würde, davon war sie überzeugt, würde sie nicht deprimieren. Ganz im Gegenteil, sie würde stolz auf sich sein, dass sie es versucht hatte.

Sie schlenderte zur Bank zurück, ihre Mittagspause war so gut wie zu Ende.

Friederike Steding saß in der Teeküche am Tisch und heulte.

Harriet blieb erschrocken in der Tür stehen. »Wenn ich störe, gehe ich in mein Büro.« Sie hatte sich bereits halb umgedreht, als die Auszubildende leise sagte: »Nein, nein, kommen Sie ruhig rein.«

»Warum weinen Sie denn, Friederike?«

Die junge Frau zog ein zerknittertes Taschentuch hervor und putzte sich lautstark die Nase.

»Es ist wegen eines Mannes, stimmt's? Wenn eine Frau so weint, dann meistens wegen eines Mannes.«

Die Auszubildende stopfte ihr Taschentuch in die Hosentasche und blickte trotzig auf. »Ja. Und nein. Ich heule nicht nur wegen dieses Mistkerls.«

»Sondern?« Harriet zog sich einen Stuhl heran.

Friederike hob die Hände, was irgendwie drollig aussah. Es wirkte beinahe dramatisch. »Ich hab keine Ahnung, ob ich mir den richtigen Beruf ausgesucht habe, verstehen Sie das? Ich hab gerade das Gefühl, als würde mir alles über den Kopf wachsen.«

Harriet nahm die Hände der jungen Frau. »Wissen Sie was? Das, was Sie gerade durchmachen, ist völlig normal. Ich glaube, jeder denkt irgendwann, dass er alles falsch gemacht hat.«

»Meinen Sie wirklich?« Friederike sah sie mit großen Augen an.

»Ich bin überzeugt, dass es so ist. Was denken Sie, wie oft ich mit meinem Beruf gehadert habe.«

»Sie?«

»Ich. Als kleines Mädchen wollte ich Archäologin werden, später dann Tierärztin. Nach einem Praktikum hab ich es mir dann anders überlegt. Hätte ich aber Tiermedizin studiert und jetzt irgendwo eine kleine Praxis, würde ich garantiert auch irgendwann dasitzen und mich fragen, ob ich richtig entschieden habe. Das gehört einfach dazu.«

Die Auszubildende schniefte. »Ja, vielleicht haben Sie recht.«

Harriet stand auf und setzte Teewasser auf. »Geben Sie sich einfach ein bisschen Zeit.« Ihr fiel ein, dass sie Schokoladenkekse mitgebracht hatte. Die lagen vermutlich auf ihrem Schreibtisch.

Sie ging zur Tür und stieß dort mit ihrem Kollegen zusammen.

»Aua! Rainer, hast du etwa gelauscht?«, tadelte sie ihn zwinkernd.

»Ich? Nicht doch.« Er verzog das Gesicht. »Weißt du, Harriet, vielleicht wäre es doch besser, wenn du den Posten übernimmst. Du kannst viel besser trösten als ich.«

Sie musste lachen. »Komm schon, Rainer, das schaffst du schon.«

»Glaubst du wirklich?«

»Nein, ich bin sicher«, sagte sie im Brustton der Überzeugung.

Die folgenden Wochen verbrachte sie in einer Art Trancezustand. Sie schwebte mehr, als dass sie ging, bewegte sich langsam und zögerlich, so als könnte sie das, was sie berührte, zerbrechen. Warum das so war, wusste sie nicht recht. Sie war meistens geistesabwesend und zerstreut, und dennoch fühlte sie sich zufrieden und glücklich, beinahe, als hätte sie eine Art Erleuchtung erfahren.

Sie chattete Abend für Abend mit Jakob, in diesen Gesprächen waren sie sich immer so nah, dass es fast ein bisschen weh tat. Jemanden so nah an sich heranzulassen und sich dennoch nicht sehen zu können war ein seltsames Gefühl der Unvollkommenheit.

Der Oktober verging, und ein nasskalter November legte einen ewigen Grauschleier über die Stadt. Es gab kaum einen Monat, den Harriet so sehr hasste wie den November. Sie war lustlos, oft auch schlecht gelaunt, fast griesgrämig. Aber sie konnte sich eigenhändig aus diesem »Launensumpf« wieder herausziehen, etwas, was sie früher nicht gekonnt hatte.

Mitte November, es war einer dieser elend tristen, scheußlich nassen Tage, fand sie einen Brief im Briefkasten, der ihr Herz schneller schlagen ließ. Er war von dem Verlag, dem sie ein paar Zeichnungen geschickt hatte.

Im Geiste sah sie bereits vor sich, was sie geschrieben hatten: *Sehr geehrte Frau Bohnekamp, vielen Dank für Ihr freundliches Angebot. Leider sehen wir uns nicht in der Lage … Wir wünschen Ihnen viel Glück bei Ihrer weiteren Suche …*

Sie riss den Umschlag noch im Treppenhaus auf und überflog den Brief einmal. Dann gleich ein zweites Mal.

Sie musste sich getäuscht, etwas falsch verstanden haben.

Mit dem Brief in der Hand ging sie in ihre Wohnung und setzte sich an den Küchentisch.

Liebe Frau Bohnekamp, vielen Dank für Ihr freundliches Schreiben und Ihr ausgesprochen interessantes Angebot. Sehr gern haben wir uns Ihre Zeichnungen angesehen. Sie sind wirklich anschaulich und sehr ansprechend gezeichnet. Gibt es noch andere Zeichnungen? Vielleicht von Hühnern, Kühen oder Pferden, etwas in der Art? Wir freuen uns auf Ihre Nachricht und verbleiben mit freundlichen Grüßen …

Harriet las ein weiteres Mal. Dann ließ sie den Brief sinken.

Andere Tiere? Hühner? Pferde? Kühe?

Sie sprang auf und rannte Klementine fast über den Haufen, die soeben aus dem Wohnzimmer spaziert kam.

Harriet wühlte in ihrer Schublade. Irgendwo musste die Zeichnung ihres Schafes sein.

Dann fand sie sie: Gunnar, das drollige Schaf in Latzhose und kariertem Hemd. Ihr Herz pochte heftig vor lauter Aufregung.

Und sie tat etwas Verrücktes: Sie schrieb sofort eine Mail an die Lektorin, dass sie leider nicht mit Kühen oder Pferden, sehr wohl aber mit einem niedlichen Schaf namens Gunnar dienen könne.

Keine halbe Stunde darauf kam eine Mail zurück. Sie wurde gefragt, ob sie die Zeichnungen faxen könnte.

Was geschah hier gerade? War das wirklich sie, Harriet Bohnekamp, die auf den Knien vor dem Faxgerät hockte, die Hände verschränkt, mit brennendem Gesicht und einem Puls, so als wäre sie gerade den Eiffelturm zu Fuß hochgeklettert?

Normalerweise würde sie jetzt Susanne anrufen, wusste aber, dass das wenig Sinn machen würde, weil die gerade ein Konzert gab. Nein, da musste sie nun allein durch, und sie würde das verdammt noch mal auch schaffen!

Am Abend ging sie mit nervösem Reizmagen ins Bett und schüttelte über sich selbst den Kopf. Meine Güte, was hatte sie erwartet? Dass im Verlag eine Eilkonferenz anberaumt wurde, in der man darüber verhandelte, wie viel Geld man ihr bieten würde? Dass man sich die Zeichnungen aus der Hand reißen, begeistert applaudieren würde?

Dir ist nicht zu helfen, Harriet, aber du hast es versucht.

Sie schlief spät ein, war um halb fünf bereits wieder wach und stand mit leichtem Kopfweh auf. Um sechs würde sie Jakob anrufen, sie musste einfach mit jemandem reden.

Später saß sie in der Küche, eine Tasse Kaffee vor sich und die Zeiger der Küchenuhr im Visier. Meine Güte, verging die Zeit langsam. Das war ja nicht zum Aushalten.

Ob Jakob schon wach war? Sie probierte es einfach.

Sein Handy war ausgeschaltet, und sie blickte ungläubig auf das Display. Nervös rannte sie durch die Wohnung, von einem Zimmer ins nächste. Klementine hatte sich unter das Bett verzogen, offensichtlich ging ihr Harriets Aufregung auf die Nerven.

Um kurz nach sieben verließ sie ihre Wohnung, kaufte sich beim Bäcker eine klebrig-süße Plundertasche, verputzte sie im Gehen und straffte sich für einen weiteren Arbeitstag.

Die Stunden in der Bank zogen sich quälend langsam dahin.

Als sie endlich Feierabend machen konnte und ihre Bürotür hinter sich zuzog, kam ihr gutgelaunter Kollege ihr auf dem Flur entgegen. Er blieb stehen und sah sie an. Dabei sah er irgendwie amüsiert aus. »Harriet.«

Hatte sie etwas Ulkiges an sich? Wuchs ihr ein langes Haar aus der Nase? So nervös und fahrig, wie sie heute war, hätte sie das vermutlich bis jetzt nicht entdeckt.

»Rainer.« Sie lächelte ein wenig verunsichert.

»Es sieht gut aus für mich.« Er lehnte sich an den Türrahmen.

»Tatsächlich? Dann ist deine Bewerbung durch?«

»Ich weiß, dass sie lieber dich gehabt hätten, aber mit mir geben Sie sich auch zufrieden. Glaube ich jedenfalls.«

»Freut mich, Rainer. Meinen Glückwunsch.«

»Danke.« Er nickte wie ein trinkender Spatz an der Vogeltränke. »Danke, Harriet«, sagte er noch einmal.

Sie wünschte ihm einen schönen Feierabend und fuhr nach Hause.

Sie versuchte es erneut bei Jakob, erreichte aber wieder nur seine Mailbox. Sehr eigenartig.

Sie kochte sich einen Tee, sah aus dem Fenster, verwünschte den nebligen, ekelhaften November, fütterte Klementine, deren Manieren wieder unter aller Kanone waren, machte sich selbst eine Kleinigkeit zu essen, massierte ihre Fußsohlen und ging schließlich langsam, sehr langsam, betont langsam zu ihrem Laptop. Sie klappte ihn auf, überprüfte ihre Fingernägel, kraulte Klementine, die ihre Abendmahlzeit ebenfalls beendet hatte, und dann loggte sie sich ein.

Jakob war nicht online.

Sie lehnte sich zurück und verspürte einen heißen Stich im Magen. *Warum ist er nicht online? Sonst ist er immer um diese Zeit online …*

Irgendetwas musste passiert sein.

Es klingelte an der Tür, und Klementine machte erschrocken einen Satz. Harriet stapfte träge zur Tür – und kippte fast aus den Schuhen, auch wenn sie barfuß war.

Vor ihr stand Jakob.

Eine gute halbe Stunde hatte sie gebraucht, um zu begreifen, dass er wahrhaftig live und in Farbe vor ihr stand.

Sie hatten sich wortlos umarmt, sehr lange. Dann hatten sie sich geküsst. Sehr lange.

Und danach hatte er ihr gesagt, er würde sie so vermissen, dass er es nicht mehr ausgehalten hatte. Er hatte sich einfach in sein Auto gesetzt und war losgefahren.

Und jetzt war er hier. Saß in ihrer Küche am Tisch, trank Rotwein und streichelte ihre Katze.

»Ich kann gar nicht glauben, dass du wirklich da bist.«

Er lächelte. »Ich kann bis Montag bleiben. Darf ich?«

Sie nickte selig.

»Hättest du eine Kleinigkeit zu essen da?«

Sie nickte wieder, rührte sich aber keinen Millimeter.

»Jette?«

Sie lächelte. »Ja?«

»Ich sterbe vor Hunger.«

»Oh.« Sie sprang zum Kühlschrank und holte alles hervor, was er hergab. Wie gut, dass sie frisch eingekauft hatte.

Als sie dann zusammen am Tisch saßen und Käsebrote mit Salat aßen, holte sie tief Luft und erzählte ihm, was passiert war.

Es sprudelte geradezu aus ihr heraus. Jakob unterbrach sie kein einziges Mal.

Als sie fertig war, lächelte er. »Ich freue mich für dich.«

»Ja, aber was nun?« Ihre Stimme war kläglich, fast weinerlich.

»Was soll sein? Wenn sie deine Zeichnungen wollen, wirst du dich freuen.«

»Ja, aber sie würden ja nicht nur meine Zeichnungen wollen, sondern irgendwie auch mich.«

Er strich ihr sacht über die Wange. »Dann wirst du ihnen sagen, dass du ganz wild darauf bist, ihnen zur Verfügung zu stehen.« Als er ihr entsetztes Gesicht sah, lachte er leise. »Komm schon, Harriet, warum siehst du es nicht als das, was es ist oder sein kann: eine wunderbare Chance.«

Sie stöhnte leise auf und biss in ihr Stück Käse. »Er ist nicht so gut wie der, den du kaufst«, murmelte sie gedankenverloren.

»Wer?«

»Der Käse.«

»Ach so.« Er lachte wieder. »Du wirst doch jetzt nicht kneifen, wo du es so weit geschafft hast.«

Sie stöhnte erneut, und es klang selbst in ihren Ohren so theatralisch, dass sie lachen musste. »Nein, ich werde nicht kneifen«, sagte sie sehr leise.

»Was sagtest du gerade?« Er schenkte ihnen neuen Wein ein.

»Ich sagte, ich werde nicht kneifen«, murmelte sie.

Er hielt eine Hand an sein Ohr und beugte sich zu ihr. »Wie meinen?«

Sie hob ihre Stimme. »Nein, ich werde nicht kneifen!«, rief sie feierlich.

Jakob nickte zufrieden. »Das wollte ich hören.«

Sie zeigte ihm ihre Heimatstadt, fuhr mit ihm zum Bürgerpark, und sie spazierten zwei Stunden durch den Nieselregen.

Mit Jakob machte sogar Regenwetter Spaß. Ihre klatschnassen Hosenbeine störten sie nicht im mindesten.

Anschließend fuhren sie zurück in ihre Wohnung, nahmen den Kuchen, den Jakob am Morgen gebacken hatte, und setzten sich damit ins Wohnzimmer.

»Schön hast du es hier, Jette.«

»Ich hab die Wohnung vor ein paar Jahren gekauft. Früher wollte ich immer ein Haus haben, es durfte ruhig klein sein, aber ein eigenes Haus mit einem Eingang ganz für mich allein. Und einem hübschen Garten. Mit Apfelbäumen. So wie deiner.« Sie zeigte zum Fenster. »Für einen Apfelbaum reicht's leider nicht.«

Jakob sah aus dem Fenster und schmunzelte. »Aber es ist ein Garten.« Er legte den Kopf schief und betrachtete sie. »Die neue Haarfarbe steht dir wirklich.«

»Danke schön.«

»Was geht dir spontan durch den Kopf, wenn du dir vorstellst, dass der Verlag mit dir zusammenarbeiten möchte?«

Sie seufzte verhalten. »Ich weiß nicht.«

»Das lasse ich nicht gelten. Du sollst ja eben nicht darüber nachdenken. Sei spontan.«

Sie stöhnte auf. »Spontan. Jakob, du weißt, wie wenig spontan ich sein kann.«

»Ach ja?« Er hob die Augenbrauen. »Vorhin noch hast du

mich spontan gefragt, ob ich Lust auf einen Spaziergang habe, obwohl es junge Hunde geregnet hat.«

»Das ist was anderes.«

»Nein, ist es nicht. Du kannst spontan sein. Lass deinen Bauch entscheiden.«

Sie schob ihr Shirt ein klein wenig hoch, so dass ihr Bauchnabel frei lag, und legte zwei Finger daran. Sie drückte ihn mit beiden Fingern zusammen, es sah aus, als würde er sich wie ein kleiner Mund öffnen und wieder schließen. »Ich glaube, ich würde sagen: He, schön, dass Sie mich haben wollen. Ich will auch.« Sie kicherte über ihre Albernheit.

Jakob stellte seinen Kuchenteller beiseite, stand auf und zog sie an beiden Händen zu sich. Er küsste sie erst aufs Haar, dann auf den Mund. »Du bist wunderbar, Harriet, ganz zauberhaft.«

Noch nie hatte ein Mann sie wunderbar oder zauberhaft genannt. Hübsch, niedlich, süß, drollig sogar, aber zauberhaft? Nein.

Sie blinzelte verdattert und legte einen Finger auf seine Lippen. »Ach, Jakob«, seufzte sie dann.

»Du wirst also zusagen?«

»Ja, ich werde zusagen.«

Jakob küsste sie auf die Fingerspitzen und setzte sich wieder.

Er aß seinen Kuchen und nahm sich noch ein Stück. »Der ist übrigens sehr gut.«

Sie gluckste. »Du hast ihn selbst gebacken, Jakob.«

Ein jungenhaftes Grinsen huschte über sein Gesicht. »Ach, deswegen.«

Sie stand auf und setzte sich zu seinen Füßen. Sie lehnte den Kopf an seine Knie und schloss die Augen. Jetzt könnte die Zeit ruhig stehenbleiben.

Jakob strich ihr übers Haar. »Du bedeutest mir sehr viel, Harriet.«

»Du mir auch«, hauchte sie.

Mehr sagten sie beide nicht. Mehr war auch gar nicht notwendig.

Jakob küsste sie am frühen Montagmorgen minutenlang, bevor er sich in sein Auto setzte und zum Abschied winkte, bis er nicht mehr zu sehen war.

Mit schwerem Herzen ging sie hinauf in ihre Wohnung, zog sich an, streckte dem nebligen Novembertag die Zunge heraus und fuhr in die Bank. Sylvia Wagner hatte sich krankgemeldet, weil sie vorzeitige Wehen hatte.

Harriet telefonierte mit dem Blumenhändler und ließ ihrer Kollegin einen farbenfrohen Herbststrauß schicken.

Ihr Kollege, der das mitbekommen hatte, stieß ein lautes Seufzen aus. »Ich wäre nie auf so einen Gedanken gekommen.«

Sie schenkte ihm ein schelmisches Grinsen. »Unsinn, Rainer.«

»Doch, doch. Nie im Leben wär mir das eingefallen.«

Wenn sie ehrlich war, so richtig verwundert war sie dann doch nicht. Ihr Kollege hatte wahrscheinlich recht. Er würde die schwangere Kollegin anrufen, ihr im Geiste auf die Schulter klopfen und ein »Wird schon« brummen. Damit wäre es für ihn erledigt gewesen.

Sie musste lachen und biss sich auf die Unterlippe.

»Ich glaube trotzdem, dass du der Richtige bist, Rainer.«

Er runzelte die Stirn. »Und solltest du irgendwann den Eindruck haben, dass ich mich … du weißt schon …«

Sie winkte ab. »Dann werde ich dich darauf aufmerksam machen.«

»Versprochen?«

»Versprochen.«

»Dafür gebe ich heute Nachmittag Kuchen aus.«

»Das ist das mindeste, Rainer.«

Nachdem er die Tür hinter sich zugezogen hatte, drehte sie sich in ihrem Schreibtischstuhl zweimal um sich selbst und schaute dann aus dem Fenster.

Es durchzuckte sie wie ein Blitz: Was, wenn sie einfach alles aufgeben und sich komplett verändern würde?

Sie könnte ihre Wohnung verkaufen, den Bankjob kündigen und ganz neu anfangen. Auf dem Darß. Bei Jakob.

Wenige Minuten darauf schüttelte sie fassungslos über sich selbst den Kopf. Aufgeben und komplett neu beginnen? Mit fünfzig? Sie hatte sie ja nicht mehr alle.

Hier in Bremen, in ihrer Wohnung, in dieser Bank, an diesem Schreibtisch war ihr Leben. Hier gehörte sie hin.

Und was ist mit Jakob?, schaltete sich ihre innere, mitunter ausgesprochen hartnäckige Stimme ein.

Er hat sein Leben auf dem Darß. Er hat seine Pension, seine Freunde, seine Schwester …

Und dich?

Mich hat er auch. Irgendwie.

Irgendwie? Das reicht nicht.

Findest du, ja? Es wird reichen müssen. Wir sind beide keine jungen Hüpfer mehr.

Da muss man mit dem zufrieden sein, was man hat?

Blödsinn.

Was dann? Wie lange willst du so weitermachen? Er besucht dich am Wochenende, du fährst in deinem Urlaub zu ihm …

Sei still, geh mir nicht auf die Nerven.

Du willst nicht darüber nachdenken. Oder Jakob ist dir einfach nicht wichtig genug.

Sie verschränkte wütend die Arme. *Es reicht …*

Am Ende bist du doch nur feige …

Ich bin überhaupt nicht feige.

Ach ja? Na, da bin ich aber gespannt, wie du das unter Beweis stellen willst.

Ich muss gar nichts unter Beweis stellen, blaffte sie ihre innere Stimme an.

21.

Am Wochenende darauf, Harriet stand gerade unter der Dusche, klingelte es an der Tür. Es war vielleicht halb neun, also noch reichlich früh für einen Sonntagmorgen. Wer zum Teufel mochte das sein?

Sie angelte nach dem Frottiertuch und wickelte sich darin ein.

Barfuß schlitterte sie zur Tür und spähte durch den Spion.

Als sie niemanden entdeckte, wollte sie ärgerlich fluchen, dann aber vernahm sie ein Rascheln, und gleich darauf klopfte jemand an die Tür.

Harriet öffnete sie einen Spaltbreit.

Vor ihr stand Susanne. Strahlend, blendend aussehend, weil braun gebrannt, das blonde Haar noch heller als sowieso schon. In einem hinreißend aussehenden kurzen weißen Jeansrock und einem dunkelroten Shirt.

Harriet brauchte ein, zwei Sekunden, dann breitete sie die Arme aus, wobei das Handtuch Anstalten machte, nach unten zu rutschen. Es war ihr vollkommen gleichgültig.

»Meine Güte, warum hast du nicht angerufen? Ich hätte dich vom Bahnhof abgeholt.« Sie drückte ihre Freundin an sich. »Du siehst toll aus! Ach, ich freue mich so, dass du wieder da bist!«

»Jette …«, schnaufte ihre Freundin. »Du schnürst mir die Luft ab. Kann ich nicht erst mal reinkommen?«

»Klar. Ich stand gerade unter der Dusche.«

»Was du nicht sagst.« Susanne ging an ihr vorbei in die Küche, dort, wo die beiden Frauen im Allgemeinen am liebsten saßen.

»Du siehst großartig aus, Jette«, sagte sie, nachdem sie sich gesetzt hatte und Klementine auf ihren Schoß geklettert war. »Sieh dir das an, ich hab schon befürchtet, dass sie mich inzwischen vergessen hat.«

»Klementine vergisst nie jemanden, den sie liebt.« Harriet zupfte an ihrem Frottiertuch. »Ich geh mir erst mal was anziehen.«

»Tu das. Ich kraule in der Zeit Klementine und erzähle ihr, was ich so erlebt habe.«

»Warte damit, bis ich wieder da bin.« Harriet hüpfte über den Flur, riss ihren Kleiderschrank auf und unterdrückte den Wunsch, ihre nagelneuen Sachen anzuziehen, um Susanne zu demonstrieren, dass sie sich neu eingekleidet hatte.

Sie nahm das Handtuch von ihrem Kopf und rubbelte ihr Haar so trocken, wie es eben ging. Dann glättete sie es einigermaßen mit beiden Händen und lief zurück in die Küche.

Susanne starrte sie an, als sie hereinkam. »Was ist mit deinem Haar passiert?«

»Es ist rot, es nennt sich Mahagoni. Kaffee?«

Susanne nickte. »Sehr gerne. Ziemlich rot, wenn du mich fragst.«

Harriet drehte sich zu ihr um. »Gefällt es dir nicht?«

Ihre Freundin schmunzelte. »Es sieht toll aus, Jette. Die Farbe steht dir wahnsinnig gut. Ich bin ganz baff, dass du dich das getraut hast.«

Harriet setzte Kaffee auf und suchte nach der Dose mit der leckeren Keksmischung. »Hast du schon gefrühstückt?«

»Ich bin vor einer Stunde angekommen, hab meine Koffer in meine Wohnung gebracht und bin dann gleich hierher zu dir.«

Harriet schenkte ihrer Freundin ein warmherziges Lächeln.

»Du hättest trotzdem anrufen können.«

»Vielleicht wollte ich dich einfach überraschen.«

Harriet deckte den Tisch fürs Frühstück, schließlich hatte sie noch nichts im Magen. Und so wie sie Susanne kannte, würde auch die ein Frühstück nicht ausschlagen.

»Jetzt erzähl doch mal von deinem Jakob.«

Harriet setzte sich ihr gegenüber und nahm die Hand von Susanne in ihre. »Nein, erst erzählst du von deinem Paul.«

Susanne lächelte versonnen.

Und dieses seltsame, sehr eigentümliche Lächeln machte Harriet stutzig, sehr stutzig. Sie hatte Susanne noch nie so lächeln sehen, es war ein beinahe entrücktes Lächeln und hatte etwas Madonnenhaftes an sich.

»Ich bin fürchterlich verliebt, Jette.«

»Was du nicht sagst.«

»Paul ist genau der Richtige für mich. Er ist *der* Mann für mich, Jette.«

Harriet nahm eine Scheibe Toast und bestrich sie dünn mit Butter. »Bist du sicher?«

»Absolut.« Susanne nahm sich ebenfalls eine Scheibe und griff dann nach der Erdbeermarmelade. Wie immer verzichtete sie auf Butter.

»Du siehst übrigens toll aus«, sagte Harriet aufrichtig.

»Du auch«, gab Susanne zurück.

Eine ganze Weile musterten sich die beiden Frauen, dann stand Susanne auf und riss Harriet von ihrem Stuhl hoch. »Komm her. Gott, wie ich dich vermisst habe.« Sie umarmte Harriet und wollte sie gar nicht wieder loslassen.

»Jetzt schnürst *du* mir die Luft ab«, murmelte die in ihre Halsbeuge.

»Und du?«, fragte Susanne, nachdem sie sich wieder gesetzt hatte.

Harriet biss in ihr Toast. »Du bist also fürchterlich verliebt«, sagte sie anstatt einer Antwort.

Susanne lächelte erneut ihr eigentümliches Lächeln. »Und du?«, fragte sie wieder.

Harriet musste lachen. »Jakob ist … unglaublich. Der erste Mann, der mich komplett aus den Schuhen gehauen hat.« Sie blinzelte erstaunt, als sie sich das sagen hörte. Ja, es war wahr, Jakob war der erste Mann, der sie fassungslos gemacht, der ihr Herz erobert und ihren Geist beflügelt hatte.

Susanne schmunzelte. »Ach nee.«

»Ich muss dir was sagen, Susanne.«

»Nicht nötig, es steht dir förmlich ins Gesicht geschrieben, dass du verrückt nach diesem Mann bist.«

»Das meinte ich nicht.«

»Sondern?«

»Ich hab einem Verlag meine Zeichnungen geschickt.«

»Nein!«

»Doch.«

Susanne beugte sich etwas vor. »Und? Was haben sie gesagt?«

»Sie wollten mein Schaf.«

»Günther?«

»Gunnar.«

Susanne lachte. »Ach ja, richtig. Gunnar. Wir haben uns kennengelernt, kurz nachdem du dich von ihm getrennt hattest, erinnerst du dich?«

Harriet nickte. »Natürlich.«

»Und? Na, was haben sie dazu gesagt?«

Harriet seufzte. »Ich hab noch nichts wieder von ihnen gehört.« Sie winkte ab. »Bestimmt finden sie das Schaf ganz nett, mehr nicht.«

Susanne stöhnte auf. »Warum vertraust du dir nicht mal, Jette?«

»Genau das hat Jakob auch gesagt.«

»Ein schlauer Mann.« Susanne lächelte. »Ich sag dir was, Jette, weil ich sonst jeden Moment platzen werde: Ich werde Paul heiraten.«

Harriet fiel der Toast aus der Hand, und er landete mit der Marmeladenseite neben ihrem Teller. »Du willst, was?«

»Heiraten.«

»Aber … du kennst ihn doch kaum.«

»Na und?«

»Heiraten.« Harriet lehnte sich zurück.

»Du tust gerade so, als wäre ich übergeschnappt. Ich weiß genau, was ich tue, Jette.«

Da war Harriet sich eben nicht so sicher. »Du bist verliebt, Susanne. Das bist du nicht zum ersten Mal, und du …«

Ihre Freundin lächelte. »Ich möchte aber zum ersten Mal einen Mann heiraten, Jette.«

Was wahr war. Harriet kratzte sich am Kopf. Ihr Haar war noch immer nass. Es trocknete sehr schlecht, und je älter sie wurde, desto länger schien es zu dauern.

Sie nahm ihren angebissenen Toast wieder auf. »Hat er dich gefragt? Hat er dir einen Antrag gemacht?«

Susanne schüttelte den Kopf. »Nein. Aber ich weiß, dass er mich liebt. Es geht mir doch gar nicht um eine Heirat, Jette, verstehst du nicht? Mir geht es darum, dass ich diesen Mann so sehr liebe, dass ich ihn heiraten möchte.«

Harriet nickte langsam, verdattert und nachdenklich. Erst jetzt wurde ihr klar, was das bedeuten würde. »Du ziehst zu ihm. Du ziehst nach Neuseeland. Für immer.«

Ihre Freundin nahm ihre Hand und drückte sie. »Ja.«

»Verdammt …« Und Harriet musste heulen, womit sich seltsamerweise sämtliche Schleusen öffneten, die bis dahin fest verschlossen gewesen waren.

Susanne sprang auf und nahm sie in die Arme. Harriet heulte ihr hübsches Shirt nass.

»Du bist ja ganz außer dir«, murmelte Susanne irgendwann und tätschelte ihr den Rücken.

»Es ist ja gar nicht wegen dir«, gab Harriet zurück. »Jedenfalls nicht nur. Ich heule ja auch, weil … weil ich zu doof bin, Jakob zu sagen, was er mir bedeutet. Als ich von dort losgefahren bin, hätte ich ihm doch sagen müssen, dass ich ihn liebe. Dass ich am liebsten dableiben würde. Dass ich steinalt mit ihm werden möchte. Dass ich unbedingt seine Mutter kennenlernen will. Ich will mit ihm leben, jeden Tag neben ihm aufwachen. Mit ihm frühstücken, mit ihm zu Abend essen. Im Winter mit ihm durch den Schnee stapfen und im Sommer mit ihm auf den Bodden rausfahren. Und über die blöden Witze des Kapitäns lachen.« Sie schniefte herzzerreißend.

Susanne hielt sie ein wenig von sich. Dann lächelte sie. »Dir ist schon klar, was du gerade gesagt hast? Und was das bedeutet?«

Harriet wischte sich mit dem Handrücken über die Nase. »Ja, ich glaub schon.«

»Dann ist ja alles gut.«

Susanne würde also zurück nach Neuseeland gehen, vielleicht tatsächlich heiraten und dort leben.

Und sie, Harriet, würde hier in Bremen in ihrer hübschen Altbauwohnung leben, zusammen mit der Katzendame Klementine, würde jeden Morgen in die Bank fahren, an den Wochenenden entweder allein durch den Bürgerpark spazieren, am Emmasee einen Kaffee trinken oder zu Jakob fahren und heulen wie ein Schlosshund, wenn sie wieder nach Hause müsste. Und das würde so weitergehen, bis sie alt, noch grauer und runzlig war.

Vielleicht würde sie Gicht bekommen oder Arthritis, so wie ihre Mutter, dann würde sie irgendwann nicht mal mehr Auto fahren können.

Nachdem Susanne gegangen war, stellte Harriet sich ans Küchenfenster und starrte nach draußen, ohne tatsächlich etwas zu sehen. Nein, so würde das nicht weitergehen. Weil sie nämlich vorher etwas ändern würde.

Sie nahm das Telefonbuch, suchte eine Nummer und ließ es elend lange klingeln, bis ihr einfiel, dass Sonntag war.

Seufzend legte sie wieder auf und schüttelte den Kopf.

Hoffentlich hatte sie bis Montag der Mut nicht wieder verlassen.

Den restlichen Sonntag hatte Harriet damit verbracht, den Agatha-Christie-Roman zu lesen. So war sie wenigstens für ein paar Stunden auf andere Gedanken gekommen und hatte ein bisschen abschalten können.

Gut gelaunt machte sie sich am Montag auf den Weg zur Arbeit, wobei sie eine ungeheure Freude an der Bewegung verspürte. Das war ihr lange nicht mehr passiert.

Sie marschierte mit großen, beschwingten Schritten, die Handtasche so umgehängt, dass sie ihr nicht alle zwei Meter von der Schulter rutschte.

Das Leben kann so herrlich sein …

Auf dem Bürgersteig hockten zwei Krähen, beide einen großen Brotbrocken anvisierend. Keine der beiden mochte zurückweichen. Harriet blieb einen Moment stehen, um sich die Vögel anzusehen. Eigentlich mochte sie Krähen nicht besonders, sie waren ihr immer ein bisschen unheimlich.

Die eine Krähe machte einen Satz und schnappte sich den Brocken. Der eindeutig zu groß für sie allein war. Also musste sie wohl oder übel hocken bleiben, den Brocken vor sich, den sie nicht in ihrem Schnabel davonschleppen konnte. Die andere Krähe kam vorsichtig näher und beäugte den Brocken. Dann kam sie noch etwas näher und pikte auf das Brot ein. Es dauerte nicht lange, und der Brotklumpen zerfiel in zwei Teile, lustigerweise waren die beiden relativ gleich groß. Die zweite Krähe schnappte sich den anderen Teil und flog damit auf den nächsten Baum.

Harriet schüttelte belustigt den Kopf.

Das Leben kann so einfach sein. Und es hält einige Überraschungen parat …

Statt ihrer Kollegin Sylvia traf sie ihren Kollegen an.

»Nanu, Sylvia noch gar nicht da?«

Er schüttelte den Kopf. »Sie ist in der Klinik.«

»Was?«

»Sie hatte wieder Wehen. Sie glauben, dass das Kind bald kommt.«

»Aber es sind doch noch ein paar Wochen.« Harriet war wirklich erschrocken.

»Ich werde die Vertretung gleich anrufen«, meinte ihr Kollege und schlüpfte an ihr vorbei. »Wie hieß sie gleich noch mal?«

»Carolin Steiner.«

Er klopfte ihr auf die Schulter. »Was würde ich bloß ohne dich machen, Harriet.«

»Wieso?«

»Wie merkst du dir bloß die ganzen Namen?«

Sie stutzte. Dann zuckte sie mit den Schultern. »Keine Ahnung. Ich konnte mir schon immer ganz gut Namen merken.« Sie ging weiter, nachdenklich darüber sinnierend, was ihr Kollege eben gesagt hatte. *»Was würde ich bloß ohne dich machen …«*

Sie setzte sich an ihren Schreibtisch und nahm den Telefonhörer in die Hand.

Mensching kam hereingepoltert, wobei die Tür gegen die Wand krachte. »Hopsa, 'tschuldigung. Caroline Steinmann kommt übermorgen. Schaffen wir's bis dahin allein?« Er grinste sie verschmitzt an.

»Carolin Steiner. Klar schaffen wir das, Rainer.«

Er salutierte und verschwand wieder.

Harriet schaltete ihren Computer ein und checkte ihre E-Mails. Und fiel fast vom Stuhl.

Die Lektorin hatte sich gemeldet.

»Ihre Schafe gefallen uns sehr gut, Frau Bohnekamp. Wir können uns eine Zusammenarbeit gut vorstellen. Was halten Sie davon, wenn wir miteinander telefonieren, um einige Dinge in Ruhe zu besprechen?«

Sie starrte die Mail an und las sie ein weiteres Mal.

Und ein drittes Mal.

Dann sprang sie auf und ging zum Fenster.

Sie mochten ihre Schafe. Was jetzt?

Das Leben hält einige Überraschungen bereit …

Sie rief in der Klinik an und erkundigte sich nach ihrer Kollegin. Es ging ihr so weit gut, das Baby hatte es allerdings offenbar sehr eilig.

»Sie brennt darauf, uns endlich kennenzulernen«, sagte Sylvia Wagner und lachte leise.

»Dass du so entspannt sein kannst …«

»Was bleibt mir übrig? Das Baby hat gute Chancen, Harriet, sehr gute sogar. Also sehe ich das Ganze von der positiven Seite: Wenn das Baby früher kommt, bin ich früher meinen Riesenbauch los.«

Harriet musste lachen. »So betrachtet …«

»Du klingst so komisch.«

»Ich? Nein, alles in Ordnung.«

»Tut mir leid, dass ich euch hängenlassen muss.«

»Darüber zerbrichst du dir bitte nicht den Kopf. Du musst jetzt an das Baby denken.«

Harriet hatte das dringende Bedürfnis, ihr zu sagen, wie gern sie sie mochte, wie gern sie mit ihr zusammengearbeitet hatte und wie sehr sie sich für sie freute. Darüber war sie verblüfft, sie tat es trotzdem, ohne groß darüber nachzudenken.

»Wir hatten eine schöne Zeit, Sylvia. Danke dafür.«

»Du bedankst dich …?«

»Warte. Ich möchte dir auch gern sagen, wie sehr ich mich für dich und deinen Mann freue.«

»Danke. Ich …«

Aber Harriet war noch nicht fertig. »Ich mag dich sehr, Sylvia. Und es war eine tolle Zeit.«

»Harriet, das klingt, als würdest du dich verabschieden. Was ist passiert? Stimmt irgendwas nicht? Bist du etwa krank?«

»Krank? Ich? Nein.« Harriet kicherte. »Ich bin vielleicht nur ein bisschen sentimental.«

»Ach so. Das kenne ich.«

Sie lachten beide herzlich, und als Harriet aufgelegt hatte, nahm sie den Hörer gleich wieder auf und wählte die Nummer auf dem Zettel, den sie in ihrer Rocktasche hatte.

»Guten Tag, mein Name ist Harriet Bohnekamp. Ich möchte meine Wohnung verkaufen …«

22.

Es war ihr drittes Glas Wein, und in *vino veritas* wurde mal wieder zur Wirklichkeit.

Susanne hatte einen kleinen Salat gemacht, dazu ein frisches Baguette aus dem nächsten Supermarkt geholt und eine Flasche Bardolino aufgemacht. Harriet saß ihr gegenüber am Küchentisch, beide Beine auf den Stuhl gezogen, die Arme darum geschlungen.

»Sag das noch mal«, bat ihre Freundin und schenkte ihr Wein nach.

»Ich bin ein bisschen betrunken.«

»Das meinte ich nicht, das davor.«

»Dass ich eiskalte Füße habe?«

Susanne musste lachen.

Harriet kicherte ebenfalls. »Ich werde meine Wohnung verkaufen, meinen Job kündigen und auf den Darß ziehen.«

Susanne sah sie nachdenklich an. Dann nahm sie einen großen Schluck Wein. »Noch mal ganz langsam, Jette. Du willst hier alles aufgeben und zu Jakob ziehen?«

»Ich möchte auf den Darß ziehen. Vielleicht möchte ich irgendwann mit Jakob zusammenziehen.« Sie verzog das Gesicht zu einer drolligen Grimasse. »Du weißt, wie wenig Erfahrung ich darin habe, mit einem Mann zusammenzuleben.«

Ihre Freundin lehnte sich schwerfällig zurück. »Bist du sicher, dass du das tun willst?«

Harriet nickte. Sie war sich selten irgendeiner Sache so sicher gewesen. »Wenn ich es jetzt nicht wage, werde ich es nie tun, Susanne.«

»Ja, aber …«

Harriet nahm noch einen Schluck von ihrem Wein. Dann wurde sie sehr ernst. »Ich bin überrascht, dass gerade du es mir ausreden möchtest. Du warst doch immer diejenige, die mich gedrängt hat, etwas anders zu machen.«

»Ja, aber …«

»Ich hab gedacht, du würdest dich freuen.«

»Das tu ich ja auch. Aber …«

Harriet hob den Zeigefinger. »Da ist es schon wieder, das dumme Aber.«

»Ich frage mich ja nur, ob du weißt, worauf du dich da einlässt.«

»Auf etwas ganz Neues, Spannendes. Ich weiß nicht, was auf mich zukommt, und genau das macht es so faszinierend. Ich hab ein bisschen was gespart, wenn also alle Stricke reißen, werde ich nicht verhungern, Susanne. Machst du dir deswegen Sorgen?«

»Nein, das ist es nicht.«

»Was ist es dann?«

Susanne beugte sich vor und betrachtete sie eine Weile. »Was, wenn es nicht klappt, Jette? Was, wenn du nicht genügend Geld mit deinen Zeichnungen verdienst? Was, wenn Jakob sich als ein verrückter Kerl entpuppt, der mit Wollsocken schlafen geht, klaut und miserable Angewohnheiten hat?«

»Ich denke, davon wüsste ich.«

»Und wenn es mit euch nicht klappt?«

»Verbuche ich es als Erfahrung. Ich bin fünfzig Jahre auf Nummer sicher gegangen. Ich finde, es wird Zeit, dass sich das mal ändert. Und wenn alles ein großes Abenteuer war, dann werde ich auch das verkraften.«

»Ich wünsche dir, dass es mehr ist als ein Abenteuer.«

Harriet nickte langsam. »Das wünsche ich mir auch.«

Gerd benahm sich komischerweise so, wie sie es eigentlich von ihrer Freundin erwartet hätte.

»Ich finde das klasse, Jette. Und ich wünsche dir, dass du es nie bereuen musst.« Dann lachte er. »Aber ich glaube nicht, dass das passieren wird. Du wirst es dir gut überlegt haben, und Zeit für ein Neuanfang ist im Grunde immer, stimmt's?«

»Das finde ich auch. Danke, Gerd.«

»Hast du deine Wohnung schon verkauft?«

»Nein, heute werden die ersten Interessenten kommen.«

»Versprichst du mir was, Jette?«

»Sicher.«

»Lass uns in Kontakt bleiben. Wir müssen zusehen, dass wir uns nicht aus den Augen verlieren.«

Sie wusste sofort, was genau er damit meinte. Faktisch würden sie sich aus den Augen verlieren, da sie sich nur noch selten sehen würden. Aber sie würden dafür sorgen, dass sie weiterhin Freunde bleiben würden.

»Das machen wir, Gerd.«

»Ich wünsche dir Glück, Jette.«

»Danke, Gerd.«

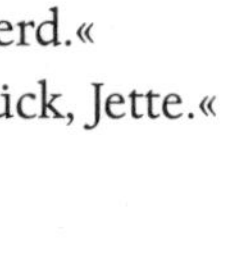

Sechs Wochen später

Gerd kam zur Tür herein und schnaufte. »Das war die letzte Kiste. Solltest du dich entscheiden, nächsten Monat wieder umzuziehen, muss ich leider passen, Jette.«

Sie lächelte ihn liebevoll an.

Er nahm den Transportkorb und neckte Klementine, die sich darin zusammengerollt hatte und ihnen den Rücken zudrehte. »Wenn du noch mehr zunimmst, wirst du irgendwann nicht mehr in den Korb passen.«

»Gerd«, sagte Harriet und schnalzte mit der Zunge. »Sie ist schon grantig genug.«

Er lachte kopfschüttelnd und ging mit dem Korb nach draußen.

Harriet blickte sich ein letztes Mal in der Wohnung um. Hier hatte sie viele Jahre gelebt, gewohnt, gearbeitet, gelacht und geweint. Sie holte Luft und atmete tief durch. Aber jetzt war es Zeit für etwas Neues.

Gerd erwartete sie an ihrem Auto. Der Fiesta war voll bis unters Dach.

»Fahr bloß vorsichtig, hörst du. Nicht dass du unterwegs liegen bleibst.«

»Vielen Dank fürs Mutmachen, Gerd.«

Er grinste, und sie knuffte ihn in die Seite. »Und ruf an, wenn du angekommen bist.«

»Ja, Papa.«

Sie umarmten sich.

Gerd hielt sie anschließend ein Stück von sich und legte den Kopf schief. »Ich find's großartig, dass du das machst, Jette. Und mutig find ich's irgendwie auch.«

Sie umarmte ihn erneut und unterdrückte den Wunsch loszuheulen. In ihrem Hals saß ein dicker Kloß.

Gerd hob den Kopf und blinzelte. »Es wird Schnee geben, Jette, fahr bloß vorsichtig.«

Sie gluckste leise. Aber Gerd hatte wahrscheinlich recht, es war Schnee angesagt, wie sie am Morgen im Radio gehört hatte.

Sie stieg ein und ließ den Motor an. Im Rückspiegel sah sie, wie Gerd ihr nachwinkte.

Es fühlte sich eigenartig an, die Straße entlangzufahren und zu wissen, dass es wohl das letzte Mal sein würde.

Sie reckte den Hals, um einen letzten Blick ins Schaufenster ihrer Lieblingsbäckerei zu werfen, wo ein großer Pappmaché-Weihnachtsmann stand, eine Hand erhoben.

Ein letztes Mal würde sie an dieser roten Ampel warten müssen. Die Ampel hatte sie in den letzten Jahren oft an den Rand des Wahnsinns getrieben, jetzt aber freute sie sich, dass sie halten durfte.

Sie ließ ihren Blick schweifen und atmete erneut tief durch.

Die nächsten Stunden hatte sie viel Zeit nachzudenken.

Rainer Mensching hatte den Filialleiter-Posten übernommen, und sie zweifelte keine Sekunde daran, dass er seine Sache gut machen würde. Sylvia Wagner hatte eine kleine Tochter geboren, die den hübschen Namen Henriette trug. Harriet zumindest mochte den Namen. »Ich werde sie Jette rufen«, hatte ihre Kollegin lächelnd gemeint.

Den Verlagsvertrag hatte Harriet vor drei Wochen unterschrieben. Sie konnte sich sogar vorstellen, ein Kinderbuch nicht nur zu illustrieren, sondern auch zu schreiben.

Susanne würde bald in Neuseeland und Gerd weiterhin in seiner Wohnung leben – allein und wahrscheinlich nicht mal unglücklich. Warum auch? Er hatte sich damit arrangiert, dass Harriet und er nicht heiraten, nicht mal ein Paar sein würden. Er hatte sogar seine Mutter Brunhilde davon überzeugen können, dass es Schlimmeres gab.

Und Jakob?

Jakob wusste, dass Harriet auf dem Weg zu ihm war. Wahrscheinlich war er gerade dabei, das Bett frisch zu beziehen, das Haus zu lüften oder Blumen zu besorgen. Oder er war bereits im *»Kapitänshaus«*, stand am Herd und kochte Kartoffelsuppe mit Kerbel.

Was er allerdings nicht wusste, war, dass sie bleiben würde.

Je näher sie Fischland kam, desto heftiger schlug ihr Herz.

Schließlich kribbelte es in ihrem ganzen Körper so sehr, dass sie kurz rechts ranfahren und einen Moment durchatmen musste.

Klementine randalierte in ihrem Korb und miaute herzzerreißend.

»Wir sind gleich da, Klementinchen«, beruhigte Harriet sie. »Du wirst es mögen, glaub mir.« Davon war sie wirklich überzeugt.

Inzwischen schneite es ganz ordentlich.

Sie bog rechts ab, und als sie durch Born fuhr, hatte sie das Gefühl, nach Hause zu kommen. Das irritierte sie und machte sie gleichermaßen glücklich. Mit diesem Gefühl hatte sie nicht gerechnet, umso schöner fühlte es sich jetzt an.

Sie parkte den Wagen und holte tief Luft.

»Ich bin gleich wieder da, Klementine.« Mit heftig klopfendem Herzen stieg sie aus und lief zur grünen Haustür. Sie fuhr mit einem Finger über das weiße Segelschiff und lächelte.

Drinnen im Haus lief ein Radio, ein Weihnachtslied.

Jakob öffnete die Tür. Er strahlte sie an und nahm sie stürmisch in die Arme. Dann drückte er sein Gesicht in ihr Kraushaar und murmelte: »Ich hätte es keine Sekunde länger ausgehalten. Hattest du eine gute Fahrt?«

Sie nickte stumm.

Er betrachtete sie eine ganze Weile, dann lächelte er, und ihr Herz sauste eine Etage nach unten. »Es ist wunderbar, dass du endlich da bist.«

Sie nickte langsam und sehr selig. »Und diesmal werde ich bleiben, Jakob.«

Anmerkung und Danksagung

Natürlich sind alle Personen meiner Phantasie entsprungen.

Die Schauplätze gibt es wirklich, alle.

Als mein Mann und ich vor ein paar Jahren auf dem Darß waren, haben wir uns sofort in die Gegend verliebt.

Auch wir sind damals mit einem der Ausflugsdampfer auf den Bodden rausgefahren und haben Kraniche beobachtet, die zu ihren Schlafplätzen flogen. Einen Seeadler haben wir auch gesehen. Der Darßer Urwald (er heißt tatsächlich so) und der Weststrand sind genau so, wie ich sie hier beschrieben habe.

Das **»Kapitänshaus«** gibt es ebenfalls tatsächlich. Im realen Leben heißt es **»Walfischhaus«** und ist genau wie im Buch eine kleine familiäre Bio-Pension. (www.walfischhaus.de)

Ich möchte meiner Agentin danken, die an dieses Projekt geglaubt hat und es genauso mochte wie ich.

Ein weiterer Dank geht an meine Lektorin Wiebke Bolliger. Es war ein Vergnügen, mit ihr arbeiten zu dürfen.

Ein dickes Dankeschön geht auch an Anja, in deren Wohnzimmer ich »Ostseewind und Sanddornküsse« vorstellen durfte, als ich nicht mehr als dreißig Seiten geschrieben hatte. Und wie immer geht ein ganz besonderer Dank an meinen Mann, der an jedes meiner Projekte glaubt und mich unterstützt, inspiriert und zum Lachen bringt. Ohne ihn wäre ich nichts.

Und ohne ihn gäbe es auch dieses Buch nicht.